戴君辉◎著

中国文联出版社
http://www.clapnet.cn

图书在版编目（CIP）数据

绝密篡位 / 戴君辉著 . — 北京 : 中国文联出版社，2016.7 （2025.4 重印）

ISBN 978-7-5190-1620-3

Ⅰ . ①绝… Ⅱ . ①戴… Ⅲ . ①长篇小说－中国－当代 Ⅳ . ① I247.5

中国版本图书馆 CIP 数据核字 (2016) 第 133146 号

绝密篡位

著　　者：戴君辉

出 版 人：朱　庆

终 审 人：金　文　　复 审 人：王　军

责任编辑：郭　锋　　责任校对：王洪强

封面设计：凤凰树文化　　责任印制：陈　晨

出版发行：中国文联出版社

地　　址：北京市朝阳区农展馆南里 10 号，100125

电　　话：010-85923033（咨询）85923000（编务）85923020（邮购）

传　　真：010-85923000（总编室）　010-85923020（发行部）

网　　址：http://www.clapnet.cn　　http://www.claplus.cn

E-mail：clap@clapnet.cn　　guof@clapnet.cn

印　　刷：三河市宏顺兴印刷有限公司

装　　订：三河市宏顺兴印刷有限公司

法律顾问：北京天驰君泰律师事务所徐波律师

本书如有破损、缺页、装订错误，请与本社联系调换

开　　本：700 × 1000　　1/16

字　　数：321 千字　　印　张：18.5

版　　次：2016 年 8 月第 1 版　　印　次：2025 年 4 月第 3 次印刷

书　　号：ISBN 978-7-5190-1620-3

定　　价：46.00 元

楔　子

大道幽深，如何消息，说破鬼神惊骇。挟藏宇宙，剖判玄光、真乐世间无赛。灵鹫峰前，宝珠拈出，明映五般光彩。照彻乾坤，上下群生，知者寿同山海。

沙先生经常念诵这首词，后来我才知道他念的这首词出自《西游记》第八十七回“凤仙郡冒天止雨　孙大圣劝善施霖”，而我起初并未听懂也想不明白沙先生为何时不时地就念出这首词。终于在2013年的初秋，沙先生随手拍死一只蚊子之后，才告诉我他的秘密。于是那段日子，我没有一天不在害怕和兴奋中度过，因为这个秘密实在太惊悚了。

沙先生是谁？他在2013年秋天之后说以后就叫他沙僧吧！或者叫他沙和尚也行。我看他不像说笑，就问他：“为什么要叫这么一个古怪而著名的名字？这名字倒是好记，可您都快70岁了，弄这么一个‘雷人’的名字有意思吗？”

“我就是沙僧，我就是沙和尚！”沙先生看着我，用他那太监般的嗓音说。他说的时候，表情极其认真，这让我有些不寒而栗。

“您是沙僧，那您这吃鸡腿喝啤酒不犯戒吗？都是《西游记》给闹的，您这十年来，没事就捧着这本书，现在可好，您从沙先生变沙僧了！”我也有些来气地说。

“田戈，你这十年来对我真的不错，我谢谢你！今天晚上，我想告诉你一件绝密的事，你坐好了听，别吓着啊！”

“沙先生您别这么说，我觉得和您挺投缘的，能交您这个朋友，其实挺好的。”

“都十年了！我都68岁了，你看我这种人，到现在也还是不大会用手机、电脑，整天在你这儿白吃白住，还总问这问那，你也不嫌弃我，我心里有数！”

“沙先生您别这么说，和您交朋友，我打心眼里乐意，其实您满腹经纶，没少教我，我田戈心里就是拿您当老师。再说您也知道，我这房子闲着也是闲着，您一个月消费还不到1000块钱，我大小是个总经理，这点钱不算什么！”

“田戈，为了报答你，也为了成全我自己，我今天要和你说出我心中最大的秘密！你认真听啊！”

“沙先生您说吧！说完了我请您喝酒去！”

“我真是沙僧！就是《西游记》里的那个沙僧！”

“您是沙僧？那唐僧是谁？”我边说边笑。

“唐僧是裕王，也就是穆宗皇帝，也叫隆庆皇帝。”沙先生的声音有些哽咽和颤抖。

“沙先生，您说的是《西游记》里的唐僧吗？”

“是啊！田戈，你肯定不知道这本《西游记》里的隐秘，那厮居然把大明朝的最大机密给泄露了。”

“等等，沙先生，您是说《西游记》这部写西天取经的神话小说泄露了大明朝的最大机密，您不是蒙我吧？”

“田戈，你坐好了！我郑重地告诉你，我是沙僧，我出生在1525年，我的生理年龄是68岁，实际年龄是488岁，我的真名叫张居正。”

“沙先生，您说的是真的？”我的声音有些发颤，因为我早就觉得这个沙先生不是精神有病，就是一个全世界最为“奇葩”的男人！

“田戈，我知道你是个好人，十年以来你对我很照顾，我感谢你，所以我今天才要把真相告诉你！报答你，成全我自己！”

“您等等，我坐好了您再说！”

就这样，我听到了我这有生40年以来最为诡异的事情。这件事情使我日夜不宁，最后我不得不写出来，否则我就疯了！当然，听完沙先生的故事之后，我还是以为他不定哪天会说自己是在开玩笑。让我这种工科大学毕业的人相信离奇的故事，可不是容易的事，而最终，我和沙先生断断续续沟通了半年，我彻底相信他说的故事是真的，再也不期待他告诉我他是在开玩笑。

目 录

偶 遇

2003年秋天的一个晚上，我开着汽车行驶在从山里旅行回来的路上。突然，顺着车灯我远远地发现山路上趴着一个人，于是放慢车速，开到附近停车下来看看怎么回事。我就是这样一个不靠谱的人，行为方式和别人不一样，一个人去旅行，晚上遇到这事还敢停车下来查看。当我走到车灯照耀下的躺在路上的人的近前时，我还是被眼前的一幕吓住了，腿有些发软，但随后逐渐看清地上的人有一张清秀的人的面孔时，我定了定神，不那么害怕了。我能听到那个人哼哼唧唧的，就喊了声："嘿！您怎么样？需要帮忙吗？"那个人睁开了眼，看了看我，说："我这是在何处？"我注意到这个人的打扮很奇怪，一身古装，好像从电影里走出来的，就问："您这是还没卸妆吧！群众演员？哪部戏？有大明星吗？"他又看了看我说："好心人，可否帮帮我，扶我起来！"我是个热心人，同时更是个胆大心粗傻乎乎的人。就这样我扶起了这个我以为是群众演员的人。我扶他在路边坐下，与他攀谈起来，逐渐得知他姓沙，没有家，没有职业，没有证件，但有一种文化人独特的气质，而且说话用词非常文明，甚至感觉有些像是古文，听不大懂，那是略带南方口音的北京口音。

就这样，我结识了沙先生，并鬼使神差地将他带回了家，随后又安排他住在我闲置的空房子里，还给他准备了生活用品。我做这一切究竟为什么连我自己都想不明白。我知道的只是沙先生58岁，无家可归，但精通古典文化，对现代社会几乎一无所知，而且沙先生留着自然的长发，天生不长胡须，说话声音怪怪的。谁让我多事，越是奇怪的事情，我越是感兴趣。我经常去看望沙先生，逐渐发现沙先生好像有很强的学习能力，问我很多问题。我当然会告诉他，同时感觉他好像是从古代社会穿越到现代社会一样，因为这时穿越题材的电视剧开始变多，不由得我不联想，但随之而来的是自我嘲笑，心想好人做到底吧！迟早沙先生会回家的，我就当交个大朋友，毕竟我只有30岁。

我不知道安顿沙先生是不是自己办的一件最愚蠢的事情。因为我的愚蠢，两年前我离婚了，也就是28岁那年。我妻子说我精神有问题，比如我会和路边的乞丐聊天到把钱包里的钱分一半给乞丐，妻子说我是大脑进水了。我以常人无法理解的态度对待一个常人无法理解的沙先生。

时间很快就过了10年，沙先生就这样住在我的闲置房子里，而我几乎视他为亲人。到2013年的时候，沙先生已经对现代社会有了比较全面的认识了，这10年，他就像我的一个学生，除了古典文学外我几乎无所不包地在和他聊天，不经意地教导着这个学生，从中我获得了极大的自我满足。

我无法让别人相信我和沙先生是这样相遇相识的，我最大的麻烦是看不到沙先生有任何要离开我的意思，面对这样一个没有家、没有身份证、没有社会关系的人，我不知道怎么办？只好一天一天地挨着，反正我公司的收入还可以，养活这么一个老头不费力，但也因此，我一直交不到自己满意又肯嫁给我的女朋友。只要一提到沙先生，所有认识我的人都会觉得我是个精神病，沙先生则是和我一样有精神病，甚至有人怀疑我的性取向有问题。

老古董一样的沙先生

沙先生爱读古文，尤其是繁体字竖版的古文。我家里有一套繁体竖版《金瓶梅》，沙先生看得津津有味，可这老家伙对女人似乎又没兴趣。沙先生找我要古典小说，我给他找到了四大名著，沙先生尤其喜欢《西游记》。后来沙先生主动找我要《明史》，我没办法，花了一个月的时间教会了他用电脑看明史，花了一年的时间教会了他汉语拼音，然后沙先生很快就学会且只学会了用电脑检索他要的文字。这个老人用电脑越来越熟练，但他从来不看网上的美女，至少我没有发现他用电脑看网上的美女图片。我问沙先生，您这个年龄的男人真的就对女人没兴趣了吗？沙先生说他是过来人，还是多学学历史比较好。

2008年的一天，沙先生主动要求我带他去理发，从此在外表上他不再像老古董了，但他看明朝电视剧的时候总是摇头说演得不对，但越是不对他越是打电话找我一起去看电视剧，早知道这么烦人我就不教他用手机了，当然他用手机也只打给我一个人。我查过话费清单，他没有一个别的朋友。也是在那一年，沙先生第一次问我怎么看待《西游记》这本书，我说《西游记》是伟大的神魔小说。沙先生说你真是一点都没看懂《西游记》。我说自己读过《西游记》，里面有些故事还是很耐人寻味的，作者挺了不起的。沙先生说《西游记》可不是简单的小说，我没有接他的话题，担心他啰里啰唆地说一大堆历史让我因为听不懂而尴尬，以往类似情况又不是没有过，而且很多。一直到2013年，沙先生再次提起《西游记》，并说他姓沙叫沙僧的时候，我才意识到沙先生对《西游记》可能是真的认真了。

而沙先生告诉我他真实身份的时候我一直都在相信的同时怀疑沙先生会不会真的是精神病患者，这种感觉随着沙先生讲的故事一点一点地淡化了。4个月后我相信了沙先生，但我知道我要是把沙先生说的话告诉别人，至少别人也会花一年的时间来相信我，甚至有的人一辈子都不会相信我，而我的言论很可能会被封杀，如果写成书也不会被允许出版。可我坚信，沙先生说的都是真的，尽管他说的是那样的耸人听闻。

沙先生的愿望

沙先生的故事如此的离奇诡异，我岂能轻易相信，于是沙先生给我列举证据，抽丝剥茧似的慢慢告诉我他为什么那样说？我看到的证据主要是沙先生给我讲明史和《西游记》的关系，所有的文字都被沙先生解释得非常清楚，就这样我慢慢地相信，沙先生说的都是真的。

可我怎么才能用文字表达出我和沙先生沟通的过程呢？要知道把事情用文字描述出来，对我来说是一件非常困难的事情。2014年，我试着写了一部书叫作《解密沙僧》，内容是关于沙先生说的《西游记》里面的秘密，当然我没有提到沙先生，因为我不想让别人知道沙先生还活在世上这个天大的秘密。但我的书没有出版社肯出版，理由是我的书和现在的权威观点是矛盾的，所以不能出版。2015年，沙先生找到我说他快要不行了，让我在他有生之年一定要把他的秘密公之于众，这样他才会闭上眼。我说试试看吧！于是就写了这本书，但愿这本书能够把沙先生的秘密真的公布于天下，但愿沙先生能在死前看到公众对这本书的看法，那么他也就能够闭上眼了。

沙先生的秘密

刚听到沙先生说出他的秘密的时候，我对他说不相信。沙先生似笑非笑地看着我，他那张不男不女的脸上的表情非常诡异。人在婴儿期的时候，只有撩开尿布才能准确断定其性别，科学上说这叫作第二性征不明显。人在老了的时候，第二性征也逐渐衰退，可沙先生衰退得比别人要厉害。按照他自己的说法，他才68岁，怎么就变得如此不男不女。后来我才知道原来沙先生在48岁做了一个手术，那种手术俗名叫作“阉割”。这种被阉割的男人在我的生活中从来就没有出现过，沙先生是第一人，估计也是最后一个人，说实话那种样子和电视剧里能看到的完全不同，实在是让人毛骨悚然，尤其是在半夜。就是那个夜晚，风雨交加，沙先生说他是一个死了400多年的人，您说这是不是够恐怖的，而且是从一个不男不女的老人嘴里说出来的。

沙先生的秘密大致上有以下几个内容：

1. 沙先生是公元1525年出生的，到2013年他说出自己是谁的时候，实际上已经488岁了。当然他说他只有68岁，那420年如何消失了，他自己也说不清楚。总是用没感觉到岁月来解释那消失的420年。

2. 沙先生是不男不女的阉人，从48岁开始就被阉割了。

3. 沙先生58岁之前是一个大官，级别之高在当时无人能及。

4. 沙先生58岁之前身负绝世秘密，58岁之后身负血海深仇。具体的内容是什么，沙先生说要慢慢说，说快了怕我不信。

5. 68岁后的沙先生要到哪里去？他嘴里说的回去究竟是什么意思。

6. 沙先生有好多名字，沙先生是他的化名之一，他到底是谁？

一个接触了10年的老人突然说了这些秘密，谁能不惊奇呢？谁又能相信呢？谁又能完全不信呢？因为那是一个我很熟悉的人，那可是我敬重的沙先生啊！

10年以来，我从来都没有打听过他的过去，只是过一天算一天地拿他当个朋友，谁让我是一个几乎没有朋友的人。公司里的同事因为我是总经理对我很尊重，但这种尊重很有距离感。两个同事窃窃私语，我的突然出现必然会让他俩一笑后说一句："那就这样吧！"我感到自己永远是局外人，永远走不进他们的私生活，所以我对沙先生格外地照顾和尊重。

沙先生是个学习狂人，否则也不会在58岁认识我之后重新开始学习现代化知识。他对手机、电视、汽车、自来水、电灯泡都充满好奇，那可是2003年啊！当时我就奇怪怎么还有这样的人，可同时沙先生那气度，那语言，那表情又不得不让人心生尊重和好奇。对了，沙先生站起来很高大，有185厘米。我把沙先生安顿好之后很巧妙地给沙先生讲他好奇的事物，我就当他是从明朝穿越过来的老头，谁想到他真是明朝来的，当然这是我后来也就是10年后才知道的。我不得不重新购买了中学教材给沙先生讲解物理学、化学，当然我只讲大道理，不讲太细节的理论。比如我告诉沙先生："水是一种化合物，是由两种东西化合而成的。就好比黄颜料和蓝颜料混在一起就变成了绿颜料。"我知道自己有些胡说，但沙先生听得有滋有味。于是在10年的时间里，我教了沙先生物理学、化学、汽车、电脑、手机、网络、自来水、电灯泡等原理。最重要的是我教会了沙先生汉语拼音，使他能够查阅词典乃至逐渐学会了上网查资料。

沙先生在和我交往的10年里其实也没有白吃白喝白住，而是让我重新学习了很多经典国学乃至用毛笔写大字。有时候我和沙先生一起看宫廷电视剧、电影的时候，沙先生喜欢与我分享他对明朝的电视剧的尖锐批评，说这不对那不对。起初我觉得那就是一个老人的牢骚，没有什么值得大惊小怪的，一直到他对《西游记》感情趣之前，我从来就没有对他说的话太认真过。

通过和沙先生交流，我得出结论，从2003年到2013年这10年里，沙先生似乎是一个来自明朝的人重新学习现代的各种知识，他用10年补齐了400多年以来的各种基本知识。他既是一个古典的老头，又是一个现代的普通人，而就是这样一个人，居然对中国的历史产生过这么大的影响，这是我怎么都想不到的。

沙先生告诉我他的秘密之后，我开始不相信他，并说别闹了，还是喝酒睡大觉吧！没想到沙先生非常认真，说他必须完成这件事情，否则死不瞑目。我说好好好，就依您，我相信您，行了吧？沙先生说不行，他要的是我彻底的相信，然后由我用适当的方法对外界公布他的秘密，而他本人将在世人知道这个秘密之前彻底消失。这下我也认真了，因为我此前没有想过要失去沙先生。于是我认真地面对沙先生说："既然如此，我就认真地了解您，然后满足您的所有需要！"沙先生说："这就对了！"我们经过讨论决定如下的约定：

1. 沙先生告诉我所有的秘密，我首先要听，但直到沙先生证明给我看，我才会真的相信沙先生说的话。

2. 我可以把沙先生所说的记录在案，然后在沙先生离开后保证对外公布，要尽可能采取传播面最广的方式。

3. 一旦秘密公布，沙先生将消失得无影无踪。如果世人找我要沙先生，我将无法满足世人的要求，到时候我可能被当成是骗子，因此我要设法不让世人认为我是个骗子，那就是我要写的文字的严密性问题。

4. 我不得留下任何沙先生的照片、录音、笔记乃至一根头发。

5. 我不得编造关于沙先生的故事，只能按照沙先生说的发布消息或者文字材料。这是有关我的人格和他的信任问题，我们这是君子协定。方法简单，就是所有文稿修稿后让他过目，他同意后不得再更改。

6. 除了公开发布消息或者干脆出本书，不得私下和任何人再说关于沙先生的事情。

7. 只要沙先生主动离开了，我不得再去设法找沙先生的下落。

8. 慢慢忘掉沙先生曾经来过、相识、相知的所有所有！

这么大的事情，这么复杂的事情，这么难懂的事情，这么难说难写的事情，我和沙先生怎么才能良好沟通呢？沙先生就是沙先生，田戈我是真服了他！他居然随手从案头拿起一本《西游记》来告诉我就用这本闲书吧！

"要感谢写《西游记》的这个家伙帮我证明了所有的重大事情！所以用这本书是最简单的方法。"

"沙先生您也去西天取过经吗？"我很不理解地问。

"我取什么经？"沙先生深沉地说。

"我还以为您把自己当沙僧了！"我开玩笑地说。

"我其实就是沙僧！"沙先生很认真很慢很低沉地说。

"您就是那个总说大师兄说得对，二师兄说得对，师父说得对，大家说得都对的那个沙僧？"我继续开玩笑地说。

"你们的电视剧和电影还有所有的书籍都把沙僧看错了！沙僧才是《西游记》的主角！"沙先生的表情更加严肃。

"难道《西游记》不是《西游记》？"我也开始放低了声音。

“《西游记》是一部隐藏了密码的神话小说，类似你们现在的谍战剧，充满了玄机！只是你们现代人离那个时代太远了！”沙先生的声音有些伤感。

“沙先生，我不是信不过您，可您说《西游记》是藏了密码的，我现在是绝对不相信！”我有些没底气，但还是坚持说。

“你读过《西游记》吗？”沙先生问。

“没读过全本的，但上学时学过美猴王出世的课文，还有就是看过很多遍电视剧，很多种电影，听过很多种议论。”我说。

“你们现代的很多人都喜欢道听途说不求甚解，就好像你们每天都用手机打电话，可没几个人懂手机是什么。”沙先生说。

“我们用手机就够了，约会吃饭和沟通商务都有可能，懂不懂手机的工作原理并不重要。”我说。

“可美国人如果通过手机掌握了情报怎么办？”沙先生问。

“沙僧也关心这个？”我笑着说。

“学习是无止境的，10年来我学到了太多的东西，现代科技实在太厉害了，但现代人似乎也变笨了，变懒了。”沙先生说。

“是啊！我们要是挑着行李走山路，恐怕一天就趴下了！”我笑着说。

“哈哈！你当我老沙真是挑行李的！”沙先生笑着说。

“那您不挑行李难道让唐僧挑啊！孙悟空他也不干啊！”我也笑着说。

“好了，不打岔了！说正事，我要在100天之内让你知道并且相信我所有的重要故事。用给《西游记》解码的形式，你觉得如何？”沙先生问。

“从今天晚上开始，我安排好时间，每天到您这里来听故事，您看我还要准备什么吗？”我回答。

“只准带纸、笔、电脑，不准拍照，不准录音，不准喝酒，不准有别人在场，不准失约不打招呼，不准在交流过程中打岔，不准胡搅蛮缠。就这些吧！你明天来的时候准备两本一样的《西游记》，这样我们面对面坐着沟通时比较容易，我说看第几页你就看第几页，你可以在书上做笔记。啊！还有准备些好茶叶，先生我不能太困，影响思路！”沙先生说完之后看着我，似乎没什么要说的了。

“那我明天过来咱正式开始？”我问。

“好了！68岁了，真是老了！估计血压又高了！”沙先生用手捏着额头说。

我离开了沙先生的住处开车回家，第二天到书店购买了两套《西游记》。我想起自己其实送过沙先生一套《西游记》，但他说要两套一样的，我也就只好再买两套。我心里盘算着自己到底在做一件什么事？承诺了要花100个晚上，值得吗？为了沙先生？为了这个10年以来熟悉又陌生的沙先生？其实我知道我不是为了沙先生，我是为了自己的好奇心，同时我隐隐约约地感觉到沙先生的故事一定很精彩。或许比那个近期流行的叫作《潜伏》的电视剧还要精彩。

第二天，也就是2013年夏日的一个夜晚，我带着两套《西游记》，一台笔记本电脑，两斤绿茶，一包A4复印纸，一打签字水笔，其中有10支黑色的，一支蓝色的，一支红色的，来到了沙先生的住处。今天的沙先生已经不是10年前那个怪模样了，他留着短发，洗得很干净，穿着白衬衣，脸色白皙，像老太太一样没有一点胡须的痕迹，眉毛显示他曾经是一个男人。沙先生让我坐好，我们就这样开始了长达100天的探秘过程。以下便是我花两年时间才整理好的探秘过程的记录，我不知道能否说得清楚，但我确实是尽力了，毕竟我田戈其实是一个学工科的，写作能力比较差，读者们就将就着看吧！

大圣的过去

“你先开始读《西游记》第一回吧！别急，我等你读完。”沙先生说。

“好吧！要不是遇到您，我绝对不可能读这本书！”说着我随手翻开了书，比较快速地浏览了第一回后又说：“读完了！这没什么啊？哪有密码？”

沙先生说：“你看这页的这首诗。”我顺着他的手势，对着自己手里的书看到了那首诗。为了说清问题，我把那首诗摘录了下来。后面凡是这样的情节都是这样处理的，所以为了叙述简单，我在本书后面就直接摘录不解释了。而且也不啰唆地说页码了，因为《西游记》版本很多，页码都不一样，有兴趣的读者可直接找本《西游记》对照着看，我保证引用的《西游记》内容是真实可靠的。

三阳交泰产群生，仙石胞含日月精。
借卵化猴完大道，假他名姓配丹成。
内观不识因无相，外合明知作有形。
历代人人皆属此，称王称圣任纵横。

沙先生说按照这首诗的本义和美猴王出世完全联系不上，和全书的内容也联系不上，这其实是作者在发感叹！沙先生还说如果你像我一样了解书的作者，那个讨厌的家伙，你就会看懂这首诗了。“三阳交泰”说的是《周易》里面的泰卦，卦辞是小往大来，意思是说书里的这群主角其实也都是从小长大的，都是人生父母养的！“日月精”说的是这些人确实都是大明朝的精英，日月为明啊！“借卵化猴完大道”中的“大道”不是什么取经，是国家政治，“假他名姓”其实已经说得很清楚了，所有的名字都是假的。“内观不识因无相，外合明知作有形”说的是如果不联系当时朝廷发生的事情，是无法看出来其中的密码的，而如果了解朝廷大事的人看起来，那就很容易看出其中的重大事件密码了。“历代人人皆属此，称王称圣任纵横”说的是作者要将《西游记》传给后代，而不是给当代。因为那个作者他答应过沙先生，不要向世人透露朝廷的重大机密，但他写了这本书，其实从后果的严重性来看，他已经泄密了，而且是后果极其严重的泄密！

我有些摸不到头脑问：“这就是您说的密码？太牵强了吧！不过是一首诗而已，什么都没说啊！”

“要知道作者将所有的秘密其实都藏在这些诗词当中了，情节也有一点机密，但若没有诗词当作钥匙，秘密就没有了！”沙先生哀叹着说。再看下面这首诗：

争名夺利几时休？早起迟眠不自由！
骑着驴骡思骏马，官居宰相望王侯。
只愁衣食耽劳碌，何怕阎君就取勾？
继子荫孙图富贵，更无一个肯回头！

“这不过就是一首议论人生的诗，和《红楼梦》中的“古今将相在何方？荒冢一堆草没了”差不多呀！也有秘密吗？”我问。

沙先生说：“你说得也对，不过等你明白全书的秘密之后你就不这样看了。我知道他那句‘官居宰相望王侯’和‘继子荫孙图富贵’说的就是我，《西游记》中的猴子和猪哪有宰相和子孙，但我可曾经是大明朝的宰相啊！而且我的子孙在我的安排下可真是了不起，我先不告诉你我的儿孙是谁，免得你现在不信，后面会说清楚这个秘密的。”

沙先生继续说：“你再看那菩提祖师给孙悟空起名字说他的门中有十二个字作为辈分，乃‘广、大、智、慧、真、如、性、海、颖、悟、圆、觉’十二字。作者为什么这么写呢？用谐音法来看这十二个字，就会变成：广大智慧、真如姓海、应吾愿觉。意思再明白不过，是希望广大智慧的读者，一定可以发现真相，那孙悟空的原型人物原本姓海，希望后世读者能够察觉。”

“孙悟空姓海？大明朝姓海的大官我知道的只有一个叫海瑞的啊！”我说。

“不错，你还知道海瑞，就是那厮！孙悟空就是海瑞，但孙悟空又不完全是海瑞。”沙先生说。

"海瑞是大清官，中国人民都知道啊！孙悟空又是海瑞又不是海瑞，您说得够乱啊！"我说道。

"孙悟空不是会分身法吗？这是全书唯一一个会分身法的神仙，孙悟空的其中一个分身就是海瑞，另外的分身在后面会说。"沙先生解释说。

"作家把一个人的事迹写成几个人，几个人的事迹写成一个人，这也是常用的创作方法，我这样理解对吗？"我问。

"那厮写《西游记》的目的很阴险，他只是想把密码隐藏得深一些而已，毕竟他答应了我不会轻易泄密，但他食言了，不过我查过历史，《西游记》出版的时候那厮已经死了，我在历史上也已经死了。"沙先生说。

"您说的那厮就是《西游记》的作者吗？"我问。

"这种浅显的问题你以后少问行不行，别侮辱大家的智商，也别老打断我的思路，行吗？"沙先生的回答让我有些不好意思。

"你说说这《西游记》第一回都说了些什么内容？"沙先生又问。

"美猴王出世，发现水帘洞，然后漂洋过海拜师学艺，遇到菩提祖师，起名为孙悟空，不就是这点儿事情吗？"我说。

"菩提祖师住在哪里？"沙先生问。

"灵台方寸山，斜月三星洞。"我找到了原文边指边念。

"灵台、方寸——都是'心'的别称。'斜月三星'，是心字的形状：斜月像心字的一勾，三星像心字的三点。也就是说菩提祖师在心山心洞里住，那他讲的是什么学？"沙先生问。

"心学啊！"我随口答道。

"你知道啊！"沙先生有些惊讶地说。

"我知道什么啊？"我问。

"心学啊！"沙先生说。

"我随口一说而已，心山心洞讲心学，这不是顺口答音吗？"我说。

"我说的呢？你这个没文化的家伙怎么可能知道心学！"沙先生说。

"我真蒙对了？心学是什么？是关于宗教的吗？"我问。

"心学是了不起的学问！是阳明先生学说，我们这些举子进士出身的人没有不学习心学的，只不过嘉靖皇帝后来禁止学了，所以我们都私下里学。那厮从来不提他学习过心学，但这孙悟空却明显是学习心学出身，还说什么以后不许提曾经向菩提祖师学习过心学！真能忽悠！"沙先生说。

“大明朝也用‘忽悠’这个词吗？”我笑着问。

“我这样说你能听懂，你们现代的电视节目我都研究10年了，什么流行语我不知道？说不定你听完我的故事就会成为我的粉丝！”沙先生也笑着说。

“在下洗耳恭听沙教授教诲！”我说。

“田戈同学，给你个任务，今天晚上回去好好研究一下阳明学说，就是我刚才说的那个心学大法师，你就当他是菩提祖师的原型，这样你就有兴趣了。”沙先生说。

“我也能学会长生不老、七十二变、筋斗云、分身术吗？”我笑着问。

“照那厮的说法，你当然可以学会！孺子可教嘛！”沙先生好像对今天的开端很满意，所以情绪显得很不错。

“学生回去一定好好学习心学，但现在师父您是不是可以和在下喝听啤酒呢？”我边说边打开了两听啤酒。

“好，那就喝一听！”沙先生兴致不错，我也很高兴，因为我真的开始觉得《西游记》确实不是简单的神话小说了。喝完了啤酒，我开车回家，虽然是酒后驾车，但其实我和沙先生就住在一个小区，我是懒惰，否则几百米的路根本不用汽车。

回到家，我翻开《西游记》第一回，反复看那首描写菩提祖师的八句诗：

大觉金仙没垢姿，西方妙相祖菩提。
不生不灭三三行，全气全神万万慈。
空寂自然随变化，真如本性任为之。
与天同寿庄严体，历劫明心大法师。

用互联网搜索了“阳明先生学说”，结果发现世界上原来还有王阳明也叫王守仁这样一位明朝的大哲学家，上学的时候没听说过，毕业后接触的又都是机械工厂，谁知道这个大哲学家是谁啊？根据网上资料，阳明先生的心学对后世影响极大，至少在孙中山蒋介石走红的年代都是自称为阳明先生心学信徒的，至于日本和东南亚，据说信徒更多。而阳明先生本人生前既是大学问家，又是打过大胜仗的军事家，还有就是镇压农民起义的刽子手，既被生前学术界疯狂追捧过，可谓门徒遍天下，又被死后封杀过，然后再平反。如果说500年来谁是“历劫明心大法师”，稍有文化的就会说那肯定是“王阳明”啊！我看完王阳明的介绍，虽然对心学也只记住了“知行合一”四个字，但对王阳明的名气印象极为深刻，于是我几乎可以确定《西游记》里的菩提祖师形象就是照着王阳明来写的。

看完这些材料，已经将近半夜，想到明天的工作和明晚与沙先生的碰面，我决定强制自己休息。

王阳明的故事

转天醒来，居然做了一夜的怪梦，身体明显有些疲惫，同时开始期待傍晚去会沙先生。和沙先生交往10年以来我对他真的是不错，可以说是无条件照顾。要知道沙先生对于我来说可是一个毫不相干的路人，而我居然如此对他，这恐怕是世间少有了。我反复问自己为什么这么做？答案可能是我的潜意识告诉自己，这是一个了不起的人，再或者是我的祖先曾经和沙先生是朋友，他通过遗传信息告诉了我，这个沙先生我必须全力照顾，不求回报。下午3点多，我给沙先生发了一条短信，说我会带些熟食过去，和他边吃边聊，我想听听他对阳明学说的看法。

“王阳明是了不起的大师，对我的一生有重大的影响，他影响了那个时代几乎所有的官员！”沙先生说。

“您见过王阳明吗？”我问。

“我无缘相见，只恨生得太晚。细算起来，我还是个孩童时先生就已经过世。此后没多久，也就是我的童年时期，阳明学说被朝廷给禁了，任何公开场合不准谈论，违者要抓去坐牢的！”沙先生说。

“那您怎么还说受他影响呢？”我问。

“阳明先生去世了，但他的学生遍布天下，有些人已经是了不起的大人物。朝廷可以一夜之间颁布诏令禁止阳明学说，但做不到一夜之间把人的思想都改变了，尤其是那些奉行阳明学说做人做事几十年的人，你让他怎么改？无非就是表面上不再说了，但私下里，大家还不是以阳明先生为榜样做人做事吗？”沙先生说。

“您说的我能理解，对于一个成人来说改变思想确实不容易，但政府一旦下决心整顿思想，至少对儿童来说应该是有影响的，您那时的上学教材难道不是政府发的吗？”我问。

“那时的政府和现在的不一样，没有那么大的影响力。朝廷只要把举人和进士的考题改了，全天下就要调整学习方向了。直接说吧，我从小有幸遇到了我的老师，他是阳明先生的得意门生，又是大官，因此对我影响极大。但我确实不知道那厮是如何成了阳明先生的学生的。按照年龄来算，阳明先生去世之时，那厮也就十几岁，说不定还在他那琼州老家呢！看起来他和我一样，也是遇到了阳明先生的得意门生，要不然《西游记》里为何说不准孙悟空是菩提祖师的学生呢！这厮倒也老实！”沙先生说得动情。

我知道他说的那厮大致是谁，但上次问过之后就不好意思再问了，以免沙先生又训斥我，我也要面子啊！我心里想，这个沙先生越来越神秘，好在我们的百日之约才开始，听不明白的事情先放着，别打扰他的思路。这样他说出来的话会比较多，等我最后还想不明白的时候我再问。一个人的故事有两三天还问不完吗？我的这种想法确实有些是对的，但有些后悔的是在后面的日子里我费了不少时间私下里查阅资料，因为不问，自己要查阅的事情就很多，但历史岂能全从网络查阅到？而且有些信息本身就残缺甚至错误。好在最后经过沙先生的故事，总算把故事弄清楚了，这是后话了。

琼州的故事

“咱们该研究第二回了吧！马上收拾收拾，抓紧时间吧！”见我不说话，沙先生倒是主动问我了。

“第一回中的文字密码就算是菩提祖师实际上是影射王阳明先生，可以这么说吗？”我问。

“就算对吧！还有一事你要注意，那就是花果山水帘洞到底在哪里？从书里的描写来看，其实就是那厮的家乡琼州。我一生没有去过那穷乡僻壤，但这10年来我一直研究那厮的著作，查阅了大量的资料，从那句‘椰子葡萄能做酒’中我就可以断定花果山就是那厮的老家。想当年与那厮同朝为官时，那厮说过有机会请我喝他家乡的椰子酒。还有就是描写美猴王离家求道的那首诗：

天产仙猴道行隆，离山驾筏趁天风。
飘洋过海寻仙道，立志潜心建大功。
有分有缘休俗愿，无忧无虑会元龙。
料应必遇知音者，说破源流万法通。

“这首诗确实是那厮的真情实感，和美猴王的故事没有半分关系。田戈你要注意，在《西游记》中除了描写花花草草的很多诗词，其中都隐含了那厮的真实意图。可惜你们现代很多人就怕看诗词，看到诗词就跳过去。而我们那时候把诗词当作文章的精华来研读。阳明先生的很多诗词我至今还能够背诵。这首词说明那厮确实从小就立志当大官的，这一点倒是和老夫一致，难怪他能和老夫同殿称臣若干年！”什么叫道行隆，一个猴子有啥道行？这其实说的是那厮在隆庆年间才真正的进入了国家最高权力机关，我们是同僚。

“沙先生，您说那厮是一个琼州穷乡僻壤的孩子，他怎么就从小有这么大的志向呢？”沙先生听我说“那厮”两个字，禁不住笑了。

“那厮虽生在琼州，但其家族其实辉煌得很啊！他的几个叔叔都是朝廷的官员，这在当时也算是名门望族了，估计琼州是找不出第二家了。你们当今社会不也一样吗？看看你们的政府首脑，多数都是大家出身啊！只有这样的家族才会从小给孩子大气磅礴的教育。我感谢我老师从小教育我要当国家的栋梁！”

“我小时候能吃饱饭就是幸福，爸爸妈妈最大的愿望就是让我的户口从农业转成非农业，所以我长大了注定进不了朝廷！”我说得很真诚，但还是引起了沙先生的微笑。这也是我这样说的目的之一，沟通就应该让人愉快，否则后面的百日之约岂不太艰难了。

“好了！第二回！”沙先生拿起了书，我也拿起了书，连姿势也不知不觉开始学他。只要沙先生的视线在书上，我就能从沙先生的面色中读出神圣，我不禁赞叹：“这才是读书人！”

“这第二回的主要内容是说孙悟空和菩提祖师学艺，学成之后返回花果山。”我主动说。

“这回中的密码也没什么重要的，算是那厮的回忆吧！你日后可以注意研究一下，那厮通过菩提祖师的嘴，将阳明先生的学说从另一个角度说了出来，总结得很透彻，我也是非常佩服啊！阳明先生确实是儒释道融会贯通的大家，难得那厮编出这本书，他也算是融会贯通了。可惜他不能像阳明先生那样得到历史的全面评价，只能用密码的方式隐藏在历史中，这对他还真的是不公平。”沙先生幽幽地说着。

我禁不住插嘴道：“我看那美猴王学会了三种本领，一是没有了邪欲，二是七十二般变化，三是筋斗云，那厮为何如此安排美猴王的本领，用意何在呢？”

“我倒是曾经和那厮探讨过为官之道，说起来我们还颇有些志同道合之感，毕竟我们的思想启蒙都是阳明学说啊！没有邪欲是说要知道当官的目的不是为了发财享受，而是为天下为民。七十二般变化说的是要会应对各种各样的人与事，不然官怎么当？阳明先生文武全才，一生什么事没经历过啊！至于筋斗云则说的是办事的速度要快！这一点我倒是很佩服那厮，无论什么公事他都能比别人速度快，不过这快大多数时候虽然正确，可有的时候确实不能快，快了就把握不好最佳时机了！不过那厮倒是能想，有了筋斗云，从京城到琼州也就分分钟的事，他就不用回趟家难如女人生孩子了！我们那时常取笑他回家探母至少要10个月，皇上怎么会批准请长假？我老家在荆州，回趟家少说要小半年，所以那时候做官真是忠孝不能两全啊！要是真有筋斗云就好了！”

“沙先生您没坐过飞机，那速度就和筋斗云差不多！”我调侃道。

“是啊！我没有身份证，无法亲身感受，但能想明白。你们今天的信息和速度是我们那时想象不到的，其实美猴王那点本领和现代科技比又算得了什么呢？”

“您别这么说，综合好莱坞电影所有的科幻英雄，其实本领也就和美猴王差不多吗？”

“你这样讲还真是的，难得那厮当时有如此想象力，我倒还真是很佩服他了。”

“美猴王学成之后为什么不去当官，而是又回花果山了呢？按照这样发展，那猴子不是白学了吗？这一定有密码吧？”

“你有所不知，我们那个时候，当官是不容易的。那厮从琼州跨海上岸求学，36岁考中举人，这在他们那里也算很难得了，可中举不意味着立即当官，而是要等空缺。你们现在叫作编制吧！那厮考中举人了，自然就算琼州的一个人物了，回家等候任命也是常理，等多久谁也不知道。好在他们家多少也算是朝里有人，应该不会等太久吧！”

“那他等了多久？”

“我听他提起过往事，应该等了4年，才等来了一个“中学校长”的职务，但要离开家到福建去上班。这4年里他可没闲着，就像《西游记》里面美猴王带着小猴子们在花果山称王称霸。那厮是举人，当地谁敢小看他，又是个世家，知府也要给面子啊！”

“没想到美猴王原来是花果山的一个待职的举子！我真是服了您！沙先生！这还不算密码？”

“这算不上密码！因为没有什么机密可言，他是举子也罢，是苹果香蕉也罢，都无关历史，后面的机密事件那才是历史！不过这也是那厮在剖析自己的过去，用你们现代人的思维叫作钢铁是怎样炼成的！”沙先生说。

“第三回说的是美猴王回到花果山，做了山大王。为了练兵到傲来国找兵刃，结果没找到合适的，于是就下海到龙宫里找到了如意金箍棒，还弄了一套行头。回山后睡梦中又被小鬼勾魂到了幽冥界，美猴王闹了龙宫和地府，引出了龙王和阎王到玉皇大帝那里去告状。玉帝本想捉拿妖猴，但随后接受了太白金星招安的建议，孙悟空第一次上天当官了。”我主动引出话题。

“这一回隐藏的是那厮在做京官之前的一些往事，按照推算，应该是那厮40

岁到50的大致经历，也就是嘉靖三十三年到嘉靖三十四年的情况。嘉靖三十三年的时候，严嵩父子还在任上，朝政黑暗之极啊！你注意下面的这首诗没有？”我顺着沙先生的手指，找到了自己手里的书上有这样一首诗：

炮云起处荡乾坤，黑雾阴霾大地昏。
江海波翻鱼蟹怕，山林树折虎狼奔。
诸般买卖无商旅，各样生涯不见人。
殿上君王归内院，阶前文武转衙门。
千秋宝座都吹倒，五凤高楼晃动根。

“这首诗说的就是那10年的政治情况，那厮没有夸张。你看那句‘江海波翻鱼蟹怕’说的就是那厮在地方办事很强硬，但因为他也算朝中有人而且道理上说得过去，所以倒是落下个清官的好名声，提起他海某人，还真是一个另类的清官。那座五凤楼现在还在，不过你们叫作故宫博物院的午门。朝里重大的盛典都在那里举办。‘黑雾阴霾大地昏’说的是官员们普遍都贪腐成性，不贪就是不识时务，很难有发展啊！和你们现在说PM2.5造成的雾霾不是一回事。但那厮说的不正之风吹得满世界飞沙走石，和你们现在反对的不正之风倒是类似。可能你们现在也没有想到这个整风问题在我大明就一直是重点问题。”沙先生一气说了这么多话，我有些走神，因为我突然发现大明朝历史或许和当今社会的某些现象有些类似。前不久我和狐朋狗友去了一家歌厅，找了一些小姐作陪，场面很是阴霾灰暗，靡靡之音伴奏下男男女女搂着抱着名曰跳舞，实际上心里在想什么？这和《金瓶梅》中西门庆去妓院听姑娘唱曲是不是差不多呢？西门庆听到的是真人演奏的乐器，我们听的是机器放出的音乐，但西门庆和我们还不都是在性欲的驱使下丑态百出吗？

“你有没有注意到那孙悟空得到的定江海浅深的神铁，后来叫作如意金箍棒？”我的思绪被沙先生打断，发现自己走神，有些不好意思。

“是啊！那根铁棒实在太神奇了，亏那厮想得出来！”我掩饰着回答着沙先生。

“你可知那棒子象征什么？”沙先生问。

“当官的，不都要有打手跟着吗？打手手中不都要拿着棒子吗？这是不是那种刑具的代名词？”我说。

“哼！胡说八道！你上了这么多年的学，居然猜不出其中的妙义，也难怪，你们现在用的大多是电脑键盘，这个棒子差距是大了一些。”沙先生说。

“金箍棒是电脑键盘？您别逗了，这我绝对不相信。”我说。

“如意金箍棒就是那厮手中的笔呀！如意的意思就是写文章，词不达意，引喻失义，提笔忘字，书法不过关，这些都是不行的。猪八戒的耙子，沙和尚的禅杖都是你们现在说的大笔杆子。我们这些文人还不就是靠笔杆子出彩了。那严嵩还不是青词写得好才逐渐爬上去的。”沙先生边说边拿起一根签字笔在纸上比画书法的姿势，看他那架势还真有书法家的感觉。他要真是大明朝穿越过来的人，又是一个高级官员，那肯定比现在最好的书法家写得还要好，我这样猜想着。

“你注意书里面写玉皇大帝的名号了吗？ 高天上圣大慈仁者玉皇大天尊玄穹高上帝，估计你们现代人不会在意这个，知道嘉靖皇帝驾崩之后的谥号吗？估计你肯定不知道，告诉你也记不住，看个热闹吧!是钦天履道英毅神圣宣文广武洪仁大孝肃皇帝。世宗执政的时候，给自己起了几个号，叫什么天池钓叟、雷轩、尧斋，道号万寿帝君，这些号的意思无非就是想当天上的神仙，长生不老。那厮在书里给世宗封了一个玉皇大帝的名分，倒也算是恰当，要不然他怎么能把自己命名为齐天大圣呢！”沙先生的情绪有些激动，似乎他对那个世宗皇帝非常不满意。

“那孙悟空从龙宫弄了一套行头意味着什么？”我问。

“那身行头其实就是朝廷封的官，尽管那厮中举后4年才补了一个教谕的缺，那也是朝廷正经的封赏，那龙宫自然不是别处，是皇宫，而那龙王和玉帝的关系我想你也应该能看出来，就是皇帝和太监的关系。也就是说书中凡是龙，都是太监。”沙先生说。

“那白龙马也是太监？”我问。

“当然是太监，不过这是后话，我们到时候再说。”沙先生说。

“那孙悟空到阎王殿把生死簿给涂抹了是怎么回事？”我问。

“生死簿涂抹了，凭着神仙的手段再造一份应该很简单，比你们现在的复印应该还要快，但这其实意味着那厮自从进入了官场，面对官场的黑暗和歪风，他没有同流合污，而是选择抗争和坚持正义，这也就意味着将生死置之度外了，这一点我还真是佩服那厮，毕竟能做到这一点的人并不多。”沙先生感叹着说。

“今天不早了，您休息吧，我明天再来。”我说。

“好吧，我是累了，毕竟都68岁了！你如果明天有空，希望你把第四回到第八回提前读完，这样咱们进度会快一些，我希望我们把《西游记》尽快研究完，然后你带我去一些地方走一走，别急，到时候我会告诉你我想去哪里！”沙先生说完站起身，活动胳膊腿，我也站起身告辞。

心中的圣人

第二天我带着满腔的兴奋开始阅读《西游记》，按照沙先生的吩咐，读了第四至七回，题目如下：

第四回　官封弼马心何足　名注齐天意未宁

第五回　乱蟠桃大圣偷丹　反天宫诸神捉怪

第六回　观音赴会问原因　小圣施威降大圣

第七回　八卦炉中逃大圣　五行山下定心猿

我对沙先生越来越信任，这是因为当你面对一个68岁老人，听他情真意切地讲话时，你不由得不信，除非他说的都是官话、套话、大话或者正确的废话，而沙先生几乎不说废话，都是非常准确的话。不过到目前为止，我还猜不出沙先生所说的重大机密到底是什么，从目前来看，一个姓海的嘉靖时期的官员写了自己到北京城做官之前的一些事情丝毫谈不上什么重大机密问题。下午我坐在电脑前，顺手在网上检索“嘉靖海大人”五个字，结果我发现嘉靖时期的海大人好像只有海瑞，别的人应该还有，但网上没有信息。出于好奇，我阅读了海瑞的事迹，网上说他生于海南岛，是著名的清官，在嘉靖末年写了一封奏折把皇帝给骂了，结果遭到关押，后来新皇帝上来把他放了，还让他当了巡抚。他为了百姓的利益得罪了很多人，最后罢官回家待着去了。到了万历年间，他又被请出来当了两年官，病死在南京。海瑞是著名的清官，还因为在“文革”前有位作家写了一部戏本叫作《海瑞罢官》，四人帮说这是替彭大帅翻案，所以就大加批评，有人说“《海瑞罢官》剧本”是“文革”的导火索。今天海南还有一个海瑞纪念馆。这个海瑞就是沙先生嘴里说的那厮吗？如果不是，那厮又是谁？如果是，这有什么机密可言？带着这些问题，晚上我自然又去找沙先生了。

“沙先生，第四至七回我看完了，说的是大闹天宫的事情。理由是因为孙悟空嫌弼马温官职太低，反下天庭，玉帝派兵捉拿妖猴，结果失败了。关键时刻太白金星又一次招安孙悟空上天，结果还真是封了一个叫作齐天大圣的高官。可那孙悟空在管理蟠桃园的时候居然因为没有接到蟠桃会的邀请就很生气，于是搅乱了蟠桃会又一次反下天庭。这次玉帝派兵剿灭妖猴，观音菩萨推荐了二郎神，并且在太上老君的帮助下抓到了孙悟空，投入了八卦炉烧，可又没浇汽油烧不死被他给跑了。最后还是如来佛祖出面用五行山镇压了妖猴，从此天下太平了。我说得没错吧？”我问。

“口才不错，估计你们的电视剧电影没少演这出戏！这个可爱的猴子形象还真是深入人心啊！你就没觉得有什么问题吗？”沙先生问。

“按照您的思路，孙悟空是那厮的话，我没查到关于那厮养马的事情啊！可孙悟空又叫弼马温，这件事情很著名啊！”我问。

“说得很好，孺子可教！这确实是重点问题！如果不能破解这个谜语，那就很难接近真相。”沙先生说。

“您还是告诉我吧！我猜不出来，都400多年了，谁知道你们那时候是啥情况？”我说。

“你听说过弼马温、牛魔王、猪八戒吗？我是说除了《西游记》之外？”沙先生问。

“我听说过灶王爷、兔爷、关老爷！弼马温、牛魔王、猪八戒难道不是《西游记》里的人物？”我问。

“我说得不准确，我是说你们现在民间拜神还拜这三个神吗？就好像拜灶王爷？”沙先生问。

“没有啊！我们拜观音菩萨、财神爷、如来佛，甚至耶稣，我们不会拜牛魔王，难道您拜牛魔王？”我笑着问。

“你说得对，在我们那个时候，每年的腊八节都要拜牛魔王、弼马温、猪八戒这三个神，因为这三个神可以保佑家里的牛、马、猪来年不得病。”沙先生说。

“啊？原来是这样！这么说这三个神比《西游记》诞生得要早啊！”我感叹道。

“其实这就是那厮的高明之处，他把当时所有流行的神话传说故事都给大杂烩在一起了，并把这些故事编排得合情合理，与此同时利用诗词歌赋将秘密隐藏在其中。老百姓看的是热闹，自然就会流传这本书。不认真读书的学生也不看诗词，也就发现不了其中的问题。那厮可能想也许几百年后才有人发现其中的密码，那也就无所谓了，他也算兑现了对我的保密承诺。可他没想到，这个秘密在书印出来之后不久就被识破了。毕竟其中的诗词和故事主线完全对不上，稍有心计的人就会注意这个问题。我倒是很奇怪，你们今天的这些聪明人居然这么久都不能发现其中的秘密。还大言不惭地评论说这书仔细看，写得有点儿乱！哼！”沙先生冷笑地说道。

“一部古书，谁看都是消遣而已，您要不说里面有藏宝图，保证没人研究！”我说。

“我上网查过你们这个时代的名人如何评价《西游记》的问题，发现影响最坏的就是那位民国时期姓胡的先生，我看他在这个问题上应该叫作胡说还差不多，他似乎发现了一点点不对劲，但他说不值得研究。这人就是敢说，所以就占了不少便宜！”沙先生的情绪有些激动。

“沙先生您别生气，他可以胡说，您可以正说！”我劝道。

“我是应该叫正说！”沙先生回答我后看了看我，看我没有什么反应，他便继续说。

“我想因为《西游记》的影响，你们把牛马猪的保护神都抛弃了，这也不足为怪。但你们对御马监这个地方就不能研究研究吗？”沙先生问。

“御马监不就是养天马的地方吗？孙悟空被派到那里，说是个不入流的小小官！难道不是这样吗？”我问。

“御马监是我朝特有的机构，所有的官员都是太监。那厮说御马监缺正堂管事，于是就封了孙悟空为弼马温，一方面是因为我们那里的百姓对弼马温很熟悉，算是天庭的固定神灵，另一方面也是稍稍遮掩一下御马监这个太过敏感的衙门名称。要知道除了本朝之外，唐朝、宋朝、元朝可没有什么御马监的弼马温。”沙先生慢条斯理地说着。

“那作者要告诉我们说孙悟空是个太监？”我问。

“那厮当然不是太监，他一生也是喜欢女人的，只不过他装作自己不大喜欢女人，说是为了传宗接代，这男人，谁不喜欢女人，就算是太监，心里也还是希望能娶了女人，所以我说那厮在这方面就是比较虚伪的！”沙先生说。

“那我就糊涂了，那厮不是太监，但又当了御马监这个太监官，还弄一个天神的名字叫作弼马温？对了，这个‘弼马温’三个字是个啥意思？”我问。

“弼马温很容易理解啊！我们日常离不开马，马车是最主要的运输车，但马车最害怕的就是马受惊，那可是弄不好要车毁人亡的，所以我们最大的愿望就是马不会受惊，保持永远温和的状态，所以就叫弼马温。对了，那厮不是太监，弼马温确实又是个太监，那厮其实是把齐天大圣和弼马温两个角色故意合二为一了，这样能够起到障眼法的作用。其实我现在可以告诉你，书中提到弼马温的时候，都在说那个太监的事情，而提到齐天大圣的时候一定是说那厮自己的事情，但当称为孙行者的时候就是那厮和那太监合作完成的事情。”沙先生说。

“等等，沙先生，您都把我说蒙了。我姑且认为您说的那厮就是那位海大人，但这个太监又突然冒出来了，我怎么越听越糊涂了！”我说。

“糊涂没关系，我一说你就不糊涂了，如果那么容易弄清楚，就不至于让民国的胡教授胡说了！其实你只要仔细研究历史就可以发现，隆庆初年，有一位御马监的主管太监，名字叫作冯保，是一个非常有分量的人。”沙先生若有所思地说。

“冯公公啊！”我叹道。

“你知道他？”沙先生看着我，眼睛发亮。

“不知道，但电视里不都是将太监叫作公公嘛！这一个公是雄性，两个公叫作物极必反，自然是被阉割的男人，是这么理解吗？”我问。

“胡说！冯保是个不简单的人，我和他纠缠了10年，成我者冯保，败我者冯保，我不知道该怎么评论我们的关系，但这10年以来，我反思自己，结合学习那些对我来说消失的450年的历史，我觉得还是应该怪我自己，不能怪冯保啊！”沙先生叹气。

“沙先生，您是说弼马温是个太监主管，叫作冯保，这个人在《西游记》中以弼马温出现，但读者又以为他是孙悟空，所以就起到了扰乱视线的作用，对吗？”我问。

“有些贴边，但只说对了一点点，我可以告诉你，冯保在《西游记》中扮演着非常重要的角色，就好像在我朝从隆庆元年到万历十年，冯公公确实是个举足轻重的人物，没有他的故事将不成为故事。”沙先生有些激动。

“那冯保除了是弼马温还是谁？”我问。

“白龙马，蝎子精！到时候我再详细给你讲吧，现在你就知道冯保是弼马温，是个大太监，是皇帝身边的人！明白吗？”沙先生的语气不容我再问。

“明白！但我需要证据。还有，既然是大太监，怎么书里还说弼马温是个没品不入流的小官？”我问。

“如果把你阉割了，让你去当一个什么大官，你去吗？”沙先生问。

“我不去，我还要生孩子呢！再说和女人干那事是男人特有的乐趣之一，没能力了，那还算男人吗？”我调侃地说。

“对啊！你也知道男人不能被阉割，否则就不算是真正的男人了！这就是书里说这个官不入流的原因，健全的男人没资格当，也不乐意当，那是属于太监专用的官。所以书里说那是个卑贱的官。”沙先生说。

“原来如此！我从电视剧中看到过，被阉割的太监其实内心挺矛盾的。”我说这些的时候，猛然发现沙先生眼含泪光，情绪明显异常，于是便住了嘴。

“那齐天大圣的头衔也是有来历的，还有什么平天、覆海、混天、移山、通风、驱神大圣，这都是障眼法，哪有这么多大圣，不过都是受阳明先生学说的影响，说什么每个人都可以成为圣人，这就是胡说八道，要不然我也不会在后来灭了那么多书院！”沙先生激动了。

我没有完全听懂他的话，但隐约感觉事情比较复杂，于是决定多听少问，有些问题不问，等等就明白了，这恰如小时候对男女为什么结婚后才能生孩子的事虽然好奇但就是不问，等长大了才发现，这事情原来如此简单。

“弼马温这个太监当然是一个野心家，而那厮也不是个省油的灯！”沙先生的话突然打断了我的思绪。我看着沙先生，沙先生看着我，估计是判断我没听懂他的话，于是他又说道：“我和你说过了，弼马温和齐天大圣不是一个人。那厮在写完弼马温之后就说弼马温嫌官小反下天庭了，而后玉帝又派天兵天将捉拿，而那太白金星又劝说玉帝招安，这次确实给那厮封了齐天大圣，不过书里说是有官无禄。你可知什么叫作有官无禄？”

“我不知道。”

“其实那厮确实说出了我大明朝廷嘉靖年间最大的问题。用你们现代的话就是官员不发工资。那厮在地方惹了不少事，也算出了些名，地方官通过运作，居然把那厮给调入京城户部云南司当主簿。按说从地方县令调到京城担任主簿那算是大大的提升，可是京官不发工资，收入全靠地方官员孝敬。皇上知道也就默许了，其实孝敬的银子比工资多十倍百倍都不止。不过这可就苦了那厮，他把大家送他的物资、银子都给退回去了，以为这是清廉，可这就坏了规矩，如果大家都像那厮一样，还不全都饿死。那厮经过调查才发现，京官的风气实在太坏了，可这是皇上的问题，大臣们解决不了啊！”

“沙先生，您说的是海瑞上书的故事吧！”

沙先生听我这样问，有些惊诧，但随即微微闭上了眼睛，又睁开叹了口气。

“其实我那时也是靠地方的孝敬银子过日子，只不过我没那么黑，我在裕王府当教师。那厮到了云南司之后很快就了解了京城的各种情况，于是他就写了那封著名的奏折，叫作‘直言天下第一事疏’。要说那厮的文章确实够狠，但就是太偏激了。他在奏折里把皇帝办天桃会、写青词、不见儿子、独宠美妃的事情大加批评，还说什么嘉靖乃是家家皆净也。我们天才伟大的世宗皇帝怎么能受这样的批评，那厮就被抓起来了，要杀头。”

“这件事情我在网上看过，嘉靖皇帝真的说‘那厮要做比干可我不是商纣’这样的话吗？”

“那厮被抓进了天牢，这件事成了大家背后议论的焦点，但公开场合大家就当没有发生这件事情，谁也不去说。可仔细想想，那厮说得都对，可是你不能太直接了，那毕竟是伟大的皇帝啊！我当时在裕王府，裕王倒是对那厮很是欣赏，觉得那厮说中了要害。大明朝的官员要都是像那厮这样，天下就会大治。可见裕王其实是不懂政治的。政治岂能用对错来评价，政治又哪里有对错？”

“那您说政治没有对错，皇上的行为也没有对错？”我不解地问。

“站在你自己的立场，很多事情都有对错，可站在当事人的立场上，他的行为一定是有他的道理的，用你的道理评价他的行为，你觉得这对吗？如果他用他的道理评价你的行为你觉得对吗？”沙先生反问我。

“您说的我听不懂，可难道一个人的行为就没有公认的价值标准了吗？”

“公认的价值标准就对吗？”沙先生问我。

“公认的应该就是对的，要不怎么叫作公认的呢？”我说。

“好！我问你，如果你明天遇到一个裹小脚的少女，你会爱她吗？”

“现在还裹小脚，那不是精神病吗！”

“可我们那个社会大脚天足是没人敢娶的，娶了这样的女人还不如娶一个妓院的婊子。”

“可时代不一样了，价值观就要进步啊！裹小脚那不是摧残女人吗？”

“那时候公认就是这样，你不是说公认的就是对的吗？”

“我说的是现在公认的，不是大明朝公认的放到现在来评价啊？”

“那你觉得大明朝裹小脚的行为本身是不是对呢？”沙先生问。

“不对啊！”我说。

“那你在大明朝就是大逆不道，会被大家看不起，所以你要在那个社会，你也不敢说什么！”

“沙先生您说得有理，可您觉得咱们这个社会有没有公认的，但还是不对的？”

“我首先声明，我来自大明万历十年，在这个社会又学习了10年，你信不信，事实都是如此。如果让我评价这个社会，我确实还不敢多说。和大明朝比，先进科技是进步太多了，简直是无法想象，但有些观念上的事情老夫觉得可以商榷，比如：计划生育、不能纳妾、干什么都要身份证。”沙先生说。

“如果不计划生育，人口过多中国受得了吗？如果随便纳妾，中国男人本来就多，会有更多的男人娶不上媳妇，这不是让社会不稳定吗？如果没有身份证控制，谁又知道你是谁啊？您要是拿一张万历皇帝发的身份证，我马上就承认您是万历年间的百姓。”我用有些调侃的语气答复了沙先生。

“哼！你说的这些自己一定觉得非常有道理，甚至说这就是天理。可我问你，你们为什么要研究超级水稻？你们为什么要研究种羊种牛？你们为什么不认真人的脸，非要认一张小卡片？你们的做法现在觉得对，500年后肯定要被骂愚昧腐朽的。”沙先生冷冷地说。

我忽然觉得沙先生说的或许有道理，毕竟人类以前认为地球是宇宙的中心啊！那时候大家都不怀疑啊！对水稻我们知道让优良品种得到推广，对牛羊我们也要育种高产，但对人类我们表面上一视同仁，实际上种族竞争。假身份证满天飞，但沙先生却因为没有身份证坐不了列车和飞机。纳粹德国的希特勒不就是宣扬种族优秀最后被灭掉的吗？看来以我的智慧无法说服沙先生，毕竟他自己说他是明朝人，我怎么说服他，我自己有时还自相矛盾呢！想到这里，我决定岔开话题，避免争论不休耽误预定的正事。

“沙先生您说那厮冒着生命危险，说了大家都不说的话，难道他事后不后悔吗？”我问。

“人啊！做了不合时宜的事情时候往往会后悔的，我相信如果让那厮重新活一回，那厮未必还会那样做。”沙先生说。

“您又不是那厮，您如何知道那厮的想法？”我问。

“好，我就指给你看，证据在此！”沙先生说着给我指了指《西游记》第七回的开场诗：

富贵功名，前缘分定，为人切莫欺心。正大光明，忠良善果弥深。些些狂妄天加谴，眼前不遇待时临。问东君因甚，如今祸害相侵。只为心高图罔极，不分上下乱规箴。

“我问你，这齐天大圣不过是对蟠桃会没有请他有些不高兴，自己偷偷搅乱了蟠桃会，而且在被抓住之后没有丝毫的悔意，那你说这首诗的内容又从何说起呢？齐天大圣可贪图富贵功名？齐天大圣可否称得上忠良？齐天大圣可规箴了谁？”沙先生问。

“齐天大圣就是一只胡闹的猴子，您问的问题应该都是针对现实社会的人啊？”我反问。

“你说对了，这首诗其实就是写那厮在进了天牢后的心情。显然那厮在写奏折之前也还是抱着一丝侥幸，以52岁的年龄，在京城当一个主簿，这辈子也就这样了，也就没有什么希望了，只有这封奏折才能出奇制胜。所以那厮知道他写这封折子其实是越权的，应该是御史去写这样的规箴的奏折，他是承认自己欺心了。但同时那厮觉得自己说的都是忠言，最终也因此得到了很大的回报，由五品升到三品，最后算是达到二品。如果没有那封奏折，就凭他一个举子出身，恐怕十辈子也没有这个机会了！”沙先生说。

“那孙悟空被八卦炉炼了49天，逃出来之后没人管得了他，于是玉帝派人请如来佛祖这才将妖猴压在五行山下，这段故事和那厮经历也有关系吗？”我问。

那厮在狱中，自称死不足惜，一心为国，问心无愧。但当他听说嘉靖皇帝驾崩之后，据说号啕大哭。由此可见他在狱中一年应该是想明白一些事情了。他希望陛下能够振奋精神管理国家，却怎知陛下连性命其实都保不住了，可见他是多么幼稚多么不理解陛下的苦处。其实陛下是想整顿国家的，但奈何身心俱疲。其实书中的玉皇大帝就是暗指世宗皇帝，而如来佛祖则是指世宗皇帝死后的精神化身。我这样说可能你无法理解，说明白了就是在那厮心中，世宗皇帝没有死去，而是成了他心中的佛祖。那五行山指的就是他一腔的报国之心啊！我朝太祖立下规矩，后世子孙名字之中必带有五行中的一行，也就是必须带有金木水火土任一字的偏旁。这也算那厮用心良苦。”沙先生说。

“您言必称其为那厮，我觉得应该不是好称呼，请问沙先生，您刚才似乎是在表扬那厮，可您为什么要一直都称他为那厮呢？”我问。

“那厮着实可恨，将我的机密透露出来，是他毁了我大明江山，无论他是何意，我都觉得那厮十分阴险十分小人，而且他个人的事情未必就那么光彩，所以我不屑于提他的名字，我就叫他那厮，你凑合听吧！”沙先生有些生气地说。

我心想，这世间的事情本来就说不清楚，你觉得是个好人的人，也未必就没有为人所不齿的事情。我扪心自问，是不是也有不能为外人道的事？这坏事如果影响面很小，那就很容易被人忘记，所以不说也就不说了，但如果是影响面极大的坏事，那就不好说了，比如严嵩、和珅这样的大贪官就不好“翻身”。这老百姓对贪官是羡慕嫉妒恨，但表现出来的就是恨，羡慕嫉妒则深藏在内心深处不轻易表露。我总是在沙先生说一番激烈的话之后胡思乱想，然后又被沙先生的话惊醒。

“这人生啊！有三件事情是非常重要的，生、结婚、死，这生死的庆祝与哀悼，自己是见不到的，只有结婚自己才是真正的主角。世宗皇帝做了45年天下，那葬礼还是非常隆重的，那厮将其写成‘安天大会’倒也是非常恰当。我们那时谁要是能写挽联其实就是很有面子的事情，当然这也是考验自己水平的时候。其实世宗皇帝在晚年的时候想了很多如何传位的问题，不然那厮的命怎能保住。世宗知道，一朝天子一朝臣的道理，而要名正言顺地大换血，没有那厮这样不怕死的傻瓜是不行的。”沙先生幽幽的叹了口气继续说：“你看那第七回的结尾怎么写的？”

我顺着沙先生的手指，对着自己手里的书念道：

如来即辞了玉帝众神，与二尊者出天门之外，又发一个慈悲心，念动真言咒语，将五行山，召一尊土地神祇，会同五方揭谛，居住此山监押。但他饥时，与他铁丸子吃；渴时，与他溶化的铜汁饮。待他灾愆满日，自有人救他。正是：

妖猴大胆反天宫，却被如来伏手降。
渴饮溶铜捱岁月，饥餐铁弹度时光。
天灾苦困遭磨折，人事凄凉喜命长。
若得英雄重展挣，他年奉佛上西方。

“好一个他年奉佛上西方！你可曾觉得这段话中大有玄机？”沙先生问。

“这孙悟空怪可怜的，500年就吃铁丸子喝铜汁，这也不消化啊！”我说。

“我也是后来看《西游记》才猜想出当年那厮在天牢中是如何度过的。要不然裕王怎么会对他如此看重，原来是世宗皇帝早有安排。那铁丸子就是定心丸，铜汁就是通知，世宗皇帝一定是秘密派人到牢狱中探望了那厮，并告诉那厮他不会杀他，将来那厮还有用武之地。”沙先生说。

“皇帝要是派人通个密信，当然不是难事，怪不得有的材料说嘉靖皇帝的死讯传到大牢，那厮不但不高兴而且还整夜痛苦，甚至连胆汁都吐出来了，这或许就是他们君臣之间的感情了！”我说。

“那厮哪里见过世宗皇帝，还说什么感情，谁知道那厮是不是为了保命而痛哭呢？你想想，如果那厮不哭，结局会如何？而哭又如何？这样想来，那厮在天牢关了一年，心智确实大大增长！佩服啊！”沙先生说。

“沙先生，您看这第八回开头的诗词是不是有特殊含义？我念一念啊！”

试问禅关，参求无数，往往到头虚老。磨砖作镜，积雪为粮，迷了几多年少？毛吞大海，芥纳须弥 ，金色头陀微笑。悟时超十地三乘，凝滞了四生六道。谁听得绝想崖前，无阴树下，杜宇一声春晓？曹溪路险，鹫岭云深，此处故人音杳。千丈冰崖，五叶莲开，古殿帘垂香袅。那时节，识破源流，便见龙王三宝。

“你觉得他这词写的是什么啊？”沙先生问。

“好像和苏轼写的‘人生如梦，一尊还酹江月’有些像。”我说。

“那厮历尽生死，一年的光阴，能有多少感叹，自然见识不凡。我倒是觉得那厮在狱中肯定是读了不少佛经。不然那厮在写骂世宗的奏折时怎会完全语气不同。奏折中的那厮，分明是一个忠臣，此词中的那厮，又变成了一个和尚。若不是看破生死，怎会有如此感叹？那厮终究还是不能彻底超脱，所以才著书劝世人行善，可他自己一生就没害死人吗？”沙先生感叹。

“沙先生您说这如来佛暗指世宗皇帝，那观音菩萨呢？”我问。

“你来看这回书中对观音菩萨的描写，念给我听！”沙先生好像是命令我，这让我无法拒绝，只好按他的要求念道：

诸众抬头观看，那菩萨：理圆四德 ，智满金身。璎珞垂珠翠，香环结宝明。乌云巧迭盘龙髻，绣带轻飘彩凤翎，碧玉纽，素罗袍，祥光笼罩；锦绒裙，金落索，瑞气遮迎。眉如小月，眼似双星。玉面天生喜，朱唇一点红。净瓶甘露年年盛，斜插垂杨岁岁青。解八难，度群生，大慈悯：故镇太山，居南海，救苦寻声，万称万应，千圣千灵。兰心欣紫竹，蕙性爱香藤。他是落伽山上慈悲主，潮音洞里活观音。

“这有机密吗？”念完了这段绕嘴的文字，我问道。

“璎珞垂珠翠，香环结宝明。乌云巧迭盘龙髻，绣带轻飘彩凤翎，碧玉纽，素罗袍，祥光笼罩；锦绒裙，金落索，瑞气遮迎。眉如小月，眼似双星。玉面天生喜，朱唇一点红。”沙先生重复地念着，又接着说：“好一个美妃啊！”

“什么？您说这菩萨是一位美丽的妃子？”我问。

“世宗皇帝从55岁到60岁驾崩，几乎每天都和她在一起。六宫粉黛三千佳丽都被抛到脑后，那厮在奏折里还特别说世宗皇帝这样做是不对的。可作为一个男人，如果找到一位心中十分满意的女子，与她厮守一生，那便是最美最美的生活！那美妃确实是人见人爱的女子啊！可是红颜祸水的说法也是盛行的。这世界上的男人女人都差不多，凡是自己得不到的，宁愿毁掉。那年，世宗皇帝驾崩，美妃险些陪葬，要不是……”沙先生欲言又止。

“您要是不说，我还真是没往别处想。不瞒您说，我读书遇到这种大段的情景描写往往是一目十行，心中想这都是作者堆砌笔墨，不看也罢！”我说。

“别的书我不敢说，那厮的这本《西游记》中的诗词你应该细看，要看到诗词的背后有什么？如果你说《西游记》的情节，那不过是猴子、猪、沙僧陪着和尚去取经，遇到妖怪有惊无险，最后终成正果的故事，那没有什么好看的。”沙先生说。

“是啊！我们不过是看一只猴子和一头猪居然拥有人类无法比拟的本领，而且说人话办人事，从而在内心深处设想自己是不是也会有一天忽然拥有了猴子和猪的本领，能够长生不老。”我说。

“是啊！《西游记》中的人物其实早在民间流传了，那厮正是利用大家都熟知的人物和一些流传的故事，再次赋予其新的故事，新的含义，尤其重要的是他借诗词将我的机密隐藏进去了，这实在可恨。我看过你们那部叫作《大话西游》的电影，那里面的情节不就是利用了大家熟知的几个人名讲了一个和《西游记》毫不相关的事情吗？那厮的《西游记》其实就是当年的《大话西游》，我这样说你应该更容易理解吧？”沙先生说。

“您这样说我似乎明白了。用挂羊头卖狗肉形容是否恰当？”我问。

"哈哈！没那么简单，但也是意思接近。"沙先生说。"那厮在故事中加入了劝善、人情、物理、机密、诗词、个人情感，岂是羊头与狗肉那么简单？"

"沙先生，如果让您写一本《西游记》，您会写成什么样？"我问。

"老夫可没有时间写这么长的书，那厮要不是14年赋闲在琼州，他也不可能写得出来。"沙先生说。

"可我们上学时都说《西游记》的作者姓吴啊！"我问。

"或许吧！我不能确定这书是不是那厮写的，但至少是那厮口述了自己的经历，别人才能写得出来，那厮和姓吴的什么关系我不知道。老夫在朝几十年从来不知姓吴的是何许人也。"沙先生说。

"您的意思是那厮至少参与了创作？"我问。

"岂止是参与？简直就是……不说这个问题了，我要告诉你的是书中所有的机密，你不要老是打岔，否则咱们何日能将这么厚的书说完？"沙先生说。

"第八回说完了，咱说第九回吧？"我问。

"对了，第七回还有一首诗值得你注意。"说着，沙先生指给我看。这首诗是这样写的：

猿猴道体配人心，心即猿猴意思深。
大圣齐天非假论，官封"弼马"是知音。
马猿合作心和意，紧缚牢拴莫外寻。
万相归真从一理，如来同契住双林。

"沙先生，这首诗太奇怪了吧！您要不说我还真没注意这种含义离奇的诗。什么叫知音，谁又和谁合作了？"我问。

"你忘了我和你说过，弼马温是御马监的主管太监冯保，那厮自从到了京城，不知怎么就认识了冯保，而且俩人颇为投缘。这首诗应该是怀念冯保的诗，也是泄露机密的诗。不然我们就无法推论合理的逻辑。"沙先生说。

"您的意思是不是说冯保作为一个太监是那厮在宫里的内线？"我问。

"差不多吧！如果没有熟悉的太监，作为一个官员其实是很没有用的。你们现代社会不也是经常要先和领导的秘书熟悉起来才好办事吗？"沙先生说。

"我们现代的官员秘书可不用净身阉割，怎么能叫太监呢？"我说。

"其实你可能不知道，大明朝的太监承担着很多文职工作，基本上就相当于皇帝的秘书。冯保那厮也确实是一个人才，如果他不是太监，估计也能考取功名。我大明朝的官员和高级太监必须是绝顶聪明之人！”沙先生说。

“一群聪明人就一定能够把事情做好吗？”我问。

“你问得越来越有水平了！你说得没错，其实越是聪明人在一起越容易出问题。好了，我们继续说吧！这第九回说那观音菩萨受如来之命到东土寻找取经人，路上遇到了沙悟净和猪悟能以及白龙马和孙悟空，菩萨觉得这四位都是人才，就收了给唐僧做徒弟。这段故事有何机密，你能说说吗？”沙先生问。

“您别开玩笑了，我哪里能看出什么机密！”我说。

“哎！你们现代肯动脑的人太少了，不过研究这个问题对你们来说其实也没有什么意义，还是我来和你说说吧！前面咱们已经说了，这个观音菩萨是世宗皇帝晚年深深爱上了的美妃，世宗驾崩时美妃也只有十八九岁，就好像书里描述的可爱的样子，但这么一个美貌的皇妃怎么就变成了妖精呢？这只是一种比喻，其实世宗皇帝早就有心培养国家的人才，世宗皇帝知道这一朝天子一朝臣的道理是谁也改不了的，所以世宗早就给儿子物色新的领导班子成员。世宗身边的这些人，新皇帝是不肯用的，可新老交替如果操作不好，就会血流成河啊！因此世宗就把自己满意的人选早早地安排给裕王。”沙先生似乎又陷入沉思。

“裕王就是世宗驾崩之后的继任者吧？那裕王是怎么完成新老交替的？”我问。

“你不会查阅历史？”沙先生问。

“沙先生，我们现代人其实很实际，跟自己没有关系的事情谁去查呀？再说有您这位权威在此我还查什么呀？”我说。

“你说得也对，你也不知道从何查起，因为那些所谓的线索如果对于不了解当时情况的人来说实在是没有一点痕迹。但好在有我，所以才能把真相展现在你的面前。你看那流沙河是在哪里？”沙先生问。

“那是一条里面全是沙子的河，不会是黄河吧？”我说。

“不是黄河，是长江。唐诗不是说长江两岸猿声啼不住吗？那书里借菩萨的眼耳说是‘平沙无雁落，远岸有猿啼’吗？”沙先生说。

“难道流沙河是长江？”我问。

“流沙河，流经古镇沙市的那条河！但那厮不是在说河，而是在说那个沙！”沙先生说。

“沙先生，这个沙和您有关系吗？”我问。

“我就是沙僧！”沙先生说。

“我猜出来了！您的老家是沙市，对吧？”我说。

“你看那沙悟净的外貌。”沙先生指着书上的字说。我对照自己的书看道：

青不青，黑不黑，晦气色脸；长不长，短不短，赤脚筋躯。眼光闪烁，好似灶底双灯；口角丫杈，就如屠家火钵。獠牙撑剑刃，红发乱蓬松。一声叱咤如雷吼，两脚奔波似滚风。

“黑脸、光脚、亮眼、血嘴、獠牙、红发、大嗓门，这可够吓人的！“我说。

“对啊！这才是沙僧的面貌，你们那些拍电视剧的导演不知道怎么想的，一点也不尊重原著。其实如果他们尊重原著就会发现，这个妖怪形象其实是很多妖怪共同的形象，记住你说的，我们后面慢慢验证。今天我们先说这些吧！我有些累了！给你留个作业，回去之后明天到我这里之前，你把大明朝几个人的生平简单归纳一下，明天告诉我你归纳得如何，要简练！”沙先生说。

“我可以上网查，您能给列个提纲吗？”我说。

“世宗、裕王、张居正、高拱、美妃、冯保还有那厮，就先看这几个人吧！”沙先生说。

隆庆的领导班子

从沙先生那里回来，我久久不能入睡，因为我已经确信《西游记》这本书绝对是不简单的，因为沙先生指出的地方实在是和我以前知道的《西游记》太不一样了，可白纸黑字就写在那里，书可是我亲自买来的，绝对是正版啊！再有这个沙先生老说自己是从明朝穿越过来的，如果不是，他怎么能注意到《西游记》的这些细节呢？如果是，那太可怕了，难道这世上真有穿越时空的事情？我怎么也不相信穿越时空这种想象中的事情会真的发生在我的生活中。不过为了进一步搞清事实，我决定按照沙先生的要求，好好研究一下他说的那几个人。于是我用电脑查阅资料并且整理出了这几个人的大致情况，但这足足花了我好几个小时的时间，在应付工作的同时我几乎上厕所都是跑着去的。我不妨将资料展示如下，其实这些资料网上都有，只不过有些琐碎。

为了让先生确认我的劳动，我决定用A4纸打印出来。当这些材料呈现在沙先生面前的时候，是如下模样。

大明朝世宗皇帝简介

明世宗朱厚熜生于1507年9月16日（正德二年八月初十），死于1567年1月23日（嘉靖四十五年十二月十四），葬在北京明十三陵的永陵。他当皇帝时的年号是嘉靖，这年号还是比较著名的。

嘉靖八年，思想家王守仁逝世。王守仁也称王阳明，由他和陆九渊创立的“陆王心学”学派开始盛行。阳明学说也算是心学的代名词。不过后来嘉靖皇帝又禁止了心学。

嘉靖四十年，皇帝爱上了一个小宫女，据说是因为这孩子爱笑。别人都害怕皇帝，所以脸上总是严肃的，而这孩子13岁时仍然保持着天真烂漫，因此，嘉靖皇帝可能是越老越怀念童年，一辈子寡人当腻了，就爱上了这个小姑娘。从此之后一直到死的5年都是和这个小姑娘一起混日子。虽然俩人年龄差距比较大，但应该可以理解。要不那位学术大师82岁时娶了28岁的妻子也得到了世人的祝福，可见爱情本身就是神奇的，只要您的行为被判断为爱情而不是什么嫖宿幼女。

那位被皇帝喜爱的小宫女姓尚，嘉靖皇帝死的时候她才18岁，好在皇帝死前4个月，已经封她为寿妃，这应该是后宫里非常不错的级别了。62岁，尚寿妃死于皇宫，可以想象她后面的44年应该过得还行，否则早就被折磨死了。皇宫里的寡妇，能活到62岁，应该算是高寿了，这也算是不愧为寿妃的称号。

大明朝穆宗皇帝简介

明穆宗朱载垕是明世宗嘉靖帝第三子，1567年继位，年号隆庆，1572年驾崩。

1567年，他大老师高拱被迫辞职了。二老师张居正和名人海瑞被启用了。一个皇帝，袒护不了自己的老师，也算是够开明的。

1568年，他爸留给他的内阁首辅徐阶主动辞职了。

1569年，他老师高拱又回来了，并授文渊阁大学士兼掌吏部尚书，正式控制内阁。

1570年，海瑞辞职了。这个海瑞本来就是他爸留给他的利器，不是他的自己人。

1571年，在高拱的策划下，封俺答汗为顺义王，同年开放与蒙古的通贡互市。从此基本结束了明朝与蒙古鞑靼各部近200年兵戈相加的局面。

1572年，闰三月病危，五月驾崩，终年36岁。葬于北京明十三陵昭陵。公开的说法是好色过度，吃了太多的春药害死了他。但是这个情况十分可疑，一个成熟的皇帝怎么可能好色过度呢？他的死因在历史上没有被怀疑过，但这就是最大的可疑之处。说皇帝是好色过度死的无疑是最好的障眼法，因为普通人会觉得皇宫里有的是漂亮女人，这对男人来说确实是一件危险的事情。但是我确实毫无理由地认为，他不是好色过度而死，一定是有什么特殊的原因。而且对皇帝好色过度的问题基本上没有具体可信的事实。一个当了六年皇帝的人，前五年都不好色，第六年突然好色了，而且是一位30多岁的男人，这可能吗？如果他真的好色，那也应该是二十几岁的时候开始的，就像西门庆一样，32岁就过度吃春药而死了。

1572年六月，内阁次辅张居正联合司礼监秉笔太监冯保赶走高拱，从此张居正开始与冯保联手把持朝政。明史评价穆宗皇帝“端拱寡营，躬行俭约、宽恕有余、刚明不足”。

1573年，他的妻子孝定李太后为他生下了一个女儿，名朱尧媛，封号瑞安公主。没错，是个遗腹子，关于这个女儿，缺乏详细记载，但想来应该有些蹊跷，一个病危的皇帝，居然还能够和皇妃弄个遗腹子？但宫廷记录都是人为的，把一些信息过滤掉还是很容易的。

这个孝定李太后是15岁时，进入裕王府，嘉靖四十二年(1563年)，李氏为朱载垕生下大儿子朱翊钧。后来又生了二儿子，还有上面说的这个三女儿。

大明朝神宗皇帝简介

明神宗朱翊钧（1563—1620年），明朝第十三位皇帝，明穆宗第三子。隆庆六年（1572年），穆宗驾崩，10岁的朱翊钧即位，年号万历，在位48年，是明朝在位时间最长的皇帝。

这位皇帝是神秘的，也是死后唯一一位陵墓被打开的明朝皇帝。

这位活了58岁当了48年皇帝的人，在后30年里几乎是不与陌生人见面的，以至于生命的最后30年虽然贵为皇帝，却没有见过大臣，或者说是没有让大臣见过。这几乎是历史上绝无仅有的事情。

明史评价，明朝的灭亡，始于神宗。

张居正简介

张居正生于1525年，明世宗嘉靖四年，死于1582年，享年58岁。

张居正字叔大，号太岳，汉族，幼名张白圭。祖籍安徽凤阳，出生于明代湖广江陵（今属湖北省荆州市），时人又称张江陵。

1547年（嘉靖二十六年），23岁的张居正考中进士。

1549年（嘉靖二十八年），张居正以《论时政疏》（《张文忠公全集》卷一五）首陈“血气壅阏”之一病，继指“臃肿痿痹”之五病，系统阐述了他改革政治的主张。而这些并没有引起明世宗和严嵩的重视。此后，在嘉靖朝除例行章奏以外，张居正再没上过一次奏疏。

1550年（嘉靖二十九年），25岁的张居正因病请假离开京师来到故乡江陵。休假三年中，他开始游山玩水。在这三年中，张居正游览了许多名胜古迹，使他发现了新的问题，他在《荆州府题名记》（《张文忠公全集》卷九）中说："田赋不均，贫民失业，民苦于兼并。"这一切不禁使他恻然心动，责任感让他重返政坛。

1557年（嘉靖三十六年），张居正回翰林院供职。他在苦闷思索中渐已成熟，在政治的风浪中，他模仿老师徐阶内抱不群，外欲浑迹，相机而动。

1564年（嘉靖四十三年），张居正进宫右春坊右渝德兼国子监司业，徐阶荐张居正为裕王朱载垕的侍讲侍读。在裕邸期间，张居正任国子监司业从而掌握了很多将来可能进入官场的人力资源信息，这为张居正打开了人脉。

1566年（嘉靖四十五年），高拱下台后，张居正掌翰林院事。

1567年（隆庆元年），张居正以裕王旧臣的身份，擢为吏部左侍郎兼东阁大学士，进入内阁，参与朝政。同年四月，又改任礼部尚书、武英殿大学士，他终于在暗暗的较量中"直上尽头竿"了。

1572年（隆庆六年），万历皇帝登基后，张居正代高拱为首辅。当时明神宗朱翊钧年幼，一切军政大事均由张居正主持裁决。张居正在任内阁首辅10年中，实行了一系列改革措施。

1582年（万历十年）7月9日（六月二十）卒，58岁，赠上柱国，谥文忠（后均被褫夺），张居正也是明代唯一一位生前就被授予太傅、太师的大臣。去世后被抄家，至明熹宗天启二年恢复名誉。著有《张太岳集》《书经直解》《帝鉴图说》等。《帝鉴图说》据说是一本小人书，书中把历朝皇帝的功过是非都画进去了，可以说是费尽心血。张居正要把万历小皇帝打造成千古名君，而小皇帝也确实学得不错，从18岁一直到20几岁都是很有作为的，但小皇帝为什么要抄他的家，又为什么几十年不见大臣，这没有理由啊！如果按照公开的言论说小皇帝嫉恨张居正以前管他太严格了，那么小皇帝长大之后自然明白这种严格是正确的。如果说小皇帝是因为张居正功高震主，那么应该是在张居正活着的时候下手。岳飞不就是在活着的时候被勒死的吗？而张居正是死后遭到抄家，这实在是一个令人费解的现象。

张居正墓区位于湖北省荆州市沙市西北张家台，占地15 亩。墓地原有的石人、石马、石龟、石狮等大多在"文革"期间损毁。现为市级重点文物保护单位。沙市镇这个名字至少是始于唐朝，而且镇子就在长江的边上，如果把长江称为流经沙市的河，简称流沙河，对当地人来说无疑是恰当的。

海瑞简介

海瑞（1514—1587年），字汝贤，号刚峰，广东琼山（今属海南）人。今天的海南仍然有不少猴子，明朝的海南，猴子应该更多。

1549年（嘉靖二十八年），海瑞参加乡试中举。和张居正比起来，他的功名比较低，但纵观当时的社会，举人是很了不起的功名。

1550年（嘉靖二十九年），海瑞上京城参加会试。在此期间，海瑞向中央朝廷上《平黎策》，再次重申了他的治黎策略。这一建议并没有引起朝廷的重视。这次会试海瑞落榜了。

1554年（嘉靖三十三年），两次会试都没考中的海瑞决定放弃科举考试，同年闰三月，海南承宣布政使司（等于现代省级最高行政长官）指派海瑞到福建延平府南平县当教谕（中国古代的正式官派教师）。

1562年（嘉靖四十一年），海瑞被任命为淳安知县。

1566年（嘉靖四十五年），吏部尚书陆光祖主张文官选举，海瑞被选拔为户部云南司主事。用现代话说，52岁到京城当了处级干部。这位本该混日子的官员居然写了一封7000多字的奏折，奏折分三段，第一段是夸皇帝曾经是伟大的皇帝。第二段是骂皇帝，说皇帝又傻又疯居然相信道士的谎言大搞迷信活动不务正业。第三段是劝皇帝，说只要您一声令下，我们一定好好干，国家就可以立即好起来。结果皇帝也给他三个答复，第一是把他关进了天牢，第二是不予判决在牢中好好反省，第三是遗命无罪释放加以重用。

1566年，即明嘉靖四十五年十二月十五日，裕王朱载垕（明穆宗）继位，奉先帝世宗遗诏，赦免了以海瑞为代表的所有谏言诸臣。海瑞被释放出狱，官复原职，不久改在兵部任职。后来调大理寺任职，提拔为尚宝丞（专门管理皇帝御玺、印鉴的官员）。

1567年（隆庆元年），徐阶被御史齐康所弹劾，海瑞上言说：“徐阶侍奉先帝，不能挽救于神仙土木工程的失误，惧怕皇威保持禄位，实在也是有这样的事。然而自从徐阶主持国政以来，忧劳国事，气量宽宏能容人，有很多值得称赞的地方。齐康如此心甘情愿地充当飞鹰走狗，捕捉吞噬善类，其罪恶又超过了高拱。”人们赞成他的话。但海瑞从此也就得罪了高拱。海瑞为什么对高拱的评价非常差，我们不知道，但我简单看了看海瑞的奏折，确实把高拱说成了政治流氓。

1570年（隆庆三年）夏天，海瑞升调右佥都御史（正三品），外放应天巡抚。辖区包括应天、苏州、常州、镇江、松江、徽州、天平、宁国、安庆、池州十府及广德州，多为江南富庶的鱼米之乡。当年冬季，都给事中舒化说海瑞迂腐滞缓，不通晓施政的要领，应当用南京清闲的职务安置他，明穆宗还是用嘉奖的语言下诏书鼓励海瑞。不久给事中戴凤翔弹劾海瑞庇护奸民，鱼肉士大夫，沽名乱政，于是海瑞被改任南京粮储。海瑞要到新任上去，正遇高拱掌握吏部，因他早就仇恨海瑞，便把海瑞的职务合并到南京户部当中。海瑞因此遂因病引退，回到琼山老家。海瑞巡抚吴地才半年。平民百姓听说海瑞解职而去，呼号哭泣于道路，家家绘制海瑞像祭祀他。

1584年（万历十二年）冬天，张居正去世之后，吏部提议起用海瑞。

1585年（万历十三年）正月，召海瑞为南京右佥都御史，在赴任的路上改为南京吏部右侍郎，海瑞当时年已72岁了。

1587年（万历十五年），海瑞病死于南京任上。

1589年（万历十七年），大明政府在海南省海口市西郊滨涯村建造海瑞墓，那是一处长方形陵园，四周为石砌围墙。万历皇帝派许子伟专程到海南监督修建。1996年11月，国务院批准海瑞墓为全国重点文物保护单位。

万历十七年，朱翊钧不再接见朝臣。

冯保简介

冯保（1543—1583年），字永亭，号双林，河北省衡水市赵家圈乡冯家村人。冯保于嘉靖年间不知何时阉割入宫。

1566年，也就是隆庆初年，已经掌管东厂兼理御马监。东厂就是朝廷一直依仗的重要的特务机关，由此可见冯保的能力不一般。当时司礼监缺一名掌印太监，按资历应由提督东厂兼管御马监冯保升任。但大学士高拱推荐御用监的陈洪掌印司礼监。等到陈洪罢职，高拱又推荐掌管尚膳监的孟冲补缺。按照规定，孟冲是没有资格掌管司礼监的，冯保因此痛恨高拱。隆庆六年，穆宗驾崩，冯保受帝托孤，与内阁首辅高拱、次辅张居正、高仪同为神宗顾命大臣。

1572年，万历皇帝即位，历任司礼秉笔太监和司礼监掌印太监。掌权后支持张居正推行的“一条鞭”法，使大明政权一度出现复苏局面。冯保有着较好的文化素养，他在司礼监监刻了《启蒙集》《帝鉴图说》《四书》等很多书。

1582年张居正死后，很快冯保被明神宗放逐到南京，他的弟弟和侄子被削职下狱，家产亦被抄收。搜出金银百余万两，各种瑰丽珍宝不计其数。

1583年，万历十一年一月，冯保病逝于南京。冯保的弟弟冯佑、侄子冯邦宁削职后死于狱中。

冯保为人风雅、书法颇佳，通乐理、擅弹琴，并造了不少琴。如今《清明上河图》的真迹上有冯保的题字，这也应该为该图增加了价值。

所有的材料都查不到冯保的信仰是什么？冯保到底是不是心学的信徒无从知晓。也查不到冯保和海瑞有什么关系。

高拱简介

高拱（1513—1578年），字肃卿，号中玄。汉族，河南省新郑人。祖籍山西洪洞，先祖为避元末乱迁徙新郑高老庄村。看到高老庄的名称，让我不由得想起了猪八戒在高老庄当女婿的事情，这个巧合有意思。

高拱出身官宦世家，从小受到严格的家教，“五岁善对偶，八岁诵千言”。稍长，即攻读经义，苦钻学问。17岁以“礼经”魁于乡，以后却在科举道路上蹉跎了十三个年头，才于嘉靖二十年进士考中进士，选为庶吉士。

嘉靖二十一年（1542年），授任翰林编修，九年考满，升翰林侍读。

嘉靖三十一年（1552年），裕王朱载垕开邸受经，高拱被选入府进讲。此时皇太子已殁二年而新储未建，朱载垕与其异母兄弟景王都居京城，论序当立朱载垕，而嘉靖帝似瞩目景王。

嘉靖四十五（1566年），因首辅徐阶推荐，拜文渊阁大学士。十二月十四嘉靖帝驾崩，朱载垕继位为帝，封高拱为少保兼太子太保。不久，高拱与徐阶反目成仇，竟至相互攻讦，后为胡应嘉、欧阳一敬所逼退。由此看来，让高拱进入内阁应该是嘉靖皇帝的意思，这是为儿子接班做准备，徐大人不能不听老皇帝的话，但心里忌惮高拱，所以才会择机推翻高拱。

隆庆二年（1568年）七月，徐阶主动提出退休归乡。

隆庆三年（1569年），张居正与太监李芳等合谋，奏请复起高拱。是年十二月，冷落了一年多的高拱接旨后，不顾腊月严寒，日夜兼程，直奔京城，以大学士兼掌吏部重新登台。高拱通过门生腹心散布言论，安抚言路诸官说，“徐阶昔日对我有恩情，后来因为小事不睦，不足以怨恨”，“我自当彻底改变过去不好的思想和念头，与诸君共同治理朝政”。言之凿凿，颇为大度，于是人心稍安。

隆庆六年，穆宗驾崩后一个月，高拱被李太后罢免回乡。

万历五年（1577年），张居正回故乡湖北江陵葬父，路过高拱的故里，专程探望高拱，两人相见掩面而泣，感慨不已。临终前高拱写了《病榻遗言》四卷，记述张居正勾结冯保阴夺首辅之位的经过，将张居正描述为阴险刻毒的人物，大骂张居正“又做师婆又做鬼，吹笛捏眼打鼓弄琵琶”。

万历六年（1578年）十二月，高拱在家里去世，葬县城北郊今阁老坟村。

万历七年（1579年），以“高拱担当受降，北虏称臣，功不可泯”，赠复原官。

张居正死后，《病榻遗言》刊刻，此书在北京广为流传，催化了万历皇帝对张居正的清算。

沙先生看了看我给他的资料，先是一目十行地阅读了一遍，然后又从头细看了一遍后说：“难为你一天就整理出这么一份材料，你要是在我朝，一定也能成为一个人才。”

“这不是有网络吗？什么材料只要上网认真找，总会有收获的。”我说。

“你们现在的网络确实是好啊！我们可只有人脑，没有电脑。”沙先生说。

“可我觉得我们这个社会虽然科技越来越发达，但人活得越来越不轻松。尽管我们温饱没问题，还有汽车代步，可心里面总是不安的！”我说。

“这是正常的，因为你就是这种不安的人，给你联合国秘书长的位子，你又开始担心外星人攻击地球了！”沙先生说。

“您这明朝人怎么还知道联合国？”我笑着问。

“老夫在你这儿都10年了，你们这个社会的很多事情我是由惊讶变成理解，由理解变成习以为常，老夫我实在是幸运，能够穿越到你们这个时代，你可以设想自己穿越到公元2513年，不知道那会是怎样一种情景！”沙先生笑着对我说。

“沙先生，我们昨天说到菩萨收沙悟净了，这有什么玄机吗？”我问。

“沙悟净的原名叫什么？”沙先生问。

“我不知道啊？书里没说啊？书里说他是卷帘将军，打破了琉璃盏被贬下界的。”我说。

“卷帘将军！琉璃盏！那厮着实可恨！给我编排这么一个明目！”沙先生说。

“沙先生您不喜欢这些名词一定是有原因的，可否相告？”我问。

“卷帘将军，世上可有此名，卷帘子还用将军吗？什么地方需要帘子？我为什么要去卷那个帘子？你不知道就算了，不过我迟早会告诉你的。琉璃盏说的是流离失所和人头被斩，你没有站在京城的高墙上看过鞑靼人杀我百姓，而城里的严大人秘密下令绝不出城相救的场面。人的生命在那一刻如同畜生，而看着同胞哀号，自己岂能不痛心疾首。从那时起，我对朝廷就失去了信心，但毕竟心有不甘啊！”沙先生说。

“那卷帘子是咋回事？”我不知趣地又问。

“那是我的隐私，我能先不说这个吗？不过我迟早还是要告诉你，不然我们的故事就没什么好说的了。好吧！我可以先告诉你这卷帘卷的是珠帘。美人卷珠帘，深坐蹙蛾眉，但见泪痕湿，不知心恨谁？”沙先生说完沉默了，若有所思。

“看起来是一段刻骨铭心的爱情故事！好吧！等您想告诉我的时候我再说，此刻我们往下讲如何？”我打破了短暂的沉寂。

“我们该说那猪悟能的故事了。你注意那野猪说的话，他是天蓬元帅，他带酒戏弄嫦娥，贬下尘凡，错投猪胎。家住福陵山云栈洞，其实是卵二姐家的倒插门女婿。”沙先生说。

“这里面一定有玄机，不过看起来这也就是作者幽默的写法，您想啊！一头猪居然做了上门女婿，多好玩儿啊！”我说。

“其实第一次看到这里，我也是无法发现玄机，但读完全书之后，我再来看这段文字，就清楚了。”沙先生说。

“那您看我们是读完全书再说呢？还是现在就说说？”我问。

“现在就说吧！以后读到那里的时候再提醒一下验证一下不是很好吗？其实这个猪八戒不是别人，正是高拱的化身，你知道高拱吧！对了，你知道，你刚才还给我看你总结的材料呢！就是那位著名的高大人。”沙先生说。

“高大人是嘉靖时期的进士，是嘉靖皇帝儿子的老师，是隆庆皇帝的首席大官，是个了不起的大人物，怎么变成猪八戒了？”我问。

“本书后面还有四个重要信息，我先告诉你，第一是猪八戒招赘在高老庄，第二是猪八戒还有一个名字叫作猪刚鬣，第三是猪八戒喜欢用鼻子拱人拱地。第四是猪八戒和孙悟空战斗的时候总是红光一片。是不是？”沙先生问我。

“您说得没错，这就说明猪八戒是高拱吗？”我问。

“看来你非常不善于猜字谜！我来给你解释吧！天蓬元帅这个名字纯粹是杜撰，为的就是一个高字，至于那个拱字，几乎伴随猪八戒取经全过程。高拱祖上是避战乱逃到高老庄的，因此叫作乱而解，也就是卵二姐，否则谁家姑娘叫卵二姐？云栈洞自然是红彤彤一片，那便是洪洞县的谐音啊！高拱的脾气刚烈无比，这是天下共知的，因此那厮给他起了原名叫作猪刚鬣，谐音猪刚烈。”沙先生说。

“仅凭字谜您就说猪八戒的原型是高拱，我怎么还是觉得有些牵强附会呢？”我问。

“你说得有道理，如果仅仅是字谜，那也就没有什么意思了。关键是那厮将猪八戒的故事和高拱的政绩完全结合起来了，而且据我所知是很客观的，那厮没有胡说。不过那厮借孙悟空的嘴把高拱骂了千遍呆子夯货，也实在是够恶毒的。当然高拱其实对那厮也是有偏见的，他们俩其实都是有优点的，可裕王也就是穆宗不会调解，导致俩人的误会一直比较深。”沙先生说。

“您这么一说我还真是觉得很有道理了，如果不是您这位当事者，我可研究十辈子也不知道这里面居然有这样的内幕。那您说说这悟空、悟能、悟净的名字有没有特殊含义呢？”我问。

“当然有了！不过那厮用意比较恶毒。悟空，是说那厮已经基本悟透了人世间一切都是空。悟能是说这高拱似乎是个能臣，但最终没有参透什么是能臣。而悟净则是说我应该从这个净字中悟出些什么。”沙先生说。

“那您悟出什么了？”我问。

“我当然悟出了，但现在还不能告诉你，但这个净字实在是恶毒！”沙先生气愤地说。

“那个小白龙烧殿上明珠的事情是怎么回事？”我问。

“那条龙指的是太监冯保。烧明珠的事情其实是指的是嘉靖四十四年，毓德宫那把大火，本来宫里对走水的防范是十分严格的，但因为小太监睡得太死，使得损失实在是大了一些，烧了不少好东西，岂止是殿上的明珠！是整个大殿都没了。但皇上知道，这也不能完全怪他，所以就从轻发落了，但毕竟也是一个损失。”沙先生说。

“沙先生，您分析高拱是猪八戒可以说是条条在理，分析沙僧，起码还有一个沙字为证，江河为凭。但是这个冯保和白龙马是一个人，是不是牵强了？”我问。

“你果然是太认死理了，不过也好，没有你这种认死理的人，我还真是难以让人相信我的故事是真的，我现在就来证明给你看冯保和白龙马的关系。马和冯只差两笔，这两笔恰似生在马脖子上，书里说当龙变成马时被摘下了项下明珠，而当马变回龙时是颌下生出两根银须，这显然是字谜，谜底是个‘冯’字。这白龙马的作用就是脚力，目的是保障唐僧有的可骑，马确是没有人权的畜生，这和宫里的太监地位差不多。太监是没有完整人格的，但皇帝又不能没有太监，毕竟人与人偷情实在是太容易了，皇家血脉如何保证！”沙先生说。

“如果是现代社会就好了，做个男性结扎手术，既保证了皇家血脉，又解决了后宫的性紧张，岂不是两全其美？”我说。

“哼！混账话！不生孩子就可以乱来吗？岂有此理！其实冯保的作用可不只是当个白龙马，而是还有很多重要的通讯联络协调等事情，当然书里面凡是孙悟空被猪八戒骂成弼马温的时候，其实孙悟空干的事情就是那个冯保干的事情。毕竟冯保在隆庆王朝那六年里做了六年的御马监主管，也就是弼马温。”沙先生说。

“沙先生您看这页说，菩萨带引木叉行者过了此山，又奔东土，行不多时，忽见金光万道，瑞气千条。这个‘瑞’字是不是那厮故意写的？”我问。

“是啊！那厮时不时地将这个‘瑞’字写出来，还有那个‘海’字更是随处可见，这人啊，总还是有些爱这虚名！”沙先生感叹说。

“沙先生，您说这菩萨如果是尚寿妃的话，也就可以说这菩萨私下里代表如来佛找了四个人给唐僧做帮手其实是尚寿妃在嘉靖皇帝的授意下分别找了几个大臣谈话，告诉他们辅佐裕王登基的事情了？”我问。

“你果然说对了，嘉靖四十五年八月，尚美人被陛下加封为尚寿妃，一旦成为皇妃，和大臣见个面就不算是大事情，甚至转达皇帝的特殊旨意也是可以的，因为皇帝有些话是不能告诉太监的，皇帝最信得过的人里是包括贵妃娘娘的，有时候比对太监还要信任一些。也可以从另外一个角度来说，皇帝通过从太监和皇妃们那里获得的消息相互印证，也可以进一步确定信息的安全可靠性。”沙先生说。

“您够有经验的！”我说。

“老夫当政十年，自然对此了如指掌！”沙先生说。

“下面这回是个附录【陈光蕊赴任逢灾 江流僧复仇报本】，沙先生咱跳过去吧？”我问。

“既是全书有它，岂可跳过？再说这个附录里面还是有些机密的。你昨天可曾看过此附录之内容？”沙先生说

“我看了，就是说唐僧他爸中了状元，被他妈扔绣球选中，当了宰相的女婿，封了官，在去上任的路上遇到坏人，打死了他爸，霸占了他妈，生了他扔水里被老和尚捡到抚养成了和尚，最后又报了仇雪了恨。就是这样一个故事啊？这也算把唐僧的来历给交代清楚了，不是吗？”我问。

“今人读书若都如你这般不求甚解，这书里的秘密永远都难以发现啊！也罢，我们就再花些时间分析一下这个附录。其实这个附录中的秘密有两条，第一是告诉你这本书里的唐僧是个虚拟的人物，和历史上唐太宗表彰的玄奘法师完全没有关系。第二告诉你书里的这个唐僧出身名门，其实是一个大人物。”沙先生说。

“请沙先生指点，学生惭愧！”我说。

“你来看这里，陈光蕊也就是唐僧他爸是贞观十三年考的状元，你在看这第九回开始，还是贞观十三年，魏征梦斩泾河龙王。到了第十二回，依然是贞观十三年，陈玄奘法师讲法，经过评定，太宗皇帝派他去取经。也就是在贞观十三年这一年里，唐僧从无到有到18岁复仇到30岁派往天竺国取经，这一年可够紧张的！”沙先生说。

“我觉得这可能是笔误吧！”我说！

“这是个故意的笔误！如此辉煌的巨著，怎么会有如此低劣的笔误，只不过就像那厮说的历代无人肯认真，立志修玄玄自明！”沙先生说。

“那您的意思是作者故意留这么一个破绽，告诉读者这个唐僧不是历史上真实的唐僧，所以唐僧取经的故事也就不是历史上真实的故事，从而让大家去猜测真实的故事到底是什么？对吗？”我问。

“对了！读书就要认真读，否则只知道大概，那不是不嚼食物就往下咽吗？你能知道什么味道吗？”沙先生说。

“您说唐僧出身名门从何处看出来的？”我问。

“你呀！下次好好看书，今天因为时间关系我直接告诉你吧！你看书中说，宰相的千金被流氓霸占18年，宰相居然不知道？宰相知道真相之后居然要带6万御林军去剿灭贼人？这都是明显的不可能。还有那陈光蕊封官封的是江州州主，这是个什么官，其实就是王爷，江州是哪里？就是湖北啊！也就是告诉你这个陈光蕊和嘉靖皇帝是老乡。那唐僧其实是王爷的儿子，那王爷是湖北人士，那唐僧的原型是谁不言自明啊！”沙先生说。

“沙先生说的是皇帝吧！就是那个隆庆皇帝吧！我虽然这么问您，但我实在是对这个问题感到不可思议。一个和尚的原型居然是皇帝。”我说。

“这次你说对了！那唐僧正是隆庆皇帝的化身。那唐僧的言行细看就是一个帝王，只不过你们普通百姓是看不出来的，因为你们没有接触过帝王啊！后文书说那陈光蕊，也就是唐僧他爸，只是在朝廷里研究寂灭的问题，这其实就是说世宗晚年一直迷信升仙的事情。不是传说如来佛也曾经是个王子吗？皇帝变和尚并不是没有先例。”沙先生说。

“您的理论太高深了，我现在实在无法理解，不过基于您前面分析得都对，我现在可以暂且相信您说的，不过我希望您在后面能够给我指出这唐僧是隆庆皇帝的具体证据。”我说。

“我当然要指给你看所谓的证据，否则这故事便无法讲。但此时你确实要首先相信我，这样我才能把事情说得清清楚楚。好了，今日到此暂罢，明日再来言说。后面内容还有很多要讲，不知你能否从第八回看到第十四回。”沙先生说。

“一天看六回，那我只能走马观花了。”我说。

“就是让你看一回，我看你也就是个不求甚解。读过就行，知道大致意思就行，书中的秘密你当然也看不出来，还是明晚我给你讲吧！”沙先生说。

在国家政权交接的那段特殊岁月里的故事

回去之后我心里惦记着沙先生的作业，连做梦都是这些事情。在梦里我问自己，人应该怎么活着？答案是无论如何都应该充实地活着，就是让每天都充满要做的事情，而且因为这些事情而更加期待明天，同时还要不伤害别人，这样才是最好的活法。转天工作不太忙，我就安心在办公室里看书。六回书果然看完了，并顺便做了如下笔记。

第八回　唐僧的妈妈因为找到了儿子和丈夫，所以自杀了，但据说很从容，她为什么死？是因为和仇人做了很多年的夫妻吗？或者是她的丈夫已经不爱她了？

第九回　渔夫和樵夫斗嘴，各说各的好，在我看来都是文人胡说，真正的渔夫和樵夫哪里能写出那么美的诗，不过就是一心打鱼砍柴，不时羡慕一下有钱人，做梦中发现自己居然可以当官了，于是乐醒了！而真正的大官又有几人能去当渔夫和樵夫呢？不过那厮在1570年辞职之后一直到1584年才又回到官场，那14年他在做什么，或许就是和渔夫和樵夫聊天，或许真的当个渔夫和樵夫也有可能，不过一定不够专业，毕竟年龄大了。这么一说还真是的，那书中的渔夫和樵夫总是说自己的生活比当官要好，如果是没当过官的人一定会说这是酸葡萄理论，也就是吃不到葡萄说葡萄酸，但如果是一个当过皇上秘书和十府巡按的大人呢？没当过官的渔樵应该想不起来和当官的比，所以这也算是作者泄露了自己的身份。

第九回中这样一段话颇有些意思：

张稍道：“李兄，我想那争名的，因名丧体；夺利的，为利亡身；受爵的，抱虎而眠；承恩的，袖蛇而走。算起来，还不如我们山清水秀，逍遥自在；甘淡薄，随缘而过。”

这段话颇有红楼梦的感觉，想不起来了，好像是判词里面的，上网查了查，还真是：

《红楼梦》第五回《收尾·飞鸟各投林》为官的，家业凋零；富贵的，金银散尽；有恩的，死里逃生；无情的，分明报应。欠命的，命已还；欠泪的，泪已尽。冤冤相报实非轻，分离聚合皆前定。欲知命短问前生，老来富贵也真侥幸。看破的，遁入空门；痴迷的，枉送了性命。好一似食尽鸟投林，落了片白茫茫大地真干净！

我想这吴承恩和曹雪芹还真是英雄所见略同。不过我觉得那句“承恩的，袖蛇而走”则从另外一个角度说明这作者不应该叫吴承恩，否则谁会这样把自己的名字写进去。我若写一本书肯定不会写“叫田戈的，袖蛇而去”，除非写的是武侠小说，叫田戈的是丐帮八袋长老，善于耍蛇，所以在打败敌人之后，来一个袖蛇而去。可这书不是武侠小说，“袖蛇而去”分明是说回去之后不久就会被蛇咬，然后死得很惨，说不定还要牵连全家。这话说那个张居正还差不多，承了那么多的恩，死后家人全部倒霉，死的死、跑的跑、抓的抓！嗨！看来我还是不信任沙先生，沙先生其实一直在告诉我，这书九成九是那厮写的。

那些世外桃源般的生活好不好！在渔夫樵夫的嘴里确实不错，文人写的嘛！可那厮在70岁的时候还回到朝廷做官，可见那种渔夫樵夫的日子过上几天还行，超过14年，就连那厮也受不了，毕竟人家当过皇帝的秘书。那厮赋闲在家的时候，估计就是苦思冥想创作《西游记》了，他怎么会真的每天打鱼砍柴呢？

曹雪芹写的《红楼梦》是有总体策划的，比如说“欠泪的，泪已尽”指的应该是林黛玉，同理在《西游记》中争名的，夺利的，受爵的，承恩的，这四位又是谁呢？这不由得让我想起第一回那首诗：

争名夺利几时休？早起迟眠不自由！
骑着驴骡思骏马，官居宰相望王侯。
只愁衣食耽劳碌，何怕阎君就取勾？
继子荫孙图富贵，更无一个肯回头！

我瞎猜这争名的可能是海瑞，夺利的是冯保，受爵的是张居正，承恩的是高拱。

第十回说的是魏征斩泾河龙王的事情，没有什么特殊之处，只是在唐太宗到了地狱之后碰上那个了崔判官，将唐太宗的死期从贞观十三年改为贞观三十三年。这件事看起来合情合理，都是老熟人魏征介绍的，把一改成三确实没的说，添上两笔就行了，要是英语行吗？除非您重写，否则还真不好改，所以中国字还是很好的。另外这是阎王殿的生死簿第二次被更改，第一次是孙悟空的涂抹。我就纳闷了，这生死簿是谁定的，怎么这么容易被涂改呢？而且执行的时候也没有监督啊！大明朝的法律是不是就是这样，制定了严密的法律，但执行的人可以随意更改，一添上两笔就是三，三再添上两笔还能成五，那个崔判官为什么不添上四笔变成五，或者一添上三笔变成六，一添上一笔变成七。由此可见，大明朝的时候，写判决的人就是不能得罪的，这个家伙比制定生死簿的人更厉害，因为没有人监督他们会不会不落实上面制定的生死簿，或者这个生死簿本身也没有底档，再或者就是那个崔判官知道，底档的核对者是他的同学老乡好友，到时候说一句就混过去了。我核对了历史，唐太宗实际上只活到贞观二十三年，那十年的寿命确实是那厮给加上去的，不是崔判官加上去的，这也就是说《西游记》里的唐太宗不是历史上的唐太宗，而是那个在第十二回里深深地爱上了“观音菩萨”的唐太宗。这笔啊！在那厮手里就是如意金箍棒，想怎么写就怎么写，所以天下最幸福的人应该是作家。

第十一回的精彩之处应该是关于国家要不要尊重佛法的大讨论，可以想象，隆庆皇帝在继任他爸爸的皇位之后，面对他爸爸宠信道教遭到反对，必然要找一个理由推翻道教，那么长期以来被压制的佛法自然是推翻道教的有力工具。因此，隆庆初年自然曾经有这样一些大讨论活动。书里说反对信佛的理由是，佛教不尊重中华的社会伦理，而且佛教是外来的，说出来的话也听不懂，这明显是有些人不劳而获的骗人工具。赞同佛教的人说了，佛教弘善遏恶，冥助国家，佛可是圣人啊！反对信佛的人又说了，信佛要出家，这出家人还怎么孝顺父母报效国家，连亲爹都不孝顺那还算人吗？赞同的人说了，信佛的出家人正是要普度该下地狱的全人类，顺便连父母和皇帝也给普度了，这是舍小家为大家。唐太宗又找权威人士问，人家回答的意思是“宁可信其有，三教都要守”，这才是典型的中国文化，只要是有道理的，我们都信都信！于是佛道儒一起昌盛了。原来隆庆年间是宗教信仰自由的，嘉靖时候可不行，和尚都只配给道士打洗脚水。

第十二回玄奘法师正式登场，这是在他30岁的时候，而隆庆皇帝继位也是30

岁，这种巧合叫作无巧不成书。观音菩萨下凡送给唐僧一件袈裟一杆锡杖，而且书中详细描写了袈裟的好处，说是遇圣才穿。但印象中这件袈裟似乎没有给唐僧带来什么好处。不过这回书对观音菩萨的外貌又描写了一次，写得太好，忍不住摘抄如下：

> 祷道：“好菩萨！好菩萨！”有调为证。但见那：瑞霭散缤纷，祥光护法身。九霄华汉里，现出女真人。那菩萨，头上戴一顶：金叶纽，翠花铺，放金光，生锐气的垂珠璎珞；身上穿一领：淡淡色，浅浅妆，盘金龙，飞彩凤的结素蓝袍；胸前挂一面：对月明，舞清风，杂宝珠，攒翠玉的砌香环珮；腰间系一条：冰蚕丝，织金边，登彩云，促瑶海的锦绣绒裙；面前又领一个飞东洋，游普世，感恩行孝，黄毛红嘴白鹦哥；手内托着一个施恩济世的宝瓶，瓶内插着一枝洒青霄，撒大恶，扫开残雾垂杨柳。玉环穿绣扣，金莲足下深。三天许出入，这才是救苦救难观世音。喜的个唐太宗，忘了江山；爱的那文武官，失却朝礼；盖众多人，都念“南无观世音菩萨”。

首先，我们要把这段文字当真实的描述，不是渲染气氛，而是当时那个美女穿的就是这样，那么这段文字突出了这观音菩萨十分会打扮自己，至于这行头从何而来，是真实的还是菩萨虚幻的，自然不必深究。其次，说说菩萨的金莲小脚，这实在是让我们现代人十分不理解，这个作者非常喜欢小脚，但不能让观音菩萨也是小脚啊！其实我以为当时的情况是那个美女确实就是小脚，按照沙先生的指点，她不是别人，正是尚寿妃。如果沙先生这样说，我或许相信，但我自己这样说就觉得太牵强。不过除此之外我找不出作者将观音菩萨写成金莲小脚的任何理由。或许作者故意写这么一笔告诉读者，这个观音菩萨不是我们平常拜的观音菩萨。

如果观音菩萨是尚寿妃，唐太宗是隆庆皇帝，那么当30岁的皇帝见到18岁的后妈时会不会产生爱情呢？按照书中的说法，那唐太宗瞬间就忘了江山。按照我的经验，这种可能性还是很大的，只要那个女子足够有魅力。一个能让55岁的老父亲迷恋5年的年轻女子，再让他30岁的儿子迷恋5年，这很正常。同时，我又想起了一段历史故事，就是唐太宗死后，他留下了可爱的媚娘，他儿子李治无可救药地爱上了媚娘，当然后来就娶了媚娘，最后媚娘成了千古名人武则天。这是电视剧导演们的最爱，因为这可以充分发挥女人的美貌和男人的爱美天性。老百姓眼中，没演过武媚娘的演员就不算是漂亮的女演员，没演过皇帝的演员就不算是真正帅气的男演员。可惜历史上隆庆皇帝并没有娶他的后妈，但发生些故事应该是有可能的，这世间的事本来就是感情第一的，尤其在男女之间，感情的故事向来是很多的，至少在文化人笔下，可以是很多的。

当唐僧被皇帝选中去落实菩萨的指示的时候，皇帝给了他一个称号，这个称号叫作玉帝，打错字了，应该是御弟，中国的字就是这样，写出来是御弟，听起来也许会误会成玉帝，再一传也许就变成了玉皇大帝。

第十三回 【陷虎穴金星解厄 双叉岭伯钦留僧】，说的是唐僧离开长安在边界处被老虎精、黑熊精、野牛精抓住，吃了他的俩随从，但他却被猎户刘伯钦所救。唐僧为死去一年的刘伯钦他爸超度亡魂，效果不错，大家当夜做了美梦，醒来之后大家都表示满意。刘伯钦送别唐僧，忽听有人喊师父来了，不用说那就是将要出场的孙悟空。说实话，我没有看出来这章有什么玄机。

我带着笔记、带着疑问、带着兴奋、带着热情去找沙先生，此刻我已经觉得自己是最好的学生了。这是和自己比，因为上这么多年学从来就没对语文课本这么认真过。

“沙先生您好！我又来请教您！”

“田戈，你坐，喝水自己倒啊！老夫还真不习惯给你倒水。”

“沙先生我给您倒水吧！”

“怎么样，看到哪儿了？”

“看到唐僧过了双叉岭马上就要见到孙悟空了。”

“不错，进展够快！发现什么秘密了？”

“没有秘密，但有一些感想，还要和沙先生请教。”我边说边打开我的笔记拿给他看。

沙先生看笔记的时候表情很认真但速度很快，看完后说：“看来你真是思考了，不错，大有进步，我们就从第八回开始聊。这第八回中那厮倒是写了不少佛家的观点，你不懂佛法，所以看不出什么，不过你可记得那如来佛祖是如何评价大明朝社会的？”

我下意识去看书，很快找到一行字随口念道：

那南赡部洲者，贪淫乐祸，多杀多争，正所谓口舌凶场，是非恶海。我今有三藏真经，可以劝人为善。

“是啊！那厮与我同朝为官时，我们也曾讨论过，我主张用监督约束众人，他主张要劝善，他说上如皇上者你如何监督，皇上不能监督，百官当然无法监督。但劝善则可以上下互相勉励。所以这书的另外一份功德便是教世人行善。”沙先生说。

“对了，如来佛给菩萨三个紧箍儿，还说有金紧禁三篇咒语，这是啥意思？”我问。

“这是那厮在讽刺嘉靖皇帝整人的三招，第一招是给一个位子加上俸禄，还有灰色收入。第二招是紧紧地催着办事。第三招是办不成事的关禁闭。你没看那些狱卒身上都有一个禁字吗？对了，你们现在叫作国家机器。所以一旦入了公门，想要全身而退实在是不容易啊！官越大就越难全身而退。就好像一个男人在窑子里待一辈子，居然还是个处男！当然，除非像那厮，真的是变态的廉洁。”沙先生说。

“后来菩萨遇到的那四个人，您昨天已经说过了。第九回写了很多渔夫樵夫对诗，这没有秘密吧！”我问。

“我赞同你的意思，那些诗确实都是文人诗，那厮赋闲在家看来闲得无聊也没少写诗。那个时候，我可正是最累的时候，他却在研究歌颂打鱼砍柴！还弄了一个小妾！”沙先生说。

“我分析的与《红楼梦》对照的那些想法呢？”我问。

“那是那厮一厢情愿的想法，他觉得我们都是失败者，所以才那么说，其实他是成功者吗？他以为他看透了名利，但实际上他不也是为名而死吗？如果他最后没有再出来做官，我倒是真佩服他，但他最终还是回到了京城，死在了任上。不过他自己也说自己是争名的为名丧体，倒也是有自知之明。”沙先生说。

“那关于吴承恩呢？”我问。

“别跟我提这个人，我从来就不知道有这个人，而且我相信这本书中的故事和这个人没有一点关系，那是你们后人非要说他是个作家，实在是无知者无畏！”沙先生说。

“那观音菩萨和唐太宗之间的故事呢？”我问。

“你猜对了，裕王确实爱上了美妃，他是个帝王，本身就有传下龙种的责任，这本来也正常，可大明朝是一个表面上要道义至上，暗地里确实淫欲至死的社会，因此即使他贵为天子，要想明媒正娶自己的后妈，也是不可能的，因为裕王就不是那种有魄力的人，他和他爸比起来差远了。”沙先生说。

“那十一回的佛法大讨论呢？有这回事吗？”我问。

“当然有了！那是嘉靖四十五年，天下的佛寺尤其是京城的佛寺几乎已经是苟延残喘了。和尚是没有地位的，道士地位很高，可裕王对佛学偏偏还很有偏好。所以大讨论是免不了的。”沙先生说。

“那您觉得佛道儒谁说得对？”我问。

“阳明先生教导我们，佛道儒都在乎一心，只要心存善念，都可为我所用。你明白吗？”沙先生说。

“您的意思是说，所有的理论都是为人服务的，当需要那些理论的时候，就拿过来用，不用研究那么多是是非非，对吗？”我问。

“你说的差不多吧！其实人生苦短，你还来不及弄清对错的时候，就已经老了，体力没有了，精神怠倦了，机会也错过去了。”沙先生说。

“那观音菩萨为什么是小脚呢？您也喜欢小脚吗？”我问。

“你不是已经分析出来了吗？小脚观音就是小脚美妃啊!从大明朝穿越到今天，10年了，我发现你们这个社会是无法让女人裹小脚的，因为女人工作太多了，没有一双好脚，实在是无法生活。不过你们虽然不裹脚了，但却发明了折磨人的高跟鞋！”沙先生说。

“那为什么大明朝的人都喜欢小脚呢？”我问。

“这是习俗问题吧！比如你们现在夏天满大街都是露着大腿和半个乳房的年轻女子，这要是在大明朝，就是公开淫乱，要杀头的。再比如你们现代女人把头发弄得乱七八糟，如果是大明朝，那还不让人以为是疯子？还有就是你们现在不让夫妻随意生孩子，这要是大明朝岂不成了天大的笑话。时代不同，习俗和规矩自然是不同的啊！”沙先生说。

“我们露大腿烫染头发怎么也不能算是伤害身体，但你们那是裹小脚可是伤害身体啊？”我问。

“你们现代女人穿那么高的鞋把脚都快弄断了，还有往乳房内注射硅胶，割双眼皮，抽脂，垫鼻子，这不是对身体的伤害吗？”沙先生反问我。

“您说的这些是有，但不是普遍的，可您那时的社会可是所有的女人都那样啊？”我问。

“如果你们现代女人有足够的钱，第一件事情就是去美容，手段都是伤害身体。这就是我们那时裹小脚的现象的现代反应。没什么区别！”沙先生说。

“可裹完的脚是不自然的，是畸形的，您为什么喜欢畸形的东西？”我问。

“裹完的脚和割完的眼皮和垫完的鼻子和灌了胶的乳房是一样的，都是畸形的！”沙先生说。

“可我们现代社会美容都是为了追求天然的美健康的美，和裹小脚是不一样的。”我说。

“你怎么见得小乳房、单眼皮、瘪鼻梁就是天然的不健康，天然不天然不都是具有时代特征的吗？难道人天生就要穿高跟鞋？你以为的天然就是天然吗？你以为的美就是真正的美吗？在美的面前，你还那么在意健康吗？”沙先生说。

我听到这里，忽然觉得自己实在是很渺小，沙先生说得不对吗？我不也是被社会影响了我对美女的判断吗？其实什么是自然美？什么是美？现在仔细想起来我真的是不清楚啊！我很惭愧地低下了头。

“刘伯钦是谁？”沙先生问。

“是一个姓刘叫伯钦的人，职业是个猎户。”我说。

“哈哈！”沙先生笑了，“你当真是傻得可爱！”

“难道刘伯钦不是猎户是个皇上？”我问。

沙先生在白纸上写了三个字给我看：“刘伯钦”。然后又在那个三个字上各画了一个圈，问我：“你认识这个三字吗？”

我说念“刘伯钦”，他说那这三个字是什么意思呢？我说就是一个名字，我的身边有的人叫刘伯金、刘伯军的，这难道也有机密？

“刘字的意思是象征皇权的兵器，伯字的意思是兄弟中排行老大，钦字的意思是皇帝本人。”沙先生说。

“嚯！好大的三个字！看来这名字还真是不简单！”我有些调侃的语气说。

“这第十三回内容很不简单啊！其实这是那厮对裕王刚刚接任皇权时候特殊心情的写照。想当年嘉靖皇帝并没有立下书面遗嘱，究竟谁当皇帝，其实是没有书面依据的，遗诏是徐阶写的，我是见证者，如果我们说让景王继位，那裕王是真的很危险的。裕王30岁了，非常清楚自己的情况，我是裕王的老师，徐大人则和裕王没有什么交往。”沙先生说。

“徐大人是当时的总理吗？”我问。

“徐大人是内阁首辅，相当于你们现在说的首相。”沙先生说。

“那这和刘伯钦有啥关系？”我问。

“裕王当了皇帝，可是他又害怕徐阶，徐阶越是为裕王安排好了所有的日常活动，裕王就越害怕，再有那时景王还在京城，毕竟世宗的葬礼还没有办完。

宫廷政变是可怕的，而且徐阶非常强势。裕王表面上缺乏决断，但内心深处是苦恼的。那时候裕王提出的一些想法很多都被徐阶给巧妙地驳回了。这个皇帝岂不是又气又怕。本来高拱是陪着裕王多年的老臣，但居然也被徐阶鼓动御史给参劾了。高拱一走，这隆庆皇帝岂不是没了主心骨。我那时夹在中间实在不好说什么。一个寡人皇帝，表面上是高高在上，但如果是被架空的皇帝，那又有什么乐趣呢？而且还有杀身之祸，这怎不叫人彻夜难眠啊？”沙先生说。

“啊！原来皇帝也不那么好当啊！隆庆皇帝不是有海瑞吗？”我问。

“你说对了，裕王果然是找到了海瑞，和海瑞深谈过，海瑞给裕王分析了形势，估计还给裕王规划了以退为进的策略，比如可以让高拱先回家避风头，等风头过去了再说，毕竟日子还很长。”沙先生说。

“这是您从刘伯钦身上悟出来的？”我问。

“我们一起来分析，这样你就真的明白这刘伯钦是个什么人了！我们从书中叙述的取经缘由说起吧！”沙先生说着指给我看原著，只见沙先生的书上有些字画了记号线：

众僧们灯下议论佛门定旨，上西天取经的缘由。有的说水远山高，有的说路多虎豹；有的说峻岭陡崖难度，有的说毒魔恶怪难降。三藏箝口不言，但以手指自心，点头几度。众僧们莫解其意，合掌请问道：“法师指心点头者，何也？”三藏答曰：“心生，种种魔生；心灭，种种魔灭。我弟子曾在化生寺对佛设下宏誓大愿，不由我不尽此心。这一去，定要到西天，见佛求经，使我们法轮回转，愿圣主皇图永固。”

“你看这取经大业其实不过就是取得皇图永固的经罢了！你继续往下看这里。”沙先生说完又指了指书上画线的字。

熊山君道：“寅将军，一向得意，可贺！可贺！”特处士道：“寅将军丰姿胜常，真可喜！真可喜！”魔王道：“二公连日如何？”山君道：“惟守素耳。”处士道：“惟随时耳。”三个叙罢，各坐谈笑。

“这个熊山君是谁？就是那个景王啊！当然这需要看到后面黑熊怪偷袈裟时才能彻底揭秘，不过此时我先告诉你。什么叫作山君？就是王啊！那时候，徐大人和景王是有来往的，这不能不让裕王担心了。毕竟景王的年龄比裕王其实只小一个月，而且其心性狡诈远胜裕王，在这种情况下，刚当上皇帝的裕王怎么办？”沙先生说。

“您说得对！您是不是那时已经中了徐阶的离间计，裕王的俩老师，一个被参劾，一个被离间，这是够难受的！”我说。

“你说得对，看来你也有政治头脑。那厮便是在这种情况下和皇上结盟的，是他告诉皇上要‘刘伯钦’的，也就是抓住兵权、宣扬自己是嘉靖皇帝的最大的儿子的正统继位、一切大事要下钦命。我想这时候也是隆庆皇帝收服御马监冯保的时机。有了兵权天命和圣谕，再假以时日，皇权便稳固了，哪里还怕什么景王和徐阶。不过宫里的守卫安全是第一位的，皇上其实险些被景王害死，要知道重赏之下必有勇夫，皇权争夺永远是最为激烈的争夺。”沙先生说。

“原来刘伯钦是这个意思！那刘伯钦他爸爸是谁啊？”我问。

“给刘伯钦他爸爸超度亡灵其实就是海瑞告诉裕王的，一定要把皇帝的葬礼办好，这葬礼其实是办给活人看的，活人通过说梦表达了死人的意思，但这梦谁知道真假。谁把死者的葬礼办得好，谁就有资格代表死人的一切。而且这个死人曾经是皇帝，那就更了不得了。你继续往下看这儿。”沙先生指了指书，我又看到了一些上画线的字。

可爱镇山刘太保，堪夸据地兽之君。

“那厮用这本书将朝中的官员大多数比喻成野兽，而皇权便是统治这些野兽的工具。”沙先生说的时候，我往下扫了几眼，忽然看到自己读书时在书上画的线，想是当时有疑问。

伯钦到了门首，将死虎掷下，叫：“小的们何在？”只见走出三四个家僮，都是怪形恶相之类，上前拖拖拉拉，把只虎扛将进去。

“您说那厮为什么要骂人家刘伯钦的家僮，是不是提醒我们，那些所谓的家僮都是太监。哈哈！”我问完这个问题自己都觉得好笑。

“好了，今天先到这里，明天你要预习第十四到十八回，要多思考，我相信你已经入门了。”沙先生说。

土地革命之前的内部斗争

离开沙先生，我抓紧时间学习新章节并继续做笔记。其实做笔记是思考的好方法，这对读一本好书来说是不错的学习方式。可惜我上学的时候不知道用这样的方法。而且我发现沙先生对我写笔记的方式还是赞许的。所以我要在笔记方面多花些心思。果然当我这次把笔记呈现在沙先生面前的时候，沙先生夸了我一句："孺子可教！"然后居然拿我的笔记开讲，就好像那是他的笔记。当然，我的笔记还是漏了很多重要信息，否则我不就成了沙先生了吗？接下来我们还是言归正传，继续说说我和沙先生沟通的情况。

第十四回　【心猿归正　六贼无踪】学习西游笔记：

1. 开场诗写得不错，心就是佛，思想就是佛。

2. 孙悟空打死老虎剥皮做了一件裙子，唐僧没有怪罪，可见唐僧是不在乎老虎性命的。

3. 释放孙悟空需要揭下如来佛的法旨，可见隆庆皇帝释放那厮其实还要打着嘉靖皇帝的旗号。如来佛的法旨内容是"唵、嘛、呢、叭、咪、吽"，这让我想起上大学的时候，一个同学神秘地告诉我说让我一个人走夜路的时候不要怕，有一句咒语可以驱魔，那句咒语我听上去认为是"俺妈你爸迷哄"，他说真的很管用。

4. 当孙悟空见到唐僧坐骑的时候，他又是弼马温了，但他马上告诉师父他是孙悟空，师父则给他起了一个新名字，叫作行者。

5. 孙悟空打死了六个强盗，名字分别是眼看喜、耳听怒、鼻嗅爱、舌尝思、意见欲、身本忧。唐僧不高兴，说他忒恶。

6. 孙悟空受不了唐僧的数落，决定"老孙去也"。但被龙王劝说决定继续跟唐僧混，只有这样才能被大家承认。

7.唐僧被观音授意学会了定心真言，也就是紧箍咒儿，为孙悟空准备了衣服和帽子，但其中有诈，只要戴上帽子就不能摘了，从此要忍受紧箍咒。

8.孙悟空被骗主动戴上了帽子，结果被紧箍咒弄得头疼，从此知道这帽子是戴错了，可是摘不下来啊！

沙先生看完上面的笔记问我：你知道六贼的来历吗？我说："山贼吧！不过六个人的名字是那厮顺口编的，都是感觉器官。"沙先生说："不错，确实是感觉器官，那厮引用的是佛家说的六根清净之说啊！"

"啊！打死六个山贼原来是六根清净的意思！"我说。

"六根清净哪里有这么简单？打死了，死人就没有欲望了，真的这么简单吗？全世界的人都死了，难道这个世界就清净了？"沙先生说。

"那您说什么叫六根清净？"我问。

"按照那厮的意思，是劝皇上要注意控制自己的欲望，千万不可过度放纵自己。"沙先生说。

"那皇上会听他的吗？"我问。

"笑话！你让皇帝搞一夫一妻，一顿饭四菜一汤，不要穿绫罗绸缎，不要住大房子，不要弄那么多太监宫女，皇上怎么可能同意？历代皇帝都是这样啊？凭什么那厮就能劝皇上不要这样不要那样？他以为他是谁？"沙先生说。

"啊！我明白了，六贼无踪指的就是那厮被释放之后和皇上有一番谈论，他又犯傻把劝嘉靖皇帝的那种精神用到隆庆皇帝身上了，结果隆庆皇帝不同意他的想法，是不是？"我问。

"你说得对，我想也是这样的！而且那厮不单单劝皇帝要控制自己的欲望，而且要皇帝把所有的臣子都按照他那样的廉洁去要求，皇帝毕竟站得高看得远，如果那样的话，谁会支持这个皇帝，说得好你是皇帝，说得不好皇帝就换人了，其实继承王位的皇帝都是真正的寡人，说穿了他也就是一群既得利益者的代言人。"沙先生说。

"瞧您说的，好像说美国总统是大财团的代言人似的。"我说。

"那不一样，皇帝可以每天换不同的女人去播种他的龙种，美国总统和一个实习生发生一点点小故事就要惊动全世界。这不一样吧！"沙先生似笑非笑地说。

“那厮得不到老皇帝的支持，也得不到新皇帝的支持，还有什么希望呢？”我问。

“是啊！他太急躁了！所以他从监狱释放出来之后出人意料地递上了一道辞职的折子，说什么要回家奉养老母！哼！谁不知道他这叫作逃避！”沙先生说。

“那结果呢？被套上紧箍咒了，走不了了？”我问。

“你可知那紧箍咒是什么？”沙先生问。

“我觉得是皇帝对一个大臣的控制，不是说君叫臣死臣就要去死吗？”我说。

“哪有那样的皇帝，无缘无故让大臣去死？那厮递上了辞职奏折之后，皇帝知道那厮也是好意，而且真心要把他留下来，毕竟皇帝现在最需要的是支持者，尤其是那厮这样英雄一般的支持者，很有号召力啊！这人啊！什么时候也都是情感胜过理智的！那厮振臂一呼，很多人就会盲目跟风，因为大家已经认为他是一个可以舍生取义的人。”沙先生说。

“那皇上的紧箍咒到底是什么呢？”我问。

“皇帝用你们现代的语言来说其实都是心理学大师，他必须清楚地了解大臣们的心理机制，否则他是无法统治这么大的国家的。凭什么他一个人要几万太监几万宫女伺候着？因为他必须成为这几万人利益的代言人，而且让大家相信，只有拥护他才是最佳选择。可我当时没有领略到这层含义，所以我没有教好万历皇帝啊！我毕竟没有真正地当过帝王，所以无法教会孩子那种天生的霸气，天生的锐气！他能摧毁所有人的意志。”沙先生说。

“您把我都说迷糊了，您还是告诉我紧箍咒怎么念，是不是八字真言，我一念咒你就头疼，反复念一次疼一分钟？”我问。

“哈哈！胡说！你念试试，多念几次也只有你自己头疼！”沙先生说。

“您说吧！我不打岔了！”我说。

“按照书里的说法，那厮提出了辞职，本以为获得了批准，可哪知道皇帝找他谈话，告诉他先帝的口谕，那口谕应该是通过美妃传下来的，估计就是让那厮好好辅佐裕王，朕如果不是身体不行了，其实很乐意和你这样的臣子像你自己奏折里说的那样，每天按时上朝，君臣处理国家大事一丝不苟，逐渐达到天下大治，朕也就是尧舜禹汤了，至少比汉文帝要强！”沙先生说。

“这口头遗照管用吗？”我问。

“你哪里明白大臣的心态！那厮辞职是半真半假，其实也就是试探隆庆皇帝到底认不认可他，那隆庆皇帝抬出了先皇，那意思很明确，朕不了解你，但你是先皇多年的臣，先皇了解你，当年你考举子怎么说的，要效忠国家吧？你那骂皇帝的奏折怎么说的，皇上要办正事你就要万死不辞啊！因此那厮也就一诺千金地向裕王保证，好好工作！可一旦君臣意见不合，那厮想到自己的承诺和现实的纠结，他能不头疼吗？你戴着国家给你的乌纱帽，原则上就要为国家的利益牺牲自己，而皇帝的圣命就是国家利益的最基本体现形式啊！”沙先生说。

“我大致明白了。沙先生您的话够现代的啊！我听着怎么不像500岁的人说的话？”我开玩笑地说。

“我要说文言，你听不懂，到时候又要问个没完，我还不如用现代话给你说，我学了10年，而且本来很多话变化不大的。”沙先生说。

“那您说嘉靖老皇帝是不是给冯保也留什么遗诏了？”我问。

“有可能吧！嘉靖皇帝有多少口谕遗诏，只有皇帝身边的人才知道。皇帝不写遗诏也有其意义，那就是该说就说不该说则可以不说，这比较灵活。当年嘉靖皇帝不就是靠神神秘秘地把青词烧给玉皇大帝，然后那群道士再揣摩，谁知道哪个太监会给他们暗示。这是一种政治手腕，也是一种皇帝的统御之术，你当了皇帝才会懂得。”沙先生说。

“您饶了我吧！我家往上几亿年的祖先也没做过皇帝，我觉得当一个小百姓挺好的！”我说。

“有些事情也不是你能完全把控的。总之那厮经过磨合，初步取得了皇帝的信任，当了皇帝的秘书，专门管玉玺，而且要替皇帝提前审阅奏折，提供对奏折的批阅意见，这其实是非常重要的岗位，除了不能碰宫里的女人，几乎能影响皇帝所有思想了。隆庆皇帝毕竟信任他，而他也确实信守承诺，认真办事。那两年他还是过得挺好的！”沙先生说。

“如果他能就这样认真去做好一个秘书，那其实也是不错的啊！”我说。

“那厮在给嘉靖皇帝的奏折中写了很多如何治理国家的大政方针，而那些方针能让谁去执行呢？大家都是既得利益者，那厮要将大家的既得利益分给皇上，你说谁会去认真办这件事呢？”沙先生说。

“那厮的奏折我也看不懂，您能举例说说那厮都有什么大政方针吗？”我问。

“比如那厮说这天下的土地是天下稳定的根本，不正当的兼并土地是引起天下动乱的根本原因，因此要重新核查地主的土地所有权，而且一定要按照土地占有的数量向国家缴税，要折合成银子往上收，这才公平。”沙先生说。

“这个政策听起来还真是很有道理，这难道不好执行吗？”我问。

“官做得越大，土地就越多，很多都不是合法取得的，而且以前不交银子，现在交银子，那不是从他们身上割肉吗？”沙先生说。

“是啊！中国共产党夺取政权的时候之所以土地革命很容易，可能就是因为革命者的领导们真心拥护土地革命。但那厮的土地改革如果得不到官员们的支持，那就不好办了。”我说。

“是这样的！他担任皇帝秘书，于是就看到了更多的问题，所以土地革命就要尽快实施，然而现实是没有人真心拥护这个土地变革，你说那厮怎么办？你说皇帝要怎么办？”沙先生问。

我猜想沙先生是有答案的，因为他自称是穿越过来的人，他是当事者之一。但我还是要随声附和，以便让对话持续，于是我说：“是啊！如果我是皇上这可咋整？如果我是那厮这可咋办？不能光有想法没有行动，那是解决不了问题的呀！”

“隆庆皇帝想做事，要成就万年江山，那厮想做事，要成就历史名臣，所以他俩就要好好研究对策，而最终他们达成一致，要那厮亲自去办土地改革的事情，只要开个好头，后面就容易了而这个头也只有那厮这个当时闻名天下敢于大闹天宫的大清官才能开好了！”沙先生说。

“可那厮如果去办土地改革的事情，他这个秘书谁来接任呢？”我问。

“冯保！”沙先生说。

“啊？太监！那不耽误事吗？”我问。

“那冯保可不是一般的太监，他是一个博古通今的奇才啊！要不然怎么连那厮也说冯保是他的知音呢？其实下一回就说的是这个事！咱们还是先看看再说吧！”沙先生说着，又翻开了我关于第十五回的笔记，这让我感到自己还不错，似乎得到了沙先生的认可，其实在这几天里我已经将沙先生当老师了，是他的言谈与表情让我肃然起敬。

第十五回 【蛇盘山诸神暗佑 鹰愁涧意马收缰】学习笔记：

三藏的马在鹰愁涧被水中的恶龙吃掉了，孙悟空要去抓恶龙，但唐僧不让他去，而唐僧同时提出来没有马可不行，这让孙悟空很为难，只好坐等。由此看出唐僧如果糊涂，孙悟空是没有办法解决的。师父无能，徒弟急死也没有用。由此能看出裕王刚继位的时候身边真是缺少人手。

观音菩萨给唐僧暗中派了很多帮手，有六丁六甲、五方揭谛、四值功曹、一十八位护教伽蓝，一共39位神仙，这些人足以保护唐僧基本的安全，毕竟是菩萨安排的，一定是有些本领的，至少能跑个腿通个信。孙悟空有了这些基本的帮手，很多事情就腾出手来了。这干大事的人总要有伺候他办小事的人配合，否则大事也因为没有时间而干不成。尤其是那个金头揭谛居然昼夜不离左右，估计这就是隆庆皇帝身边的值班老太监。

那条龙是菩萨解救的龙王三太子，因此菩萨来了，三太子也就变成白马了。变马的过程很简单，就是将项下明珠摘了，然后用杨柳枝蘸瓶子中的露水往身上一拂，就变好了。冯字若去了左边的两个点就成了马，真的是这样吗？冯保的老家是衡水，山涧也有水，这是巧合吗？蛇盘山这个名字与那“承恩的，袖蛇而去”是巧合吗？冯保是承恩袖蛇的人，白龙马是蛇盘山的人，看来冯保就是白龙马。

作者写诗说白龙是个迷爷娘的业子，表面上看好像是说白龙烧了玉帝赠的珠子连累了父母，但实际上这个“迷”字表示的意思应该是迷失的意思。显然对于一个几岁就被阉割进宫的孩子来说用迷爷娘来形容是比较恰当的，这就再次证明作者要告诉我们白龙就是太监冯保。

孙悟空想打退堂鼓，观音菩萨给了他莫大的鼓励，又赠送三根救命的毫毛。此时的悟空应该是冯保，因为那厮是不能和皇太妃私下见面的，但太监可以啊！冯字的繁体写成馮，去掉两点是馬，从象形文字角度看，这个字很像是脑后长了三根毛。可作者没有想到，今天的马字已经看不到毫毛了。对于真的马来说那就是鬃毛。象形文字逐渐演变成今天的文字让字的抽象含义越来越多，象形程度则越来越浅。

当小庙中的老汉赠送唐僧一副鞍辔时，作者写了一首诗赞扬这鞍辔，诗的最后一句颇为奇特：两垂蘸水结毛缨。显然这是冯字的又一次暗示。这两点水与马最终是要形影不离的，因为它是冯保的化身啊！

到此时，冯保和那厮都成了隆庆皇帝的好帮手，都是皇太妃根据嘉靖皇帝的口谕办的事情，皇帝没有好大臣没有好太监是不行的。

沙先生看完了我写的笔记说：“写得很好！看起来你的悟性不低，而且也很认真。果然如那厮说的，举世无人肯认真，立志修玄玄自明。你已经说得够清楚了，我省些力气，看下一回吧！”于是沙先生又拿起了我的笔记。

我的笔记以前是用手写的，后来我发现其实用电脑记录比较省时间，因为修改容易，所以我决定今后用电脑，凡是摘录原文就用楷体字，自己的感想就用宋体字。然后打印出来让沙先生批改，或者我根据沙先生的评论做好记录。

第十六回　【观音院僧谋宝贝　黑风山怪窃袈裟】读书学习笔记：

好一句“果然净土人间少，天下名山僧占多”，这让我想起父亲总说的一句话：“世上好话书说尽，天下名山僧占多。”这两句话究竟哪句意境更高呢？

话说唐僧来到了观音禅院。这个黑熊精偷袈裟的故事我在电视上看过。

孙悟空对寺院里的和尚自称孙外公？为什么不是孙爷爷？难道那厮是因为自己只有女儿没有儿子，所以叫作外公？或者是因为那冯保本来就是一个净身的人，不可能当爷爷，因此叫作外公。再或者“外公”这个词本身就是双关，表面上看像是姥爷，而其实说的是那厮已经离开京城到外面去当官了，而且是大官，所以自称外公。

观音禅院的老院主，一出场时的打扮确实很奇特，书中写道：

头上戴一顶毗卢方帽，猫睛石的宝顶光辉；身上穿一领锦绒褊衫，翡翠毛的金边晃亮。一对僧鞋攒八宝，一根拄杖嵌云星。满面皱痕，好似骊山老母；一双昏眼，却如东海龙君。口不关风因齿落，腰驼背屈为筋挛。

这是一个不男不女浑身阔气十足的老人，别是一个老太监吧？可书里明确说这是一个老和尚，而且是一个没出过寺院的和尚。书里说：

老僧道：“我弟子虚度一生，山门也不曾出去，诚所谓‘坐井观天’，樗朽之辈。”

看来是一个老太监，如果是和尚，起码是云游过的，只有宫里的太监可能是从进了皇宫就再也没出去过，算是一个智能机器人吧！但是这些和尚太监的生活条件还是不错的，书里说他们的用具非常的奢靡：

拿出一个羊脂玉的盘儿，有三个法蓝镶金的茶盅；又一童，提一把白铜壶儿，斟了三杯香茶。真个是色欺榴蕊艳，味胜桂花香。

这气派，也只有皇宫才有。留一个给我，这辈子就可以游山玩水不上班了！呵呵！

三藏见了，夸爱不尽道："好物件！好物件！真是美食美器！"

皇帝自然是识货的主。

能让皇帝夸奖的东西自然在皇宫里。

一个真正的和尚不可能去爱这些俗家的物件！当然更不可能拥有这样的物件。

我的老天，原来唐僧的宝贝袈裟是一件龙袍，因为书里确实是这样写的。

真个好袈裟！上头有：

千般巧妙明珠坠，万样稀奇佛宝攒。
上下龙须铺彩绮，兜罗四面锦沿边。
体挂魍魉从此灭，身披魑魅入黄泉。
托化天仙亲手制，不是真僧不敢穿。

这显然不会是笔误，写诗的人都明白，一首诗写下来是很不容易的，要每个字地研究推敲，所以作者一定是别有用心的。

沙先生看完了我的笔记，似笑非笑地看着我说："你觉得我是不是不男不女？"

这句话问得我猛然浑身一激灵，因为沙先生此时的表情和他那没有胡子茬的脸确实有些不男不女，但我怎么好直说，所以就笑了笑说："沙先生，您说这老和尚到底有什么秘密呀？"沙先生看了看我，用极其柔和的声音说："这段历史已经被我改得面目全非了，你们后人只知道查阅史料，尤其是皇帝生活起居的记录，可笑！"

"您这样说不公平！历史学家们不依靠文字记载那怎么能准确知道历史啊？"我问。

"那些皇帝的记录是人写的，准确地讲是人编的，无关紧要的事情自然如实记录，但那些大事，怎能不加以修饰呢？"沙先生说。

"您是不是修改过类似的皇家记录？"我问。

“嘉靖皇帝和隆庆皇帝的言行记录是我组织修订的，我自然要按照我自己的意思修改。一个人如果写日记的话，一定是将可以写出来的写，不该写的就不能写，否则写出来是容易出问题的！”沙先生说。

“我觉得那个奢靡的和尚是有问题的！”我说。

“你说得对！那个老和尚就是一个老太监，而此时的孙悟空其实就是冯保，而那龙袍也就是宝贝袈裟其实就是指皇位。裕王刚继位的时候，景王还在京城，景王比裕王只小一个月，而且为人处事比裕王更像一个帝王啊！这是一个威胁，因为景王有理由怀疑嘉靖皇帝遗诏的真实性。这种事如果闹起来弄不好就是一场宫廷政变啊！”沙先生说。

“您的意思是老太监要协助景王夺取皇权？这也太可怕了吧？”我问。

“自古来皇权交接都是一个难题，流血事件几乎是难以避免的，就好像猴山上抢夺猴王的争斗往往也是咬伤同类，咬败老猴王才能当新猴王！”沙先生说。

“那景王是谁？战斗激烈吗？”我问。

“景王是谁？当然是黑熊怪！你不相信吧！好，我们先看看你的笔记。”

沙先生看完笔记之后一段一段的开始评价我的笔记，为了叙述方便，我直接将沙先生的评论插入到我的学习笔记中，好在我开始用电脑打字，所以这样倒是省下了不少记录的时间。

学习笔记：

第十七回　【孙行者大闹黑风山　观世音收服熊罴怪】

袈裟丢了，唐僧很生气，如果找不到，那群和尚就惨了，因为唐僧说了孙悟空会要了这群和尚的命。以往孙悟空杀死六个所谓的毛贼的时候，唐僧就埋怨了一大通，这次为了一件袈裟，就要杀死全寺院的和尚，这怎么能是善良的唐僧说出来的话呢？

当然，孙悟空杀死的六个毛贼指的是人的各种过分的欲望，并不是真人，唐僧埋怨孙悟空指的是隆庆皇帝并不赞同那厮灭人欲的做法。

沙先生评论：隆庆皇帝毕竟是皇帝，牵扯到皇权斗争的事情，他可不傻，那是要坚决护卫的。不过这也不能怪他，如果让景王抢走了皇位，那他就是死路一条啊！说不定景王伪造一份遗诏然后说裕王谋朝篡位，这不是不可能。或许在你们今人的眼中，唐僧是一个非常慈悲的老和尚，不忍心杀生以至于人妖不分了，其实隆庆皇帝不是这样的，他是不愿意看到朝臣们冲突，他要让忠臣和奸臣互相迁就一些，大家相安无事。书里的妖精不过是那厮眼里的奸臣和歪风邪气。

我觉得那厮在写风景时文字还是比较优美的，比如写黑风怪的住处“黑风山黑风洞”，是这样的：

烟霞渺渺，松柏森森。烟霞渺渺采盈门，松柏森森青绕户。桥踏枯槎木，峰巅绕薜萝。鸟衔红蕊来云壑，鹿践芳丛上石台。那门前时催花发，风送花香。临堤绿柳转黄鹂，傍岸夭桃翻粉蝶。虽然旷野不堪夸，却赛蓬莱山下景。

沙先生评论：那厮确实用心良苦，为了一个景字要花这么多笔墨！不过如果不这样写，又担心太过明显。我其实不欣赏那厮的写作风格，倒不如他写本秘史秘密流传。不过也难怪他如此用心，如果是我，却也不知如何写，不写不甘心，写又不知怎么写，那厮将世上所有的神仙鬼怪都弄到了一个世界中，编了这么一大段故事，不得不让人佩服。

其实那厮是一个特别幽默的人，写一个妖精的黑，那简直是无所不用其极：

碗子铁盔火漆光，乌金铠甲亮辉煌。
皂罗袍罩风兜袖，黑绿丝绦亸穗长。
手执黑缨枪一杆，足踏乌皮靴一双。
眼幌金睛如掣电，正是山中黑风王。

行者暗笑道：“这厮真个如烧窑的一般，筑煤的无二！想必是在此处刷炭为生，怎么这等一身乌黑？”

黑得可爱！黑得过分！比黑熊还要黑！

我觉得这首诗有信息在里面：汪洋海远，水势连天。祥光笼宇宙，瑞气照山川。

这里面的海和瑞两个字比较明显。这会不会是那厮隐藏了自己的名字。

孙悟空请到了菩萨，让菩萨变成了妖精骗妖精，俩人的说笑别有禅机。摘录如下：

行者看道：“妙啊！妙啊！还是妖精菩萨，还是菩萨妖精？”菩萨笑道：“悟空，菩萨、妖精，总是一念；若论本来，皆属无有。”行者心下顿悟，转身却就变做一粒仙丹。

沙先生说："'菩萨、妖精，总是一念，若论本来，皆属无有。'这话确实大有禅机啊！那美妃被那厮写成了菩萨，看似神通广大慈悲为怀，但你怎知那厮也将美妃写成了一个几个妖精。妖精和菩萨又是同一个化身，这不符合佛理，但却是本书的实质。"

此时我忍不住插嘴道："您说菩萨又被写成了妖精，这实在是匪夷所思，是后面哪个妖精啊？"

"哪个妖精现在不用说，以后自然知道，现在说了反而添乱。"沙先生说。

"好吧！那就到时候再说！"我说。

为什么菩萨要把箍用在黑熊怪身上？书中这样写道：

"菩萨又怕那妖无礼，却把一个箍儿，丢在那妖头上。"

书里有一句话显得很诧异，说妖精有野心，只不过偷一件袈裟，怎么就算有野心了？野心岂可随便说，那可是谋朝篡位的代名词啊！书里说：

那黑熊才一片野心今日定，无穷顽性此时收。

沙先生说："正如你所说，这谋逆是最大的罪，所以才用无尽的黑去说景王的野心。景王背着皇上和朝臣往来，这其实是瞒不住皇上的。要知道冯保那厮是东厂主管，手下人手众多，分布极广，谁有什么行为岂能逃过他的眼线。如果谋朝篡位，没有太监的支持几乎是不可能的，要知道宫里有几万太监，各种职能齐全，有不少充当的是侍卫的，景王要谋逆必须要拉拢宫里的太监。"

"那他一定没有成功！"我说。

"当然了，如果成功了，历史不就改写了吗？当年裕王继位的时候，美妃是出了力的，是她替裕王说了不少话，毕竟她是嘉靖皇帝晚年身边最信任最亲近的人，所以她的话至少可以让众多朝臣相信，嘉靖皇帝本来就想将皇位传给和和气气的裕王，而不是英武的景王。然而说到底，没有嘉靖皇帝的亲笔诏书啊！"

"没有诏书怎么继位？"

"那诏书是徐阁老写的，不过准确地说是我亲自写的字，徐阁老说的词，这就是景王要谋逆的理由，因为我是裕王的老师，怎么也洗不脱嫌疑。"

“那金箍真的能箍住黑熊精景王吗？”

“那金箍象征的是嘉靖皇帝的皇权延续，也就是所谓的遗命。有些事情本朝皇帝很不好处理，因为作为皇帝一定要在道义上站稳脚跟，否则日后就埋下了祸根。所以有些事情就要打着先皇的名义处理。”

“对了，您说过，对那厮的劝告不就是打着先皇的名义吗？所以孙悟空头上有了一个金箍。而对黑熊怪，作为30年和皇上平起平坐的一个王爷，如果不打着先皇的名义还真是不好处理。那事实上是怎么处理的呢？”我问。

“要知道毕竟裕王早出生了一个月，而且已经是皇帝了，所以自然是无情地镇压。而这件事是秘密处理的，在历史上对这个景王是轻描淡写的，因为历史是老夫写的。老夫用春秋笔法将这个景王写成是嘉靖皇帝活着的时候就死了，并且用徐阁老和嘉靖皇帝的对话隐约给景王加上一个素来想夺位的罪名，这岂不是很巧妙的处理方式？”沙先生说。

“由此看来，这历史的真相还真是真真假假的难以分辨，如果今天您不说，这景王的故事也就石沉大海了！”我说。

“那也不一定，那厮不是将故事写到书里面了吗？”沙先生说。

“这种写法，如果不是当事人，谁看得出来啊！”我说。

“龙袍、皇宫、太监、野心、黑黑的黑熊怪，这么多信息其实也够多了！只是这些故事和你们现代人没多大关系，所以也就很容易被忽略了。而在我眼里，这些都是最大的机密。你们现代人也有很多机密大事是不能说的，是不是？”沙先生说。

“那当然了，谁又可能将自己的所有机密告诉别人呢？有些事情自己觉得是机密，别人还未必感兴趣呢！不过您说的这个故事我倒是非常有兴趣，因为这颠覆了我对《西游记》的印象，这个猴戏对中国人的影响可是不能忽略，如果作者本来有更深的含义，那确实应该说清楚。您也知道，现在《西游记》是中国四大名著，可以说全国人民迟早都要看，无论以什么方式，不知道《西游记》那就不是中国人，所以您的故事我感兴趣，我觉得全中国人都应该感兴趣，华人都应该感兴趣。”我说。

“是啊！如果你知道了整部书全部的隐秘，你会更有兴趣。这部书中确实将我一生的秘密都写进去了。当然了，有些细节那厮是不清楚的，他只知道一些皮毛和结果，而那些过程我却是亲身体会的。就好像一个记者报道了汶川大地震，虽然报道很真实，但记者永远无法体会在地震中死去或是失去亲人的那些活着的人的心情。今天我们就先说到这里吧，我估计你后面的还没看。你回去把十八、十九两回看完，我和你说过，猪八戒是以高拱为原型的人物，希望你能查阅一下高拱的事迹，对照研究一下那斯是怎么巧妙写猪八戒式的高拱。再有第十九回中提到的心经你要好好思考，乌巢禅师说了一段谶语其实是那斯对全书的概括，你可以思考一下。”

关于高拱的故事

当我第二天把4000字的笔记摆到沙先生面前的时候，沙先生会心一笑，说："你如果是在我朝，估计也能考上进士。不过考上进士也未必是一件好事。我们还是拿你的笔记来一一分析，你说得对的，我就不重复了，说得不完整的，我给你补充。"

"先生！请！"我说。以下是沙先生批过的笔记，我特别注上沙先生评的字样。

第十八回　【观音院唐僧脱难　高老庄大圣除魔】　　第十九回　【云栈洞悟空收八戒　浮屠山玄奘受心经】学习笔记：

本回一上来就说行者将黑风洞放火烧成了红风洞，黑风如果是谋逆之风，红风自然是拥护之风。这让我想起了2011年，社会上大唱红歌。所谓的红歌就是几十年以来流行的革命歌曲，比如有一首歌的名字叫作《太阳最红毛主席最亲》，听上去就觉得好温暖好正义。不过最后据说发起唱红歌的那位大官却有暗地里刮黑风之嫌。红风黑风如何区分，无非是看表象，然而以我多年以前点煤球炉子的经验，红之前必先有黑，不冒黑烟就不会有后面的充分燃烧的红。此处黑风洞却也是先黑黑的后红红的。

沙先生评说：黑心是谋反的代名词，那厮黑心便是死罪！

中国共产党自诞生以来就以红色为主选色调，而后红色又被引申为革命者，当然对于当时的政府那就是赤匪。想来当年中国国民党要员是没有研究过《西游记》的，否则就会将红色定位成自己的颜色。其实中国历来对红色就有偏爱，比如新娘子的红盖头。红色是血液的颜色，按说是血腥的颜色，当然也是太阳的颜色，所以应该是象征生命的颜色。当然这一点并没有得到全世界的认同。人类本身，女人脸上最引人注目的就是红嘴唇，但如果把整张脸都涂成红色，那肯定不被认可，看来这红色要运用得恰到好处，不能太过分。

沙先生评说：状元穿红衣，新娘穿红衣，洞房布置红色，蜡烛都是红的！

关于风的问题其实是中国极大的问题。中国有风水学，很多植物没有风也没法有效授粉，比如玉米就不能只靠蝴蝶蜜蜂来授粉，因为其花蕊既没有好看的色泽也没有喷香的味道。老百姓就靠风来指引一切。至于2013年末的整风运动那更是至今方兴未艾！管用吗？太管用了，至少我田戈作为总经理不用应酬饭局了。

沙先生评说：黑风、黄风、妖风，那厮其实也善于整风！

师徒来到猪八戒所在地，名称是乌斯藏国高老庄，这个地名应该是“吾事藏”国高老庄。高拱出身于高老庄这是公开的资料。

那高老庄的高老汉说猪八戒这个女婿会弄风，显然这风不是一般的风，应该是整风的风，也就是说高拱在朝中代表着一种风气，这个风气确实会弄得满朝文武不得安生。用书里的话说那风刮的是：

当坊土地弃祠堂，四海龙王朝上拜。
海边撞损夜叉船，长城刮倒半边塞。

那猪八戒自称官名叫作猪刚鬣，这确实是与高拱在官方著名的脾气刚烈吻合！

沙先生评：高拱其实是个能臣，是个忠臣，但他是失败的，因为他在明处！因为他是个靶子！没有皇帝的保护，他片刻都难以自保。

当猪八戒听说媳妇家请了一个500年前大闹天宫姓孙的齐天大圣要来拿他的时候，他确实害怕了。我查阅史料发现，海瑞在奏折中确实骂过高拱，奏折的意思是高拱实在太坏了，可以算是天下第一坏，写这个折子的时候，海瑞刚刚被释放，可以说正是朝廷楷模，谁要是被这个道德模范狗血喷头地骂了，那就太惨了，所以说猪八戒确实害怕齐天大圣。但同时猪八戒又将孙悟空称为闹天宫的弼马温，显然这里说的是两个人，也就是说如果高拱知道海瑞和冯保联合抵制他，那么他是挡不住的。所以书里说；

那怪转过眼来，看见行者龇牙咧嘴，火眼金睛，磕头毛脸，就是个活雷公相似，慌得他手麻脚软，划刺的一声，挣破了衣服，化狂风脱身而去。行者急上前，掣铁棒，望风打了一下。那怪化万道火光，径转本山而去。

根据历史记载，隆庆元年，高拱被弹劾，理由是这个人仗着自己是新皇帝的老师就敢否定以前的一切，所以大家就联合反对他，海瑞也写了奏折说了话，这可就不好办了。隆庆皇帝无奈之下只能同意高拱自己提出回家休息的解决方案，如果按照当时的事态，这一去很有可能就回不来了。当然后来高拱回来了，而且也报仇了，不过毕竟是非常凶险的一件事。由此可以看出，猪八戒嫉恨孙悟空由来已久，也就是说在隆庆皇帝当政的那几年，他的心腹大臣是不团结的，海瑞、冯保、高拱、张居正这些人各自都有自己的想法，这不得不说是隆庆短命的最根本原因。所以当领导的最好别让下属内斗，否则倒霉的最终还是自己。

沙先生评：那段时间是宫里最热闹的，新皇帝位置不稳自然不会下任何定论，大臣们为了自己将来的利益争吵不休，徐阁老自己位置微妙，这种局面真是历史少有。

那描写猪八戒自报家门的长诗看上去也有几句很微妙的双关，试解如下：

注解猪八戒自白：

……

敕封元帅管天河，总督水兵称宪节。

这句说的是高拱当上了朝廷国子监祭酒。

只因王母会蟠桃，开宴瑶池邀众客。
那时酒醉意昏沉，东倒西歪乱撒泼。
逞雄撞入广寒宫，风流仙子来相接。
见他容貌挟人魂，旧日凡心难得灭。
全无上下失尊卑，扯住嫦娥要陪歇。

这句指的是高拱凭着帝师资格辱骂了徐阶。

再三再四不依从，东躲西藏心不悦。
色胆如天叫似雷，险些震倒天关阙。

这段指的是高拱和众官意见不合。

纠察灵官奏玉皇，那日吾当命运拙。

御史纷纷参劾高拱。

广寒围困不通风，进退无门难得脱。
却被诸神拿住我，酒在心头还不怯。

官员们纷纷指责高拱行为不端思想有问题。

押赴灵霄见玉皇，依律问成该处决。
多亏太白李金星，出班俯顖亲言说。
改刑重责二千锤，肉绽皮开骨将折。
放生遭贬出天关，福陵山下图家业。

这说的是高拱被迫自己申请辞职回家。

我因有罪错投胎，俗名唤做猪刚鬣。

刚鬣谐音刚烈，高拱脾气确实不太好。

沙先生评：对高拱最恶毒的攻击莫过于偷拿宫里的物品。其实作为一个官员，谁没从办公室往家里拿过东西呢？有时候那也是为了工作，但这种事情是不能在公开场合说的。你堂堂阁老帝师，居然干这种小偷小摸的事情，那不是无地自容吗？

弼马温冯保和猪八戒高拱之间究竟有什么恩怨，这我怎么知道呢？不过书里的话也确实是话里有话：

行者闻言道："你这厮原来是天蓬水神下界。怪道知我老孙名号。"那怪道声："哏！你这诳上的弼马温，当年撞那祸时，不知带累我等多少，今日又来此欺人！不要无礼！吃我一钯！"

“诳上”的意思是欺骗皇上，但是那厮没有欺骗皇上啊！对了，欺骗皇上的是弼马温，也就是冯保啊！冯保什么事欺骗了皇上，这可要问问沙先生。

沙先生评：冯保是高拱盗窃宫里财物的见证人，因为他的眼线遍布皇宫，但他也深知高大人其实很廉洁，其实拿些东西是为了工作。但拿了就是拿了，你有多少理由都很苍白。冯保这一手其实并不光彩，明眼人都知道这是在公报私仇。其实冯保不过就是不甘心做一个太监，他要的是名垂青史！既然不能生孩子，那就干事业吧！

孙悟空喜欢骂猪八戒攮糠的夯货，这让猪八戒难以接受，而猪八戒回敬孙悟空的话往往就是骂他为弼马温。我猜想这是冯保和高拱之间对骂时的称呼，当然未必是对面骂而是在别人面前骂自己的对手。冯保会将高拱胖大的身体当作笑骂的缺点，比如吃货，也就是书里说的攮糠的夯货，这是够难听的。而高拱骂冯保呢？最狠毒的就是骂他是个太监，比如说这个死太监或者这个不男不女的东西，这是冯保心中最大的痛苦，所以被骂出来也一定是难以接受的。

记得上大学的时候，我住的宿舍里共有7个同学，大家分别来自大城市、小城镇、农村，大城市的人对农村人有一个称呼叫作“老袒儿”，我是农村人，想不明白这个词的来源，但总觉得带有侮辱性质。大家在宿舍里的生活少不了抬杠拌嘴，而我偏偏在抬杠这件事情上比较认真，往往把对方弄得无话可说才算完。有一次我和一个大城市来的同学抬杠，话题已经彻底忘了，但那位同学最后一句说：“臭老袒儿，你懂什么！”这句话深深地刺激了我，让我终生难忘。虽然我知道那个同学不是坏人，但我确实一辈子也不会主动再接近这样的同学了，自卑和自尊让我想起这件事情就心有余悸，原来把一个人身上最大的弱点当众说出来对那个人的伤害是如此之大啊！所以我估计高拱和冯保之间因为彼此的怒骂，结下了深仇。高拱还好，被人说胖，也不是多大的伤害，可冯保不行啊！身体残缺心理变态啊！我这个“老袒儿”再怎么说也就是不主动接近，连恨都谈不上，但“死太监”一旦得势，那还不把高拱整死。

沙先生：我朝人物，名声大如天啊！要不然那厮怎么能够保住性命呢？他是海青天，他是包公再世，百姓就是这样盲从。

当孙悟空和猪八戒经过沟通得知都是要保师父唐僧西天取经时，孙悟空揪着猪八戒的耳朵来见唐僧。作者写了这样一首诗为证：

金性刚强能克木，心猿降得木龙归。

金从木顺皆为一，木恋金仁总发挥。
一主一宾无间隔，三交三合有玄微。
性情并喜贞元聚，同证西方话不违。

这首诗非常奇怪，什么叫作木恋金仁总发挥？看不懂啊！别的地方还凑合看，比如：

孙悟空金性刚强，又称心猿。猪八戒叫作木龙。他们俩都是为了唐僧。“一主一宾”说的是高拱和海瑞，高拱在海瑞面前既是前辈，又是帝师，应该算是主，而海瑞初来乍到应该算是宾。“三交三合”说的是隆庆皇帝、高拱、海瑞三人。我这样理解对不对，要问问沙先生。

沙先生评：何谓木恋，恋者亦心是也，高拱也曾经是心学的热爱者，因此大家能够达成共识，而那厮根本上是以仁的思想理政，所以他们能够短暂合作。

猪八戒被收服了，从此承担了担着行李的工作，孙悟空的任务就是拿着铁棒，白马的任务就是驮着师父。这也就是说此时的王朝，高拱担任了主要的行政领导职务，海瑞大笔一挥所向披靡，好一个大秘书！冯保的任务就是保护皇上，这也算是一种不错的状态。于是作者又写了一首诗为证：

满地烟霞树色高，唐朝佛子苦劳劳。
饥餐一钵千家饭，寒着千针一衲袍。
意马胸头休放荡，心猿乖劣莫教嚎。
情和性定诸缘合，月满金华是伐毛。

试解这首诗的含义如下：

“树色高”说的是高拱，而且应该是肯定了他苦劳劳的工作精神。

“意马”说的是冯保，作者暗示此时的冯保心中还是有些放荡的欲望。

“心猿”说的是海瑞，这个心学的忠实信徒，总想着到死时被人评为一个真正的圣人，所以面对看着不顺眼的事情，他就要大声呼叫，也就是所谓的嚎！

这群人在一起也算是一种缘分。

作为一个王朝，短暂的平静或许有，但长期的平静是不可能的。可以想象，新皇帝登基了，用了几个厉害的角色，第一是看不惯一切歪风邪气的海瑞，第二是立志要国富民强脾气刚烈的高拱，第三是大才子太监监理东厂的特务头子冯保。这还了得吗？明眼人都能看出，这是山雨欲来风满楼啊！

沙先生说：我那时身份非常微妙，一方面我是内阁大臣，一方面我是皇帝老师，一方面大家都觉得我是徐阁老的人，而徐阁老此时和皇上几乎是水火不容了，我左右为难，只有不说话保持沉默，但不说话也不是最好的办法，时间长了就被人说是滑头或者不作为。所以我还是说话了，当然那是在徐阁老提出辞呈皇帝也批准了之后。要知道如果徐阁老不辞职，我确实是非常难受的。徐阁老作为内阁首辅辞职了，我最大的尴尬解除了，我提出的第一个奏折就是把高拱请回来，为什么这样做？因为我知道裕王也就是皇上对高拱的深情厚谊，高拱一天不回来，皇上就一天不顺心，所以我就上了折子让皇上满意，而且我知道，我如果不抢先上折子，别人也会这样做的，宫廷里投机者向来就多。不过那些投机者也没少因此丧命，我后来也整死不少这种人。

而就在此时，猪八戒却给唐僧引见了老相识——乌巢禅师。这是一位神龙见首不见尾式的人物。如果不读《西游记》，我是不会注意到有这么个人的。而他留下的《心经》经过查找，与唐朝玄奘法师留下的版本是一样的，如此看来，作者是巧妙地利用这个乌巢禅师宣扬了一下佛法。或许是他觉得这段《心经》实在是太好了。不过我真是看不懂，摘录如下，请教沙先生。

经云："《摩诃般若波罗蜜多心经》。观自在菩萨，行深般若波罗蜜多，时照见五蕴皆空，度一切苦厄。舍利子，色不异空，空不异色；色即是空，空即是色。受想行识，亦复如是。舍利子，是诸法空相，不生不灭，不垢不净，不增不减。是故空中无色，无受想行识，无眼耳鼻舌身意，无色声香味触法，无眼界，乃至无意识界，无无明，亦无无明尽。乃至无老死，亦无老死尽。无苦寂灭道，无智亦无得。以无所得故，菩提萨埵。依般若波罗蜜多故，心无挂碍；无挂碍故，无有恐怖；远离颠倒梦想，究竟涅槃，三世诸佛，依般若波罗蜜多故，得阿耨多罗三藐三菩提。故知般若波罗蜜多，是大神咒，是大明咒，是无上咒，是无等等咒，能除一切苦，真实不虚。故说般若波罗蜜多咒，即说咒曰：'揭谛！揭谛！波罗揭谛！波罗僧揭谛！菩提萨婆诃！'"

沙先生评：心经确实难懂，我也是花了很多时间研究，不敢说懂，但可以交流一下。

沙先生提醒我说，乌巢禅师说了一段谶语，很重要，摘录如下：

被三藏又扯住奉告，定要问个西去的路程端的。那乌巢禅师笑云："道路不难行，试听我吩咐：千山千水深，多瘴多魔处。若遇接天崖，放心休恐怖。行来摩耳岩，侧着脚踪步。仔细黑松林，妖狐多截路。精灵满国城，魔主盈山住。老虎坐琴堂，苍狼为主簿。狮象尽称王，虎豹皆作御。野猪挑担子，水怪前头遇。多年老石猴，那里怀嗔怒。你问那相识，他知西去路。"

这段话的意思就是说后面有很多妖怪，我记得有狮子精、大象、唐僧变老虎等故事，而那个水怪说的就是沙僧，流沙河里的妖怪。

乌巢禅师是谁，我认为这是一个子虚乌有的人物，乌巢就是无巢，就是没有来历，就是没有。一个书里纯粹虚构的人物当然也就是作者本人了。

沙先生评：你说得对，乌巢禅师是不存在的，那厮是要告诉读者，后面所有的妖精其实都是当朝重要人物，如果只看热闹，不去思考重要的线索，那厮的心血不就白花了吗？因此这段谶语是很重要的。

以上是读书笔记，以下是我后来补充的想法，沙先生可不知道我写了这些。

看《西游记》这种书又是这样的读法，真是累死了，此时已经是深夜，我想到明天还要继续就赶紧睡了，其实不睡也没有效率了。要不是我对沙先生的身份之谜越来越感兴趣，我真的不想再学习这种子虚乌有的东西了。我管他猪八戒是不是高拱，这和我有什么关系。可沙先生那种不男不女的面孔，不阴不阳的表情已经是让我欲罢不能，怎么这个世界上还有这种人，他真的有500多岁了吗？

以下是我和沙先生请教《心经》时他给我讲的，其实这天晚上，大部分时间都花在这个《心经》上了，我听不懂，所以就反复地沟通，最后我大致明白了，并整理了笔记写成了白话。不过这个《心经》和沙先生的秘密其实没有直接关系，所以读者也可以跳过去。

经云：《摩诃般若波罗蜜多心经》。

观自在菩萨，行深般若波罗蜜多时，照见五蕴皆空，度一切苦厄。

看着自己的存在状态，想想别人的存在状态。究竟智慧的最高境界是什么样的呢？一切感觉实实在在的物质，当我们真正接受、获取、判断、感觉时，往往发现那是一种相生相克循环的矛盾状态，当我们把这些物质看透了，也就明白了一切物质都要随着时空的变化而变化，一切物质乃至我们的肉体都会离我而去，看透了，那么我为这些物质而产生的烦恼和厄运也就没有了。

舍利子，色不异空，空不异色；色即是空，空即是色。

智慧第一的舍利子佛说，任何感觉都只是这一刻的时空瞬间而已，谈现象是不能和当时的时空分开的；感觉会随着时空的改变而不停地变化，片刻都稳定不住。

受想行识，亦复如是。

对物质的接受、获取、判断、感觉等都是随着时空的变化而变化的。当你接受重复的现象多了，你才会发现真的是这么回事。比如星象，比如政治，比如人生。

舍利子，是诸法空相，不生不灭，不垢不净，不增不减。

智慧第一的舍利子佛又说，世间所有的规律都是在一定时空内有效的，因此无所谓生成和消失，无所谓干净和不干净，无所谓变多和变少。这和你们今人有个叫爱因斯坦说的相对论有些相似，大意是人生不可钻牛角尖，退一步海阔天空。

是故空中无色，无受想行识，无眼耳鼻舌身意，无色声香味触法，无眼界。

所以说在时空中没有固定不变的状态，无不变的接受、获取、判断、感觉，无不变的眼耳鼻舌身意念的感觉，无不变的色声香味触的感觉，无不变的眼光界限，人生不过三万天，过完一天少一天，我虽活了500年，究竟不过三万天。其中450年，只在穿越一瞬间。

乃至无意识界，无无明，亦无无明尽。

乃至分不清是根本无意识还是因为疏忽而没意识到之间的界限，这个世界谁又能说自己一无所知，而谁又能说自己什么都明白，这其中的界限又在哪里？也许根本找不到这些所谓的界限，那你还要去找？

乃至无老死，亦无老死尽。无苦寂灭道，无智亦无得。

乃至无老无死。无受苦孤寂灭亡的道理，无智慧与愚笨亦无得到与失去。也就是意识到人生真的就是一个瞬间即过的过程。你折腾也是几十年，安分也是数十载。

以无所得故，菩提萨埵。

因为悟出无所谓得失的缘故，便突入彻悟的途径，自度度人。

依般若波罗蜜多故，心无挂碍。

因为要去通达妙智慧彼岸无极的缘故，所以才心无挂碍，这些张家短李家长的事情又算得了什么呢？（此时我还不能真正听得懂什么叫张家短李家长，否则我真的会问沙先生一些让他难以回答的问题。）

无挂碍故，无有恐怖。

因为无挂碍，便没有恐怖。人生患得患失都是因为担心，担心没钱，担心疾病，担心杀头，担心孩子，担心天塌下来，你不担心什么都没有，你担心，什么都会发生。与其担心很久还是避免不了还不如一刻都没有担心过，来了就来了，走了就走了。我怎会想到倏忽就是450年啊！

远离颠倒梦想，究竟涅槃 ，三世诸佛，依般若波罗蜜多故，得阿耨多罗三藐三菩提。

远离颠倒梦想，究竟从痛苦中解脱出来的状态如何？三世诸佛啊！因为通达妙智慧彼岸无极的缘故，所以得到一切真理之无上智慧，突入彻悟途径。一切在那一刻看开了。

故知般若波罗蜜多，是大神咒，是大明咒，是无上咒，是无等等咒，能除一切苦，真实不虚。

所以知通达妙智慧彼岸没有极限，那些大神咒，那些大明咒，那些无上咒，那些各种各样的咒，都是为了能消除一切痛苦，真实不虚。咒语很难记，稍不留神就错了，你集中精神念咒，念上百年，没有精神想别的，人生结束了，这不就不痛苦了吗？

故说般若波罗蜜多咒，即说咒曰：‘揭谛！揭谛！波罗揭谛！波罗僧揭谛！菩提萨婆诃！’

因此可以说通达妙智慧彼岸无极咒，就是要：反复地去经历、去体验！就会到达彼岸！突入彻悟途径，才能真正意识到自己的存在状态！

坦白地讲，我听完沙先生讲《心经》和没听一样，觉得似乎有道理似乎没道理，总之在沙先生的热情讲解下，我不得不装作认真听，可我真的没听懂。沙先生讲完了《心经》，似乎有些疲惫了，他和我说明天的题目是收服黄风怪，让我把关于黄风怪的故事读完，看不懂也没关系，认真看就好了。

打响土地革命的第一枪

转天一早，我已经无心工作，告诉员工我很忙，事情不太重要就别打扰我了。于是我一头钻进办公室继续研究关于黄风怪的问题，结果我发现这《西游记》果然越来越不像印象中的猴戏，这完全是一部侦破小说。于是，又诞生了下面的学习笔记。自然还是给沙先生看。

第二十回　【黄风岭唐僧有难　半山中八戒争先】　　第二十一回　【护法设庄留大圣　须弥灵吉定风魔】学习笔记：

第二十回的开场便是一首诗，感觉很有玄机，摘录如下：

偈曰：法本从心生，还是从心灭。生灭尽由谁，请君自辨别。既然皆己心，何用别人说？只需下苦功，扭出铁中血。绒绳着鼻穿，挽定虚空结。拴在无为树，不使他颠劣。莫认贼为子，心法都忘绝。休叫他瞒我，一拳先打彻。现心亦无心，现法法也辍。人牛不见时，碧天光皎洁。秋月一般圆，彼此难分别。

这首诗的意思我认为大概是劝人不要违背自己的良心，当然作者又说这是很不容易的事情，尤其是不能因为自己的孩子做了贼，自己就要跟着去包庇他。写到这里，倒是让我想起了很多贪官都是因为儿子不法才连累得老爸一世英名，比如严嵩那厮不就是这样吗？和沙先生接触久了，提起可恨可悲的人我也觉得用那厮很解气，我自以为是个文明人，说起可恨的人绝不会以说人家母亲不是人类而是另外一种哺乳动物为乐趣，因为那个人不好也许和他的母亲没有任何关系。

当我把八戒的故事当高拱来看的时候，就会发现作者写作的时候确实是很幽默的，比如：

行者道："把那个耙子嘴，揣在怀里，莫拿出来；把那蒲扇耳，贴在后面，不要摇动，这就是收拾了。"那八戒真个把嘴揣了，把耳贴了，拱着头，立于左右。

这明显是取笑高拱一番，由此可见作者对高拱是又爱又恨，爱恨交织，当然总体上还是肯定的，因为不管怎么说猪八戒在《西游记》里也是正面人物之一。

为了看懂这两回书，我又一次查阅了海瑞的故事，结果发现海瑞在隆庆四年，也就是高拱回到京城的第二年被派往苏州地区当巡抚，一共巡按十府。而当时已经退休的前任首辅徐阶就在苏州。海瑞为什么被派出去？因为隆庆皇帝要推行土地改革。隆庆皇帝听从了海瑞的建议，不推行土地改革，财富就无法集中到朝廷这里，地方的贫富就会加剧，江山就会不稳，而所有的问题都是因为土地的兼并。这类似有些人说中国的房地产行业造就了贫富差距加大，当然把当今中国和大明朝相提并论是不妥当的，那就当我举错例子了吧！土地改革的关键就是按照占有土地的数量纳税，同时为了不给老百姓造成负担，国家应该适当重新分配土地，否则承包土地的农民就要受到国家和地主的双重剥削和压迫。当时最大的地主是徐阶，也就是这位前任首辅，至少在海瑞巡按的地区是这样的，海瑞查询后发现，徐阶有上好的土地20万亩，而海瑞在老家只有80亩。

从这一回中我看到，在中国古代，这个风的问题就是极其重要的问题，好像很久很久以前有比阔气的风，后来还有比诗词的风，再后来有比青词的风，而猪八戒说的风是什么呢？

八戒道："哥啊，你不曾闻得'避色如避仇，避风如避箭'哩！"

这风是什么风，作者通过孙悟空的嘴说这风的味道是虎风或者怪风。要知道在那个年代，老虎是吃人的，不是保护动物，是凶猛的野兽。经过检索，海瑞那个时候确实将剥削农民的地主比喻成吃人的老虎。如果一个武将军被说成虎将，那一定是称赞，而一个文官如果被说成是老虎，那一定是贪官，这是《西游记》里面的定律。而在大明朝隆庆年间，文官当老虎已经是一种风气，当然，准确地说这是嘉靖一朝的病患，而并非隆庆造成的。海瑞从县令到京官，他自然清楚国家的实际情况。当然由八戒这句话我们也可以看出，高拱也基本上是一个清官。但估计这个清官可能有些吃吃喝喝的小问题。黄风怪的先锋是一只老虎，而且这只老虎用得两口赤铜刀，只可惜那老虎第一阵就被孙悟空打跑被猪八戒打死，可见海瑞和高拱开始对待“打老虎”的问题是坚决的。但他们马上发现那死老虎只是一张皮，真老虎已经逃跑。

我觉得那虎先锋使的赤铜刀是个问题，因为我从来就没听说过赤铜刀，铜刀的刀刃是软的，青铜还行，赤铜不行。作为大妖精的大先锋，应该使用钢刀才对。因此我有理由怀疑赤铜刀就是指的用来行贿的钱财，俗称铜臭气十足啊！

虎先锋用“金蝉脱壳计”将猪八戒和孙悟空都骗了，然后抓走了唐僧，绑到了自己的洞府也就是黄风岭黄风洞中的定风桩上。这象征着徐阶动用了所有的关系上奏隆庆皇帝，海瑞那厮实在太不像话了，居然在地方刮起鱼肉乡绅之风，皇上您可要定风啊！上奏的人应该不少，否则怎么能叫作黄风呢？

虎先锋不幸，第二次终于被孙悟空和猪八戒打死了。于是黄风怪也叫老妖正式出场。那黄风老妖的长相其实很英俊，绝不是电视剧中的猥琐形象，书中描写为：

金盔晃日，金甲凝光。盔上缨飘山雉尾，罗袍罩甲淡鹅黄。勒甲绦盘龙耀彩，护心镜绕眼辉煌。鹿皮靴，槐花染色；锦围裙，柳叶绒妆。手持三股钢叉利，不亚当年显圣郎。

简单地说黄风怪长相和二郎神一样，二郎神也就是当年在孙悟空大闹天宫的时候和孙悟空打斗不分上下，最后在太上老君扔下圈套的帮助下，孙悟空又被狗咬，所以就被二郎神给抓住了。因此在孙悟空眼里，这黄风怪和二郎神长相一致是非常可信的。那二郎神是什么样呢？在第六回有这样一番描写：

仪容清俊貌堂堂，两耳垂肩目有光。
头戴三山飞凤帽，身穿一领淡鹅黄。
镂金靴衬盘龙袜，玉带团花八宝妆。
腰挎弹弓新月样，手执三尖两刃枪。
斧劈桃山曾救母，弹打椤罗双凤凰。
力诛八怪声名远，义结梅山七圣行。
心高不认天家眷，性傲归神住灌江。
赤城昭惠英灵圣，显化无边号二郎。

确实是一个美男子！经过检索，徐阶的相貌还是很不错的，颇有文人雅士的风范，用仪容清俊也算是很恰当了。

孙悟空和黄风怪打起来了，黄风怪打不过孙悟空，于是刮起了真正的黄风，书中描写道：

冷冷飕飕天地变，无影无形黄沙旋。
穿林折岭倒松梅，播土扬尘崩岭站。
黄河浪泼彻底浑，湘江水涌翻波转。
碧天振动斗牛宫，争些刮倒森罗殿。
五百罗汉闹喧天，八大金刚齐嚷乱。
文殊走了青毛狮，普贤白象难寻见。
真武龟蛇失了群，梓橦骡子飘其鞯。
行商喊叫告苍天，梢公拜许诸般愿。
烟波性命浪中流，名利残生随水办。
仙山洞府黑悠悠，海岛蓬莱昏暗暗。
老君难顾炼丹炉，寿星收了龙须扇。
王母正去赴蟠桃，一风吹断裙腰钏。
二郎迷失灌州城，哪吒难取匣中剑。
天王不见手心塔，鲁班吊了金头钻。
雷音宝阙倒三层，赵州石桥崩两断。
一轮红日荡无光，满天星斗皆昏乱。
南山鸟往北山飞，东湖水向西湖漫。
雌雄拆对不相呼，子母分离难叫唤。
龙王遍海找夜叉，雷公到处寻闪电。
十代阎王觅判官，地府牛头追马面。
这风吹倒普陀山，卷起观音经一卷。
白莲花卸海边飞，吹倒菩萨十二院。
盘古至今曾见风，不似这风来不善。
唿喇喇，乾坤险不炸崩开，万里江山都是颤！

如果我们相信作者的话，那么这风就是惊天的风，也就意味着让皇帝也很为难的风，让朝廷也很害怕的风。再或者说这风一定是从朝廷里面刮起来的，毕竟此时徐阶在苏州隐退了，可是历史记载，徐阶在隆庆元年到二年，利用首辅的身份解放了一大批老干部，这些人恢复官职，对徐阁老感恩戴德，如今海瑞那厮居然敢去冒犯徐阁老，要革徐阁老的命，那些人能不上下奔走奏折满天飞吗？

孙悟空被风吹得眼睛睁不开了，意味着海瑞听到了参劾自己的奏折满天飞，他有些迷茫了，他不知道皇上会如何对待自己。于是按照书里的情节，孙悟空又变成苍蝇去妖精的洞中看师父。所谓看看师父有没有被妖精吃掉的内涵是皇上是否还支持自己。果然皇上给海瑞下了奏折说朕相信你的好意，放心吧！没人敢动你！

最后孙悟空通过妖精自己说的克星灵吉菩萨降服了妖精，原来这妖精是如来佛那里的貂鼠精，灵吉菩萨奉命将其押回灵山，而后不知所踪了。这也就意味着办理徐阶土地兼并问题还是要用嘉靖遗诏或者是什么密令才可以。毕竟徐阶在天下人眼里是辅佐隆庆皇帝登基的功臣，你隆庆皇帝怎么说也不能杀徐阶啊！在这种情况下，海瑞如果不辞职，那才怪呢！面对一个罪过很大的人，你办不了，皇帝也办不了，可你又要推行土地改革，你连最大的土地兼并者都办不了，你改的是哪门子革。海瑞愤然辞职大概也因为是自己的理想和现实实在是太纠结了，当然也许有别的原因，晚上问问沙先生吧！他作为当事者之一是何种态度呢？

值得一提的是妖精刮的风叫作“三昧神风”，而治疗大圣眼睛的药叫作“三花九子膏”，这些名字又意味着什么呢？

我说这段黄风岭的故事是海瑞斗徐阶的故事，仔细想来有些牵强，因为这里面没有细节，全都是象征性的比喻，所以这还需要沙先生请教我猜得对不对。

沙先生看完上面的笔记对我说：“你猜对了！黄风是黄土地兼并之风，‘三昧’指的是徐阶隐瞒了很多事实。而‘三花’指的是精、气、神，源于道教，至于‘九子’确实是一种中药，这样听上去很真实。徐阶确实一位长相非常清秀的不俗的样子，这段故事当然说的也是徐阶的问题。要处理徐阶的问题，必须拿嘉靖皇帝的遗诏说问题。你可以伪造遗诏，别人也可以伪造遗诏，这样隆庆皇帝便不算不仁不义。那徐阶知道或者想到这一层的时候，也就不能不屈服了。不过我要告诉你，光凭这一段故事是说不清关于徐阶的故事的，其实在书中关于徐阶的问题是分几处来写的，镇元大仙是徐阶，红孩儿是徐阶的儿子，寇员外也是徐阶的化身，但如果用一个妖精的故事将徐阶所有的事情都说了，那恐怕就太过于明显了，这不符合我和那厮的约定，我们约定好要保密的。那厮在书刻印的时候以为我已经死了，他怎么可能想到我穿越到500年后了。《西游记》再能想象也没有想到穿越500年的问题。关于徐阶的问题我们还有很多要讲，不过现在按照书的顺序，我们还是先讲别的故事吧！后面的故事是收沙僧的故事，也算是沙僧正是出场了，我就是沙僧，所以后面的故事我讲给你听的时候才是真正的权威说法，甚至比那厮还清楚，很多事情那厮是道听途说，而我是亲身经历，不过以前我也说过，那厮的书至少起到了我们沟通索引的作用，否则我还真不知道怎么和你说。你明天就先预习后两回吧！”

一个人格极其复杂的人物的故事

转天我去上班，员工们找我有很多事情，因为我已经很久没有尽自己的责任了。有拜访重要客户的，有签订重要合同的，有合同方案需要我最后拍板的，还有一些费用需要报销的。本来我对工作是很有责任感的，但当我最近知道在500年前发生过那些有意思的事情的时候，我就开始觉得自己日常处理的事情好小啊！我的公司所谓的业务不过就是帮客户做做管理咨询和培训，最终达到什么效果也实在是说不清，反正有时候自己也知道工作的效果不好说，但在客户面前还必须装模作样地说我们的工作对企业未来的发展是多么的重要。每个客户每笔业务最终都是不了了之。不过今天我确实被这些事情纠缠了一天，没办法，我必须先有一个能够吃饭的手段。好在我至今未婚，父母也都有退休金不指望我养老，我是一个真正的孤家寡人，嘿嘿！

晚上，我拿着书、稿纸、笔又到了沙先生那里，一进门就大喊忙死我了。沙先生的表情还是那样中性，并随口说："别耽误时间，把你的稿子给我，开始吧！"我说："不好意思，沙先生，我提前没看，俗务缠身，要不今天我陪您聊些别的，故事明天再听？"沙先生说："聊别的可以，不过那是以后，我现在不知道自己何时就消失了，如果秘密没有讲完，那岂不是彻底湮没了！你没提前看书也没关系，我知道你的悟性不错，我可以给你讲讲，你若想不明白，可以回去再补补课，如何？"我说："既然您话都说到这份上了，我还有什么说的，开始学习！"沙先生说："打开书第二十二回，念给我听，我让你停就停，别啰唆问个没完搅乱我思路，没听懂的回去研究，研究不明白再来找我，只有这样才是最快的，相信我。好了，开始吧！"就这样我开始念书，虽然已经不习惯念书了，但功底还好！我念道：

第二十二回　八戒大战流沙河　木叉奉法收悟净……峥嵘。

“停！把沙僧的外貌再念一遍。”沙先生说。

我念道：

一头红焰发蓬松，两只圆睛亮似灯。
不黑不青蓝靛脸，如雷如鼓老龙声。
身披一领鹅黄氅，腰束双攒露白藤。
项下骷髅悬九个，手持宝杖甚峥嵘。

“红头发、蓝皮肤、黄衣服、大嗓门，你看这描写的像我吗？”沙先生问。

“呵呵！您这是明知故问，这相貌和您不搭边。您是白头发、黄皮肤、蓝衬衣、柔嗓门。”我说。

对了，我是不是和你说过？我记不清了。你记住，书里所有红头发、蓝皮肤、黄衣服、大嗓门的妖精都是我，别管他们叫什么名字，什么黄袍怪、金鱼精等等，继续念。沙先生说。

我念道：“那怪一个旋风……这一场好斗……不分胜负……”

沙先生：“停！你可知何谓‘大四平’，就是大笔一挥，对了，现在的笔字写法变化了，以前的笔字要写四条横的。”他说着，就顺手在我的稿纸上写了一个字推转过来给我看，那是一个苍劲有力的字，可惜我只能找到印刷体呈现给大家，就是这个“筆”字。

沙先生不等我问什么，又开始若有所思地说：“当年徐阁老的案子惊动了朝野，高拱是要狠狠地处理徐阶的，海瑞也上了折子说徐阁老兼并的土地数量实在是惊人，我的态度就显得格外的重要，几乎朝野上下都看着我了。我一方面是当年裕王府旧人，可谓皇帝亲信。而另一方面我又是徐阁老破格提拔的内阁成员，参与了遗诏的编写工作。我怎么办？想到徐阁老对我的知遇之恩，我怎么能不报答呢？于是我开始和高拱斗，和海瑞斗，我策划了让海瑞知难而退的参劾案，那海瑞果然中计，最后在隆庆四年就自己辞职了。我自己却又因为贪腐案事发受到了灭顶之灾。我上下活动自然需要经费，可我虽然贵为阁老，俸禄却只能够日用家用而已，徐阁老自然体谅我，秘密地派人送来三万辆银子当作活动经费，我一时糊涂也就收了银子。可谁知这些事情全被冯保刺探了去，那厮的东厂厉害得很，这种事情根本就瞒不住，何况徐阁老送来的是现银三万两，整整一车雪花银元宝啊！这个事情很快就让高拱知道了，那时他已经当了首辅，这就是你看到的沙和尚和猪八戒那场大战的原因。

“原来张居正大人也是个贪官啊！怪不得那厮叫您吃人精呢！”我说。

“我是不得已，我自己做事不为银子，但我认为别人做事是为了银子，我不知道是不是这种思想害了我！”沙先生说。

“即使在您那个社会，也有很多人被银子收买了人格，是不是这样？”我问。

“这和社会关系大吗？哪个社会不是这样？能在银子面前洁身自好的人有几个呢？”沙先生说。

“那厮不就是不为银子所动的人吗？我说的是海瑞！”我说。

“那厮确实能够抵制银子的诱惑，这一点我确实承认，不过全社会如果都是他这种人，估计社会也难以发展。”沙先生说。

“如果到了共产主义社会，大家贪污没有任何价值了，是不是就好了？”我问。

“你们说的共产主义社会我没有发言权，因为我没有学习过这方面的东西，你们的新闻媒体好像也不怎么说这个事情，所以我估计你们社会的很多人也搞不清楚共产主义是个什么样的情景。”沙先生说。

“您和高拱吵架最后谁赢了？”我问。

“他是首辅，冯保那厮见风使舵，海瑞那厮把写奏折参劾他的人狠狠地骂了一通然后辞职走了，我确实险些遭殃，好在我及时醒悟，抓住了问题的关键，这才有惊无险地渡过难关。”沙先生说。

“您是怎么渡过难关的，能说给我听听吗？”我问。

“其实很简单，你应该能参透的，那就是找皇帝好好谈谈，他是孤家寡人，最希望看到的就是有人对他表示衷心，别的问题都好说。海瑞那厮不懂得为官之道，其实他只要给皇帝写封信说自己多么忠诚，所有问题都不是问题了，我便是这样得到了隆庆皇帝的信任。当然，我本来也是隆庆皇帝的老师，他那么温和的一个人，怎么可能不被我所动？”沙先生有些得意地说。

不知为什么，我看着沙先生不阴不阳的脸开始有些憎恶。这个人难道就是著名的能臣张居正？我看他穿上太监服当个太监还差不多！当然这种话只能心里想，不能嘴上说。我的思绪很快就被沙先生的话打断了。

“‘先将婴儿姹女收，后把木母金公放。’这厮真会写！”沙先生说。

我顺着他的手看了看，找到自己书上的相应段落。原来那句诗是猪八戒和沙僧在战斗的时候，沙僧自白的第八句诗。我看了看问："先生？这话有问题吗？"

"婴儿、姹女、金工、木母，这些词都是双关语啊！那厮善于这样写东西。想当年，我当了首辅之后，保护了高拱和海瑞，所以叫作后把木母金工放。"沙先生说。

"这些名字据说是道家的常用语，如果金工是孙大圣、木母是猪八戒，那么婴儿和姹女又是谁呢？"我问。

"婴儿和姹女本来都是道家的常用语，但实际上在书中你可以理解为圣婴大王和罗刹女。"沙先生说。

"啊？是不是红孩儿和牛魔王他媳妇铁扇公主啊！"我说。

"是的，这母子故事不少，但这母子的真实身份确实是了不起的，你先知道这些人就行，具体事迹一两句说不清楚，还是等到那一回的时候再说，这样就不会乱了，也不会忘了。"沙先生说。

有时候，看一部好电影或电视剧，就怕别人马上把结果说出来，因为那样就会让我对过程的兴趣下降，而过程其实是很美的。旅游也是一样，如果不看路途的风景，只看山顶或所谓的景点，其实是很无聊的。爱情也是一样，如果没有相识、相知、相恋乃至相忆的过程直接入洞房，那便是封建婚姻制度，少了很多故事。想到这里，我便决定只要沙先生不主动说，我就不去追问秘密所在，就让沙先生一点一点顺着书告诉我他的秘密。因为我已经明显感觉到这秘密非同小可，所以充满期待。

"念啊！"沙先生提醒我。

"八戒闻言大怒……悟空，若是去请菩萨，却也不必迟疑，快去快来。"我念了好长一段，沙先生才喊停。

"你觉得悟空为何要去请观音菩萨？"沙先生问。

"是猪八戒和孙悟空联合起来也无法打败沙和尚，人家藏在水里不出来了。"我说。

"隆庆皇帝是一个和事佬，我是他老师，又是内阁高官，俩老师吵架了，他确实不知如何是好，好在冯保那厮聪明，想到去后宫找皇太妃商量对策。你别小看这个此时才22岁的皇太妃，她毕竟是嘉靖皇帝晚年最宠信的人，所以威信还是很高的，而且她看问题的角度和我们男人毕竟不一样，解决问题总是舍小利争大义，看来是深得嘉靖皇帝言传身教啊！好，你继续念吧！"沙先生说。

“行者即纵筋斗云，径上南海……菩萨正与捧珠龙女在宝莲池畔扶栏看花……”

诗曰：

五行匹配合天真，认得从前旧主人。
炼已立基为妙用，辨明邪正见原因。
金来归性还同类，木去求情共复沦。
二土全功成寂寞，调和水火没纤尘。

“这首诗看得懂吗？”沙先生问。

“好像有金木水火土，这叫作五行，这师徒也是五个人，不过我不能全对上号，也想不出作者为什么费神这样写文章。”我说。

“那厮写文章确实经常用双关语、暗语、隐语，若非如此，500年以来怎么没人知道秘密呢？我给你简单说说。”沙先生说。

“金是孙悟空，也就是海瑞；木是猪八戒，也就是高拱；土是沙和尚，也就是在下，张居正；火是白龙马，也就是冯保；水是唐三藏，也就是隆庆皇帝。所谓旧主人说的是我和高拱毕竟都是裕王府出来的，隆庆皇帝是我们的旧主人。所谓二土，就是圭字，那是在下小时候的名字张白圭的圭字，那厮以此做文章唯恐秘密永远不被发现。同时利用五行相生相克的关系隐喻了我们五人之间既要合作又要相互制约的道理。那厮虽然写得巧妙，但毕竟有些牵强，所以这个五人团最终注定要失败。国家大事岂容五人做主，一人独揽皇权是规律，可惜隆庆皇帝性格太弱！“沙先生说。

“红军长征时曾有三人团指挥打仗的经历，好像也不成功。”我说。

“三个和尚没水喝，这个道理你们不懂吗？三人团的事情我不知道，但我知道，家有千口主事一人的道理。”沙先生说。

“但如果那个人昏庸怎么办呢？如果那个人懦弱怎么办呢？”我问。

“那是天意，有些事情我们斗不过命运的！”沙先生说。

“这好像是个很深奥的话题，我也不太懂，咱们还是继续念书吧？”我问。在沙先生的示意下我又开始往下念：“他两个，不多时，按落云头……三藏见他行礼，真像个和尚家风，故又叫他做沙和尚。”此刻又被沙先生打断了。

“沙和尚，和尚家风，你觉得有问题吗？”沙先生问。

“是啊！一个红头发蓝皮肤的妖怪怎么就和尚家风了。对了，您不是说您是裕王的老师吗？这不就是和尚家风吗？和尚是以前的裕王也就是现在的皇帝，您是老师，这不就对上了吗？”我说。

“对了一半，还有就是这个沙字，谐音是杀。和尚是皇上，杀和尚就是杀皇上。那厮是说我杀了皇上。”沙先生说。

“啊？皇上不是纵欲过度死在娘娘的肚皮上了吗？怎么是您杀的？”我问。

“哼！36岁的皇帝，身体不错，又立志当个好皇帝，他怎么可能纵欲过度呢？”沙先生说。

“您杀了皇上？那您是刺王杀驾大逆不道啊！”我说。

爱情有时就是最大的秘密

“我杀了皇上，我造就了皇上，你说我该当何罪！”沙先生情绪开始激动。

“我估计书里面会有交代，您还是先听我念书吧！”我说完继续念书：

木叉道……下回分解……第二十三回　三藏不忘本　四圣试禅心，诗曰：

奉法西来道路赊，秋风渐渐落霜花。
乖猿牢锁绳休解，劣马勤兜鞭莫加。
木母金公原自合，黄婆赤子本无差。
咬开铁弹真消息，般若波罗到彼家。

“沙先生，这诗？”我问。

“我用白话给你说说这首诗的意思：西去的取经路啊！还是那么的遥远。深秋的风吹得满树结成霜。那个海瑞千万别让他解放，要让他在海南待下去，冯保已经是失控的野马，此时任你是谁也鞭长莫及了。可惜那高拱原本是要和冯保、海瑞一起匡扶社稷的，即使是那张居正原本也是有一腔的报国之心。这其中到底隐藏了什么重大的秘密？除非你能咬开铁弹，再加上你有超级的智慧才能破解！”沙先生说完，沉默了。

“您说得也太奇怪了！我怎么感觉和前面的情节不挨着呀！”我问。

“你说得对，是不挨着。那厮写书的时候故意这样跳着写，好让别人想不明白是怎么回事。我可以告诉你，这回书的故事说的是隆庆皇帝死后发生的故事，就是1572年的秋天，高拱走了，冯保得势了，我当上首辅了，海瑞那厮在琼州，隆庆皇帝停尸在宫里，他的陵墓还没有开始修建，谁想到他会那么早驾崩呢？”沙先生说。

“可是我真看不出来唐僧死了。”我说。

“那当然了，你还没开始看呢！这一回你才只看了一首诗啊？你继续念吧！”沙先生说完之后我又开始念书：

这回书，盖言取经之道，不离了一身务本之道也。却说他师徒四众，了悟真如，顿开尘锁，自跳出性海流沙，浑无挂碍，径投大路西来。历遍了青山绿水，看不尽野草闲花。真个也光阴迅速，又值九秋。

念到这里，我顿了顿说：“了悟真如、顿开尘锁、性海流沙、浑无挂碍，这些词是有些死亡的感觉！”

沙先生没有理我，于是我继续念道：

但见了些……长老连忙下马。见一座门楼，乃是垂莲象鼻，画栋雕梁。

“好一个‘垂莲象鼻，画栋雕梁’，真是难为那厮的文笔了！”沙先生说。

“画栋雕梁我懂，不就是过去的宫殿里抬头看，房梁和顶子上画了很多图形，非常好看。不过垂莲象鼻我确实不懂，这是什么意思呢？”我问。

“你去过北京的故宫吗？里面有没有青铜像？”沙先生问。

“小时候我就去过故宫，宫殿内外确实有很多青铜器，什么大缸、仙鹤、狮子，好像也有大象。”我说。

“那就对了！你先往下念，重点注意师徒四人眼中的寡妇家的器物描写。”沙先生说完我继续念。

沙僧歇了担子……屏门上，挂一轴寿山福海的横披画；两边金漆柱上，贴着一幅大红纸的春联……正中间，设一张退光黑漆的香几，几上放一个古铜兽炉……你道他怎生打扮：穿一件织金官绿纻丝袄，上罩着浅红比甲；系一条结彩鹅黄锦绣裙，……相衬着二色盘龙发；宫样牙梳朱翠晃，斜簪着两股赤金钗……忽有一个丫髻垂丝的女童，托着黄金盘、白玉盏，香茶……小妇人娘家姓贾，夫家姓莫。

“哼！莫贾氏，好一个富贵的寡妇！”沙先生说。

“我看出来了，这个人家和前面那个观音禅院一样，是皇宫，那么这个寡妇莫非是皇太后？这贾谐音是真假的假，莫字本身就是没有的意思，这说明这个名字是假的。神仙变化的说个假名那是自然的，也算合理！”我自以为分析得不错。

“刚才我说过这段故事发生在隆庆皇帝刚驾崩不久的那个秋天。你注意那寡妇的年龄和她那些女儿的名字。继续念！”沙先生说。我于是就往下念：

幼年不幸，公姑早亡……那妇人道：“我是丁亥年三月初三日酉时生。故夫比我年大三岁，我今年四十五岁。大女儿名真真，今年二十岁；次女名爱爱，今年十八岁；三小女名怜怜，今年十六岁；俱不曾许配人家。”

“丁亥年是1527年，她的丈夫比她大三岁，那应该是1524年出生的，她今年45岁，那么今年应该是1571年。我是1525年出生的，我若是她丈夫，那今年应该是1572年，而隆庆皇帝是1572年驾崩的。你听明白了吗？”沙先生问。

“我听糊涂了！如果她是皇太后，那么她的丈夫是隆庆皇帝，她又怎会把你当丈夫，这不乱套了吗？”我问。

“她是莫贾氏，是不存在的，但她是皇太后，她又是存在的。她真正的年龄，海瑞那厮知道，我真正的年龄，海瑞那厮也是知道的，而这段书分明是在说我和皇太后之间是有私情的。”沙先生说。

“我都听糊涂了，您能不能说明白了，反正也都是500年前的事情了，也没有什么大不了的秘密了，您既然说到这份上了，干脆您就和我说清楚了，要不然我听不懂，您前面说的全都白费了！”我说。

“好吧！既然如此，我就和你说说，不过请你理解我暂时有所保留，因为书里面的情节还没有提到，所以我暂时不说。她叫香儿，16岁那年我们就认识了，那时候嘉靖皇帝和小美妃在西苑谁也见不到，香儿是宫女，如果没有意外，她将老死宫中或者夭折在宫里。香儿的眼神是那样的哀婉，我见犹怜，故名怜怜。香儿18岁，我们疯狂相爱，恨不得逃离人间，但这爱找不到落脚点，只有藏在心里，眼前的一切都是那么的无奈，但我们还是真心相爱，故名爱爱！香儿20岁，她离开了皇宫，我们到了裕王府，我们经常能看到彼此，于是我们真的成功了，故名真真！”

沙先生讲得很凄美，我残忍地打断了他，问他：“这些事情应该是您的秘密，更是皇后的秘密，可为什么那厮却知道得如此详细？”问完了我觉得有些唐突，于是补充说：“您可以不回答我。”

“老夫敢作敢当，既然和你自报家门了，就不怕什么了。你问得对，如果不是老夫自己说，皇太后自然不会说。当年我说出自己的秘密一方面是因为已经泄密，再有就是男人的虚荣心在作祟，自己的风流艳史怎能不让别人知道，哪怕让一个人知道也好。而第一个知道这个秘密全貌的人是冯保，就是那个可怕的太监。这些事情，后面还会详细地说。你还是继续往下念吧！哎！”沙先生说完叹了口气。我继续念道：

虽是小妇人丑陋……三藏坐在上面，好便似雷惊的孩子，雨淋的虾蟆；只是呆呆挣挣，翻白眼儿打仰。

“翻白眼儿！你能想象一个人蜷缩、后仰、翻白眼的情景吗？”沙先生问。

“那就是死了吧！”我说。

“对了！那厮就是这个意思，此时的唐僧，也就是隆庆皇帝，不过是棺材里的一具死尸而已！继续念！”沙先生说。

那八戒……行者道：“我从小儿不晓得干那般事，教八戒在这里罢。”

“那厮借机取笑了冯保这个阉人！其实从小不知那般事也还算幸运，总比长大后再被阉割要好受得多！继续念。”沙先生说。

就这样我念完了这一回，问沙先生：“猪八戒撞天婚这段故事确实好玩，这段故事除了您说的怜怜、爱爱与真真，还有别的意思吗？”

“面对三个美丽的女儿，师徒四人是什么态度，你再看看。”沙先生要求示意我查阅手里的书。于是我又往前找到了这样一句话念了出来：

那三藏合掌低头，孙大圣佯佯不睬，少沙僧转背回身。你看那猪八戒，眼不转睛，淫心紊乱，色胆纵横，扭捏出悄语。

“1572年的秋天，隆庆皇帝已死，冯保是个太监，海瑞远在琼州，高拱被皇太后给驱逐出京了，一个堂堂首辅，瞬间被当众驱逐，60岁的人怎么承受得了呢？沙僧为何转过身去了？那厮是说我无颜面对皇太后，甚至我要故意躲着皇太后，那厮说得比较真实，我确实无颜面对她，也不敢和她太近，一方面她贵为太后，我是内阁首辅，另一方面我还有特别的苦衷，所以我无颜面对！”沙先生的情绪有些激动，因为他的语气明显有些凄凉。

“我想我大致听明白了，今天没有提前阅读，所以很多多信息我回去还要好好消化。明天我要准备充分一些，否则听您讲的时候挺费劲的。不过说心里话，我现在读这本书已经充满兴趣了！天也不早了，我还是先告辞吧！沙先生明天见！”

“明天见！”沙先生明显精神有些恍惚了！

回到家里我忍不住又拿出书来看了一遍，我注意到下面两段文字：

三藏道：“你两个不肯，便教悟净在这里罢。”沙僧道：“你看师父说的话。弟子蒙菩萨劝化，受了戒行，等候师父；自蒙师父收了我，又承教诲；跟着师父还不上两月，更不曾进得半分功果，怎敢图此富贵！宁死也要往西天去，决不干此欺心之事。”

看完这段我在书的空白处写道：别人都简单拒绝，这沙僧废话很多，明显是欲盖弥彰，而作者分明就是想说沙和尚其实是贪图富贵、欺心诳上。

沙僧道：“哥哥，罢了！罢了！我们遇着鬼了！”孙大圣心中明白，微微地笑道：“怎么说？”

看完这段我写道：孙大圣的微笑一定让沙僧毛骨悚然！

我知道从此以后，我眼里的《西游记》再也不是《西游记》了，因为那确实是秘史，否则就太诡异了。世上怎会有如此智慧而又思维混乱的作家，除非是秘史！此刻，沙先生那不男不女不阴不阳的脸又浮现在我面前，不知道今晚会不会做噩梦！

其实此刻我已经看出来了，所谓的取经大业只是作者的一种说法，其本意是治国之道。国家怎么治理是一个重大的问题，全世界都在探索，500年前的中国人当然也在探索。在作者眼里，治理国家首先要有英明的大领导，然后是一批像他那样的拥护者，经过九九八十一难，对于个人而言算是成了正果，对于国家来说也就是书写了一段历史。而新的历史还是等待着人们去书写。

没有预习就听沙先生讲确实费劲，所以我下定决心拼上些时光也要做好功课。公司的事情就索性放一放，让别人先忙着，我抓紧时间学习，已经研究到二十四回了，这样每天两回的速度，再有一个多月也就学完了，说实话，此刻我渴望全部学完的那个时刻，好奇心驱使我很想知道全部的秘密，同时我还想知道沙先生自己说的大明朝的全部情况，我是不是有些贪心呢？我想应该是好奇心吧！

既得利益的重新分配

转天早晨到了办公室，我打开电脑，找了一份电子版的《西游记》，一边看，一边将重点文字复制下来再简单编辑一下，准备找沙先生去请教。以下是我关于第二十四至二十六回的记录，这三回书说的是猪八戒吃人参果的事情，说实话，我没有弄明白这里面有什么秘密。为了叙述简洁，我依然将第二天沙先生评论的话直接写在了笔记的下面。

第二十四回　【万寿山大仙留故友　五庄观行者窃人参】读书笔记：

下面这首《西江月》应该是评论猪八戒撞天婚的故事，但又感觉不对：

色乃伤身之剑，贪之必定遭殃。
佳人二八好容妆，更比夜叉凶壮。
只有一个原本，再无微利添囊。
好将资本谨收藏，坚守休教放荡。

沙先生说的恋爱故事与这首诗有没有关系？猪八戒虽然被绑在了树上，但其实也没有损失什么，基本没有受伤，最多也就是羞辱一番罢了。

沙先生评论：你说得没错，这段话其实是那厮写给我的。猪八戒被吊在树上，遭到了巨大的羞辱，这件事情在现实中映射的是高拱的事情。1572年的夏天，隆庆皇帝驾崩了，高拱承担了托孤重任，但一个月后，高拱被赶出皇宫，那是巨大的羞辱。赶走他的是皇太后，也就是书里的莫贾氏，理由真是莫须有。这虽然并非我所愿，但我无法阻止，算是默许，至于真正的原因，我自然知道，现在还不是说的时候。佳人二八好容妆，说的是香儿16岁的时候和我相识，我昨天给你讲了，但我并没有告诉你我因此遭受了怎样的痛苦，那厮说的伤身之剑我确实尝到了，真的是刻骨铭心的痛，这样讲还不够，应该是男人最痛苦的痛！500年之后的今天你问我，我可以告诉你，我很后悔认识这个二八佳人，如果没有这段孽缘，中国的历史将会改写。哎！以后我会慢慢告诉你的。

我的笔记：

三藏勒马停鞭道："徒弟，前面一山，必须仔细，恐有妖魔作耗，侵害吾党。"

隆庆皇帝口中的"吾党"说的是师徒四人连马五口，既然自称吾党，那也就是说当时的朝廷里是有党争的。如果以皇帝为首的革命党是一党的话，另一党又是以谁为首的保守党呢？

沙先生评论：

朋党之争在我大明朝一直都存在，而在一朝天子一朝臣的转折期，以徐阶为首的旧党和以海瑞为代表的新党自然要发生利益之争。徐阶利用手里的权力，将一大批旧案平反了，大家不念皇帝的好，全都念徐大人的好。就这样，徐大人的威望甚至超过了皇帝，而土地税变革的事情就要看徐大人的脸色了。海瑞自然是要革命的，因为他是一穷二白什么负担也没有的，可徐大人不行啊！后来根据海瑞的报告，徐大人家里有庄家田地达到二十万亩，比之当年的严嵩父子还要多上十倍。土地改革的艰难可想而知。黄风怪也就是黄风大圣是徐阶的化身，这镇元大仙也是徐阶的化身啊！

我的笔记：

镇元子，家住万寿山五庄观，诨名与世同君，职业是仙。家有宝贝：草还丹即人参果，人吃一个能活四万七千年。自称与唐僧"道不同，不相为谋"。但又说看在如来佛的面子上要送唐僧这个佛的二徒弟两个人参果。不过镇元子大仙不喜欢唐僧的徒弟。这么一个大仙，究竟影射的是谁呢？

沙先生评论：

徐大人的势力遍布天下，比新皇帝有威信，不过那是他在朝的时候，此时的徐大人已经隐退了。咱们中国人历来都知道孰轻孰重，一个在位的皇上，一个退隐的首辅，大家如何选择，这还用说嘛！不过事情总要有个过程，人毕竟还是有感情的。

我的笔记：

师徒四人前来，大仙不在家，见到清风、明月二童子，那童子自称师父谄佞了天地，而后又说“三清是家师的朋友，四帝是家师的故人；九曜是家师的晚辈，元辰是家师的下宾”。“谄”字的意思是巴结奉承，“佞”字的意思是有口才而不正派。“两袖清风”形容为官清廉，“皎洁的月光”也指的是干干净净。这童子名字叫作清风明月，说明大仙至少表面上希望别人知道他似乎是赞赏清风明月的，可作者借童子之口说出谄佞二字，可见作者真的是否定了这个镇元子大仙。

沙先生评论：

徐阶究竟是什么样的官，历史也说不清楚，但他总体上是个好人。在官场混，你不说谎话不说违心话是很难生存的。你可以说海瑞为什么能成功，我告诉你，天下只有一个海瑞。我喜欢看你们现代社会的电影，那个叫作王某强的明星是个群众演员出身吧？长得也不帅，却能够成功，但你绝不能复制他的成功模式，因为那是个别现象，不是普遍现象，海瑞的成功就是个别现象，九死一生啊！因此徐大人为官数十载，如果不谄佞，那怎么生存下来呢？海瑞不谄佞，所以他成功之后，也只做了几年官，官场其实容不下这个另类。

我的笔记：

行者道：“只讲老孙会捣鬼，原来这道童会捆风！”

这句话别有深意，捣鬼指的是阴谋算计别人，捆风则是彻底地控制了舆论。当今世界，谁会捆风，吾党可以捆住不正之风！

沙先生评论：

那厮确实够会捣鬼的，把那些年发生的事情打乱了顺序变成妖魔鬼怪来说！如果说道士捆风，也是有些牵强，当年若不是嘉靖皇帝宠信道士，全国怎么会刮起道教风。

我的笔记：

书里对人参果的描述非常奇特，可以看出在唐僧等人眼里，那人参果就是人身：

长老道：“乱谈！乱谈！树上又会结出人来？拿过去，不当人子！”

那行者倚在树下，往上一看，只见向南的枝上，露出一个人参果，真个像孩儿一般。原来尾间上是个扢蒂，看他丁在枝头，手脚乱动，点头晃脑，风过处似乎有声。

土地道："这果子遇金而落，遇木而枯，遇水而化，遇火而焦，遇土而入。敲时必用金器，方得下来。打下来，却将盘儿用丝帕衬垫方可。"

这人参果一万年只结得30个，今天恰好成熟了，我想如果一个人将30个人参果独自吃掉，可以活1410000年。可以目睹人类进化过程了！

沙先生评论：

你倒是会算账，我就顺着你说的给你算算。一个百姓一年有5两银子就能活下来，要活1410000年需要705万两银子，这就是徐阶拥有的财产，你觉得够不够多？这包括20万亩农田和若干处绸缎庄。要查处这样一个前任首辅谈何容易。这确实是海瑞自己给自己出的一道难题。

我的笔记：

第二十五回　【镇元仙赶捉取经僧　孙行者大闹五庄观】读书笔记

开场诗：

三藏西临万寿山，悟空断送草还丹。
桠开叶落仙根露，明月清风心胆寒。

沙先生评论：

你现在应该可以看出这首诗的含义了，不过是说海瑞那厮查到徐阶的土地问题时实在是太惊讶了。徐大人平日里的两袖清风、明月可鉴全部都是伪装，而真正的徐大人是一个全国首富。那厮将镇元大仙的家僮称为清风明月实在是一种莫大的讽刺。

我的笔记：

大仙闻言，更不恼怒。道："莫哭！莫哭！你不知那姓孙的，也是个太乙散仙，也曾大闹天宫，神通广大。既然打倒了宝树，你可认得那些和尚？"

大仙听说树倒了，居然不恼怒，一方面看出大仙的脾气修炼的很好，另一方面大仙或许已经能够预料到树是可以救活的。

沙先生评论：

徐阶听说海瑞当了巡抚，心中自然是不太害怕的，因为他对于海瑞也算有恩，当年嘉靖皇帝驾崩，海瑞的命实际上也是在徐阶手里握着，释放海瑞徐阶做不了主，但要处决海瑞那是顺其自然，徐大人当然可以做主。因此徐阶对海瑞不是十分害怕。同时，以徐阶的身份阅历和悟性，其实也看透了人生最重要的是什么。20万亩土地和1000亩土地能有多大区别呢？财富和名誉比起来，徐大人何去何从当然是心里有数的。

我的笔记：

你道他怎生模样：穿一领百衲袍，系一条吕公绦。手摇麈尾，渔鼓轻敲。三耳草鞋登脚下，九阳巾子把头包。飘飘风满袖，口唱月儿高。

这个打扮肯定有特殊意义！不过那要问沙先生了。

你看他怎生打扮：

头戴紫金冠，无忧鹤氅穿。
履鞋登足下，丝带束腰间。
体如童子貌，面似美人颜。
三须飘颔下，鸦翎叠鬓边。
相迎行者无兵器，止将玉麈手中拈。

刚才是穿道袍的样子，现在是本来面目，由此看出这大仙简直就是美男子。书里面的美男子有二郎神和黄风怪，那俩沙先生说了，都是徐阶，难道这个大仙也是徐阶？问沙先生吧！

沙先生说：

你看书如此细致，就算是找到了证据，镇元子确实是徐阶。我从事迹上判断，你从字里行间验证，我们配合得很好啊！徐阶确实是个帅哥。不过南方人身量不高，精气神十足。

我的笔记：

大仙的“袖里乾坤”非常厉害！书里说大仙像撮傀儡一般，把唐僧拿出，要知道唐僧是隆庆皇帝啊！能把皇帝当傀儡的人是谁？

沙先生评论：

皇帝执政，大臣们的拥护是非常重要的。如果皇帝遭到大多数人的反对，而这大多数人又有统一的首领，这也就相当于皇帝被架空了。也就是书里说的傀儡。当时能够影响朝政方向的是徐阶，但徐阶退了之后，这种影响力也就逐渐减少了。（我曾附和沙先生说那徐阶岂不是和魏王，就是曹操的权势有些类似。）

我的笔记：

下面这首诗有些意思，这个世界上居然还有孙悟空不知道的神仙？妖怪不认识还有的说，但神仙不认识不应该，显然那个神仙是认识孙悟空的，似乎还相当了解：

悟空不识镇元仙，与世同君妙更玄。
三件神兵施猛烈，一根麈尾自飘然。
左遮右挡随来往，后架前迎任转旋。
夜去朝来难脱体，淹留何日到西天！

沙先生评论：

海瑞在处理徐阶的问题上确实是非常艰难的，一方面高拱挑了惩治徐阶的头，海瑞信誓旦旦要为朝廷开拓土地改革的新路，皇帝踌躇满志，徐阶则不会甘愿被宰割，这局势弄不好就是鱼死网破。中国的事情就是这样，表面上剑拔弩张，但其实大家都知道，退一步海阔天空。

我的笔记：

第二十六回　【孙悟空三岛求方　观世音甘泉活树】读书笔记

诗曰：

处世须存心上刃，修身切记寸边而。
常言刃字为生意，但要三思戒怒欺。
上士无争传亘古，圣人怀德继当时。
刚强更有刚强辈，究竟终成空与非。

这首诗的意思是说海瑞自号刚峰，但最终也悟出了“忍耐”二字的含义，如果以解决问题为最终目标，那么一味地刚强显然不是最好的办法。

沙先生评论：

大家都需要忍耐，因此也都需要让步妥协，如果一味地强硬或者迁就，最后大家都不会有好下场。那厮想明白了，大家的目标是推行土地改革，而不是整人，因此很多事情就要商量着办。

却说那镇元大仙用手搀着行者道："我也知道你的本事，我也闻得你的英名，只是你今番越理欺心，纵有腾那，脱不得我手。我就和你讲到西天，见了你那佛祖，也少不得还我人参果树。你莫弄神通。"行者笑道："你这先生，好小家子样！若要树活，有甚疑难！早说这话，可不省了一场争竞？"

或许这一段话揭示了什么重要的秘密！

沙先生评论：

按照道理，海瑞算是徐阶救下的人，不应该反对徐阶。按照感情，前任首辅有功于社稷，国家也就是皇帝也不能亏待，可按照新法，最大的阻碍又是徐阶。这个怎么办？全国人民都看着了。当时海瑞参劾徐阶的奏折写了，徐阶的内线参劾海瑞的奏折也写了。高拱和我什么也不能说，好在皇帝还是信任海瑞的。因此徐阶也只能妥协，所谓只要树活，也就意味着人参果可以不要，以后再慢慢长，别断送了根本就行。海瑞能够得到徐阶这么大的让步，也算是成功了。偷吃人参果的主意是猪八戒出的，也就是高拱要办徐阶以报当年弹劾他的仇恨，可见高拱实在是阴险。海瑞倒是搭上了自己的全部，总算处理好了这件事情。其实，只要徐阶不像严嵩那样80岁之后还要拉棍讨饭，高拱就不会善罢甘休，因此海瑞担下了所有的后果，他也只有一条路好走，那就是先定案再辞职。

我的笔记：

大仙对悟空说："你若有此神通，医得树活，我与你八拜为交，结为兄弟。"看起来大仙对自己的树是非常重视的，从书中的情节来看，大仙之所以是大仙，就是因为家里有这棵大树！大树意味着什么呢？

沙先生说：

大树就是徐阶财富的根本，能留些土地，后辈儿孙就不愁生活了，但这是徐阶的一厢情愿。从历史来看，徐阶虽然保住了财富，大清朝推翻了大明朝的时候，那些财富又怎么能够保住。可见没有国家的安宁，个人的财富是没有任何保障的。个人的财富如果和国家的财富冲突，那就要以国事为重，这才是真正的明白人干出的事情。可徐阶大人没有彻底理解明白这个道理，毕竟对自己的亲生骨肉，他是无法彻底客观的。

我的笔记：

孙悟空被问到哪里找医树的方法，说了一句："古人云：'方从海上来。'"可我却不知这句古人云是从何而来？听马三立的相声有一句"曾子曰：包子有肉不在褶上"感觉很好笑，这句古人云是不是作者胡说的。

书里这四句诗似乎在说海瑞的面子很高：

大地仙乡列圣曹，蓬莱分合镇波涛。
瑶台影蘸天心冷，巨阙光浮海面高。

沙先生评论：

"海上来"，那就是海瑞自己的方法。高拱要彻底搞垮徐阶，海瑞则来一个折中方案，这确实是高拱没想到的。但海瑞的做法非常巧妙，先是表现出最大的愤慨，告诉天下人，他海瑞是最公正的，随后提出折中方案，再来一个辞职，这个判决也就成了铁案，高拱如果公然翻案，那么全天下人都会觉得高拱太不够意思了。高拱原本以为这个不怕死的海瑞说不定会把徐阶整死，可人家海瑞也不是畜生，凭什么做事情不会拐弯呢！更何况在徐大人的治理下，除了徐公子霸占几个漂亮姑娘，欺负老丈人，人家雇佣的百姓生活上基本还是可以的。这也就是海瑞能够放过徐阶的根本。海瑞明白，换成别人，百姓未必如此幸运，说不定过不下去了。

我的笔记：

孙悟空到处找方子，神仙们都说那五庄观镇元子，圣号与世同君，乃地仙之祖。你怎么就冲撞他？看起来这个神仙确实是一个大人物。如果高拱海瑞张居正都是地仙，那么地仙之祖也只能是他们的老领导徐阶了！

沙先生说：

看来你迟早能够解出所有的秘密，不过你还是需要我这个当事者证明，否则也都是猜想！

我的笔记：

孙悟空终于找到了观音菩萨，并要求菩萨帮忙医树，那菩萨在紫竹林中与诸天大神、木叉、龙女，讲经说法，作者写了一些奇怪的诗：

海主城高瑞气浓，更观奇异事无穷。
须知隐约千般外，尽出希徽一品中。
几生欲海澄清浪，一片心田绝点尘。
甘露久经真妙法，管教宝树永长春。

海瑞确实是清澈如水！他到底为什么那么干净？我在不断地追问！

沙先生评论：

一个文人，写了这么一个故事，怎么可能不将自己的名字隐藏进去，换成我也是一样。你注意看着，后面类似的藏入名字的诗还有很多。

我的笔记：

结局是办了“人参果会”。菩萨坐了上面正席，三老左席，唐僧右席，镇元子前席相陪，菩萨与三老各吃了一个，唐僧始知是仙家宝贝，也吃了一个。悟空三人，亦各吃一个。镇元子陪了一个。本观仙众分吃了一个。

我算了算，人参果一共30个，开园时观内众人吃2个，给唐僧2个没吃成被童子吃了，孙悟空等吃了3个，菩萨三老吃4个，唐僧吃1个，悟空等最后又吃3个，镇元子吃1个，观众（观内众人）分吃1个，那么：

树上的剩余的数量为：30-2-2-3-4-1-3-1-1=13个；

镇元子分给外人的数量为：3+4+1+3=11个；

镇元子自己人消耗的数量为：2+2+1+1=6个

从经济学上核算，镇元子的生意是这样的：

成本6，缴税11，利润13

镇元子剩余的13个人参果没有说去哪里了，不过按照沙僧的说法，这果子可能要送到玉皇大帝和王母娘娘那里一些，数量不知道。这笔账不知道作者有没有算过。

沙先生评论：

你分析得很细致，其实最后的方案很简单，那就是徐大人将自己全部土地的一半捐献给朝廷，由国家重新出售分配，这样朝廷就收入了不少。徐阶有一半土地仍然是巨富，朝廷土地改革开了好头，至少能够收回来大家多占土地的一半，虽然改革不够彻底，但总算效果显著！

我的笔记：

这回书的结局是孙悟空和镇元子结成了兄弟，不过这对兄弟后来似乎并没有什么来往。我虽然没有往后看书，但电视剧还是看过的，孙悟空似乎从此忘了他还有一个袖里乾坤的镇元大哥，这不符合兄弟的情谊！镇元大仙和乌巢禅师一样只出现过一次。

故事的结尾是在第二十七回的开头，书里说：

那长老自服了草还丹，真似脱胎换骨，神爽体健。他取经心重，那里肯淹留，无已，遂行。

隆庆皇帝是因为什么才这么高兴呢？要问沙先生！

沙先生评论：

土地改革的成功标志着皇权的稳固。既增加了朝廷的收入，又顺便整顿了吏治，同时树立了皇帝的威信。海瑞对这件事情处理得可以说是非常恰当的。如果换成高拱，恐怕会血流成河了，而如果换成我，恐怕又是个巨大的难题。所以，那厮确实干了好事，我虽恨他，却也不能埋没了他。

沙先生在评论我的笔记的时候，我基本上都是洗耳恭听随声附和，因为我不想干扰沙先生的思路。当关于镇元大仙的事情先生基本说完了的时候，我开始提出自己的疑问。我问："沙先生，依您说这段书基本上就是海瑞斗徐阶的故事，而且海瑞最后算是和了一次稀泥，这和他一贯标榜的大清官形象是不是矛盾啊！这是不是可以说海瑞违背了自己的良知和理想呢？"

沙先生回答我说："其实徐大人的财富并非都是贪赃枉法所得，大部分财产都是合法收入。比如徐大人的妻子就是一位出色的实业家，为大明朝绸缎行业发展作出了杰出的贡献。可以说，徐家是当时社会上绸缎行业老大，赚了银子再购买土地，这也算是合情合理。"

我问："照您这么说，徐大人不应该退地啊！"

沙先生说："徐大人自然是仁义之人，违法的事情是不做的，是一个远近闻名的善人，而且还经常周济穷苦百姓。20万亩农田确实也因为租给农民救活了不少农户。但是徐阶最大的失误是没有管好自己的儿子，这孩子贪财好色，不学无术，从小骄横跋扈，最终养成了一身坏毛病，干出了违法乱纪的事情。据那厮说，状告徐家公子恶性的状子很多，甚至还牵涉到人命。如果徐家严格盘查财产，也一定有不合法的问题。自古以来花钱买命的事情就不少，所以徐阶退地与其子能够保命之间也算是一场交易，同时对那些吃亏的百姓进行安抚，达到各方都满意。在杀不杀两可的情况下，那厮也很为难。所以他最后辞官回家，恐怕也有自责之意啊！”

我问：“那海瑞有没有收取徐阶的好处？”

沙先生说：“估计是没有，因为这是那厮最后的道德底线。为了国家的利益，他可以网开一面，但自己却不能从中捞取任何好处。他确实做到了这一点。”

我问：“您怎么确认海大人没有受贿呢？”

沙先生说：“我作为首辅，冯保作为东厂总管，我们都有很多调查渠道，经过长期的调查我能够确定，那厮一两银子也没有拿过，不如此，我怎么能留着他呢？我在位的时候如果要害他，那只是一个眼神的事情罢了。不过在那厮这种空前绝后的清官面前，再狠毒的人也只能是一笑了之，反正在我们眼里，他那种日子不是很幸福。今天不早了，明天我们研究三打白骨精的事情，我知道在你们今人眼中，白骨精是一个著名的人物。你要完整地看完故事，以后就这样，我们别被第多少回限制，每晚都说一个故事，这样有利于你的理解。”

大明朝搞整风运动的故事

其实，我是希望每个故事都完整去讲的，我喜欢把一件事情的来龙去脉看清楚，不喜欢那种没头没尾的感觉。如今说白骨精，有吃人的妖精的意思，还有白领、骨干、精英的意思，我不知道沙先生会不会整出第三种意思。第二天我认真地读了原著第二十七、二十八回，这才发现，原来白骨精在书中被作者称为“尸魔”，别名“白骨夫人”。按照惯例，我简单做了笔记如下。

应该是从这一回开始，吃一块唐僧肉可以长寿长生的消息开始在去西天的路上传播。记得有个笑话说为什么孙悟空、猪八戒、沙和尚不吃唐僧肉，因为他们都是和尚不吃荤，我理解是他们吃了唐僧虽然可以保证身体的长生但如何避免观音菩萨来讨命，这是个大问题。现实生活中，身体趋于死亡的富人不少，身体极其健壮的死刑犯也不少。

唐僧肉为什么吃了可以长寿长生，作者给出的理由是他本是金蝉子化身，十世修行的原体。按照明朝的历史，朱载垕先生也就是穆宗，或者叫作隆庆皇帝，也可以叫唐僧的原型，啰哩啰嗦地说这个男人其实是从朱元璋起老朱家第十代传人，也可以算是嘉靖皇帝真正意义的第二个儿子，这就是所谓的十世修行和如来佛二弟子的本意。那么长寿长生又意味着什么呢？我觉得中国人喜欢祝福老人家长寿，尤其是祝福有钱人，更是要长寿，以便可以享受生活。而所谓吃唐僧肉就是贴上皇家的标签，比如做官。这让我想起《金瓶梅》中的西门庆是在当上了副县长之后又发了更大的财。西门庆那厮本是一个没有高尚信仰的人，因此其男性的本能驱使着他每天都以性交为生活的最高追求。在这种价值观的主导下，他便认为天下男人都是他那样的人，也就是见到美女就想与之交合。西门庆行贿官员的招数就两招，一是给银子，二是安排女歌手女琴师女舞蹈演员与之睡觉，当然这些女子都是他在家里培训的。西门庆在32岁就把自己折腾死了，留下了万贯家财和六个媳妇和一个女儿。隆庆皇帝36岁就死了，留下了后宫佳丽无数以及皇宫。对了，沙先生好像说过，隆庆皇帝不是因为好色而死的，西门庆是好色而死的，他们不一样的。我的思绪怎么乱了？还是应该先研究白骨精啊！

白骨精第一次见到唐僧的时候，作者说这姑娘是花容月貌、唇红齿白。而后便是两首赞美诗，远处看：

圣僧歇马在山岩，忽见裙钗女近前。
翠袖轻摇笼玉笋，湘裙斜拽显金莲。
汗流粉面花含露，尘拂蛾眉柳带烟。
仔细定睛观看处，看看行至到身边。

近处看：

冰肌藏玉骨，衫领露酥胸。
柳眉积翠黛，杏眼闪银星。
月样容仪俏，天然性格清。
体似燕藏柳，声如莺啭林。
半放海棠笼晓日，才开芍药弄春晴。
说话时又是满面生春。

假如在一个酒桌上，有这样一个长相清丽、顾盼生情的女子走过来敬成年男子一杯酒，有多少男人能够拒绝呢？你拒绝，人家说是一番好意，没有别的恶意，只是仰慕大人您而已，那么这个大人能抵抗得住吗？或许开始这个大人可以拒绝，而后这个女子通过肢体语言表示自己非常乐意和这位大人吃完饭之后去一张床上睡觉，那么这个大人会如何表现呢？当然，书里没有说白骨精色诱唐僧，只说猪八戒似乎被色诱了。

白骨精后来继续变化成老太婆和老头子欺骗唐僧，都被悟空识破打死了，但猪八戒告诉唐僧不要相信孙悟空。这也就是说海瑞告诉皇帝妖精要吃他的肉，但高拱说没有妖精，只有善良的人，但都被海瑞打死了。

孙悟空总结了自己所知道的四大坑害朝廷官员的手段分别是金银、赌博、喝酒、女色，只要爱上这四样中的一样，那便从此掉进了陷坑。海瑞说得对不对？我觉得很对！男人对这四样确实很难抵制，但这也不是说就不能抵制，关键是风气。如果大家都这样，上面的人没有说不行，那就好比儿子做了错事，当父亲的装没看见，儿子说你看到了，但又装没看到，说明你是赞许我这样做的，那我还客气啥？不用努力读书，不用为人民服务，不用抵制诱惑，吃吧！喝吧！睡吧！醉生梦死混日子吧！这种日子一旦开始，那便不好收场，你突然不这样了，人家说昨天还一起吃喝嫖赌呢！今天你装什么装，赶快继续坏吧！海瑞看透了这个生活的陷阱，所以他告诉唐僧这样是不行的，但有用吗？

当悟空被唐僧赶走的时候，悟空用八个字来抒发心中的愤恨，那便是“鸟尽弓藏，兔死狗烹”！我记得这八个字往往说的是皇帝杀掉功臣的事件， 上网一查，这八个字原来是出自司马迁写的《史记•越王勾践世家》，原文是：“蜚鸟尽，良弓藏；狡兔死，走狗烹。越王为人长颈鸟喙，可与共患难，不可与共乐。子何不去？”这段话是范蠡劝文种的话，海瑞一定是非常熟悉的，现在用在此处充分证明这是隆庆皇帝赶走了海瑞。不是海瑞不想效忠，而是皇帝已经不信任他不给他机会了，和高拱与张居正比，他海瑞毕竟是个后来的外人啊！

唐僧给悟空写了一份“辞退证明”，书里说是“写立贬书为照，永不听用了”，历史上说海瑞给皇帝写了一份辞呈，这似乎是不大一样。作者描写孙悟空临走时候的情景，写了一首诗：

噙泪叩头辞长老，含悲留意嘱沙僧。
一头拭迸坡前草，两脚蹬翻地上藤。
上天下地如轮转，跨海飞山第一能。
顷刻之间不见影，霎时疾返旧途程。

从这首诗可以看出来海瑞离职的时候还是非常信任张居正的，但对高拱真是失望透顶，怪不得孙悟空骂猪八戒是呆子、攮糠夯货。海瑞自视甚高，认为只有自己可以帮皇帝匡扶朝政，但唐僧说八戒沙僧就不能除妖精了吗？翻译成隆庆皇帝的话那就是，我两位大才子师父高拱和张居正就不能治理国家了？用现代的话说就是，你一个本科生能做好的事情，我们两位博士生导师干不好这个工作？真是滑天下之大稽。海瑞如果得不到隆庆的信任了，隆庆皇帝也似乎忘了他刚刚当上皇帝之后和海瑞给他当秘书那些美好的日子了。而高拱应该是因为海瑞没彻底整垮徐阶而怀恨在心。是啊！海瑞在徐阶的案子上究竟有没有私心呢？隆庆皇帝是不是要把徐阶弄死而海瑞却没有给皇帝当枪使，所以皇帝生气了，不用他了，甚至把话说死了，确实是有生之年绝不会再用海瑞。皇帝30多岁，海瑞50多岁，这对君臣确实是关系破裂了。

高拱和海瑞的仇恨其实是很深的，海瑞辞职的时候一定和张居正说过这样的话："张贤弟，你是个好人，却只要留心防着高拱詀言詀语，今后治国途中更要仔细。倘一时有贪官拿住皇上，你就说我海瑞是皇上的忠臣，皇上随时可以把海瑞请回来，贪官害怕我这个不怕死的海瑞，就不敢欺负皇上了。"我为什么这样断定呢？因为在书中有这样一段话，场景是孙悟空要被唐僧赶走了，临别时对沙僧说：

贤弟，你是个好人，却只要留心防着八戒詀言詀语，途中更要仔细。倘一时有妖精拿住师父，你就说老孙是他大徒弟：西方毛怪，闻我的手段，不敢伤我师父。

这段话我在看电视剧的时候就印象深刻，感觉这猴子对老和尚的感情有些莫名其妙，因为从故事的角度看，孙悟空这个大仙对凡人老和尚是不应该有什么感情的，而今天当我从一个大臣对皇上的忠心角度就可以理解了。如果皇帝的日子好过，海瑞也就心安理得地退休了，但海瑞看到高拱这样的人当了一把手，他实在是不放心，所以他才不乐意退休。可我这样理解对不对呢？沙先生不是说他是当事人吗？我要请教请教。

第二天下班吃完晚饭，我又去沙先生那里，像往常一样看笔记沟通，但沙先生这次没有对我的笔记一一评论，而是自言自语地说了一大堆话，我不敢打断，只是大致做了记录如下：

1566年腊月，嘉靖皇帝驾崩了，1567年春天，海瑞官复原职，不久他就升官了，调到了皇上身边替皇上整理文件审阅奏折，因为那时皇上实在无合适的人可用。我因为徐阶的挑拨，让皇上对我有些防备，皇上眼里，我是徐阶的人，而徐阶对皇上明显有些强硬。高拱倒是和皇上一条心，可徐阶看不惯高拱的作风，就让人参劾高拱，说他偷拿公物。一个内阁大臣，居然是个小偷，这番羞辱实在是太大，但毕竟高拱也做了这种事情。高拱和御史们争了几个月，最后不得不离开京城。此时的皇上，也只有信任这个八面不靠的海瑞。1569年，徐阶辞职走了，当年腊月，高拱回来了。你知道在我们大家重新又聚齐的时候，心情曾经是多么好！皇上也高兴，大臣也高兴，可这种日子太短暂了。1570年春天，高拱等不及要报复徐阶，于是鼓动皇上把海瑞派出去打击徐阶。海瑞作为十府巡按到地方上去，那可以说是仅次于皇上驾到。对于一个官员，这本来是一个大好机会，可以说是一生最风光的时候，但海瑞这个人实在是太过刚硬，完全不通人情，弄得地方官员几乎人人自危。大明朝的官几乎全都是贪官，只是程度有所不同，但性质完全一样，吃喝玩乐是官场的风气，这么大的中华，这么少的官员，其实也还养得起贪官，只要别太过分就行了。可海瑞弄得上下鸡飞狗跳。地方官员和朝廷的官员是同气连枝的，你海瑞这样做就相当于和满朝文武作对。你海瑞再能干，可天下毕竟只有一个海瑞，你一天也只有12个时辰，你这个真正的孤家寡人怎么能长久。皇上终于受不了了，是否换下海瑞已经成了朝廷每天的头等大事，文官们奏折接连不断，皇上最后也顶不住了，只有一条路，那就是撤了海瑞的职。1570年这一年海瑞其实干了不少事情，我知道他是对的，但我更知道，他是坚持不住的，因为皇帝是懦弱的。海瑞觉得大臣效忠是应该的，大臣当然要听皇上的，但从皇上角度看，很多人是不听皇上的，皇上最担心的首先是坐不住江山，大家不拥护他，因此他一定会团结大多数人，而大多数人的意见往往都是贪腐的开始。大明朝的历史就是这样的，海瑞给大家演了一出太过超前的戏，或许他也知道自己的下场会很惨，但他就是要试一试。1570年底，他被撤职了，为了保住面子，他早就写好了辞职的奏折，他知道如果皇上信任他，就不会准他的折子，如果皇上不信任他，那么就会批准他的折子，他也将义无反顾地彻底离开朝廷。一个深受老百姓拥护的官往往在官场是不被拥护的，因为官员和百姓毕竟要争利，你海瑞鱼肉乡绅，后果呢？要知道这天下其实是乡绅们掌控着。如果乡绅造反，皇上怎么办？其实到现在我也不知道海瑞那厮的做法究竟对不对。如果说他不对，那么他没有私利，如果说他对，可他又不得不被免职。对了，你说得对，官员们到地方去每天晚上吃饭都很精彩，小娘唱曲陪睡，这都是公开的做法，地方乡绅以此为乐，官民同乐，其乐融融，这就是大明朝。在那种大染缸里，你想干净，谈何容易，但海瑞那厮确实做到了。从这一点说，我还挺佩服他的。不过就算让我选择多少次，我也不会选他那样的生活，那是一种不食人间烟火的大圣的生活，太极端了！

听了沙先生大段的自言自语，我感觉到浑身不自在，因为我突然有一种感觉，大明朝的官员们的后代是不是有的现在还是官员，他们依然过着500年前祖先们整天吃喝玩乐的生活？这只是一种想象，我无法去验证什么，但我确实见过整天吃喝玩乐的人，因为我胆小，所以不敢深入体会那些人的生活，听过那些人的口头禅是；“天天喝大酒，夜夜做新郎。”

沙先生看我沉默了，他也不说话，我们就这样居然沉默了好久，也许只有10分钟，但两个男人在一个屋子里什么都不说，这种静默超过1分钟就会显得很长。最后还是沙先生老道地对我说：“好了，回去吧！告诉你一个好消息，我们明天讲的故事将非常的精彩，早些回去看书吧！内容很多，把黄袍怪的故事看完吧！我提醒你一句，那个黄袍怪的原型就是我！”

我听到沙先生这么说，突然来了兴趣。回到家虽然已经是晚上9点多了，但我还是继续看书，不知不觉已经到了凌晨3点19分，我才稍稍感觉有些困倦，为了明天，不，其实是今天晚上有精神和沙先生沟通，我不得不强制自己休息。谁知道能不能睡着。早晨还有个早会要开，6点就要起床，我真的是自己给自己找罪受！

爱情与生命纠结的故事

8点40分，我开完了早会，决定坚持研究后面的故事，因为我实在想知道沙先生的秘密究竟是什么。整整一个上午，我详细阅读了《西游记》第二十八回到三十一回的内容。作者用三回半的内容写了关于黄袍怪的爱情故事，这本来可以写成凄美的爱情故事，但在作者的笔下，这段故事变成了一段孽缘，而结局是孙悟空将人家13年的夫妻拆散。奇怪的是女主人公也就是百花羞公主的态度，她究竟爱不爱黄袍怪？我实在是看不出来。如果说不爱，他们可是在天上结下的缘分，如果说爱，她又为何让唐僧稍书搭救她于波月庄呢？因为以往与沙先生的沟通比较多，使我坚信，这个黄袍怪就是沙僧的一个化身，因为他们的外貌是一致的。但我又真的看不出来，这个黄袍怪和沙先生之间有什么必然的联系。或许是因为我的历史知识太少了，不过话又说回来，历史书都是一页写好几年的，这部《西游记》按照沙先生的说法，几百页也就写了那几年的事情，就算我熟读历史，也很难找全那几年里的细节描述，更何况还是针对这几个人物的重点描述。想不明白没关系，我不是有沙先生这部活历史吗？

由于这段故事的内容极多，我干脆没有记笔记，直接带着《西游记》原著，带着笔和纸，晚上7点又来到了沙先生的家里。沙先生的表情有些严肃，看了看我说："读书笔记拿来。"我说："没做笔记，内容太多了，找不到重点。"沙先生沉吟了一下说："笔记确实不好写，因为故事比你想得要复杂，干脆我来给你讲故事，再给你把书上的关键点指一指，目的是让你相信我说的都是真的，你看如何？"我说："沙先生，您就说故事吧！我可以回去再根据您说的看一遍书，这样就不用您耗费时间给我指书上关键信息的具体位置了，这样会省些时间，您看行吗？"沙先生看了看我，想了想说："我们试试看，不行再调整方式吧！"以下内容是我和沙先生对话的大致内容。

“你先简单说说黄袍怪的故事吧！你不用猜想，就说直观的内容就可以了。”沙先生说。

“好吧！黄袍怪的故事作者用了三回半才写完，故事说唐僧走到黑松林，八戒沙僧去找饭，他看到林子里有放光的宝塔就去拜，结果被塔里的黄袍怪给抓住了。八戒沙僧回来后去救师父，但是他俩打不过黄袍怪，看来是救不了师父了。可没想到唐僧被妖精的妻子给放了。原来黄袍怪的妻子是被抢来的，她本来是皇帝的三公主，公主想逃回家，就借放唐僧的机会托付唐僧给皇帝捎信。唐僧见到皇帝，把公主的家书给公布了，但国内无人肯去降妖，只好由八戒沙僧降妖。八戒沙僧二次来救公主，结果沙僧被抓，宁死不屈没有告发公主。八戒回来后看见受伤的白龙马，从白龙马口中八戒得知，黄袍怪潜回皇宫变成了仪表堂堂的驸马爷，而师父被黄袍怪变成了老虎。白龙马变化成宫女试图杀死妖怪，但本领低微没成功，还受伤了。逃回来的白龙马劝失败归来的八戒去请孙悟空，果然孙悟空回来后打败了黄袍怪，救出了公主，解救了师父。故事大致就是这样的。”我说。

“你觉得黄袍怪和沙僧外貌一样对吧？”沙先生问。

“是啊！我判断黄袍怪是沙僧的化身，但仅凭外貌而已，具体的事情我可看不出来有什么绝密。”我说。

“是啊！你看不出来就对了，那厮怎肯那么容易就让别人看出来，但对于我来说，所有的信息就实在太明显了。我来给你讲一讲这段故事的真实情况，如你所说，你再重新读一遍，找找我说的事实在书里留下的那些关键证据，这样，你和我看书的方式方法就差不多了。”沙先生说。

“行啊！那我就合上书本，听您讲故事吧！我预感到这是一个爱情故事，不知道对不对？”我笑着说。

“爱情？这种爱情也实在是够惊心动魄的！”沙先生沉默了一下，继而说出了下面这段让我惊叹不已的故事。

不管你信不信，请先听我讲完之后你再去验证历史是不是这样的。

那是在1560年，我在裕王府当老师。那时她只有16岁，是王府的一个小丫头，我的茶水由她负责。那时候我算是大明朝最英俊的官员，年龄也只有35岁，裕王那年24岁。她名叫香儿，是一个小丫头常用的名字，那时候她每次给我倒茶后都会说一声“张先生请用茶”。时间长了，我们就熟悉了，有时屋里没人的时候，我会问问她的身世，而她也会问我一些字怎么读，我便教她而且会讲解给她听。有一次，我闲来无事写了一首诗：

花间一壶酒，独酌无相亲。
举杯邀明月，对影成三人。
月既不能饮，影徒随我身。
暂伴月将影，行乐须及春。
我歌月徘徊，我舞影凌乱。
醒时同交欢，醉后各分散。
永结无情游，相期邈云汉。

香儿送茶时看到了这首诗就问我这首诗的意思。我那时在政治上是苦闷的，总觉得自己的理想是永远也实现不了了，国家是多事之秋，裕王能不能继位也不好说，一切都是那样的渺茫。李白的这首诗恰好能够反应我的心情，于是我就给她讲这首诗的意思：

在一个月光明媚的夜晚，我在花前独自一人喝酒。

忽发奇想能不能邀月宫中的美人嫦娥作陪。

但月亮不理我，只有孤单的身影在脚下晃晃悠悠。

如果月宫仙子能够下来和我喝酒那才不辜负这美好的夜晚，但我知道这只是我已经进入半醉状态的想法。

人们不经常是醉着的时候高高兴兴的玩耍，酒醒之后各奔东西吗？

这人间的忠诚爱情哪里去寻找，茫茫人海终究是一场空！

我不知道为何会在一个小姑娘面前说出如此唐突的话，在我有些后悔的时候，香儿却对我说她也深有同感。一个被悲伤情绪感染的人最容易陷入感情的漩涡。此后，我和香儿便有了一种默契。但那毕竟是王府，香儿在我那里只能片刻停留，还不能关门，我们也只能心有灵犀了。

就这样我们相爱了两年，香儿在爱情的感召下，越发出落得标致。有一天香儿在给我倒茶的时候和我哭诉说她被裕王给糟蹋了。我知道香儿作为王府的丫头，被裕王占有是迟早的事，而我是没有资格占有她的。但香儿知道了男女之事之后对我越发爱慕。这男女之事一旦彼此都放下包袱也就很容易了。这丫头往往在给我送茶的时候趁别人不在，我们就……我也真是糊涂，怎么能这样呢？每次欢愉之后我也非常自责，但香儿说她不后悔。裕王其实只是好色而已，对香儿并无真情可言，但香儿这丫头很精明，居然能够让裕王对她一直都没有腻烦。她偷偷地告诉我裕王承诺迟早要纳她为妾。那时候，我们的事情自然是绝密的。

1561年，香儿怀孕了，我问过香儿，她说不知道孩子是我的还是裕王的，这倒是让我非常庆幸，因为即使是我的孩子，裕王也无从知晓。当时我是真的没有想到祸根从此便是留下了。

1562年，香儿的孩子出生了，是个可爱的男孩，名义上算是裕王的长子，但裕王不敢声张，因为香儿没有名分。这件事情在王府内部算是秘密，为了掩人耳目，孩子被秘密地养着，香儿则继续当丫头，继续在我和裕王之间周旋。1564年，香儿生了第二个孩子，她依然分不清这孩子是谁的。因为每次和我偷情之后的几天内，她必然会设法去找裕王，这样才能保证万一怀孕，说这孩子是裕王的，就不会让裕王怀疑。香儿没有名分，我还要假装和她不熟悉，裕王则暗地里和香儿做夫妻，表面上还要维持自己是一个道德高尚的王爷形象，也就是不好色不贪财。可怜那嘉靖皇帝，自己都已经有两个孙子了还不知道。当然，这两个孙子是不是裕王的，也只有我和香儿心存疑虑，别的知情人都认为是裕王的。

1566年，嘉靖皇帝驾崩了，裕王继位，香儿的身份可以曝光了，全天下都知道原来裕王已经有两个孩子了。一个4岁，一个2岁，而且那相貌着实可爱。那个4岁的男孩便是后来的万历皇帝。如果那时候有你们当今社会的DNA检测技术，我估计会减少很多问题，可那时候毕竟没有鉴别亲子关系的好方法，唯一的方法就是看着像不像，而这种方法只能起到一部分作用。也就是儿子不像父亲，那可能是受到母亲的影响而不能说不是亲生的，儿子像父亲，那一定是亲生的。4岁的小太子确实不像皇上，但皇上也不能因此说孩子不是他的，孩子的聪明可爱，也促使他几乎从来就没有怀疑过孩子是不是他的。自从香儿成了皇妃，我们之间也就断了联系。作为一个男人，结束这段危险的爱情关系并没有什么痛苦，但对于身居皇宫的香儿来说，她是非常怀念和我的感情的。后来她和我说，只有和我一起的时候才感觉自己像一个女人、一个妻子。

1566年之后，我和香儿很难见面了。我其实心里庆幸自己没有被别人发现和香儿的这段不可告人的秘密。她身在皇宫，贵为皇妃，身边有的是宫女太监。1568年，我有幸成了6岁太子的老师，教导香儿的孩子念书识字。此时我感觉这个孩子似乎和我之间有着某种天性的亲近，我不敢想太多，害怕自己的猜想会成为现实。

1572年，9岁的太子已经出口成章，皇上感谢我这个好家教，香儿也通过太监传话给我说要好好答谢我这个孩子的老师。可不知道哪个多嘴的太监给皇上传了一些流言蜚语。流言说太子和张先生越来越像。不知道的人以为是我教导有方，而作为当事人的裕王实在是不可能不敏感，因为那孩子的长相实在是和我有些神似。裕王整天不闲着，但为何给她生孩子的女人那么少，而这个香儿怎么就那么容易生孩子。男人在这方面也是敏感的，尤其是孩子的容貌更是不可忽视的问题。

1572年的春天，我和香儿见了一面，香儿似乎早有准备，6年没见我了，我还不觉得如何，她却已经饥渴难耐。在龙床上，我们又一次结合了，这一次的珠胎暗结实在是个大麻烦，但当时也没有考虑那么多。事后，我假意在宫里聆听皇妃对教育太子的意见，其实香儿不过是拿出她写的一首诗给我看，我一看，居然是那首“花间一壶酒……”，香儿说那是我和她共有的定情诗，又说这辈子能够和我发生这样的爱情到阴间都会偷着乐。不幸的是皇帝赶来了，他或许听说了什么，或许是真的要和李妃和我一起探讨教育太子的问题，这也算是国家大事了。

皇帝的到来让我们惊慌之间忘了藏好那首诗，而皇帝恰恰就在宫里看到了这首诗，并且他从我与李妃的惊慌的神色中应该是读出了什么。皇帝回去之后闷闷不乐，转天就病倒了。这病应该是心病。我知道皇帝的病与对我的疑心有很大的关系，但这件事情实在太大了，弄不好会造成国家大乱。这怎么办？我那时真是度日如年。

1572年的夏天，皇帝知道香儿又怀孕之后气得吐了血，因为这次他确信，香儿的怀孕和他没有一点点关系。而我知道，这次的种子是我种下的。

也是这一年的夏天，隆庆皇帝驾崩了，此后不久，我成了首辅，香儿成了太后，高拱被赶走了，冯保成了首席太监，而那厮依然在海南。

1573年的春天，香儿生下了第三个孩子，这实在是一件尴尬的事情。毕竟皇帝都已经去世很久了，这孩子不由得让人怀疑，可谁也拿不出证据，这毕竟是太后的家事。好在我在1572年的夏天得知香儿怀孕之后就将问题秘密地传信给了海瑞，希望他能够帮我解决这个问题。你或许奇怪，海瑞为什么会为我出主意，因为我答应过他，替他实现治国理政的理想，我们毕竟都是心学门徒。他的土地变革、考核官员策略，他的抵御蒙古侵略的路线，我都会帮他完成。在治国大业面前，一个通奸问题实在是不能相提并论，但这个问题处理不好就会前功尽弃。

海瑞没有回来，但他把事情都规划好了，他给我疏通好了所有的关系和思路。驱逐高拱、联合冯保，这个最高明的策略就是他提出来的。冯保果然是个厉害的角色，他为我铺平了所有的道路，1573年到1582年，这十年就是我们最好的时光，我们完成了所有的大事。

海瑞什么也没有得到，他借我实现了理想，而且也一直让我感觉到压力巨大。我如果无法治理好国家，不知道海瑞会不会找我算账，所以我尽可能按照海瑞的思路治理朝政。

你们的历史上对我评价还是非常好的，说我是优秀的政治家。我承认我本来就赞赏海瑞的治理政策，我更承认我的工作压力是实现大治的有效激励。至于隆庆皇帝是怎么死的，以及我由此付出的别的代价，那是我的机密，我现在还不能告诉你，不过你也别急，我迟早会告诉你的。

香儿是所有事情的最大受益者，而这一切离不开我和冯保的支持，而最让她感动的是远在琼州的海瑞没有得到任何回报还要帮助她并替她保守着最大的秘密。为了表达对海瑞的感谢，香儿和我商量，将1573年出生的女儿命名为“瑞安”公主，昭告天下。

以上就是我的故事，我是黄袍怪，我是沙和尚，我真的不知道该说什么好了。你不用怀疑，我没有理由骗你！

我听了沙先生的故事非常震惊，尽管我早就有一些心理准备，因为这个故事实在是有些匪夷所思。万历皇帝是张居正的儿子吗？如果是这样，那张居正篡位也实在太巧妙了。我看了看沙先生的脸，觉得那不男不女的外表越看越诡异，这个男人真的就是改变了大明朝神宗皇帝血统吗？他如此近距离地坐在我的对面，让我感觉实在太过不可思议。

“沙先生，您真的是万历皇帝的父亲吗？” 我犹豫了一会儿，还是决定问问。

“没有DNA检测，谁敢说孩子是自己的！就连香儿也说不清孩子是谁的！但瑞安公主肯定是我的孩子，这是香儿告诉我的，错不了！”沙先生脸上的皮肤抽动了一下说。

“您说的故事就是黄袍怪的故事的原型吗？”我问。

“当然是了，你回去好好看书吧！以你的聪明，应该可以看出来真相。”沙先生说。

“我会根据您的故事去印证书里的情节。那明天我们讨论什么新故事？还是把我的发现告诉您？”我问。

“你研究黄袍怪的问题我想一定可以找到很多证据，我不想知道你的证据，因为那是耽误时间，除非你实在找不到证据，那么我可以找给你看。提醒你一句，不必追求找到所有的证据，找到一个关键证据就足够了！”沙先生说。

“那咱们明天晚上的任务是什么？”我问。

“其实你这样的速度已经是非常快了！不过既然你很勤快，老夫我又何惧疲劳？你看完黄袍怪的故事可以继续把金角大王的故事看完，看看你能否将金角银角大王的故事自行破解了？我提醒你，这个金角银角的故事和我没什么关系，直到后面乌鸡国的故事才又和我有关系。”沙先生说。

“既然金角大王和您没关系，我就不看了，我直接看乌鸡国的故事得了？”我说。

“也好！不过你将来有时间我觉得你还是应该看看，说心里话，那厮文章写得确实不错，我虽然厌恶他，却也很佩服他。”沙先生说。

“行!我将来一定看，不过我觉得您还是直接让我看和您直接有关系的故事，您不知道，这研究一个故事的本来面目简直就是一种折磨，若没有您这个当事人，恐怕打死我都想不出来事情的本来面目，我上哪里知道瑞安公主的名字是因为海瑞给皇家出了一个安全可靠的主意，皇太后为了感谢他而命名的。这说出去别人都未必能信，更何况让我去想了！”我说。

“那好吧！你还是先研究乌鸡国的故事吧！”沙先生说。

“那您能告诉我金角大王是说谁吗？”我问。

“那些说的是道士的余孽贼心不死，妄图通过金银行贿重新找回失去的宠信。那些道士在嘉靖年间靠的就是打醮挣金子银子，醮的谐音是角，你顺着这个思路，所有的事情就都清楚了，至少我可以向你保证我说的都是事实，毕竟我是当事人。”沙先生说。

“今天不早了，沙先生您休息吧！我明天晚上有一个应酬，后天晚上来可以吗？”我问。

“行啊！我估计你明天也看不完那么多书，后天也好，要看仔细一些啊！注意，一饮一啄、莫非前定，究竟是什么意思！再见！”沙先生说完起身，我也有些困倦，决定马上告辞。

转天，我花了很多时间一一去验证沙先生说的到底是不是真的，可以说是字字研究了。果然不错，让我发现了一些关键的证据，基本上可以支持沙先生说“他自己就是黄袍怪，黄袍怪就是张居正”的说法。

为了节约读者的时间，我按照书里的顺序列出几条最重要的证据。有兴趣探秘的读者建议去读原文。

回目：第二十八回　花果山群妖聚义　黑松林三藏逢魔

黄袍怪的相貌和沙僧的相貌相似度99%，原文中描述黄袍怪是这样的：

你道他怎生模样：青靛脸，白獠牙，一张大口呀呀。两边乱蓬蓬的鬓毛，却都是些胭脂染色；三四紫巍巍的髭髯，恍疑是那荔枝排芽。鹦嘴般的鼻儿拱拱，曙星样的眼儿巴巴。两个拳头，和尚钵盂模样；一双蓝脚，悬崖榾柮桠槎。斜披着淡黄袍帐，赛过那织锦袈裟。拿的一口刀，精光耀映；眠的一块石，细润无瑕。

这个黄袍怪和沙僧共同的外貌特征可以概括为：蓝色的皮肤、红色的毛发、高鼻子、亮眼睛、黄色的袍子。

黄袍怪的事迹说明：

他也曾小妖排蚁阵，他也曾老怪坐蜂衙。你看他威风凛凛，大家吆喝，叫一声爷。他也曾月作三人壶酌酒，他也曾风生两腋盏倾茶。你看他神通浩浩，霎着下眼，游遍天涯。荒林喧鸟雀，深莽宿龙蛇。仙子种田生白玉，道人伏火养丹砂。小小洞门，虽到不得那阿鼻地狱；楞楞妖怪，却就是一个牛头夜叉。

这“月作三人壶酌酒”说的是那首情诗的故事，这“深莽宿龙蛇”说的是沙先生篡改人家皇家基因的故事。这“仙子种田生白玉”说的是他和香儿偷情生孩子的故事。

回目：第二十九回　脱难江流来国土　承恩八戒转山林

开场诗：

妄想不复强灭，真如何必希求？本原自性佛前修，迷悟岂居前后？
悟即刹那成正，迷而万劫沉流。若能一念合真修，灭尽恒沙罪垢。

这首诗似乎是一首藏字谜语，暗藏“居正流沙”四个字。

国王看见三公主的信，见有“平安”二字，就不能控制情绪了，这是很奇怪的。按说父亲看见女儿的信，一定会自己打开，而不是看都不看就让当众念出信的内容，而信的内容居然也是写给所有人的。信上写着：

不孝女百花羞顿首百拜大德父王万岁龙凤殿前，暨三宫母后昭阳宫下，及举朝文武贤卿台次：拙女幸托坤宫，感激劬劳万种。不能竭力怡颜，尽心奉孝。乃于十三年前，八月十五日，良夜佳辰，蒙父王恩旨，着各宫排宴，赏玩月华，共乐清霄盛会。正欢娱之间，不觉一阵香风，闪出个金睛蓝面青发魔王，将女擒住；驾祥光，直带至半野山中无人处。难分难辨，被妖倚强，霸占为妻。是以无奈捱了一十三年。产下两个妖儿，尽是妖魔之种。论此真是败坏人伦，有伤风化，不当传书玷辱；但恐女死之后，不显分明。正含怨思忆父母，不期唐朝圣僧，亦被魔王擒住。是女滴泪修书，大胆放脱，特托寄此片楮，以表寸心。伏望父王垂悯，遣上将早至碗子山波月洞捉获黄袍怪，救女回朝，深为思念。草草欠恭，面听不一。

逆女百花羞再顿首顿首。

这封信明显是作者杜撰，意在骂人。公主取名百花羞，表面上看是说公主美丽闭月羞花，而实际上重在一个“羞”字，皇帝死后转年，皇太后生孩子，这实在是有些害羞，估计当时传言不少。13载的数据与沙先生说的数字一样。张居正和香儿1559年相爱，1561年怜惜，1563年生孩子，1572年香儿的丈夫也就是隆庆皇帝驾崩，1573年香儿身为皇太后又生下了三公主。

描写妖精和八戒、沙僧打架的时候文字诡异：

言差语错招人恼，意毒情伤怒气生。这魔王大钢刀，着头便砍；那八戒九齿钯，对面来迎。沙悟净丢开宝杖，那魔王抵架神兵。一猛怪，二神僧，来来往往甚消停。这个说："你骗国理该死罪！"那个说："你罗闲事报不平！"这个说："你强婚公主伤国体！"那个说："不干你事莫闲争！"算来只为捎书故，致使僧魔两不宁。

这个、那个说的话像是对话，而不是三个人，而说妖精"骗国"明显是不妥当的，妖精只是抢了公主，与"骗国"不相干，但如果按照沙先生的说法，这张居正真的和裕王丫鬟通奸生了万历，那就是"骗国"了，由此可见，沙先生说的故事很可信。

回目：第三十回　邪魔侵正法　意马忆心猿

描述妖精和公主婚姻的诗很有特点：

托天托地成夫妇，无媒无证配婚姻。
前世赤绳曾系足，今将老虎做媒人。

按照这首诗的意思，妖精和公主是自由恋爱，两个人的心中将这段见不得阳光的感情视为前世姻缘，而他们的媒人就是老虎，按照情节老虎就是唐僧，按照映射就是裕王。可见作者就是要说出张居正和香儿在裕王家里偷情的故事。站在一个男人的角度，我觉得完全有可能。

而下面的话更是大有玄机：

你看那水性的君王，愚迷肉眼，不识妖精，转把他一片虚词，当了真实。道："贤驸马，你怎的认得这和尚是驮公主的老虎？"那妖道："主公，臣在山中，吃的是老虎，穿的也是老虎，与他同眠同起，怎么不认得？"

猛然看上去，觉得妖精是胡说，但仔细看就能发现，这说的是张居正在1560年的时候，和裕王的感情很好。老虎是裕王，张居正是老师，因此说"吃的是老虎，穿的也是老虎，与他同眠同起"就容易理解了。

作者在白龙马和黄袍怪战斗的时候写了这样一首诗：

意马心猿都失散，金公木母尽凋零。

黄婆伤损通分别，道义消疏怎得成！

这首诗如果按照书里的表面情节是说不通的，但按照1573年朝廷的情况则很容易说得通：冯保和海瑞两个知己朋友天各一方，海瑞和高拱这两位优秀的大臣都被排挤远离朝廷了。张居正受伤损坏了身体。这天下的公理道义是无处可讲了！这可怎么才好啊！

回目：第三十一回　猪八戒义激猴王　孙行者智降妖怪

猪八戒去花果山请孙悟空出山救唐僧，孙悟空离开花果山的时候，叫道：

兄弟，你且在此慢行，等我下海去净净身子。

这个净身指的是男人变太监的过程，非要下海净身，指的是要将孙悟空身上海瑞的成分去掉留下冯保这个太监的成分。可见这件事情是冯保妥善处理的。什么事情啊！当然是从隆庆皇帝突然重病，不久驾崩，转年皇太后生孩子，谣言满天飞的时候，只有冯公公力挽狂澜。难怪历史上张居正和冯保关系不一般呢！不过海瑞有可能参与了关于皇子身份危机处理的全面策划。

孙悟空来到妖精家门口，看见了妖精的孩子：

好猴王，按落祥光，径至洞门外观看．只见有两个小孩子，在那里使弯头棍，打毛球，抢窝耍子哩，一个有十来岁，一个有八九岁子，正戏处，被行者赶上前，也不管他是张家李家的，一把抓着顶搭子，提将过来，那孩子吃了唬，口里夹骂带哭的乱嚷，惊动那波月洞的小妖，急报与公主道：“奶奶，不知甚人把二位公子抢去也!”原来那两个孩子是公主与那怪生的。

按照情节发展，孙悟空不可能抓孩子，因此这个行为描述是暗藏玄机的，那句“也不管他是张家李家的”，暴露了关键信息，那就是两个孩子是张居正和李香儿俩人生的孩子，因此说是张家和李家的孩子。小妖称孩子为公子是恰当的。1573年，万历皇帝11岁，皇帝的弟弟9岁，而瑞安公主则刚出生。李太后带着三个孩子在张居正和冯保的协助下统治着大明王朝。这件事情确实是沙先生参与过的吗？沙先生是不是黄袍怪？

孙悟空来到妖精家要救沙僧，结果发现沙僧已经被妖精的妻子放了，但沙僧依然不肯离开，作者没有说为什么，我们按照情节猜想是沙僧觉得自己如果走了，妖精就会怪罪公主，而自己又打不过妖精，因此无法解脱，活又不能，死又不能。这恰恰是张居正在1572年夏天时候的情况。如果自己逃跑，李皇妃和孩子性命危险，如果自己不逃跑，也难以洗脱自己和李皇妃的暧昧关系。唐僧到塔里看到妖精睡在床上，这一情节其实极其夸张。您想想，塔根本就不是睡觉的地方，即使是睡觉的地方，那唐僧也应该看见帘子遮挡就会退避，问候里面有没有人才能撩开帘子再进去呀。书里的情节充满了诡异的气息，您看下面这段：

公主道："长老啊，你是我的恩人，你替我折辩了家书，救了我一命，我也留心放你；不期洞门之外，你有个大师兄孙悟空来了，叫我放你哩。"噫！那沙僧一闻孙悟空的三个字，好便似醍醐灌顶，甘露滋心。一面天生喜，满腔都是春。也不似闻得个人来，就如拾着一方金玉一般。你看他棕手拂衣，走出门来，对行者施礼道："哥哥，你真是从天而降也！万乞救我一救！"

这沙僧高兴得也太夸张了，显然作者是在讽刺这个奸夫。试想当时，张居正陷入了桃色陷阱，自己的学生也是皇帝怀疑自己干了什么见不得人的事情，此时如果有个大太监为自己和皇妃证明清白，那不是就有希望了吗？我们再看沙僧和悟空的对话：

行者笑道："你这个沙尼！师父念《紧箍儿咒》，可肯替我方便一声？都弄嘴施展！要保师父，如何不走西方路，却在这里'蹲'甚么？"沙僧道："哥哥，不必说了。君子人既往不咎。我等是个败军之将，不可语勇，救我救儿罢！"行者道："你上来。"沙僧才纵身跳上石崖。

由此看出冯保和张居正之间有了一个交易，那就是今后皇帝要提拔太监，张居正推荐冯保，而冯保则力证李皇妃是纯洁的，孩子就是皇上的，这就是张居正口中的"救我救儿罢！"

作者在描述沙和尚逃出妖怪洞府的时候，猪八戒说：

却说那八戒停立空中，看见沙僧出洞，即按下云头，叫声"沙兄弟，心忍！心忍！"

心忍什么？如果理解为高拱骂张居正"心忍"就可以理解了。当隆庆驾崩之后，高拱作为首辅大臣和张居正是多年的朋友，但高拱居然被皇太后给罢免了。历史记载说当时皇太后说的话很难听，并要求将高拱这个最高行政官员立即逐出京城，高拱明白这是张居正和冯保搞的鬼之后，一定会痛责说："你怎么忍心下这样的毒手！"作者用"心忍"二字来概括，虽然从书中表面情节无法理解，但深究起来还是很恰当的。

在读《金瓶梅》的时候，我惊叹作者从来不写人物心理活动，就把故事讲得十分精彩。而在读这本《西游记》的时候，作者经常要写人物的心理活动，比如：

妖怪心中暗想道：猪八戒便也罢了；沙和尚是我绑在家里，他怎么得出来？我的浑家，怎么肯放他？我的孩儿，怎么得到他手？这怕是猪八戒不得我出去与他交战，故将此计来羁我。我若认了这个泛头，就与他打啊，噫！我却还害酒哩！假若被他筑上一钯，却不灭了这个威风，识破了那个关窍，——且等我回家看看，是我的儿子不是我的儿子，再与他说话不迟。

"识破了那个关窍"指的是什么呢？从表面情节实在是弄不清楚，从暗线来看就是"奸情"，以及关于万历皇帝的身世之谜。"是我的儿子不是我的儿子"才是当时最为重要的事情，毕竟关系到国体。

而之后孙悟空变化成妖精的妻子骗妖精的过程很有玄机，其实这也就是冯保和张居正之间达成的协议。而作者在此处巧妙的创造了一个概念叫作"舍利子玲珑内丹"，我查阅资料，不知道是个什么东西，舍利子是佛骨，和内丹完全不相容。后来我想明白了，其实就是"涉及万历皇帝原来太子身份合法性的事情"，作者编的故事很幽默：

行者道："我不怎的，只是舍不得孩儿，哭得我有些心疼。"妖魔道："不打紧；你请起来，我这里有件宝贝，只在你那疼上摸一摸儿，就不疼了。却要仔细，休使大指儿弹着；若使大指儿弹着啊，就看出我本相来了。”行者闻言，心中暗笑道：“这泼怪，倒也老实；不动刑法，就自家供了。等他拿出宝贝来，我试弹他一弹，看他是个甚么妖怪。”

显然弹字的谐音就是谈，不能公开谈的事情就是关于孩子是谁家的？但冯保要帮张居正就必须要求张居正说实话，好像电影中律师替嫌疑人辩护的时候都要要求嫌疑人和自己说实话，否则无法赢得辩护！再比如到医院看病必须告诉医生自己的难言之隐，否则医生也无法准确下药。而后作者又进一步讽刺道：

那怪携着行者，一直行到洞里深远密闭之处。却从口中吐出一件宝贝，有鸡子大小，是一颗舍利子玲珑内丹。行者心中暗喜道：“好东西耶！这件物不知打了多少坐工，炼了几年磨难，配了几转雌雄，炼成这颗内丹舍利。今日大有缘法，遇着老孙。”那猴子拿将过来，那里有甚么疼处，特故意摸了一摸，一指头弹将去。那妖慌了，劈手来抢。你思量，那猴子好不溜撒，把那宝贝一口吸在肚里。那妖魔揝着拳头就打，被行者一手隔住，把脸抹了一抹，现出本相，道声“妖怪！不要无礼！你且认认看！我是谁？”

宝贝很重要，是配雌雄的结果，而且这么珍贵的宝贝居然被猴子给吃了。当然我看电视剧的时候也没有想过，孙悟空吃了这个鸡子大小的宝贝究竟有什么好处。而实际上，我们很容易猜到，这是作者告诉我们，冯保知道了张居正所有的故事，张居正如实说了自己和李香儿是有通奸事实的，但俩孩子的亲爹是谁，无法说清啊！冯保呢？告诉张居正，你永远不要承认孩子的事情，把秘密烂在肚子里，这样你还有一条活路，否则真相被说出来，皇家血脉岂容怀疑，到时候还不是血流成河吗？

孙悟空和黄袍怪的战斗过程作者描写得很细致，难得作者写了具体招式。但又不像武侠小说那样写得很明白。而招式的名称应该是大有玄机的。原文写道：

他两个战有五六十合，不分胜负。行者心中暗喜道：“这个泼怪，他那口刀，倒也抵得住老孙的这根棒。等老孙丢个破绽与他，看他可认得。”好猴王，双手举棍，使一个“高探马”的势子。那怪不识是计，见有空儿，舞着宝刀，径奔下三路砍；被行者急转个“大中平”，挑开他那口刀，又使个“叶底偷桃势”，望妖精头顶一棍，就打得他无影无踪。急收棍子看处，不见了妖精。

我觉得此处写得很隐晦，好像是冯保给男人做“变太监”手术，但这是猜想，因为沙先生的脸太像公公了。假如冯保亲手做了手术之后，去隆庆那里带着手术下脚料报告说，张大人为了表明心迹承认错误，已经将自己给骗了，下脚料为证，看来孩子绝对不是他的。隆庆皇帝听了之后慈悲心肠又起，心想这张先生可以潜心修佛了。

当孙悟空到天上寻找妖精的踪迹时，从天师那里得知，妖精是奎木狼。这个名字取得就是这个“奎”字，因为张居正小时候的名字叫作张白圭。随后作者借奎木狼的自白说出了所有的真相：

奎宿叩头奏道：“万岁，赦臣死罪。那宝象国王公主，非凡人也。他本是披香殿侍香的玉女，因欲与臣私通，臣恐点污了天宫胜境，他思凡先下界去，托生于皇宫内院，是臣不负前期，变作妖魔，占了名山，摄他到洞府，与他配了一十三年夫妻。‘一饮一啄，莫非前定。’今被孙大圣到此成功。”

由此我们可以看出，张居正好像是被香儿勾引了。当然，张居正也并非绝对的正人君子，否则即使人家小姑娘给了你一个仰慕的眼神，你也不能顺坡下驴。再说，你一个经验丰富的大男人，人家一个16岁的小姑娘，其实应该说是张居正勾引了小姑娘。当然，这爱情还不能说谁勾引谁，最后只能说是缘分，也就是所谓的“一饮一啄，莫非前定”。

我不知道我这样分析是不是对沙先生不恭敬，但我确实就这样记录了下来，我犹豫着要不要拿给沙先生看我的稿子。最后我决定就这样写，并放在顺序稿子里，如果沙先生要看，就让他看，如果不看，就这样保留着。事后真如沙先生所说，他相信我的眼里能够看出关键，所以就真的没有看我写的稿子，而我也没有再一次与他求证。我其实一直都害怕沙先生觉得我对他不够尊敬，但后来和他研究完乌鸡国的故事之后，我就不害怕了。

真假国王的故事

乌鸡国真假国王的故事大致还是影射关于沙先生和李皇后之间到底是什么关系的事情，只是故事发生的时间比上个故事似乎又过去了几年。乌鸡国的故事原型没有让我意外，但由此引出沙先生的悲痛确实是我始料未及的。这不是几句话能说清楚的，我们还是按照以往的方式从头说起吧！

其实乌鸡国的故事并不复杂，大意是说乌鸡国的真国王被国师害死了，国师变成了国王的模样冒充了三年假国王。唐僧来到乌鸡国，真国王的灵魂让唐僧给他申冤，唐僧就让孙悟空救活了真国王，赶走了国师。令人惊叹的是那国师居然是菩萨的坐骑。这个过程中真国王的儿子也就是小王子起到了一定的作用，但作用也不大。这段故事严格来讲不算行善，不算磨难，最多算是个奇闻轶事。坦白地讲，我读第一遍的时候真的没有悟出什么绝密故事。不过沙先生似乎对我悟不出来什么并不奇怪，他和上次一样在我们见面之后很快切入主题给我讲起了乌鸡国的故事。

沙先生说："乌鸡国的故事纯粹是那厮在讽刺我，我岂能看不出来！你打开书的第三十七回"鬼王夜谒唐三藏　悟空神化引婴儿"，看这句"满天星斗皆昏昧，遍地尘沙尽洒纷"，你觉得这是什么意思？"

"既然您说这段故事是讽刺您的，那这句话就是讽刺您干了坏事吧！"我试探着回答。

沙先生说："我想那厮写这部书的过程是经历了很长时间的，大致应该是从1572年隆庆驾崩开始写，写到这里的时候或许是1575年。这个时候那厮还不知道后面发生的故事，所以书是无法结尾的。整部书的结尾应该写于1584年，也就是冯保被抄家之后，当然我是在1582年被宣布死去的。那厮在1575年的时候，虽然不知道宫廷里的具体事情，但可以推想我的生活情况，因此这才有了乌鸡国的故事，也就是说这全是那厮根据我以前的事情编出来的故事，是吃饱了撑的没事干编出来的小故事，但其映射的真相确实是准确的，不过这种映射也只有我能看出来！或许那厮写的时候就假想是写给我的。”

我说：“沙老师，不瞒您说，小时候我看电视剧《西游记》就非常奇怪这个乌鸡国的故事和别的故事不太一样，唐僧没有磨难和危险，孙悟空更没有磨难，问题解决得很容易，但故事的篇幅还很长。”

沙先生说：“你的感觉是对的，这就进一步验证这篇故事就是那厮闲来无事凭借自己的想象编出来讽刺我的故事，用他的话说，在1575年的时候，全国所有的官员都被我这个最大的官给蒙蔽了，而我其实是杀死隆庆皇帝的元凶。”

我说：“那个掉进井里被水淹死的是您还是隆庆皇帝？”

沙先生说：“既然你已经读过一遍了，我还是给你指一指书中的关键，你回去自己会想出来的。”

以下是沙先生边说边指原书的大致记录。

“你看这段写的是唐僧的梦境，注意唐僧和死皇帝说的话，我三个徒弟‘若见了你，粉身碎骨，化作微尘’，这个‘微尘’谐音是‘为臣’，此处的写法在书里常用，他要暗示给读者，这回书中的死皇帝其实是隆庆皇帝。往下看那厮对皇帝的外貌描写‘手执一柄列斗罗星白玉珪’，后文又叫作‘金厢白玉珪’，我小时候，也就是12岁以前，名字叫作张白圭，那厮借这个物件讽刺我本来是皇帝手中的玉珪，但却阴谋侵占了江山社稷。”

“那为什么要叫金厢白玉圭呢？”我忍不住插嘴问。

“‘金厢’二字是提醒读者注意其怪异之处，玉珪是古物，我朝从来没有用过，不过那物件我见过，没有镶着金子的，就是纯玉，所以这种金厢白玉圭是不存在的，这样矛盾着写或许会引起读者的猜测，这就是那厮的险恶用心。”沙先生说。“你看这里！”他边说边指着书里的一段话。

那人道：“朕与他同寝食者，只得二年。又遇着阳春天气，红杏夭桃，开花绽蕊，家家士女，处处王孙，俱去游春赏玩。那时节，文武归衙，嫔妃转院。

“这是在指责我说，裕王当年对我十分恭敬，那时候我也是全心全意为他谋划如何得到皇位，我出了很多主意，和裕王实在是亦师亦友。但没想到裕王的丫头李香儿红杏出墙和我通奸。这自古以来奸情就是杀人的最好理由，一旦奸情败露，我不杀他，他便杀我，人为自保，那便会干出遗恨千古的事情。哎！总之，那厮对唐僧梦境的描写，在我看来实在是对我的声讨，让我很是惭愧啊！不过，那厮对我接任首辅之后的三年朝政的治理还是给予了很大的肯定。要说治国，我自然比隆庆皇帝要好得多，比高拱好得多，比那厮更是好得多！他以为他清廉，他以为他爱国，他以为他忠心，但天下之人趋利避害者占十之八九，面对那些人，那厮还不是事倍功半。我呢？那十年为国家操碎了心，为大明朝呕尽了血，谁又能理解呢？”

“其实当今历史对您是十分肯定的，我查阅所有的现代著作，对您基本上都是评价为让大明朝中兴的政治家。而且没人说您通奸的事情。”我插嘴说道。

“这个话题以后我们会讨论的，不过今天我还不想谈这个话题，我们需要把《西游记》中所有的秘密大致说完，我可以专门和你讨论历史。对于一个突然之间穿越了400多年的人来说，应该有资格评价一下历史了。接着说吧！你看这里：

行者笑道：“不消说了，他来托梦与你，分明是照顾老孙一场生意。必然是个妖怪在那里篡位谋国。等我与他辨个真假。想那妖魔，棍到处，立业成功。”

“再看这里：

行者果然开门。一齐看处，只见星月光中，阶檐上，真个放着一柄金厢白玉珪。八戒近前拿起道：“哥哥，这是甚么东西？”行者道：“这是国王手中执的宝贝，名唤玉珪师父啊，既有此物，想此事是真。明日拿妖，全都在老孙身上。只是要你三桩儿造化低哩。”

“如果你查阅明史，你会发现海瑞那厮对我张居正的评价只有八个字：‘工于谋国，拙于谋身’。你还会发现，我张居正乃是皇子裕王的师父。那厮就是这样在字里行间反反复复地留下想让老夫我看着心惊肉跳的文字，你能体谅我要是400多年前读这本书的心情吗？”

“您也不用心惊肉跳了，这年头大家都娱乐至死了，没有人注意字里行间的意思了，尤其是古书，这里又没有藏宝图，谁稀罕研究这个问题！”我笑着安慰沙先生。

“话虽如此说，可我心里知道，其实是我对不起裕王，如果没有我，大明朝可能不会亡得那么快，我是千古罪人啊！”沙先生的情绪有些激动地说。

“您别自责了！咱中国人现在不是挺幸福的吗？存在就有存在的道理，历史是非功过又有谁能说得清？按照因果关系，如果没有您的作为，那中国的今天说不定会怎么样呢？既然今天是不错的，那也就不必再去纠结历史旧账了。什么事情都要相对去看，也就释然了！”我继续安慰沙先生。

“你是不知，我这个事情被冯保知道了，所以他就以此相要挟，我只能和这个死太监合作。你看这回书中就连唐僧都骂孙悟空为弼马温了！海瑞那厮一定是体谅我的苦衷，所以让弼马温又背起了一个‘立帝货’的名字，你可知这名字的含义？”沙先生问。

“是啊！小时候看电视剧就觉得孙悟空变成了小人，名字叫作什么立帝货，多难听！还不如叫作小神仙或者小精灵！”我说。

“知道‘奇货可居’这个典故吗？吕不韦用自己怀孕的妾嫁给个秦国的质子，然后又秘密为质子谋得了王储的位子，而后那个妾生了孩子就是后来的小秦王，也就是那个秦始皇啊！对于吕不韦来说，用货物换来了儿子的皇位，那冯保也是用保住我儿子的帝位来和我争货！”沙先生说。

我知道沙先生的意思是说万历皇帝其实是他的亲生儿子，但他和吕不韦一样不敢去认那个已经当了皇帝的儿子。皇位、儿子、亲情、政治、理想、奸情、太监、利益等等就在1575年开始达到了新的混乱状态。我索性什么也不说，听他讲故事吧！果然沙先生似乎已经陷入以往的情思中，似乎是情不自禁地想继续说着他的故事。

“看这里那厮对妖精国王的外貌描写。”沙先生指着书上的文字说。

眼似琉璃盏，头若炼炒缸。浑身三伏靛，四爪九秋霜。搭拉两个耳，一尾扫帚长。青毛生锐气，红眼放金光。匾牙排玉板，圆须挺硬枪。镜里观真像，原是文殊一个狮猁王。

“是不是又和沙和尚差不多，这就是那厮写文章的基本笔法，在细微处不断做手脚，哎！用情如此，怎能成就大事业！通过菩萨的嘴用‘一饮一啄，莫非前定’再次说了这个事情和黄袍怪那个事情是一样的，都是前定的。最后那厮还是用骟了的狮子来骂我！可恨！可鄙！‘狮猁’分明是骂我是一个畜生一样的老师！我是个畜生啊！”

“反正您又不真是被骟的狮子，让他说去吧！”我说。

沙先生叹了口气，继续说道：“海瑞那厮在1572年之后一定去找高拱了，虽然他俩以前是水火不容的政敌，但那是在隆庆皇帝面前，一旦隆庆皇帝驾崩了，这两个失意的家伙也就变成好朋友了，那对我的议论自然是少不了的。你没看出这个乌鸡国的故事就是孙猴子和猪八戒在演戏吗？这厮的用意实在是险恶啊！不过有一点我也看出来了，他们把我比喻成妖精，却又说这妖精把国家治理得还不错，也没有真正的祸害后宫和太子，可见妖精是个好妖精，我张居正是个他们也不得不认可的官员。”

我虽然知道沙先生自己说他就是张居正，但我还是习惯于叫他沙先生。而且到现在我也无法想清楚一个人是怎么从400多年前穿越过来的，沙先生不告诉我，这也使得我不能完全相信他的话。但那两本《西游记》是我购买的，里面的内容自然是传下来的，而沙先生又将证据摆在面前，如果说是巧合，通篇文字处处巧合也实在匪夷所思！我倒要看看这《西游记》的全本书究竟怎么和沙先生说的历史严丝合缝地对应上。当然，我很清楚地知道，如果没有沙先生，我是不可能知道400多年前究竟中国的权力中心发生的故事和《西游记》有没有关系。想着想着，突然发现自己走神了，沙先生的声音依然在耳边回荡，但却没有听到沙先生在说什么。

“一饮一啄，莫非前定”，沙先生似乎是在叨念着这句话。在黄袍怪那个故事中就是这句话，看来沙先生也很认同这句话。

我曾一度设想，如果沙先生说的是真的，他一个王府老师，和王府丫鬟通奸生了一个孩子，这孩子成了王府的少爷，而后又成了皇帝，这不是命运的奇迹吗？按照佛家的理论，这一定是有因果的，发生了的事情就是我们怎么努力都无法避免的事情，只有认命，这就是古人的逻辑，也就是所谓的佛学。我不知道我这样的想法是不是很奇怪，但两次都说“一饮一啄，莫非前定”也实在是作者要让我这么理解。

“你对乌鸡国的故事还有没有疑问？”沙先生问我。

“我明白您的意思了，这个故事就是那厮在1575年，您还是首辅大人的时候自己在家里编出来骂您的一段故事，就是借机讽刺您，对吗？”我说。

“对！就是这样！可惜我到现在才看到他的文章，那厮已经死去几百年了，而我还活着。其实我内心的感觉现在应该是1592年，但从1582年我被宣布死亡之后的这10年我是在你们这个时代活着的，这种穿越时代的感觉你是无法体会的！”沙先生说。

“您能告诉我您到底是怎么穿越过来的吗？要是我也穿越到500年后，那不就能够体会您的感觉了吗？要不我和您继续穿越到500年后，要不我和您穿越到1582年？”我丢出了一连串的问题。

“哼！你以为穿越是吃涮羊肉啊！想吃就吃！如果有那么简单，我现在就不会和你说这些了！答应我先把这件事情说完，我会告诉你穿越是怎么回事的！”沙先生说。

“按照您的说法，1575年，那斯也不知道您将来的结局，就写了一段乌鸡国的故事来解闷，那后面的故事呢？1575年到1582年，他也不知道后来的事情，那故事还怎么写？怎么就又写了几十回呢？”我问。

“到目前为止，我们已经看了四十回《西游记》，后面还有六十回，这六十回都在写什么？我们自然要一点一点地看，我可以大致上告诉你，那斯从1575年开始写作的方式大致是一边重新写过去的回忆，一边写当时的时局变化，从时间上有些时候是故意错乱的，这也就能够迷惑很多人不能立即看出书中的映射，但我是一眼就看出来了，因为无论是回忆还是时局的映射，我几乎都是亲历者，除了后来冯保之死和那斯与万历小皇帝见面的事情我没有经历之外。”沙先生说。

“您的意思是说《西游记》其实就是写大明朝1566年到1583年之间的宫廷大事，只不过在时间上有些错乱，但事情本身都是用妖精的故事映射现实的，对吗？”我问。

“对！那斯用谐音、藏字诗和对历史事件本身的比喻以及对当朝人物的讽刺的手法将历史巧妙地隐藏在神话故事中，蒙混了几百年，居然没有被发现，这实在是让我难以相信，但确实又是事实！”沙先生说。

“有些事情对于当事人来说可能是天大的事情，但是对于别人来说可能根本就不是事儿！谁管您亲生儿子是不是皇帝呢？您亲生儿子就是当不了皇帝，那个位子也不会属于我，那我凭什么关心那些事情呢？打个比方，我从来就不买彩票，所以谁中奖的事情我从来都不关心，因为反正我是没有机会的！”我说。

“那你现在为何又对我说的故事感兴趣了？”沙先生问。

“我感兴趣的理由第一是因为我知道了《西游记》的秘密，说不定将来能靠这个发个小财，第二是我其实更在乎您的穿越问题，要知道这个穿越能力可是花多少钱都买不来的，而且即使用钱去评估，估计也值几个亿，您说我能不关心吗？”我说。

“你倒是个实在人！今天也不早了，你回去吧！明天我们研究红孩儿的故事，记住我告诉你的，注意别被时间上的错乱干扰了！你还是提前看看，要不然光听我讲很没意思的，当然，是我感觉没意思！”沙先生说。

“晚安！”我站起身边说边拿着自己的包离开了沙先生的家。

大明朝富裕的官二代

转天一早，我安排完工作就一头扎进办公室里研究红孩儿的故事，期待着自己能够提前发现一些隐秘的事情，这样才好在和沙先生晚上会面的过程中展示一下。在不知不觉中，我已经将沙先生当作老师，因为他确实有一种威严让我心生敬畏，也因为他那种气度让我觉得能够和这个400多岁的人坐而论道是一件幸福的事。我一边看书，一边开着电脑网页，一边用笔在白纸上做记录，同时电脑还打开着一个文档随时摘录有用的信息，这就是我研究红孩儿故事的时候的状态。

以下是我看完故事之后整理所有的笔记形成的文件，也是拿给沙先生看的文件，为了怀念那些美好的日子，特此摘录如下。

正行时，只听得叫声“救人！”长老大惊道：“徒弟呀，这半山中，是那里甚么人叫？”行者上前道：“师父只管走路，莫缠甚么‘人轿’。‘骡轿’、‘明轿’、‘睡轿’。这所在，就有轿，也没个人抬你。”唐僧道：“不是扛抬之轿，乃是叫唤之叫。”行者笑道：“我晓得，莫管闲事，且走路。”

这段话说明在大明朝的时候确实有很多种轿，类似今天有很多种汽车。当今轿车的名称大概就是从那个年代的轿子演化而来的。今天我们的生活中小轿车、越野车、商务车、公交车、房车、动车、飞机等等。真想不出500年之后地球上的“轿子”会发生什么样的变化。另外从叫和轿的谐音所产生的幽默故事也可以看出作者喜欢用谐音开玩笑，由此我想到沙和尚也许就是杀和尚的意思，那么和尚又是师父又是隆庆皇帝，杀和尚就是谋害了皇帝的意思，不知道是不是这样？

当孙悟空想躲避妖精叫声的时候，书里说：

等我老孙送他一个“卯酉星法” ，教他两不见面。好大圣，叫沙和尚前来：“拢着马，慢慢走着，让老孙解解手。”你看他让唐僧先行几步，却念个咒语，使个移山缩地之法，把金箍棒往后一指，他师徒过此峰头，往前走了，却把那怪物撇下。他再拽开步，赶上唐僧，一路奔山。

这句话说的“卯酉星法”表面上看是颠倒黑白的意思。卯时是凌晨5点，天将大亮。酉时是下午5点，天将大黑。也就是把凌晨的事情说成是傍晚，或者把傍晚的事情说成是凌晨，在时间顺序上进行了颠倒。那孙悟空的金箍棒当然是手里写书的笔，笔又讲究笔锋，海瑞自号刚峰，应该自诩文字功夫了得，由此来看，所谓缩地之法当然指的就是将叙事的顺序进行了调整。这就是沙先生说的，海瑞将故事的时间顺序打乱了，表面上红孩儿的故事发生在乌鸡国之后，但实际上应该发生在乌鸡国之前，也就是1572年之前隆庆皇帝活着的时候。按照人们回忆的常用思路，海瑞要在1575年写回忆录的时候应该从何说起呢？联系前后文，应该是从隆庆皇帝继位之后开始。如果再往前就跑题了。由此看来，红孩儿的故事应该发生在1567年隆庆皇帝刚继位不久或者是1568年隆庆皇帝真正拥有大权的时候，这才是合乎逻辑的创作思路。

当孙悟空在唐僧的要求下救下了红孩儿的时候，孙悟空说这个孩子骨头轻得过分，7岁孩子只有4斤多重。这明显是说红孩儿是一个没有骨气没有道德廉耻的纨绔子弟。古人对于骨气还是很有高论的，说一个人道德低下用“轻贱”一词就足够了。而后孙悟空背着红孩儿一路西去，有诗为证：

道德高隆魔障高，禅机本静静生妖。
心君正直行中道，木母痴顽躧外趫。
意马不言怀爱欲，黄婆无语自忧焦。
客邪得志空欢喜，毕竟还从正处消。

躧xǐ 1.鞋（a．舞鞋；b．无后跟的小鞋；c．草鞋）。2.趿拉着。3.踩，踏。4.漫步。5.追踪。

趫 （行动）敏捷

这首诗实在是与书里的主故事情节格格不入，直译如下：

唐僧作为道德高尚的人，所受到的魔障也很高，你要以静为本人家却偏偏生出事端。悟空是一个正直的人，每天按照中道做着自己以为本分的事情，猪八戒是又傻又固执偏偏要把脚往外踩。白龙马是什么都不说心里有着自己的打算，沙和尚虽然也没有说话，但心里却是分外的焦虑。这个妖精一时得逞其实也是空欢喜一场，所有的事情最终挡不住正义的力量，最终一切还是归于正道。

上面这段话明显和妖精红孩儿抓唐僧的故事格格不入，这肯定是暗线，所以真正的含义应该是这几个大人物当时的心态，也就是：

隆庆皇帝道德高尚但魔障太多。

海瑞正直办事本着为官之道恪尽职守。

高拱心中怀有私愤上蹿下跳，一定不肯放过隐退的徐阶。

冯保这个太监打着自己的小算盘但隐藏很深。

张居正表面不说什么，但他实在是担心“妖精”的处境。

妖精呢？以为自己了不得其实空欢喜。

最终所有的一切都是回归正义的！

如果按照上面这样的说法，这段故事应该发生在徐阶辞职高拱返回官场的时候，也就是1569年的春天，高拱成了权力的核心，张居正位置很微妙，冯保历来和高拱关系不大好，海瑞则很受赏识被安排当上了十府巡按，这实在是海瑞最风光最值得怀念的日子！从这里重新回忆实在是个好节点。

好怪物，就在半空里弄了一阵旋风，呼的一声响喨，走石扬沙，诚然凶狠。好风：

淘淘怒卷水云腥，黑气腾腾闭日明。
岭树连根通拔尽，野梅带干悉皆平。
黄沙迷目人难走，怪石伤残路怎平。
滚滚团团平地暗，遍山禽兽发哮声。

红孩儿刮出的风让我想起黄风怪，这孩子简直就是黄风怪家的!可书里说牛魔王是他爹，那么可以想象，牛魔王这个人物实际上也是徐阶这个大人物的化身。

当孙悟空去寻找被狂风卷走的师父的时候，书里通过一番描写让我们得到了有关红孩儿的如下信息：

山神、土地等地方小神都十分害怕红孩儿。妖精住的山唤做“六百里钻头号山”。这山中有一条涧，叫作枯松涧。涧边有一座洞，叫作火云洞。那洞里有一个魔王，是牛魔王的儿子，罗刹女养的。妖精曾在火焰山修行了三百年，炼成“三昧真火”。牛魔王使他来镇守号山，乳名叫做红孩儿，号叫作圣婴大王。

如果不是我的古文基础还行，再加上最近社会风气的转变，我还真是不能这么快就看出来这些信息的内涵。为何如此说？且听我一一道来。

首先，“号山”这个名称中的“号”字繁体字写为“號”，也就是老虎的叫声。其次，此时社会上“打老虎拍苍蝇”的说法铺天盖地，老虎的意思是大贪官。根据这些信息，我可以判断，红孩儿是一个官二代，地方小官根本就不敢不听这个公子的话。再有就是关于这个“圣”字，在书里，牛魔王曾经是平天大圣，黄风怪是黄风大圣，徐阶是当时“心学”的领袖之一，也被心学门人评为圣人，因此徐阶的儿子必然是圣婴大王，而且历史上，徐阶的儿子是被海瑞给法办了，这是有据可查的。这儿子不争气给老爹惹祸的故事确实在官场上不少，比如严嵩的儿子严世蕃就是一个典型。海瑞对严世蕃的故事应该是很熟悉的，因为严世蕃被法办的时候海瑞应该是县令，40多岁了。想我40多岁的时候不也听说了不少电视里现过身的大官被法办的贪官的轶事吗？那时政府的邸报一定写了不少严世蕃奢侈贪腐的故事，亦如当今电视中说的某贪官家里抄出黄金做的毛主席像。

书里“第四十一回　心猿遭火败　木母被魔擒”开场诗是这样写的：

善恶一时忘念，荣枯都不关心。晦明隐现任浮沉，随分饥餐渴饮。
神静湛然常寂，昏冥便有魔侵。五行蹭蹬破禅林，风动必然寒凛。

如果把这首诗和红孩儿这个妖怪联系，则毫无关系，此点无须赘言！而如果从映射徐阶父子的角度来看，这首诗写得还是很有水平的，我这样翻译这首诗：

徐阶的一生在政治上始终是以善为主的，但是在财物面前是有问题的。

他的一生荣耀是因为善得到的，为人所诟病的就是他的财富。

宦海沉浮时隐时现，为官者最高明的就是拿自己该得的俸禄，够吃够喝就行了。

如果一生保持清醒的头脑，那么大多数时候都应该是孤寂的，而稍有不慎放松自己，邪魔歪道就会侵害自己的洁身自好。

当时的几位大人物，如徐阶、高拱、张居正、冯保以及海瑞，在反贪之风吹来的时候，谁会感到寒冷呢？

当孙悟空和红孩儿第一次正式相见的时候，提起了当年自己仰慕的豪杰大哥牛魔王，人称平天大圣。显然作者给我们透露了几个信息。其一是当年的徐阶是海瑞仰慕的英雄豪杰，而其英雄事迹可以用平天大圣来评价。“平天”二字的由来应该是徐阶推翻了严嵩父子，让天下的官场变得太平了。“大圣”二字应该指的是徐阶在学习王守仁大师的心学方面是带头人。心学的要义就是激发每个人最大的潜力当一个圣人。如果说1568年评出一个平天大圣的话，那非徐阶莫属，简直就是天下公认。但海瑞想不到徐阶居然有20万亩的土地。

当孙悟空和红孩儿大战胜败难分的时候，红孩儿使出了绝招，也就是三昧真火，结果孙悟空战败了。孙悟空问猪八戒是自己的棍子厉害还是妖精的枪厉害，猪八戒说这妖精是不讲天理的。这样的情节映射出当时官场确实是够黑暗的，海瑞查出了徐阶的儿子有违法乱纪的问题，但徐阶的儿子动用官场的势力颠倒了黑白让海瑞吃了很大的亏。高拱虽然和皇帝关系不错，但是毕竟不是首辅，而且当时的官场大多数都是徐阶的嫡系，隆庆皇帝那种软绵绵的脾气在众多官员都说海瑞不对的时候，又怎会听高拱一个人说海瑞做得是对的？所谓三昧应该是昧了皇上，昧了官场，昧了百姓，也就是上中下都昧了。

之后沙和尚出主意让孙悟空去弄水灭火，但龙王爷不能真帮助悟空灭火。这显然是说海瑞在十府巡按的任上得罪了徐阶的儿子，于是海瑞被参劾，海瑞想通过关系疏通得到皇帝的支持，可是皇帝似乎没有明确表态。

沙和尚实际上出了一个馊主意，使得大圣被烟几乎呛死。当孙悟空昏迷不醒的时候，沙和尚满眼垂泪说孙悟空死了，可猪八戒却不认为孙悟空死了。这也就是说，张居正实在是太了解海瑞了，认为如果海瑞得不到皇帝的支持，就算自己生气也会把自己气死，根本就是不战而胜。毕竟张居正是徐阶的学生，张居正和海瑞是没有感情的，所以他心向徐阶是可以理解的。但高拱却要保住海瑞这个得力武器，他绝对不肯让这个反腐英雄轻易倒下。高拱虽然爱小便宜，但他还真没有严重的贪腐问题，因此高拱知道只有用反腐这张牌才能斗倒自己的政敌。可惜高拱没有想到的是他真正的敌人是当朝的张居正，而不是隐退的徐阶。

经查相关史料，海瑞当年在苏州一带当十府巡按的时候确实得罪了不少人，受到了朝廷众多官员的参劾。海瑞自然不怕参劾，因为他是参劾过嘉靖皇帝的人，写过天下第一事疏的人还怕别人写文章参劾自己吗？但海瑞最难以接受的是隆庆皇帝的动摇。皇帝没有直接说海瑞做得不对，而是在安抚海瑞的同时给海瑞下了调令，这对于海瑞来说就是皇帝不够信任他了。其实我从另一个角度来看皇帝并非是不信任海瑞，而是觉得海瑞一个人的力量有限啊！海瑞说得很对，但海瑞一个人能管理天下吗？不用那些有问题的官员用谁，国家根本就没有准备好彻底整顿，那现在应该做的事情就是放慢脚步，然后再从长计议，这是皇帝的高明之处，可惜海瑞应该是无法理解了。当然这只是我自己的猜测，还需要与沙先生讨论验证。我凭什么这么说呢？其实也不是凭空想象，而是根据书里的一首诗，这首诗写于孙悟空被红孩儿打败之后，毫无对策的时候。

师父啊！
忆昔当年出大唐，岩前救我脱灾殃。
三山六水遭魔障，万苦千辛割寸肠。
托钵朝餐随厚薄，参禅暮宿或林庄。
一心指望成功果，今日安知痛受伤！

我想象海瑞写这首诗的时候心情是这样的：

皇上啊！

想当年（1567年初）是您把我从天牢中放出来的，我的命是您给的。您继位之初那是多少为难事啊！但是我们都坚持下来了。我从来没有在意过自己的官位和俸禄，您让我干什么我就干什么，您最棘手什么事我就去办什么事。我指望有一天能够帮您把这个为难的国家整理好，与您君臣共同留名青史，但谁想到今天，您把我派到一线解决最大的土地问题，而您却先打了退堂鼓，这叫我海瑞怎么办？我感到十分的受伤！

在孙悟空最失落的时候，作者却又笔锋一转，孙悟空又来了斗争精神，紧接着孙悟空请来了菩萨，菩萨用一海的水扑灭了三昧真火，这意味着海瑞坚定了决心必须解决这个难题，否则国家的土地改革就进行不下去。不过菩萨对付红孩儿的手段实在是值得深思，那所谓的天罡刀究竟意味着什么呢？

那妖精，穿通两腿刀尖出，血流成汪皮肉开。……行者在旁笑道："这妖精大晦气！弄得不男不女，不知像个甚么东西！"……却说那童子野性不定，见那腿疼处不疼，臀破处不破，菩萨道："你今既受我戒，我却也不慢你，称你做善财童子，如何？"……行者笑道："我那乖乖，菩萨恐你养不大，与你戴个颈圈阉头哩。"……

这字里行间意味着什么？我的直觉是红孩儿被阉割了。联系前文可以看出，徐阶花了大价钱，也就是十万亩土地，保住了儿子的命，但没有留住儿子的根。好在史书中记载徐阶有三个儿子，家族的根还是没有问题的。史书中又说大明朝将犯人阉割为奴的事情还是不少的。毕竟这个奴才的出身可靠，皇帝家用起来也放心，更何况这样有文化底子的奴才往往办事能力还是很强的。所以我有理由相信，徐阶的儿子也就是红孩儿是被阉割为奴了。不过这个事情必须还要和沙先生沟通才可以确认。

收服了红孩儿，师徒们又来到黑水河前。

累了！先整理这些吧！

晚饭简单吃过，都是街上买来的，有一盒鸭脖子，又咸又辣，吃的时候心中想着到沙先生那里要多喝水了，带盒茶叶算是一种尊重。沙先生的住处一切都简单到了极致，一个杯子、一个水壶、一双筷子……一切都是刚刚够用，每次我都是自带水杯，而且每次都要拿走不得存放。这个老头似乎对简单的生活充满热情，越简单越高兴，为此沙先生没少拒绝我送的礼物，诸如水杯、烟灰缸、笔筒之类的东西沙先生都严肃地拒绝了，而且还要说上一句免得他丢到垃圾桶中的麻烦。我经常想，这是不是沙先生随时做好了回到1582年的准备呢？他要是真回去了，历史岂不要改写，那还了得，全世界说不定就乱套了。

"请进！"沙先生开门后依旧是陌生的客气。

"您先看看我写的东西。"我拿出白天精心研究打印好的稿子给他看，他看得非常认真，时不时地点头。看完稿子，沙先生看看我说："你果然是个聪明人，很多事情都看透了。”

“您能不能给我讲一讲当时的情况？”我问。

“好啊！”沙先生说，“我就给你讲一讲1569年究竟发生了什么事情，那是隆庆三年。”

“对您来说是不是很久了？”我问。

“其实没多久，我感觉应该是20多年前吧！”沙先生说。“那时候徐大人刚刚隐退，高拱也刚回来，但因为高拱的名声不大好，皇上也就没让他当首辅。而且高拱这次回来也改变了不少，对别人也没那么刻薄蛮横了，但骨子里仍然是很得意的。高拱和皇上商量这土地改革必须要找到突破口。

“您能说说土地改革的情况吗？我不大懂政治。”我插话道。

“啊！是这么回事！”沙先生说，“当时国家的财政是很困难的，哪像今天的社会，可以把钱印成钞票甚至只是电脑上的数字，那时候钱必须是银子或者铜钱，银票不好用。银子从哪里来？还不是以土地为根本缴税吗？但是土地大部分都在大户手中，大户有的是方法逃税，国家的税收根本就没有保证。这么大的国家要维持军队的军饷、官员的俸禄、公房设施的修缮，再有就是养着一个几万人的皇宫，这是很大的负担，没有银子，国家就岌岌可危啊！”

“土地改革就是要缴土地大户的税啊！”我说。

“差不多吧！而且也想顺便给百姓恢复一部分土地耕种权，平息一下已经很尖锐的社会矛盾。可这个改革哪里是那么容易的，谁乐意把自己的利益牺牲掉呢？因此必须找到第一个被开刀的和第一个主刀的。经过高拱和皇上研究，让海瑞去办徐阶的土地问题实在是高招，毕竟这两个人都是当时最著名的人物，一个是号称千古一人的大清官，一个是名满天下的大才子，这道题只有这么破解啊！”

“那海瑞就乐意去？”

“这是皇命，而且也符合海瑞上书中提到的改革精神！”

“我明白了！这从始至终都是你们那个小集团设计出来的一场大戏，海瑞只是主演罢了，你们几个才是幕后真正的导演。”

“也可以这么说，但我们也都是一心为了国家利益！”

“那后来呢？”

“海瑞到了任上，乡绅都怕他，可徐公子不怕，海瑞就和徐公子斗上了。就在这时，海瑞被参劾了，但海瑞也上书辩解了，就在这个任命期间内，海瑞以极快的手段解决这个问题。徐阶退了十万亩耕地，如你所写，徐阶的一个违法的儿子被阉割为奴了，皇上为了平息反对者的怨气，也把海瑞的十府巡按给解职，不过海瑞在十府巡按的任上完成的最后一件事情是他认为很重要的一件事，那就是治水。海瑞治水之后就辞官回家了。”

“您的意思是后面那个黑水河的故事就是海瑞治水的故事？”

“当然了，你可以好好看看，海瑞治水的事情是所有官员们称赞的，这包括了他的政敌，毕竟这是为百姓为国家做的一件大好事啊！”

“那高拱呢？他在忙什么？”我问。

“隆庆和高拱感情很深，高拱的效忠是不掺假的，但他们俩以牺牲海瑞为代价换来的改革胜利其实并不光彩，他们低估了海瑞的能力，以为用完就扔掉是不得已的事情，其实海瑞的能力非常强大，因为海瑞在处理徐阶和治水之后已经成为皇家信誉的招牌，海瑞要是说什么，百姓绝对相信。高拱说什么？我张居正说什么？皇上圣旨说什么？这都不如海大人说了什么有分量。而且海瑞这个人真是无私的，真是一心为天下，只可惜当时都没有意识到海瑞的真正价值。”

“如果隆庆皇帝用海瑞当首辅，天下会如何？”我问。

“皇帝哪里能够迈得过那道人情的槛？一个是他多年的老师，一个是他刚结识三年的大臣，你说他会相信谁？皇上毕竟也是一个平凡的人，倘若皇上真能够启用海瑞为首辅，那大明朝至少能够延续到今天！”沙先生说。

“即使到了今天，也要改为君主立宪制了！”我笑着说。“对了，您能说说海瑞治水的故事吗？”

“海瑞在当十府巡按的时候，辖区的白茅河与吴淞江经常发水灾，海瑞经过调查研究，发现是河道多年失修造成的。疏通河道这件事不是哪个老百姓能够承担的，涉及的面很大，没有他这样高级别的大官决心办理是不可能做好的，这也就是为什么水患多年不除的原因。我看你还是回去好好看看书里原文就更加清楚海瑞治水的过程了。今天就说这些吧！”沙先生似乎是下了逐客令，而我才刚喝了一杯茶水，但既然如此，我也只好先告退了。回到家后才刚过晚上9点，于是我又开始研究《西游记》的第四十三回。

海瑞治水

这一章的故事及其简单，一回书将妖精彻底解决，可以说没有什么难度，也没有什么悬念，更没有什么精彩的细节，从故事角度讲，这不是一段好故事。如果是拍摄影视作品，也只能从视觉效果上下功夫，基本上要靠特技小组的本事了。作者在写这回书的时候是怎样的心情呢？按照沙先生所说，这回书写的是海瑞治水的故事，也就是说海瑞要纪念自己干了一件利国利民的好事，特别是这件为国为民的事情真的是得到了高拱、张居正、皇帝的大力支持。从秘密角度讲，这确实没啥好写的，但这又确实是一件历史事实。

为此，我在网上搜罗海瑞治水的信息，结果发现这件事情还是有很多相关信息的，也就是说老百姓在400多年以后没有忘记海瑞治水的功劳。整理了大量的信息后，我大致弄清楚了海瑞治水的过程。海瑞在任上发现水患严重影响百姓的生活，影响国家税收，于是上书要求国家拨款重修河道。在皇上的支持下，国家拨了几万两银子，海瑞亲自到现场督促施工，最后工程质量、交期、成本都得到了很好的控制，算是国家一级工程。海瑞通过这个工程，得到了当地百姓称之为海龙王的绰号，据说还立了庙。当时工程的关键是清理河道的标准，河底多宽河床多宽都有具体的尺寸记载，这件事情如果不专门去查，确实很难再主动出现在人们的眼前了。

为了让沙先生觉得我确实按照他说的认真读了原著，我还是用电脑做了以下的笔记。

黑水河的妖精住处叫作“衡阳峪黑水河神府”，吴淞江和白茅河的发源地按照历史去追溯应该是在衡阳，这说明黑水河就是吴淞江和白茅河，也就是历史上海瑞在苏州当巡抚的时候治理的那两条河。

书中的一段诗词确实像是在歌颂海瑞，特此摘录如下。

这鼍龙出得门来，真个见一支海兵扎营在右。只见：

征旗飘绣带，画戟列明霞。
宝剑凝光彩，长枪缨绕花。
弓弯如月小，箭插似狼牙。
大刀光灿灿，短棍硬沙沙。
鲸鳌并蛤蚌，蟹鳖共鱼虾。
大小齐齐摆，干戈似密麻。
不是元戎令，谁敢乱爬蹅！

这明显有国家官府组织修河的痕迹。当时海瑞一定经常亲自到现场督导工程的进度。因此作者称这支特殊的队伍为“海兵”。

最后师徒们要渡河的时候，是这样写的：

唐僧道：“徒弟啊，如今还在东岸，如何渡此河也？”河神道：“老爷勿虑，且请上马，小神开路，引老爷过河。”那师父才骑了白马，八戒采着缰绳，沙和尚挑了行李，孙行者扶持左右，只见河神作起阻水的法术，将上流挡住。须臾，下流撤干，开出一条大路。师徒们行过西边，谢了河神，登崖上路。

这段话明显是形容工程的基本方法，也就是在枯水季节，截住上游河水，修下游河道，那下游河道修得像大路一样，水患也就得到了控制。

经以上分析，我对海瑞治水的故事深信不疑，感谢沙先生指导。

写完上述文字，我发现才夜里11点，那转天我干什么呢？沙先生没说啊！难道什么也不干晚上去沙先生那里等他说。这又不是我的习惯啊！还是先睡觉再说吧！

转天我本来打算和大家开了早会之后就去办公室里研究《西游记》的，但有个员工告诉我，业务很不顺利，这个月的营业收入下滑得厉害，收入抵不上之支出，就要亏损了。我的公司是企业管理咨询公司，注册资本只有10万，而且又在初期购买了汽车，如果亏损也就意味着大家发不出工资了。我们的业务收入基本上都是当月分光不留存款，如果有业务费用发生都是员工先垫付，后报销。员工的话让我不得不重视，因为沙先生的开支实际上是我提供的，我如果陷入财务危机，沙先生和我的生活都会受到影响，虽然不至于马上没饭吃，但是我的积蓄实在是支撑不了多久。作为一个公司的老板兼总经理，说出来让人笑话，我真是个穷人。我生存的空间只是靠低价获得客户的业务，但这样做越来越得不到客户的尊重。干我们这行，如果得不到客户的尊重，也就得不到客户在实际工作中的响应，那么我们给出的企业管理建议就得不到落实，企业也就收不到好的效果，如此看来，我们的咨询公司现在还是在失败中挣扎。此刻我真想穿越到500年之后，可是真要是穿越了，谁会管我吃饭呢？

早会结束后，我决定和员工一起去客户那里了解实际的困难，之后我才发现，我的员工给客户出的一套解决方案其实是错误的，都怪我，让一个外行员工给客户做了假装内行的咨询。客户要咨询的是销售业务，客户的问题是经销商串货造成价格自相残杀，我的员工提供的方案是让经销商统一价格，我知道这是不好使用的价格手段，因为没有办法保证经销商会统一价格。就这样我花了一天的时间和客户一起探讨可行的方法，总算安排好了具体工作，让员工继续调研推动具体方案，也算临时挽回了这个客户的信任，但我知道明天后天还有几个老客户的问题等着我去解决。我知道这个公司其实是离不开我的，搞管理咨询是依靠智慧的，而公司的管理智慧大部分都是我的，我想撒手不管，那就等着被客户抛弃吧！

晚上我去找沙先生，开门见山地说："沙先生您好！我不得不向您请求，能不能加快咱们研究《西游记》的进度，因为我公司的业务耽误太久了，几乎快维持不下去了，从明天起我白天就不能研究《西游记》了，只有晚上，可是晚上我要是到您这儿来看书既耽误您休息，又感觉没有效率，您看怎么办好呢？"

沙先生看了看我，低头不语，半晌才说："你相信我吗？"

"当然相信！要不然我怎么每天都到您这里来呢？"

"你对我的事情感兴趣吗？实话实说。"

"我对您历史上把自己儿子篡夺皇位的事情已经没有兴趣了，因为那和现在已经没有关系了。万历皇帝究竟是谁的儿子对于我来说真的不重要，不过我对您从古代穿越到现在这件事情充满兴趣，如果我能带着现代的一些东西穿越到500年以后，再把那些东西卖了，够吃够喝到处旅游，那生活肯定不错，嘿嘿！"

"其实，我知道给别人讲自己的爱情故事或者自己认为的精彩故事，别人未必能够如自己想象的那样有兴趣听，但对于讲故事的人来说，这实在是太重要了。我们就当交换了，我拿让你听我自己的故事换你要的穿越的秘密你看如何？不过你要先听我讲完我的故事，而且必须是结合《西游记》来讲，否则你可能不会相信我讲的，而如果用《西游记》，就好像我和海瑞一起给你讲故事，那可信度不就高多了吗？”

“沙先生，您真是太善解人意了，说实话，我是学工科的，对历史本来没有兴趣，但是最近和您一起研究历史还真是让我对历史产生了兴趣。我想今天是历史的延续，历史就是昨天的故事，我们应该要好好学习历史的经验，这样才能更好地顺应以后的发展，对不对？”

“说得对！如果你知道我穿越的秘密之后，你会对历史更感兴趣的，不过，说好了，没有破解完《西游记》之前我不会告诉你任何关于穿越的事情，你说多少好话都没有用。”沙先生坚定地说。

“您看这样好不好，沙先生！您给我讲解《西游记》，如果我对某些事情特别感兴趣的，我就自己去学习，一般感兴趣的我就听您讲讲得了，比如海瑞治水这样的故事我看听您说说也就够了，这样咱们的进度就能快些，您看行吗？”我问。

“你呀！还是太年轻！不过我能够理解，毕竟你现在只是中国人中一个最下层的小百姓，你生活的圈子也就是最底层，你的存在既干扰不了国家的政策，也影响不了国家的发展，这个国家有你不多，没你不少，你自然也就不关心历史，更不会懂什么是政治！”沙先生似乎有些失望地说。

“您说得对！我从小就出生在一个平凡的小村子里，父母都是平头百姓，朋友都是百姓平头，长这么大也没离开过这个县，现在突然碰到您这么一位前朝大员，曾经的首辅大人，我真是三生有幸！”我边说边站起来给沙先生鞠躬，这一下把沙先生逗笑了。

“其实，你知不知道我的经历确实没有什么价值，我利用你要传播我的故事，你或许在传播我的故事的时候能够得到一些稿费，虽然不多，估计也能够抵得上你这么多天付出的辛苦。”沙先生说。

“那行，沙先生，您现在先告诉我下一个故事有什么秘密吧。”

洗刷迷信的耻辱

“车迟国的故事其实很简单，但在其发生的时间上确实是要我提醒你的。你还记得海瑞写奏折骂嘉靖皇上迷信的事情吗？海瑞都骂了什么？”沙先生问。

“海瑞说嘉靖皇帝不应该听信道士们的谎言，相信什么长生不老，相信什么天桃仙丹。事实证明海瑞说得对啊！嘉靖皇帝那么宠信道士，但实际上不也在看到奏折后当年就驾崩了吗？”我说。

“因此，嘉靖皇帝宠信道士这件事情对于皇家来说实际上就是一种莫大的耻辱，这也是一种莫大的讽刺。作为新皇帝，面对他的父亲犯下如此荒谬的错误，怎么办呢？既不能承认，又不能不认。所以只能先处理这群骗人的道士。”沙先生说。

“沙先生，您觉得道士真的都是骗人的吗？”我问。

“道士不一定都是骗人的，但皇宫里的道士却都是骗皇上的，那些道士号称自己是世外高人，那为什么还要来这世上最繁华的皇宫混日子，显然这是自相矛盾的。也许世外真的有道家高手，不过我没有见过。”沙先生说。

“道士是怎么骗嘉靖皇上的，您能说说吗？”我问。

“道士的任务就是烧掉大家写的和他们自己写的青词。所谓‘青词’就是以四个字一句为格式，以向神仙表忠心。”比如你看这里孙悟空写的青词：

道号！道号！你好胡思！那个三清，肯降凡基？吾将真姓，说与你知。大唐僧众，奉旨来西。良宵无事，下降宫闱。吃了供养，闲坐嬉嬉。蒙你叩拜，何以答之？那里是甚么圣水，你们吃的都是我一溺之尿！

“这虽然有些黑色幽默，但能够表达出那厮对当年青词盛行时代的莫大讽刺。当然隆庆皇帝是不相信道士的，所以才有那么多道士遭到驱逐。那厮写这段故事也算是对大明嘉靖一朝耻辱的一种清算。所谓车迟，乃是彻耻，就是彻底洗雪耻辱的意思。当年对道士进行清算的时候是1567年，道士们自然是不服气的，但我们这些官员是干什么的？有了皇帝的支持，我们和道士展开了辩论，道士们所有的论据都站不住脚，最后被我们辩得无言以对，尤其是海瑞那厮的口才，更是无与伦比。虽然海瑞是举子出身，而且都50多岁了，但我不得不承认他是个天才，无论从何处而论，我都是服气的，只是他生不逢时啊！当然，他也算是青史留名了！那厮最后对道士们的评价诗我也很赞同！

人身难得果然难，不遇真传莫炼丹。
空有驱神咒水术，却无延寿保生丸。
圆明混，怎涅槃？徒用心机命不安。
早觉这般轻折挫，何如秘食稳居山！
这正是：点金炼汞成何济，唤雨呼风总是空！

“如果说这首诗是评价那三个畜生变成的道士，显然写得非常不恰当。但如果说这首诗是评价嘉靖时期那些没有来得及死在嘉靖皇帝之前的道士们，则太恰当不过了。由此可见，沙先生说得对，这段故事确实是海瑞写来讽刺隆庆初年那些被处理的道士们的。这也算是那时候的大事了。”

“沙先生，您说这道士们也清除了，徐阶也退休了，徐公子也法办了，吴淞江也修缮了，海大人好像也辞官回家了，这故事还有什么好写的呢？”我问。

“你可知道那通天河的故事？”沙先生问。

“我知道啊！虽然我没有看过原著，但我看过电视剧啊！那唐僧师徒在通天河边遇到了金鱼精把唐僧给抓进了河底，最后观音菩萨拿鱼篮抓住了金鱼精。这个故事中好像还有一个大乌龟驮他们过河，最后孙悟空他们取经回来又是这个乌龟驮他们过河的，但是好像唐僧食言惹得乌龟生气，最后乌龟还弄湿了经书，对不对？”我说着的时候，看着沙先生那不男不女不喜不怒的脸，底气终归是不足的，因为我没有看原著。

“从第四十七回到四十九回，那厮花了三回书写通天河，当然是别有用心的，希望你仔细看看，明天晚上我们再聊。”沙先生说。

“您还是先和我说说这通天河到底是什么故事，否则我无法集中精神啊！”

我半认真半开玩笑地说。

“通天河是通往天国的河，你们现代人要是说谁去天国了，那意味着什么？你不明白吗？我可以先告诉你，通天河岸陈家庄是隆庆皇帝的葬身之地，我告诉你这个秘密，你应该有兴趣看书了吧！”沙先生说。

“啊？第四十九回唐僧就死了，那后半部书还写什么啊？”我问。

“那厮写书花了14年写这部书，在这14年期间，真的是发生了很多事情，那厮也在这14年里逐渐地了解了很多事情，所以他写的故事和真实的时间顺序总是反反复复的，这个顺序应该是和他打听到的故事或者回忆起来的故事有很大关系。好在那些事情都是大事，时间上错乱也不足以导致思维的混乱。1572年隆庆虽然驾崩了，但是《西游记》的故事写到了1584年。我现在就可以告诉你，那厮在《西游记》中把徐阶、高拱、冯保、隆庆，还有老夫我的结局都写进去了，唯独写不了他自己的。”沙先生说。

“照您的说法我还真要好好研究研究这通天河的故事！”说完这句话，我知趣地起身告辞，因为我看到沙先生的精神似乎有些疲惫，毕竟是快70岁的老人了，不应该打扰他太久。

通往天国的河

既然沙先生说通天河是隆庆皇帝的葬身之所，我决定先不看《西游记》，我要去隆庆皇帝的陵墓去看看，于是转天上午我特意去拜访沙先生，邀请他去北京十三陵旅游。沙先生问要去多久，我说估计来回加上游览要七八个小时吧！沙先生说他的身体很累，承受不了这么长时间的路途，他能承受的也就是一个小时以内的路程。神秘的沙先生说不去，我也就不好意思勉强了。沙先生看出我有些失望，就说："你去吧！景色应该是不错的，我去过了，回头拍些照片我看看，我建议你一定要去陵墓的宝顶去看看。"我问："宝顶是什么地方？"沙先生说就是大坟头子。

我开车到了十三陵，根据路标找到了隆庆皇帝的陵墓——昭陵。看景点文字介绍，陵区的房子是修缮过的，据说李自成进北京就把明朝的陵墓建筑都烧了，后来清朝乾隆皇帝出钱给修好了，再后来新中国也拨款修缮。我去的那一天，那座主大殿用绿网子罩着，正在全面修缮施工。我不大懂得陵区建筑的奥妙，其实也就是走马观花。进了剪票的大门后，迎面是一座方门楼，里面摆着一只超大的乌龟驮着巨大的石碑，石碑上有字，相当于墓碑，不过墓碑上的字都是歌功颂德的一大串文字，我也没记录上面写的是什么。大乌龟和大石碑浑然一体，那个乌龟据说不叫乌龟，叫什么我也没记住，但看上去就是一只大乌龟的样子，那雕工实在是很高明，毕竟是石头雕刻的啊！我心里想着沙先生的叮嘱，穿过建筑后，走上了宝山，也就是大坟头，绕坟头走上一圈要几分钟，宝山上全是树，看不到中心有什么。我左看右看都没有人，就决定冒险跨过矮墙到坟头上去看看。毕竟是不遵守规矩，所以我跑得很快，终于跑到了坟头的中心，我的脚步不得不停了下来，因为那情景太震撼了。坟头的中间没有树，没有草，是一个土堆成的圆柱，那圆柱直径估计要5米以上，高度有2米多，真的是寸草不生。我走上前去摸了摸，泥土结成硬硬的块。我惊叹为何几百年泥柱子还在，也惊叹为何寸草不生。在坟头前我呆呆地愣了几秒钟，想到自己的脚下深处躺着一个皇上的尸骸，心中不禁发毛，于是拍了张照片后狂奔而回，过程没有人看见我。从坟头上回来后，我开始思考这皇家的陵墓几百年的历史，除了感叹倒也说不出具体的意见。陵墓除了主殿还有两侧厢房，走进去就看到里面展示着墓主隆庆皇帝的大幅画像照片以及两位隆庆皇后的画像照片。对面的厢房里居然是海瑞的画像和事迹展览，物品制作得很精美，有泥人偶摆成舞台的事迹展，有当年公文的电脑想象复制品等。此刻的昭陵，是清官海瑞著名还是隆庆皇帝著名，谁也说不清楚了。

参观皇陵后回到家已经是下午4点多了，我像完成作业一样读了《西游记》中关于通天河的全部事件，虽然不细致，但也看出沙先生说得对，通天河的故事确实充满诡异，绝不是金鱼精要吃唐僧肉结果没吃成那么简单。不过我没有时间整理材料了，干脆晚上直接和沙先生口头讨论就得了。

晚上，我面对着沙先生，发现沙先生的脸比平日要阴郁一些。沙先生问："你看过昭陵了？"我说："是。"他又问："昭陵还好吗？"我说："风景不错，又重新装修了！"沙先生说："你觉得这回书的故事有哪些疑点？先说说。"我说："其实我没有细读，现在还真不能说明白，不过我感觉这个金鱼精应该写的是您吧？"

沙先生看着我，眼神有些迷茫，愣了一会儿才说："隆庆皇帝的死与我有关，但我不害他，他就会把我折磨死，所以我就先下手为强了。我不后悔杀了他，但皇上其实不是昏君，他只是太仁慈了，仁慈得不能担任一国之君！"

"我听不懂，您直接给我拿着书讲得了，实在不能理解的，我回去再消化消化，不过我真的是提前看书了。"我说。

"那给你三分钟，大致讲讲通天河的故事，我就能看出你到底有没有认真预习功课了！"沙先生说。

"唐僧师徒来到通天河边，孙悟空一看这河太宽了，简直不可能过去啊，于是他们来到了河边陈家庄老陈他们家暂住。陈老大有个闺女，陈老二有个儿子，正要给通天河里的吃人妖怪当点心。这件事情被唐僧这个善人给知道了，这还了得，吃童男童女的事情不能不管啊！于是孙悟空和猪八戒变成俩小孩子到庙里等着妖精来吃。妖精当然吃不了和尚，而且还被和尚打跑了。妖精回去之后决定把河冻上骗唐僧来过河，到了河中间，唐僧被沉入水中。三个徒弟决定去救唐僧，结果人家把河底水府用泥沙掩埋得很深。徒弟没辙了，只好去找菩萨，菩萨拿一个鱼篮走到河边，抓住了妖怪，还说这是自家池子里养的金鱼成了精。妖精被抓，师徒又相聚，最后一只据说是水府原来主人的大乌龟将唐僧驮着过了河。大致的情节就是这些。”我说。

“那你觉得哪里有问题？”沙先生问。

“首先，这个妖怪长的样子作者居然写说是像卷帘将，但孙悟空猪八戒和沙和尚都没有对此说什么，这不合理。其次，这个妖精的外貌描写确实和沙僧很像，这说明这个妖怪和沙僧是一个人。第三，妖精为何要将唐僧囚禁在一口像石头棺材一样的容器里呢？第四，为何妖精是菩萨家里养的金鱼？这些都是疑问，请沙先生为我破解！”我说。

“你确实是读了，那我们就一起来研习那厮是怎么骂我的吧！”沙先生边说边打开书，手里拿着一支铅笔，看样子是要边画边讲。为了叙述方便，我就省去自己的顺口答音，直接描述沙先生指出的重点，这样也就节约了大家的读书时间。以下是听了沙先生叙述之后我回家后仔细整理好的材料。

你看这回书一开始，猪八戒就特别的活跃，这是映射在1572年初，63岁的高拱已经是首辅大人了，又得到了隆庆皇帝绝对的信任，所以高拱就是当时国家政治的核心人物，但在核心人物周围，潜藏的敌人可是不少啊！那厮通过猪八戒找老陈家要20个人服侍他来彰显高拱当时的飞扬跋扈。

这陈澄老汉其实就是高拱的一个化身，陈澄就是臣澄，是讽刺高拱不是一个清官。那陈清指的是58岁的海瑞。要注意这段故事中，孙悟空基本上都被称作为行者，这就意味着这个行者的事迹其实是海瑞和冯保的结合。毕竟海瑞在1572年的时候根本就没在宫廷，那时候他应该在海南老家种地了，不过海瑞倒是一直将冯保当作一个至交。

书里说那陈澄老汉50多岁才生了一个8岁的女儿叫作一秤金，这是在说高拱前后在内阁当了7年多的官，其政绩就是“一秤金”，也就是在国家的财政方面工作得非常出色。如果说王阳明的学说叫作心学，那么高拱的学说可以叫作实学，说白了就是抓经济建设。高拱认为，世间的各种事情都要去权衡得失厉害，不要凭感觉去做决定。你要当圣人，那你也要衣食住行吃喝拉撒，你要当圣人，你也要先管老百姓的死活。高拱在用人方面考察得也很细致，他用的人基本上都是能够办实事的人。高拱没有远大的理想，他要的就是国家安定百姓温饱，而在这个过程中，如果自己多吃多占那么一点点，满足一下个人的感官需求，也不算什么失节。澄是稍稍浑浊的样子，静一静这水就可以清澈，但浑浊时你确实看不到水底。

58岁的海瑞无疑坚定地追求自己清官的理想，他就要做一个绝对的清官，他处理公事希望绝对按照法律和天理，他得到的酬劳希望就是政府的薪酬，此外他追求一种苦行僧般的生活，节俭得到了极致。其实大明朝的官员俸禄是很低的，也只能满足基本的生活需要而已。或许这是朱元璋的理想，当官就是为百姓做主，维持自己基本生活，和百姓过上一样的日子。只不过当官不用种地，而百姓则必须要种地。比如太祖朱元璋就用命令强行让百姓种棉花，以此满足全国对棉花日益增长的需求，皇上认定棉布毕竟比绸缎要廉价，而且其舒适度也很不错，是老百姓该用的东西。做好事要详细记录的一秤金他爹和敬佩关公的陈关保他爹还真是不一样，这反映出高拱和海瑞的做官理念也有着极大的差别。高拱是经济利益第一位，海瑞是个人崇高的理想第一位。沙先生也无法评论他们究竟谁对谁错了，最终这两个人都实现了自己的理想。

当唐僧听说陈家的一双儿女要被送到妖精那里要给妖精当点心时，他哭了，并哀叹说："黄梅不落青梅落，老天偏害没儿人。"这是很有深度的写法。一双儿女要被妖精吃掉，意味着高拱和海瑞在1572年的时候都无法再延续他们的政治理想了。而隆庆皇帝两个所谓的皇子其实也都不是亲生的，而且还为此送了性命，那斯能不为隆庆皇帝落泪吗？

沙先生让我看妖精出现时的外貌描写，告诉我那个妖精就是映射他自己，我对此深表赞同，因为实在太明显，特此摘录如下：

金甲金盔灿烂新，腰缠宝带绕红云。
眼如晚出明星皎，牙似重排锯齿分。
足下烟霞飘荡荡，身边雾霭暖熏熏。
行时阵阵阴风冷，立处层层煞气温。
却似卷帘扶驾将，犹如镇寺大门神。

黄色的衣服，明亮的眼睛，可怕的牙齿，像庙宇门神一样蓝色的脸庞，和那个著名的卷帘将军相似，这其实就是卷帘将军！

1572年农历六月，海瑞在海南种地，冯保在宫里当御马监总管，高拱在内阁当首辅，张居正忧心重重不知道能否把握自己的未来。沙先生说自己当时面临的问题其实非常棘手，皇子是因自己和皇妃孽缘而生的，眼瞅着孩子一天一天长大，那相貌神态活脱脱就是自己小时候的样子，皇妃看着孩子的相貌一天比一天心惊，那个冯保嘴上不说，心里什么都明白。沙先生的父母以及妻子儿子们几十口人的命都已经被张居正推到了悬崖的边上。尽管自己有内阁大臣的身份，有一副道貌岸然的外表，有大家公认的才干，但这些到时候反而成了自己送命的真正原因。这种度日如年的感觉更甚于囚犯等待秋后的问斩，自己还能等到秋后吗？每一次隆庆皇帝的召见自己都汗透内衣，去的时候就不知道自己能不能回，这是一种什么日子啊！好在终于自己利用给太子上课的机会和皇妃有了密谈的机会。

书里有一个容易被忽视的角色，但其实这个角色非常重要，那就是鳜鱼精。看完整个故事，我们才会了解这个鳜鱼精的大致情况，原来这是一条以前在东海龙宫就有一定身份的鱼精，该鱼精为何要从东海龙宫跑到通天河来当一名小小的水族？如果该鱼精不给大王出主意，就被彻底忽略了，这就更不合逻辑了。此中原因不可不问，但又不能轻易得到解答。为了说明问题，我将沙先生指给我看的原文摘录如下：

那水族中，闪上一个斑衣鳜婆，对怪物跬跬拜拜，笑道：“大王，要捉唐僧，有何难处！但不知捉住他，可赏我些酒肉？”那怪道：“你若有谋，合同用力，捉了唐僧，与你拜为兄妹，共席享之。”鳜婆拜谢了道：“久知大王有呼风唤雨之神通，搅海翻江之势力，不知可会降雪？”

沙先生说那厮又一次利用了他小时候曾经使用过的张白圭的姓名，“鳜”与“圭”谐音，“斑衣”的“斑”是两个王字加一个文字组成的，那指的是鳜婆的丈夫和孩子都是王。圭婆指的是她与张白圭的特别关系，唯恐别人发现不了，还特意用了“跬跬拜拜”这个特别的动作形容词。谋害隆庆皇帝当然是这个被称为鳜婆的皇妃来主谋，否则一个内阁大臣怎么可能谋划这件事情。至于为何说要拜为兄妹而不是夫妻，那是因为这时的张居正已经是一个阉人，做不了夫妻了，只剩半条不阴不阳的命了，但是做兄妹还是可以的。沙先生说他自己此时已经是骑虎难下，除了扮演好自己的角色，几乎没有什么选择了。如果他不这样做，皇妃和皇子以及自己的全家九族都要被砍头，在这样的危险面前，只要他还是一个没有疯癫的正常人，就别无选择了。更何况一旦谋杀皇帝的事情能够成功，那么自己就是未来的太上皇，虽然不能享受与三宫六院美女们无限亲昵活动之快乐，但也省了些到头还是一场空的气力。

1572年农历六月，隆庆皇帝驾崩了，36岁的他走到了尽头，政治理想没有实现，连儿子都被篡改了基因，这是对一个皇帝多么大的讽刺，而这一切背后的阴谋又是他的老师、他的挚友、他最相信的人——张居正一点一点做出来的。沙先生说这些的时候，语气平缓而深沉，就像一位老艺术家在讲述别人的故事。我理解沙先生的内心或许需要释放这些秘密，尤其是当他确信，这些秘密对自己和别人来说都不必再需要隐瞒的时候，说出来是最明智的选择，别人听不听还在其次，关键是自己可以安然入眠了，可以坦然去见所有以前不敢去见的逝者了。

当妖怪让天降大雪的时候，作者用了故意错误的写法来提示读者对下雪的时间进行思考，从而看出真正的破绽：

陈老道："此时虽是七月，昨日已交白露，就是八月节了。我这里常年八月间就有霜雪。"三藏道："甚比我东土不同。我那里交冬节方有之。"

沙先生说在这段话中，那厮提到了白露、八月节、立冬等节气，白露是八月初七，但那厮偏偏说此时是七月，这种自相矛盾就是为了提醒读者。

沙先生说面对河水冻住，大家的态度不一样，这一定要细看：

沙僧道："就行也不是话，再住也不是话。口说无凭，耳闻不如眼见。我背了马，且请师父亲去看看。"

沙僧道："师父啊，常言道：'千日吃了千升米。'今已托赖陈府上，且再住几日，待天晴化冻，办船而过。忙中恐有错也。"

三藏道："世间事惟名利最重。似他为利的，舍死忘生；我弟子奉旨全忠，也只是为名，与他能差几何！"教："悟空，快回施主家，收拾行囊，叩背马匹，趁此层冰，早奔西方去也。"行者笑吟吟答应。

从书中描述可以看出，沙僧的思想是前后矛盾的，看似没有什么准主意，但实际上是在洗脱自己的嫌疑。而唐僧则是以舍死忘生的心态面对。行者呢？一反常态的笑吟吟，这哪里是孙猴子，分明是一个唯命是从口蜜腹剑的太监的嘴脸。

值的一提的是作者在这回里提到通天河对岸的西凉女国，后来我才知道那里其实是"夕凉女国"，也就是没有了成年皇帝的后宫，所有的女人都只能守着太监过日子，白天还好，到晚上岂不是难熬！书里说："这边百钱之物，到那边可值万钱；那边百钱之物，到这边亦可值万钱。利重本轻，所以人不顾生死而去。"一个女人，一旦进了宫，就有可能身价百倍。而宫里的女子明明只是一个男人的妻子，但因为那个男人被称为皇上，这个妻子就身价百倍。后宫对于百姓是神秘的，所以很多百姓才冒着让自己的孩子送死的风险将孩子送到宫里，男人就当太监，女孩就当宫女。即使是当今世界，那泰国人妖不也是钱财制造出来的残疾人吗？

猪八戒面对河水冻住则说出了全部的秘密：

八戒道："这河忒也冻得结实，地凌响了。或者这半中间连底通锢住了也。"

地凌就是帝陵。隆庆皇帝在36岁的时候还没有规划自己的陵墓，因为以他的身体情况，至少不会比整天吃毒药的父亲短命，他老爸嘉靖皇帝还活60岁呢！但他确实在36岁时驾崩了，所以帝陵问题是死后最严峻的问题。地凌响了，就是大家都在想帝陵的问题。"这半中间连底通锢"看似说的是通天河的冰，而实际上说的还是帝陵问题。经过研究高拱决定，将隆庆葬在昭陵，理由是因为那座陵墓已经是一个半成品，那本是嘉靖皇帝给父母造的陵墓，地基和地宫都造一半了，但后来废弃了，这不正好给嘉靖的儿子隆庆皇帝用吗？当然这还需要加固以及盖好地面建筑，所以作者费劲造出一句形容冰冻很勉强的话即叫作"这半中间连底通锢"。在参观昭陵的时候，我注意到了这个信息，说隆庆皇帝死了之后陵墓是临时决策利用这个半成品的，不过这也需要时间修陵，于是隆庆皇帝的棺材被停在后宫等待下葬。不幸的是，因为赶工，工程质量不太好，地面建筑下沉，安葬后不久又重修了一次。而这个停尸待葬的情况被作者用两次分别写成：

妖精把唐僧藏于宫后，使一个六尺长的石匣，盖在中间不题。……

行者径直寻到宫后，看果有一个石匣，却像人家槽房里的猪槽，又似人间一口石棺材之样，量量足有六尺长短；……

沙先生说那厮如此直白的表达，在当时恐怕傻瓜也能看出来了。

当唐僧被妖精抓走后，作者借猪八戒的嘴说了两遍谐音字：

只见行者在半空中看见，问道："师父何在？"八戒道："师父姓'陈'，名'到底'了。……八戒回答陈老汉道："师父不叫做三藏了，改名叫作'陈到底'也。"

刚开始我还以为作者是为了让猪八戒幽默一些，后来我理解了这是作者的良苦用心，陈可以谐音为沉，就可以谐音为臣。到底了，就是皇帝的生命终结了，大臣的官运也终结了，一切到底水落石出了。

沙先生说隆庆皇帝驾崩之后，政局非常微妙，表面上一切都是高拱做主，但实际上张居正和冯保已经和新皇太后达成了联盟，而这个联盟的第一件事情就是除掉眼前最大的障碍——内阁首辅高拱。除掉内阁首辅很难，但这件事情如果由聪明人来办那就不难了，比如行者冯保。冯保用什么方法呢？他用的是太监们的祖传秘籍，皇家东厂锦衣卫的经典招式，那就是偷听加篡改，这些招式在书里是这样演绎的：

那呆子要捉弄行者，行者随即拔下一根毫毛，变做假身，伏在八戒背上，真身变作一个猪虱子，紧紧地贴在他耳朵里。……八戒正行，忽然打个躘踵，得故子把行者往前一掼，扑的跌了一跤。原来那个假身本是毫毛变的，却就飘起去，无影无形。沙僧道："二哥，你是怎么说？不好生走路，就跌在泥里，便也罢了，却把大哥不知跌了那里去了！"八戒道："那猴子不禁跌，一跌就跌化了。兄弟，莫管他死活，我和你且去寻师父去。"沙僧道："不好，还得他来。他虽不知水性，他比我们乖巧。若无他来，我不与你去。"行者在八戒耳朵里，忍不住高叫道："悟净！老孙在这里也。"沙僧听得，笑道："罢了！这呆子是死了！你怎么就敢捉弄他！如今弄得闻声不见面，却怎是好？"八戒慌得跪在泥里磕头道："哥哥，是我不是了。待救了师父，上岸陪礼。你在那里做声？就影杀我也！你请现原身出来。我驮着你，再不敢冲撞你了。"行者道："是你还驮着我哩。我不弄你，你快走！快走！"

显然，上文已经充分说明当时高拱在隆庆驾崩之后，是不拿冯保当人看的，在他的眼里，这个死太监又算什么呢？这个反了阴阳的人又能做什么呢？高拱不明白一件事，没有了性欲的男人，权力欲会更大。高拱是不想管冯保死活的，甚至除之而后快啊！但张居正对冯保的评价是乖巧，所以要保住冯保。而冯保在这个关键时刻躲了起来，变成了“猪虱子”藏在高拱的耳朵里偷听。而后张居正断定，这个高拱算是死定了，居然敢和锦衣卫斗争，你没有保护伞还不赶紧避雨。而最后，那句“我不弄你，你快走！快走！”实在是深刻，冯保的目的是轰走高拱，让他离开京城，但没有决定要杀死高拱，因为此时时机不对，隆庆皇帝还没有下葬，怎么能就这么把第一宠臣给杀了呢？天下人的嘴不好封啊！

沙先生说高拱是被陷害的，自己其实充当了不光彩的角色，那就是替冯保做伪证。冯保偷听到了一句话，那是高拱在私下说：十岁太子如何治天下。这是有背景的话，意思是老臣们要好好辅佐小皇上。冯保给传成：“十岁顽童如何治天下！”这是要谋反啊！而皇太后征求张居正意见的时候，张居正没有为高拱辩解，那就算默认。而此时高拱上书要清理冯保的请求无疑变成了篡位的又一佐证，最终高拱本以为要被自己清理出去的冯保却在朝堂上当众宣布了让他高拱立即滚出京城的太后懿旨。这是多么具有讽刺意义的现实啊！恰如猪八戒在本回中本以为可以把行者给跌没了，但实际上行者却比他想象的要可怕，所以最后只能跪地求饶了，所以一直被那厮称为呆子。

我问沙先生为何书里非要安排大乌龟讨回“水鼋之第”这个情节呢？即使我们知道那个老鼋和皇陵墓碑的标志石雕是一回事，我还是觉得有些多余。沙先生让我看下面这些文字：

行了又有百十里远近，忽抬头望见一座楼台，上有“水鼋之第”四个大字。……老鼋道：“大圣，你不知这底下水鼋之第，乃是我的住宅。自历代以来，祖上传留到我。我因省悟本根，养成灵气，在此处修行，被我将祖居翻盖了一遍，立做一个水鼋之第。……——且不但我等蒙惠，只这一庄上人，免得年年祭赛，全了多少人家儿女……”

沙先生对我说你既然开汽车去过北京城外百十里远近的十三陵，那你应该能想到这十三陵的地理位置和基本布局和这个“水鼋之第”是一回事？当然那时候那个地方叫作康家庄，不是书里写的陈家庄。那厮这样写当然是事实，也是唯恐别人看不出真相。当然百姓是无缘得见石雕老鼋的，除非康家庄的守陵者，但他们却又未必看得到《西游记》。

沙先生提醒我再看看妖精第二次出现的时候外貌描写：

好怪物！你看他：

头戴金盔晃且辉，身披金甲掣虹霓。
腰围宝带团珠翠，足踏烟黄靴样奇。
鼻准高隆如峤耸，天庭广阔若龙仪。
眼光闪的圆还暴，牙齿钢锋尖又齐。
短发蓬松飘火焰，长须潇洒挺金锥。
……

这是个什么外貌，其实就是张居正和沙僧外貌的叠加，人的一面是张居正，妖的一面是沙僧。我看着沙先生的干净的脸，却是高鼻子宽脑门，但是否曾经有长须则无从考察。

妖精藏起了唐僧，大家找不到了。书中说：

正是“任君门外叫，只是不开门。”

可以想象，当时地宫的门刚刚关上，大臣们皇太后们在外面高呼“先皇您走好啊！”但皇陵地宫的门是不会自己开了，因为门里没有活人了！门里是什么呢？书中写道：

……那小妖一齐都搬石头，塞泥块，把门闭杀。八戒与沙僧连叫不出，呆子心焦，就使钉钯筑门。那门已此紧闭牢关，莫想能彀；被他七八钯，筑破门扇，里面却都是泥土石块，高迭千层。……

显然这是形容墓道已经被填满泥土和石块。如果不是我查阅了发掘万历皇帝过程的文字材料，我就不那么容易理解这种描写确实是帝陵的情景。后来我才知道原来皇陵地宫内部的结构作者也很熟悉，只不过这时他还不便说，后面会说这件事情。

我问沙先生，张居正究竟是怎么和皇妃一起害死皇上的？沙先生叹了口气说以后会告诉我。我又问《西游记》里说了吗？沙先生说《西游记》后面说出了真相。我还问说为什么这回书作者不说说陷害皇帝的细节，沙先生说估计这时候那厮还没有知道真相。沙先生拦住我层出不穷的问题说：“后面自然都会揭秘，可你要耐心一点一点看，所有的过程都是历史，值得你去慢慢细致体会！”我想也是，这些陈年往事如果不慢慢道来，还真是无趣。我只有真的静下心来去体会古人的心境，才能从中汲取人生的经验，至于这经验有什么价值，我也不多想了，但至少此刻的我对身居高位的官员们的生活不再向往了，我问自己这是颓废了吗？我自己的回答是你不颓废就能当官吗？自问自答之后我笑了笑！自己居然还是一个名利小人，否则为什么要想这些问题呢。

这回书中妖精是很厉害的，谁也没有办法了，只好请来了未梳妆的观音菩萨，而菩萨很轻易地用鱼篮抓住了妖怪。在抓妖怪的时候，菩萨：

> 口念颂子道：“死的去，活的住！死的去，活的住！”念了七遍，提起篮儿，但见那八戒与沙僧拜问道：“这鱼儿怎生有那等手段？”菩萨道：“他本是我莲花池里养大的金鱼。每日浮头听经，修成手段。那一柄九瓣铜锤，乃是一枝未开的菡萏，被他运炼成兵。不知是那一日，海潮泛涨，走到此间。我今早扶栏看花，却不见这厮出拜。掐指巡纹，算着他在此成精，害你师父，故此未及梳妆，运神功，织个竹篮儿擒他。”

1572年，皇上死了，皇家人口是众多的，此事如果处理不好，最容易出现的问题就是有皇族人谋反，那么这个时候怎么办呢？作为嘉靖老皇帝的爱妃也就是那位尚寿妃此刻必须出来说话了，她毕竟辈分很高，算是小皇帝的奶奶。显然她说话是有用的，而由此我们也能看出冯保出入后宫见到了已经不再梳妆打扮的小寡妇，沟通了所有的利益问题，最后大家达成一致的意见那就是“死的去，活的住！死的去，活的住！”小寡妇尚寿太妃在隆庆活着的时候还有些女为悦己者容的理由，但隆庆死了，她也就不再梳妆了，当然这样说是因为我后来知道了尚寿太妃和隆庆皇帝曾经的爱情，此为后话。隆庆皇帝驾崩了，冯保和尚寿太妃共同的主人没了，一个是太监，一个是寡妇，他们共同的目标首先是活下去，他们最好的手段就是与张居正和李太后结盟。隆庆皇帝人虽好，但毕竟是死了，而活着的人似乎也不那么险恶，这应该是冯保分析的结果。皇太妃虽然深深地爱着隆庆皇帝，但自己能做什么呢？找张居正拼命，那弄不好还不是鱼死网破吗？如果不是小万历继位，那么就只能从朱家别的王爷那里选继承人，她这个皇太妃的位置还有价值吗？而如果就这样和他们同流合污，自己作为保守秘密的人和维持场面的人，如果周旋得当，肯定还是可以光宗耀祖的！这个尚寿妃此时的年龄也就是

25岁，考虑问题应该是想到了娘家的父亲哥哥母亲妹妹等，因此她当然选择从此不梳妆甘当高级演员，演好一个老寡妇的角色。死的就让他们去吧！活的就让他们在宫里安心地住吧！皇太妃公然站在李妃这边，于是李妃是皇太后了，皇太妃就是太太妃了，皇奶奶级别的人在宫中当然好混了。经过历史查证，尚寿太妃在宫中活到62岁，也就是死于万历三十七年，这也算了不起的寿命了！

最后当师徒们过了河之后，海瑞大师将笔锋一摆，收尾在隆庆皇帝的大坟头上了：

老鼋却才负近岸边，将身一纵，爬上河崖。众人近前观看，有四丈围圆的一个大白盖。

大白盖今天仍在北京十三陵的昭陵，只是被树挡住了，此刻我回忆起那次违规跑到大坟头前的情景，忽然觉得自己也穿越了400多年，忽然好像看到了大坟头刚刚堆好，树还没有长成时的样子。

这篇故事的最后评价就是这首点题的诗：

圣僧奉旨拜弥陀，水远山遥灾难多。
意志心诚不惧死，白鼋驮渡过天河。

这最后两句分明是说隆庆皇帝已经死了，过了天河当然就是到天上去了，这样的好人海瑞当然希望他上天而非下地狱了。隆庆皇帝留给人间的就是那块大石碑和石碑下面的石雕老鼋。

我和沙先生说隆庆皇帝死了，我也不想再往下看这故事了，因为我觉得隆庆皇帝是个好皇帝。沙先生说朱载垕作为一个人算是一个好人，但作为一个皇帝，他不称职。一个称职的皇帝怎么可能被别人轻易害死。我觉得沙先生说的很可恨，就说："那您觉得万历是个好皇帝吗？"沙先生看了看我，似乎明白我要说什么，就回答说："万历是个伪皇帝！"没想到沙先生如此真诚，我就不好意思再说什么不想听故事的话了。我看了看那本《西游记》下册才开始，心想自己已经走过了一半的路，为什么不坚持走完呢？

圈子的故事

都已经晚上10点了，沙先生忽然打开了一个新话题。对我说在他那个年代，大家也很讲究圈子，就像我们现在说的娱乐圈、朋友圈。我问他那个年代都有什么圈子，他说那个时候有老乡圈、同年圈、同学圈、裙带圈、心学圈、实学圈、王爷圈、太子圈、首辅圈、太监圈、东厂圈、皇亲圈、驸马圈、举人圈、进士圈、御史圈、流氓圈，还有后宫圈，有的圈子很厉害，有的很没用，有的很顽固，有的很脆弱，有的很危险，有的很安全。我说："沙先生，您说咱中国人这个圈子文化是不是咱中国的国粹？"沙先生说："你要是没有生活的圈子，你活着就很累，混得就很惨，远处不说，至少1573年的大明朝朝廷是这样的，《西游记》五十到五十二回，那厮写的圈子，实乃我大明朝最厉害的圈子，这个圈子的核心人物有四个，分别是内阁首辅张居正、司礼监掌印太监冯保、后宫皇太太妃尚美人、后宫国母李皇后。"我说："沙先生，您说的这个圈子不就是通天河之后形成的圈子吗？"沙先生说："你说得对，我们这个圈子是保命的圈子，是保国的圈子，是权力集中的圈子，如果不是我后来出了事，这个圈子是'金刚琢'，根本不可能损坏，如果人类不受寿命限制，这个圈子将永远发挥作用。沙先生说话的时候逐渐透露出一种自信和迷恋，看起来他很享受自己曾经拥有的圈子。但我实在是越来越不想听他的圈子理论，就说："沙先生，您休息吧！我明天再来！打扰您这么久，我实在不好意思！"我边说边站起来收拾自己的东西准备离开，沙先生虽然意犹未尽，也只好说晚安了！

回到家又是深夜了，打开电视，躺在床上，电视里正演一部外国电影，打打杀杀的，导演明显夸张主角的格斗能力，大家都知道是假的，但观众买账，越是虚假和夸张大家就越爱看，比如美国人拍的什么恐龙复活或者人类和外星人合体生成监色巨人，这都有很高的票房收入。这个社会就这样，人类喜欢被快乐地欺骗。想着想着就迷迷糊糊地睡着了，转天早晨被可恶的大便惊醒了，只要到了凌晨5点多，我的肚子就要排大便，无论自己晚上几点睡的，不去大便就无法入睡，大便之后就更不可能去睡。随着年龄的增长，我的生物钟变得越来越准，我的生理机能变得越来越差，我的生命活力变得越来越弱，我的思想激情也越来越淡，可是沙先生的圈子理论还是让我不得不又坐在办公室里研究它。说实话，这三回书真是难为了作者罗列了这么多人物，我也懒得研究这些人物的原型是谁，就算我研究估计也不知道答案对不对。其实我就连曾经在身边的同学、同事、亲戚也不能完全叫上名字，更何况是那些书里的神仙们。不过我还是研究了一些明史资料，专门研究了1572年夏天高拱被轰出皇宫的那段历史，可我不知道历史说的准确性有多少，毕竟这历史往往是由胜利者书写。1572年的胜利者是谁？是沙先生啊！他不就住在我的老房子里吗？晚上我不就见到他了吗？怀着这样的优越感，我记下了下面读书过程中的重点问题。为了让文字简练，我将沙先生的指导直接写到问题之后，其实提问题和写答案不是同一时间，间隔至少也要几个小时了。

悟空走了，去了南方，临走时给唐僧、猪八戒、沙和尚和白龙马画了一个圈子，让他们不要出圈，否则就要遭受磨难。这个圈子象征着什么？

沙先生说：“这个圈子准确地说是海瑞临走时希望我们几个要团结，而且他知道高拱、冯保是不和睦的，但皇上离不开这俩人。如果大家内部产生了矛盾不能及时解决，就会造成严重的问题，也就是我们几个围出的圈子不存在了。后果你也知道，隆庆皇帝驾崩了，旧圈子就在那时被打破了，新圈子又出现了。”

猪八戒走出圈子，来到一座相辅之家，走进去没有见到人，却看到一副尸骨，猪八戒哭了，还做了一首诗：

那代那朝元帅体，何邦何国大将军。
当时豪杰争强胜，今日凄凉露骨筋。
不见妻儿来侍奉，那逢士卒把香焚？
谩观这等真堪叹，可惜兴王霸业人。

这首诗意味着什么呢？

这首诗显然意味着作者海瑞对猪八戒的讽刺。这应该也包含了高拱对自己的评价。

猪八戒取了三件背心儿，唐僧不穿，沙和尚穿了，结果猪八戒和沙和尚都被捆住了，这背心变成了绳索，这意味着什么呢？

沙先生说：“背心，就是人心向背的问题，也就意味着沙僧和猪八戒俩人‘背心’了。书里说的相辅之家，指的是张居正的家。高拱去找张居正共同商议如何对付冯保的事情。高拱以为，冯保是个野心勃勃的太监，所以必须联合张居正将冯保除去，但张居正表面赞同实际上确‘背心’了。张居正将高拱的打算秘密的告诉了冯保，使得冯保有时间到太后那里来一个先发制人。在太后眼里，太监和大臣哪个更可靠呢？当然是太监啊！毕竟太后在高拱那里是缺少威望的，毕竟高拱曾经是王爷的老师，皇后是王爷的丫头，这身份在1560年的时候实在是相差悬殊。但冯保是最低贱的奴才出身，皇后在冯保这里是找得到充分自尊理由的，心理优势明显。当然太后更明白的是挡在张居正前面的绊脚石就是高拱。因此除掉高拱，得利的就是冯保、张居正和太后。所以海瑞称高拱为呆子实在是不过分。高拱找张居正要谋害冯保，那不是与虎谋皮吗？但高拱当时怎么能想得到背地里还有那么一个利益圈子呢？”

在听着沙先生说张居正的时候，我感到发冷，因为沙先生就是张居正，而沙先生说张居正阴险一面的时候就好像在说别人而不是他自己。沙先生不愧是当过大官的人，这个官几乎就是国家的一把手了！那么大的一个官，如今却在我的小屋子里闷着，他内心怎么平衡？想到此我不禁佩服沙先生不愧曾经是一个那么大的人物。

妖怪的样子又是和沙僧接近的体表特征，这是不是意味着妖怪还是沙僧的化身呢？妖怪的外表描述如下：

行者在旁闪过，见那魔王生得好不凶丑：

独角参差，双眸幌亮。顶上粗皮突，耳根黑肉光。舌长时搅鼻，口阔版牙黄。毛皮青似靛，筋挛硬如钢。比犀难照水，像牯不耕荒。全无喘月犁云用，倒有欺天振地强。两只焦筋蓝靛手，雄威直挺点钢枪。细看这等凶模样，不枉名称兕大王！

沙先生说：“蓝色的皮肤，闪亮的眼睛，这确实是沙和尚的典型特征。这‘独角参差’其实是说张居正此时已经是一个人说了算，那时，也就是1572年的

8月份，他是名副其实的独角了。”

孙悟空和妖怪战斗不分胜败，互相夸耀：

那魔王见孙悟空棍法齐整，一往一来，全无些破绽，喜得他连声喝采道：“好猴儿！好猴儿！真个是那闹天宫的本事！”这大圣也爱他枪法不乱，右遮左挡，甚有解数，也叫道：“好妖精！好妖精！果然是一个偷丹的魔头！”

这种夸耀非常的奇怪，如果从这段话分析，孙悟空应该对妖精十分熟悉，但后文情节又显得孙悟空不认识妖精，这是矛盾的。那么孙悟空为什么说妖精是一个偷丹的魔头呢？

沙先生说：“那时候，1572年年底，海瑞知道高拱被赶出京城，知道是我和冯保把持了朝政，他就给我写了奏折，我看过了，其中的道理确实讲得十分深刻，但海瑞哪里知道我的苦衷，他又怎能得知我当时的危险境地。外人以为我风光无限，但我知道自己其实是生不如死。任何一个男人如果能够预知自己死后全家都要被欺凌，他会是怎么样的心情。一个男人如果知道自己没有能力保护自己的家人了，他将是多么的悲哀。而我在那个位子上坐一天，我的家人就能够保证一天的安宁。所以最后海瑞称赞我是一个偷丹的魔头，是说‘舍利子玲珑内丹’的事情。你应该还记得那是黄袍怪练就的宝贝。”

当孙悟空被妖精套走了金箍棒的时候，诗词描写十分不合逻辑：

弄得孙大圣赤手空拳，翻筋斗逃了性命。
妖魔得胜回归洞，行者朦胧失主张。
道高一尺魔高丈，性乱情昏错认家。
可恨法身无坐位，当时行动念头差。

孙悟空为什么要“可恨法身无座位”呢？此话从何说起呢？

海瑞觉得如果当年他没有主动辞职，说不定能够进入内阁和我们一起工作，那样就可以左右时局，不至于让事情变得如此复杂。但其实海瑞来到京城的时候，这一切就已经无法避免了，万历皇帝已经诞生了！海瑞后悔自己辞了职，现在说话已经不能像当年那样可以引起朝臣的讨论。用你们现代的话来说就是恨自己失去了话语权。

孙悟空除了写过“齐天大圣到此一游”之外，居然还写过一首诗，这首诗实在是太不合时宜了，为什么？

行者道：“既是如此，我老孙也不消上那灵霄宝殿。——打搅玉皇大帝，深为不便。——你自回旨去罢。我只在此等你回话便了。”那可韩丈人真君依命。孙行者等候良久，作诗纪兴曰：

风清云雾乐升平，神静星明显瑞祯。

河汉安宁天地泰，五方八极偃戈旌。

沙先生说：“这是海瑞那厮为了表示自己对皇上很忠心写的一首诗，实在是太露骨了。你看书里的情景，此时孙悟空丢了兵器应该悲哀才对。但是这首诗和孙悟空的心情完全对不上，但这首诗确实是海瑞当时的心情，海瑞觉得虽然我赶走了高拱当了首辅大人，虽然可恨，但是毕竟国家没有乱，政府内部反而因为少了高拱而更加团结了。所以海瑞还是肯定了我的政绩和政治素养！”

孙悟空的第二首诗是这样写的：

解脱高山根下难，如今西去取经章。泼魔休弄獐狐智，还我唐僧拜法王！

这首诗应该是藏着谐音字了！是不是？意义何在呢？

沙先生说：“这首诗确实是指我解决了高拱之后，海瑞一再告诫我，隆庆皇帝的好政策不能丢，其实那也就是他海瑞的政策。高拱一直在推动这个政策，几年以来也很有成效，但我张居正会不会执行呢？海瑞也对我提出了警告。”

太上老君是妖魔的主人，如果妖魔是沙僧，那么太上老君是谁呢？是一个更会使用圈子的人。这个人会是高拱吗？原文如下：

那魔抬头，看见是太上老君，就唬得心惊胆战道：“这贼猴真个是个地里鬼！却怎么就访得我的主公来也？”

沙先生说：“太上老君指的其实就是高拱。由此我可以看出，海瑞这厮其实是先去见了高拱，然后才来京城找我的。高拱是绝顶聪明的人，但只是太缺乏防范意识。被赶回老家之后自然要好好反思。海瑞去找他，那还不是故人见面泪流成行！想当年他俩都是隆庆皇帝最信任的大臣啊！可如今都已经徘徊在朝野之外。高拱一定是没少骂我，当然也一定分析出了真正的原因。我的秘密在高拱那里实在是很难隐瞒太久。所以只要海瑞和高拱联盟，我就只能听他们的意见，不能不予理睬。”

下面这段话是什么意思？一定有深刻的含义，请沙先生指导！

行者道：“不瞒师父说。只因你不信我的圈子，却教你受别人的圈子。多少苦楚，可叹！可叹！”八戒道：“怎么又有个圈子？”行者道：“都是你这孽嘴孽舌的夯货，弄师父遭此一场大难！着老孙翻天覆地，请天兵水火与佛祖丹砂，尽被他使一个白森森的圈子套去。如来暗示了罗汉，对老孙说出那妖的根原，才请老君来收服，却是个青牛作怪。”

沙先生说：“这段话表面上是埋怨猪八戒撺掇唐僧走出圈子，实际上是海瑞对高拱的评价。海瑞认为高拱的问题就在于他那张嘴实在是欠揍！如果高拱能够在工作中不要老是用嘴伤人，那么冯保也就不会那么害怕高拱。高拱也就不至于那么快被赶走。”

“老君能够收服青牛怪又意味着什么呢？”我问。

沙先生说：“老君就是高拱，这个高拱毕竟在裕王身边这么多年，毕竟对张居正非常了解，毕竟在官场从基层到高层摸爬滚打那么多年！虽然一时间被设计了，可他回去仔细想一想，就能够理清所有的事情。再加上高拱和海瑞串通在一起，老夫我怎么能不顾及呢？所以海瑞那厮也明白，他和高拱结成的联盟就是我的克星。”

“那您和冯保以及太后结成的圈子那么厉害，把高拱和海瑞一起灭了，不是很容易的事吗？连隆庆皇帝都能拿下，更何况两个退休的老家伙呢？”我问。

沙先生说：“你说得有道理，可很多事情想起来容易，做起来难，我们当然知道让别人保守秘密的最好方法就是让他永远消失，但很多事情不是想象的那么容易做的。而且事后证明，我们真的无法消灭他俩，因为他俩和我们一样聪明，早就想好了对付我们的办法！你查阅历史就会知道，冯保对付高拱是用尽心机的，但都无济于事，这个在《西游记》的后面有故事专门说这个。”

“沙先生您说得对！这让我想起了一些历史故事，比如项羽当年如果在鸿门宴上杀了刘邦，历史就改写了！蒋委员长当年重庆谈判要是杀了毛主席，历史就改写了！张居正要是杀了高拱，历史或许也可以改写！”我不自量力地评价着。

“历史难道不是一直在改写吗？事实不也因为新的发现而在改变吗？你理解的历史就是真正的历史吗？你以为的事实真的就是事实吗？人眼中的世界和狗眼中的世界是不一样的，每个人的眼中世界其实也都是不一样的。如果你跨越450年，你就会发现这个人世间，没有恒定的规律可以遵循，生活每天都是现场直播，认真活着吧！”沙先生忘情地议论了一番，让我感觉眼前这张不男不女的脸好陌生。

“沙先生，今天不早了，我告辞了，明天我准时过来！”沙先生听了我的话点点头，什么也没说，我知趣地告辞了。

女儿国的故事

第二天晚饭后，我去找沙先生，这已经成为我一天最重要的事情。沙先生问我读书的进展情况，我告诉沙先生我已经把唐僧怀孕、女儿国招亲、蝎子精勾引唐僧未遂的故事看完了。沙先生问我有没有看出什么秘密，我说似乎有，但又说不清。沙先生让我说说看，于是我说了一套自己的见解。

子母河的水喝了就怀孕，这说明这个水让人心怀鬼胎，水里面有秘密。而解胎的泉水是牛魔王他弟弟如意真仙霸占的，说明这个弟弟和这个鬼胎有关系。至于女儿国，前面说有陈家庄的人为了得利拼死来这边做生意，来回物价都可以提到百倍，如果陈家庄是皇陵，那么与陈家庄一河之隔却从来没有见过陈家庄男性的女儿国应该就是皇宫。隆庆皇帝死后的后宫当然就是女儿国了，不然从子母河开始那些人的打扮不是太监就是宫女的模样也说不过去啊！大明朝后宫当然是见不到男人的，而女儿国国王要留住的唐僧后来被蝎子精抓走了，孙悟空还说唐僧中毒了，但后来也没提中毒的事情。那蝎子精和唐僧的对话有玄机，但我又看不出到底是什么玄机，比如什么“邓沙馅”或是“吃水高”，这些词语我都看不懂。所以我也没写笔记，还是听您讲吧，如果有秘密，我回去再整理。

沙先生说：“难得你能够看出些道理，没有当事人，其实真的是很难破解这里面的迷案，好在我这个最大的当事人在，否则恐怕再过500年也没人能明白那厮到底写的是什么，还以为就是一段爱情故事。”

我说：“沙先生，您看过电视剧《西游记》吗？那女儿国国王确实很漂亮，其中的插曲我还会唱两句了。”我说着就给沙先生唱了几句：“鸳鸯双栖蝶双飞，满园春色惹人醉，说什么皇权富贵，道什么清规戒律……”

沙先生笑了笑说：“这都是表面情节，对我来说，那才是真正的痛苦回忆，不过为了给你说明白，我只能把痛苦再次回忆了。” 我说：“弟子洗耳恭听！”

不知不觉中我已经将这位不男不女的沙先生当作了自己的老师。但接下来沙先生讲的故事确实有些诡异。回家之后，我对照原文，编写了下面这个故事，按照习惯，我还是将引用的《西游记》原文用楷体字，并且为了叙事简便，直接用了沙先生的口气，故事中的你指的就是我。

1572年的春天，皇上吃了早膳，说好了要去城门外踏青，算是与民同乐，但刚到午门，就从马上摔了下来。太监侍卫们慌忙扶起皇上，但见皇帝脸色发黄、嘴唇发白、额头冒汗，嘴里说：“腹痛！”你看这里：

那长老在马上呻吟道：“腹痛！”八戒随后道：“我也有些腹痛。”沙僧道：“想是吃冷水了？”

现在说了也无妨，皇上当然是中毒了，而下毒之人就是李皇妃，是当今太子的母妃，所以谁也不会怀疑到她，因为在大家看来她是最不会害皇帝的人。而那天恰好皇帝一时心血来潮请了高拱一起吃早膳。当然，毒药的分量不能太多，否则追查起来很麻烦。毒药是巴豆，是一种泻药，虽然死不了，但足以躺三天才能缓过来。只要皇帝躺下了，一切自然好办了，因为我们有冯公公。而最麻烦的是高拱也吃了早膳，这就明确说明问题出在早膳上。

那厮将问题说成是“子母河的水”，其实我一眼就看出来玄机了，因为那厮是说我的问题。现在说出来也无所谓了，也不是重大机密了。所谓子母河的水就是关于太子到底是李妃和谁的孩子的问题，这“水”和“说”是谐音字。“说客”这个词你听说过吧！读音应该是“睡”客。当时宫里已经开始传出谣言，也可以说是一种说法，那就是太子可能是张居正和李皇妃的孩子，因为那孩子的长相实在太难以隐瞒了。这件事情如果张扬出去，国家利益就会受到重大影响，这可是国耻啊！李妃、张居正、冯保的命可都在这里了。高拱那厮叫嚣着要查谣言，因为隆庆皇帝的密探也把谣言传到了皇帝耳朵里。当然，海瑞那厮知道这些事情是1573年他拜访了高拱之后，所以故事安排在通天河之后，而映射的真相则从1572年皇帝中毒开始写。你看这里：

那道人欠身还礼道：“那方来者？至小庵有何勾当？”行者道：“贫僧乃

东土大唐钦差西天取经者。因我师父误饮了子母河之水，如今腹疼肿胀难禁。问及土人，说是结成胎气，无方可治。访得解阳山破儿洞有‘落胎泉’可以消得胎气，故此特来拜见如意真仙，求些泉水，搭救师父。累烦老道指引指引。”

“结成胎气，无方可治”说的就是这李妃的胎是和谁结的？这事情可怎么查呀？皇太子都十岁了！而此时，张居正已经将被“解阳”了，目的就是为了破除“儿子”是他的嫌疑，好让这胎儿有个皇家正经的着落，此为“落胎全”啊！你再往下看：

那道人笑道：“此间就是破儿洞，今改为聚仙庵了。我却不是别人，即是如意真仙老爷的大徒弟。你叫作甚么名字？待我好与你通报。”

这“如意真仙”乃是对张居正莫大的讽刺，因为1572年他当上首辅之后，很快就命人制造了一顶超级大轿子。他的目的是不让别人离自己太近，也绝对不能和别人共用茅厕，那轿子里设有茅厕。一个不能让别人知道自己是被阉割的人，除了隔离还有什么好方法。后来不知谁给这顶轿子起了一个名字，叫作“如意斋”，我觉得这名字还好，就这样叫下来了，乃至后来我去老家省亲也不得不坐这顶轿子回家，真是造孽，64个人换班抬了几个月才到家。那厮用如意斋的事情映射我，心思也算是巧妙。你往下看：

行者道：“我是唐三藏法师的大徒弟，贱名孙悟空。”

你难道不觉得奇怪，孙悟空何时变得如此下贱？其实这个行者哪里是那厮，分明就是“弼马温”冯保。冯保来找我商量一件极其机密的大事，他要游说我做一个天下最大的阴谋家！我能得到的就是孩子、妻子、情人、父母的安宁，他能得到的就是太监头子的位子。冯保那厮毕竟是个变态的太监，失去了生儿育女的本能，也只有捞钱给冯家争光是他最大的追求。可惜，隆庆皇帝这个心慈手软唯唯诺诺的善良皇帝，最终还是被害死了。我可以告诉你，这些计谋是冯保在我和李皇妃之间游说的结果，否则我又哪有机会和李皇妃商议这个事情。所以这个“说”就是祸根。你往这看：

行者道："人情大似圣旨。你去说我老孙的名字，他必然做个人情，或者连井都送我也。"

圣旨算什么？不就是隆庆皇帝的命令吗？可如果我们三个联手，那不就是我们说了算吗？后宫、内阁、锦衣卫三家联手，请问大明朝的江山不就是我们的吗？小皇帝才十岁，能干什么？你看那厮对如意真仙的描写：

行者转头，观见那真仙打扮：

头戴星冠飞彩艳，身穿金缕法衣红。
足下云鞋堆锦绣，腰间宝带绕玲珑。
一双纳锦凌波袜，半露裙襴闪绣绒。
手拿如意金钩子，鐏利杆长若蟒龙。
凤眼光明眉菂竖，钢牙尖利口翻红。
额下髯飘如烈火，鬓边赤发短蓬松。
形容恶似温元帅，争奈衣冠不一同。

如果你见过温元帅的雕塑，你会发现那尊神的脸是蓝色的。红胡子红头发，蓝皮肤，黄色的衣服，眼珠子发亮，牙齿尖利，这是谁呀？是不是沙僧的面貌？那厮用心良苦，就是要告诉你们，这又是一个张居正！

牛魔王指的是我大哥徐阶。当年海瑞去苏州府当巡按，我大哥的儿子犯了事，按律当斩啊！算是冯保发善心，把那孩子给弄进宫里做个太监，总算是留下了一条命。但是对徐大哥来说，这个孩子还不如死了，实在是太丢脸了。你再往下看：

二人在聚仙庵好杀：

圣僧误食成胎水，行者来寻如意仙。那晓真仙原是怪，倚强护住落胎泉。及至相逢讲仇隙，争持决不遂如然。言来语去成僝僽，意恶情凶要报冤。这一个因师伤命来求水，那一个为侄亡身不与泉。如意钩强如蝎毒，金箍棒狠似龙巅。当胸乱刺施威猛，着脚斜钩展妙玄。阴手棍丢伤处重，过肩钩起近头鞭。锁腰一棍鹰持雀，压顶三钩蜋捕蝉。往往来来争胜败，返返复复两回还。钩挛棒打无前后，不见输赢在那边。

由此可以看出，此时隆庆皇帝已经驾崩，但老夫和冯保这个太监怎么合作确实是个大问题。如果你细看会发现，一个小怪怎么能敌得住孙大圣的铁棒，其实这俩哪里是打架，是那冯保一再游说我，我岂能轻易答应他要做一个千古罪人，可人心都是肉长的，想到我张家因此要血流成河，他隆庆是一个人，我张家却是几十口，他隆庆除了皇家血脉，哪一点比我强？我张居正那也是大明朝第一美男子！第一大才子！第一美髯公！所以最后我还是答应了冯保的安排。冯保那厮的东厂组织实在是很厉害，当年他和海瑞一唱一和，在隆庆皇帝的支持下可是没少干事。

你注意下面这首诗：

真铅若炼须真水，真水调和真汞干。
真汞真铅无母气，灵砂灵药是仙丹。
婴儿在结成胎象，土母施功不费难。
推倒旁门宗正教，心君得意笑容还。

这首诗你们现代人看不懂，其实我们那时代的人也看不懂，看上去好像是炼丹的技术，但实际上出现在此处又是不伦不类。不过在我看来，那不过是海瑞的文字游戏，那后四句分明是说我和李妃通奸怀胎生下万历皇子，毫不费力就得到了江山，他说得虽然阴损，不过这也是事实。万历之后的江山当然是我张家的！你在看这里：

洗净口孽身干净，销化凡胎体自然。

这是什么意思？这就是说冯保那厮帮我消除了宫里所有的谣言，谁也不准再提隆庆的皇太子长得很像张先生这件事情！我当然是最害怕听到这样的声音了，如果事情真的就这样平息了，就像下面这样：

哄得他君臣欢悦，更无阻挡之心，亦不起毒恶之念……

那该多好啊！“假亲脱网”说的就是让隆庆认了这个假亲，让我张居正脱网，真要是这样，一切也还是不错的。我张居正也算是忠臣一个，太子是我儿子，但聪明程度不差啊，也算对得起朱家了。可是，那冯保岂能甘心冒险。冯保知道，如果这件事情泄露出去，他必然也要受到连带责任，满门抄斩是不可避免了。人在这种情况，要彻底自保也是情理之中啊！一条路是保守秘密，随时泄密就被杀死，另一条路是斩草除根，彻底解决后患从此飞黄腾达。一个太监，还能如何选择呢？所以当冯保毒害了隆庆皇帝之后，我张居正的第一反应书里写的是：

沙僧骂道："贼辈无知！"掣宝杖劈头就打。

我不得不承认，后来我只能妥协了。很多事情其实并非当事人本意，但一旦成功，当事人也只能妥协了。比如我那个年代的婚姻就是，女人嫁给谁自己根本不能做主，但嫁过去了，就要妥协。李香儿不想进王府，不想被裕王霸占，不想当王妃，但她能怎么办，除了妥协就是自杀？她只能选择妥协。我也是眼睁睁地看着自己心爱的女人被裕王蹂躏。

我问沙先生，为何妖怪住的地方叫作"毒敌山琵琶洞"？沙先生说毒敌的意思是冯保毒害了他心中最大的敌人也就是隆庆皇帝，琵琶说的是冯保那厮最擅长的是弹琵琶，用你们现代的说法应该叫琵琶演奏家。想那冯保琴棋书画无一不精啊！也算是个人才，如果不是被阉割了，那也是一个风流才子啊！

我问沙先生说您认为冯保毒死了隆庆，这有具体细节吗？沙先生说："我是当事人之一，我当然知道细节，不过《西游记》里也有具体描写，这在后面有。这里没写是因为海瑞写书至此的时候他还不知道真相的细节，他只是在1573年拜访了高拱，知道一些大致的情况而已。"

我又问沙先生说您的意思这回书里面的孙悟空其实基本上是冯保啊？沙先生说是的，因为这时的海瑞已经不在皇宫上班了，隆庆临死前身边只有冯保、高拱和张居正，不过这三个里面俩是被阉割的。沙先生又说离皇帝近的人就应该是太监，至少是心理上的太监，否则日子很不好过。沙先生让我看下面这首诗。

孙大圣显个神通，捻着诀，念个咒语，摇身一变，变作蜜蜂儿，真个轻巧！你看他：

翅薄随风软，腰轻映日纤。

嘴甜曾觅蕊，尾利善降蟾。

酿蜜功何浅，投衙礼自谦。

如今施巧计，飞舞入门檐。

这首诗说的就是太监冯保的嘴脸啊！你看这冯保进入妖精洞府之后看到了什么？

那师父面黄唇白；眼红泪滴。行者在暗中嗟叹道："师父中毒了！"

你注意到了吗？师父怎么就中毒了？那厮没有说清楚，其实这是主线漏洞，但恰恰是暗线的真相。那冯保给隆庆皇帝下的是慢性毒药，也就是"巴豆"。后来冯保和隆庆之间的对话是这样描写的：

那女怪道："你出家人不敢破荤，怎么前日在子母河边吃水高，今日又好吃邓沙馅？"三藏道："水高船去急，沙陷马行迟。"

如果我不说，你们现代人可能永远也猜不透这哑谜。那厮的这段话写得太隐晦了，以至于我也看了几遍才断定其含义。"子母河边吃水高"说的是在李妃和太子这子母问题上，隆庆不该听信高拱的游说，"邓沙馅"说的是瞪着眼睛把我沙先生给阉割了！"水高船去急"说的是听了高拱这个急脾气的话确实不妥，阉割张居正这件事隆庆不后悔，悔的是应该让冯保更早地阉割了这个张居正，在裕王府当老师的时候就应该阉割！由此冯保更加知道隆庆皇帝的这种恨迟早要害死大家，所以这也就迫使几个人合谋杀死隆庆这件事情非干不可了。如果隆庆不死，还不知道大明朝将会有怎样的结局？你在看下面的这些话：

沙僧道："你放了手，等我看看。莫破了！"行者道："不破！不破！"八戒道："我去西梁国讨个膏药你贴贴。"……

沙僧听说，咬指道："这泼贱也不知从那里就随将我们来，把上项事都知道了！"

我说沙先生我翻译一下这个意思啊？张居正说：冯公公，这件事情拜托你不要说破。冯保说：放心吧！天下只有你我她知道！高拱说：别以为你们的事情我不知道，隆庆皇帝那么好的身体，36岁啊！要不是你们下了毒药……张居正说：哎！真不知道这个死太监冯保是怎么知道我的秘密的！沙先生您看，这下面的话也是话里有话吧！

八戒骂道："滥淫贱货！你倒困陷我师父，返敢硬嘴！我师父是你哄将来做老公的，快快送出饶你！敢再说半个'不'字，老猪一顿钯，连山也筑倒你的！"

沙先生说是啊！这就是高拱骂冯保的典型描述。《西游记》中只有猪八戒骂太监说是反了阴阳的东西！其实那个"老公"二字，在大明朝是太监的官称，你们现在是对丈夫的称呼。这语言变迁也会让书失去本来面目！

我问沙先生那个昴日星官是个什么角色，怎么能降妖呢？沙先生说昴日星官是一只仰着脖子的大公鸡，"昂日"指的是当时的吏部尚书杨博，"扬脖"的谐音，"星官"指的是以杨博为首的几个高拱死党，你可以查阅历史王大臣事件来验证冯保陷害高拱的历史。

昴日星官再叫一声，那怪浑身酥软，死在坡前。

有诗为证。诗曰：

花冠绣颈若团缨，爪硬距长目怒睛。
踊跃雄威全五德，峰峙壮势羡三鸣。
岂如凡鸟啼茅屋，本是天星显圣名。
毒蝎在修人道行，还原反本见真形。

我指着上面的诗问沙先生这是不是海瑞歌颂那几个正直的官员呢？沙先生说什么正直官员，分明就是高拱死党！不过你也能看出，海瑞对冯保也不是完全否定，历史的事情本来就说不清楚的！你再看看那段历史，可以随时和我问当时的情况。我会告诉你真相的。不过，现在想起来，朝廷的官员们总还是有良知的。高拱自己选的接班人，就是那个杨大人，关键时刻总算没有忘恩负义，这倒是让老夫心生感念。幸好有了这批人，我才没有害死高拱，否则我的内心就更多了一份愧疚。人在极度恐惧中自然做出极度恐怖的事情，你能理解吗？你不能！因为你没有在那种状态中生存过，你的决策最多不过是参加考试，找份工作，娶个媳妇，买套房子，你哪里体会过决策生死的彷徨。你看这首诗，确实说出了我的某些心境：

诗曰：

灵台无物谓之清，寂寂全无一念生。
猿马牢收休放荡，精神谨慎莫峥嵘。
除六贼，悟三乘，万缘都罢自分明。
色邪永灭超真界，坐享西方极乐城。

话说唐三藏咬钉嚼铁、以死命留得一个不坏之身；感蒙行者等打死蝎子精，救出琵琶洞。一路无词，又早是朱明时节。

这首诗是哀叹隆庆皇帝，但其中又有几分羡慕。活着的人如果很痛苦，反而不如死人。不过生存下去是人性，我又怎么能跳出人性的桎梏呢！隆庆是死了，从此也就没有好坏了，他已经改变不了这个世界的任何事物了，就像一盏熄灭的灯。我们那时的灯都是消耗灯油灯草，你们这时的灯泡是用电的。灯泡里的灯丝断了，灯泡也就被丢弃了。我对沙先生说，小时候灯泡里灯丝断了，还要设法把灯丝接上。沙先生看了看我，似乎没听懂。我说我们那时候舍不得丢掉灯泡，就透过玻璃看里面的灯丝，通过旋转，让灯丝能够接上，好像一个心肌梗塞的病人抢救，接好灯丝的灯泡至少还能再用一段时间。沙先生说他其实对现代科技很吃惊，不过以他的城府，可以做到见怪不怪，然后慢慢适应。沙先生当晚的最后还和我分享了下面这首诗：

熏风时送野兰香，濯雨才晴新竹凉。
艾叶满山无客采，蒲花盈涧自争芳。
海榴娇艳游蜂喜，溪柳阴浓黄雀狂。
长路那能包角黍，龙舟应吊汨罗江。

沙先生说这首诗写得不错，可见海瑞还是一个很有才华的人。我说我只看懂最后一句好像是说屈原在汨罗江自杀之后人们以吃粽子赛龙舟来纪念他，但前面写的是什么？我就不知道了。沙先生说了他对这首诗的理解，我用白话记录如下：

海南的四季景色宜人，

满山的艾叶无人问津。

艾叶是治病的药材，可大家都不觉得自己有病！

海瑞留下了这段惊险的故事。

冯保依然在宫里像一只不会生育的工蜂。

张居正把真心躲在暗处假意发号施令很猖狂。

可走长路的人怎么能带上湿湿的粽子当干粮？

纷繁的人世间谁能记得住像屈原那样宁死不同流合污的人！

讲完这首诗，沙先生有些疲倦，他让我回去好好研究第五十六回，他还说以我的悟性，一定可以直接看出里面的秘密了，因为现在对我来说，已经掌握了读海瑞先生著作的诀窍。我想了想，所谓的诀窍就是将几个主要人物和历史对上，但我不知道历史，所以还是要沙先生指引，但有一点可以肯定，自己已经喜欢上这几个历史人物了，而且我也已经到了不再把人简单按照好人坏人区分的年龄，喜欢他们的原因是可以假想自己是他们，那么自己讲如何面对那个世界，以此体会不一样的快乐！

由杨老汉逆子被杀引起的故事

转天，我打开电脑，检索各种信息，又读了《西游记》第五十六回到五十八回，经过仔细研究其中的秘密，使我对海瑞大师产生了深深的同情和敬意。同时我整理了自己的笔记，特此呈现给大家参考。为了叙述简便，我直接将沙先生看完我的笔记后的评论写上了。因为写笔记的时候，还没有和沙先生沟通，所以这样叙述可能从文章水平角度显得比较低劣。

历史记载，1570年到1584年，著名的清官海瑞赋闲在家。此前他是十府巡按，此后他是右佥都御使，按照今天的话说，那可是部级干部，大领导。在那14年的时间里，这样一个人究竟在干什么？种地？喝酒？旅游？写诗？这些都有可能，但最耗费他那过剩精力的事情应该是著书。《西游记》的创作无疑是艰难的，因为明线和暗线都要清楚交代，可以说是费尽心机。1584年，71岁的海瑞回到官场，74岁病死于官场，这恐怕也是因为他长时间的劳累导致油尽灯枯，但我以为，他应该是带着对自己满意的评价平静地离开了人世。据说海瑞的遗言是把政府多发给他的7钱银子取暖费退回去。他为何要坚持退回去官府多发的7钱银子，我想是他把任何非分之财都当作玷污他一生清白的污秽之物，他要干干净净地离开这个世界。至于沙先生，他也没错，我自认为换成自己是他，也未必比他做得更好！

沙先生评论：海瑞的清廉是发自内心的，他知道自己要的是什么，我也知道他要的就是青史留名，这种退7钱银子的事情大明朝只有他能干得出来！

《西游记》第五十六回一开始，背景是这样的：

猪八戒卖弄精神，教沙和尚挑着担子，他双手举钯，上前赶马。那马更不惧他，凭那呆子喀答答的赶，只是缓行不紧。

这也就是重复一遍当时的情况：高拱精神虽好，但已经卸下了内阁首辅大人的担子，转给了张居正去日理万机了。而此时的冯保，已经是任何人无法控制了，还好冯保是个可以自我控制的人格成熟的人。天下安定，政务有张居正，内务有几万小太监支撑，冯保自然可以享受他的琴棋书画了，没有人能够威胁他的地位，张居正又比他年轻，李太后更年轻，冯保的有生之年算是有保证了。不过冯保虽然热爱琴棋书画，但是并没有影响他对金银的酷爱，这是他那扭曲心灵的安慰剂，他不能为冯家传宗接代了，还可以为冯家赚钱啊！从师徒们遇到的俩凡人强盗头目的外貌来看，这俩家伙正是张居正和冯保的写照：

一个青脸獠牙欺太岁，一个暴睛圜眼赛丧门。鬓边红发如飘火，颌下黄须似插针。他两个头戴虎皮花磕脑，腰系貂裘彩战裙。一个手中执着狼牙棒，一个肩上横担讫挞藤。果然不亚巴山虎，真个犹如出水龙。

海瑞始终不能忘却讽刺一下张居正的假胡子，想来这每天的化妆是不容易的。我这样写希望沙先生您看了别生气，因为在我心里，您不是400多年前穿越过来的张居正，您就是我尊敬的历史老师，虽然您的脸真的有些不男不女。

沙先生评价：臭小子，你真敢这样写给我看！海瑞那厮说得不错，他深深知道治理大明朝这样事情是多么累！更何况我和冯保不一样，他是坦然的太监，我是阴谋家，心中的秘密太多，根本没有幸福可言！

孙大圣面对贪财的毛贼，是心生蔑视的，以他对天下的理想，这人间就不能有贪腐。1577年，海瑞回忆起当初他投身于隆庆皇帝的时候，面对贪腐问题经常和隆庆皇帝意见相反。海瑞要扫荡天下所有贪腐，为此没少遭受贪官们的攻击，隆庆皇帝要的是江山平稳，所以对大多数的贪腐官员们希望是劝善，即使海瑞得罪了某些官员，隆庆也会对大家说那是海瑞个人的意见，不代表朝廷，你们反应的关于海瑞的问题本皇帝会调查的。孙悟空打死俩凡人强盗之后和唐僧之间的对话其实就是海瑞在1577年时候的内心独白。

大圣闻言，忍不住笑道："师父，你老人家忒没情义。为你取经，我费了多少殷勤劳苦，如今打死这两个毛贼，你倒教他去告老孙。虽是我动手打，却也只是为你。你不往西天取经，我不与你做徒弟，怎么会来这里，会打杀人！”

为何是1577年时的故事？这是我推断出来的。因为故事的背景是张居正和冯保已经开始天下皆知地合谋贪腐了。而且海瑞要了解真相需要时间，他又不能给高拱打电话问，只能是骑着小毛驴亲自走一趟，而且走的估计都是黄土路，到了高拱家要先洗尘。1572年隆庆死了，高拱走了，张居正成了政府一把手，冯保成了内宫太监一把手，李香儿成了后宫一把手。1573年，冯保制造的王大臣事件几乎要了高拱的命，这肯定是全国人民都知道的事情。1574年，海瑞坐不住了，要去拜访高拱，但实际上拜访完了可能已经1576年了。1577年张居正死了亲爹，这让海瑞有了创作的灵感，因此才有了唐僧师徒住宿在强盗父母家的那段故事。当然一段故事在成书之前还是可以无数次修订的，海瑞也是不断地誊写自己的故事书。1577年，这三个人的状态是这样的：

孙大圣有不睦之心，八戒、沙僧亦有嫉妒之意，师徒都面是背非。

海瑞不想同流合污，高拱恨张居正夺取了自己的位子，张居正则羡慕他俩尚且是个男人，这就叫面是心非。无论多高的位置，都有着自己的喜乐哀愁，谁让你是个人呢！

沙先生您无疑是一个出色的演员，您悟透了生活就是演戏的深刻道理，为此您不再抱怨每天要上妆卸妆，而是认真地扮演起自己的角色。人生这出戏对每个人而言，制片人、编剧、主演、导演都是自己，也都不是自己，因为自己能够做主的成分是有限的，最艰难的是在扮演角色的过程中总是一次就要通过，没有机会重拍，结果好坏，自己都要承担。沙先生您的角色是一个典型的两面人，正面是追求理想的“政务院总理”，反面是富有人性的“情夫、阉人、慈父”，从我掌握的情况来看，我十分敬佩您，您演得真好！然而，还有一个侧面，不知道沙先生扮演得如何，那就是为人子。

沙先生评价：我还能怎么办，一个首辅同时又是一个阉人，既想要衣锦还乡，又不能与任何人近距离接触，我是什么？是一个怪人，一个连轿子都要设计得空前绝后的怪人，我无法恪守孝道，只能活一天算一天。

这回书总体上可以叫作真假美猴王，故事的起因是孙悟空被赶回了花果山，这才让假悟空有机可乘，假悟空打师父抢行李，自己弄了一个取经团队，最后真假难辨热闹非凡，才引出一段真假美猴王的经典故事。作者在叙述孙悟空被驱逐的原因时花了不少笔墨，写了貌似沙僧的凡人强盗，又详细地介绍了强盗的父母杨老汉一家，而后孙悟空将杨老汉的儿子给杀了，引起了唐僧的不满，驱逐了孙悟空，引来了假悟空。从故事的细节来看，作者一定是在1578年的时候写的这段书，为什么这么肯定呢？因为杨老汉在故事中是74岁，杨老汉的儿子是影射张居正，张居正的父亲死于1577年，作者特意把杨老汉的年龄写在74岁，就是要提醒读者去研究，整篇文章到底是在骂谁？比如杨老汉评价他的儿子时这样说：

老者点头而叹："可怜！可怜！若肯何方生理，是吾之幸也！那厮专生恶念，不务本等，专好打家截道，杀人放火！相交的都是些狐群狗党！"自五日之前出去，至今未回。"

这显然是作者借老杨之口骂张居正是个不肖子孙，而且张居正自从1572年8月份当了首辅之后5年都没有回家，1577年回家是因为要葬父，这样的人可以说是不孝的儿子了。如果是骂一个小强盗，用狐朋狗友比较恰当，一旦上升为狐群狗党，那就不是小强盗了，一定是大政治集团，至少也算是非组织的政治活动。恰如半个世纪以前，中国能够被骂为右派的人一定不是普通的文盲流氓，一定首先是很有知识有文化的人。可见作者在这里骂的就是张居正。希望沙先生看到这里时能够将张居正与沙先生分开看待，一个是历史上的大政治家，一个是现代社会的老先生。接下来作者继续骂道：

行者近前道："老官儿，似这等不良不肖，好盗邪淫之子，连累父母，要他何用！等我替你寻他来打杀了罢。"老者道："我待也要送了他，奈何再无以次人丁，纵是不才，一定还留他与老汉掩土。"

好盗邪淫是海瑞对张居正的另一种评价，盗的是名，邪的是法，淫的是爱情和私生子，海瑞说这样的人很该死。"老汉掩土"四个字再次强调了张居正葬父之时就是海瑞创作此故事之时。文人是经常哀叹自己命运的，过高地估计自己和现实的无奈让海瑞只能在文字中杀死他心中的逆子张居正。如意金箍棒就是大毛笔一只，海瑞用毛笔写道：

行者问那不死带伤的贼人道："那个是那杨老儿的儿子？"那贼哼哼的告道："爷爷，那穿黄的是！"行者上前，夺过刀来，把个穿黄的割下头来，血淋淋提在手中，收了铁棒，拽开云步，赶到唐僧马前，提着头道："师父，这是杨老儿的逆子，被老孙取将首级来也。"

所有映射张居正的妖怪都是穿黄色的衣服。想来皇家是黄色，张居正当了一辈子皇家官员，给他件黄色衣服也算合适。否则普通百姓，又是强盗，夜里穿黑色衣服或者是灰色比较合适，为什么要穿最容易识别的黄色呢？显然这又是一种提醒。我这样纠缠细节，沙先生看着是不是很烦呢？简单一些，这段书的最后一句话是：

咦！这正是：心有凶狂丹不熟，神无定位道难成。毕竟不知那大圣投向何方，且听下回分解。

这显然是一种映射，1567年，海瑞成了隆庆皇帝的高级秘书，他成了道德模范，成了变法模范，成了天下第一清官、明白官、好官，在给皇帝提了3年的建议后，终于迎来了他人生最大的一次机会，去当十府巡按大人，为民申冤为君请命，他要让天下百姓幸福，要让大明朝永续发展。可没想到他的铁腕整风被人家说成是鱼肉乡绅，更可恨的是隆庆皇帝没有明确表态。隆庆皇帝是有理想的，但他又希望达成理想的过程中不要杀生，妖精可以劝善，强盗也有天命。我们直接引用唐僧的话来折射出隆庆皇帝面对全国贪污腐败的态度：

三藏道："你这泼猴，凶恶太甚，不是个取经之人。昨日在山坡下，打死那两个贼头，我已怪你不仁。及晚了到老者之家，蒙他赐斋借宿；又蒙他开后门放我等逃了性命；虽然他的儿子不肖，与我无干，也不该就枭他首；况又杀死多人，坏了多少生命，伤了天地多少和气。屡次劝你，更无一毫善念，要你何为！——快走！快走！免得又念真言！"

海瑞借孙悟空的嘴说出了自己不能容忍坏人存在的思想，这种思想他坚守了一生。史料记载，海瑞在71岁恢复官职后，又给万历皇帝上书要求恢复太祖朱元璋的法制，对贪污腐败的官员处以极刑，好像是扒皮填草示众，当然万历皇帝没有采纳，我猜测是因为他觉得朱元璋和他没有血缘关系！

“心有凶狂丹不熟，神无定位道难成”是海瑞的自我评价，他知道自己这样性情激烈其实是不成熟的表现，什么事情都要分出是非善恶，那就是心智低下，到如今自己在海南猴山守着20亩薄田，想干大事，那不是痴人说梦吗！即使自己是一位神仙，也因为没有神位而不再被信奉了。

故事写到第五十七回的时候，真假美猴王开始出现了。我认为假美猴王是海瑞，真美猴王是冯保，您看这回的题目：

第五十七回　真行者落伽山诉苦　假猴王水帘洞誊文

誊文是什么？就是把文稿工整地抄一遍。爱写文章的人都明白，第一遍写出来的文章一定要修改，在那个没有电脑的时代，修改的痕迹一般在纸上能够体现出来。一篇画得很乱的稿子是不能给别人看的，因此要二次誊写，这个过程仍然要创作。假美猴王根本就没有拿笔，只是反复念诵，但作者偏偏说这个假悟空在誊文，地点其实就在海瑞的家乡。不过反复念诵确实是誊写文章的第一步。

假悟空伺候唐僧喝水恰如冯保给皇上端茶，假悟空恨唐僧的理由是“十分贱我”，这应该是海瑞猜测冯保的心态是自卑的。同样是人，你生下来就是皇子，锦衣玉食，继承皇位，人家冯保呢？头脑机智，智商超群，情商不凡，琴棋书画无所不精，估计还会武功，但凭什么人家要被阉割后整天给你打水叠被倒夜壶。倘若如蜜蜂，上帝造它们的时候就分出了工蜂和蜂王，大家生理功能不一样，分工就不一样，可人类不这样，上帝没有区别对待人类，那当太监的心理怎么平衡。表面唯唯诺诺的人，内心会是怎样的情景？那还用说嘛？一定会心理变态！

当海瑞回到海南的时候，他知道隆庆皇帝身边都是危险，国家也都是危机，他真的很担心。而在海瑞的眼里，那时的首辅高拱，也就是一个得了痨病的黄胖和尚。高拱是1578年死的，据说1577年张居正葬父的途中去拜访了他，之后高拱就病了。高拱因何而死我们不得而知，但据说高拱留下了一本书，叫作《病榻遗言》，网络检索，对这本书的评价是这样的：

《病榻遗言》是高新郑在神宗初政后被逐出政坛回籍赋闲期间撰写的政治回忆录，是高张(张居正)交恶的一家言。高新郑与张江陵恩怨深结，在该书中是己而非张，攻江陵“附保逐拱”、“矫诏顾命”、“招权纳财”、“谋害元辅”等，对万历十年以后的明代政局影响极深。

我看了《病榻遗言》的片段，描写隆庆皇帝驾崩前的那段岁月很细致，也和沙先生说的能吻合，只不过高拱写的都是现象，都是他眼中的奇怪现象，他似乎并不知道那些奇怪现象背后到底隐藏着什么？如果当时高拱知道隆庆皇帝面对自己的儿子不是亲生的，杀不得、放不得、说不得、想不得，堂堂皇帝只能对自己的老师说“有人欺负我！”的时候，这是怎样的悲哀！高拱当时还傻乎乎地问谁敢欺负皇上？他就不想想，欺负皇上的手段能有什么呢？看来冯保、张居正、李皇妃是赌隆庆皇帝善良到不会杀害两个无辜的孩子而宁愿自己去死。如果真是真样，我倒是觉得隆庆皇帝是一个了不起的人！为了和沙先生讨论张居正的问题，我特此将《病榻遗言》的片段摘录下来，以便求证：

顾命纪事

隆庆六年正月下旬，上有疾，且有腕疮在理。越月稍平，以闰二月十二日出视朝。既鸣钟，百官入班，臣拱暨张居正自阁出北上过会极门，望见御路中乘舆在焉，疑曰：“上不御座，竟往文华殿耶？”亟趋赴，乃有内使数辈飞驰而来，传呼宣阁下。于是二臣疾趋至乘舆所，则上已下金台，怒色立欲就乘舆，诸内使环跪于侧。上见臣至，色稍平，以手执臣衽甚固，有欲告语意。臣即奏曰：“皇上为何发怒？今将何往？”上曰：“吾不还宫矣。”臣曰：“皇上不还宫当何之？望皇上还宫为是。”上稍沉思曰：“你送我。”臣对曰：“臣送皇上。”上于是释衣衽而执臣手，露腕以疮示臣曰：“看吾疮尚未落痂也。”随上金台立，上愤恨语臣曰：“我祖宗二百年天下以至今日，国有长君，社稷之福，争奈东宫小里？”连语数次，一语一顿足一握臣手。臣对曰：“皇上万寿无疆，何为出此言？”上曰：“有人欺负我。”臣对曰：“是何人无礼，祖宗自有重法，皇上说与臣，当依法处置。皇上病新愈，何乃发怒？恐伤圣怀。”上不答，良久叹语臣曰：“甚事不是内官坏了，先生你怎知道？”于是执臣手行，入皇极门，下丹墀，上呼茶。于是内侍设倚北向，不坐，乃移南向，始坐，而执臣手不释如故。茶至，乃以左手饮数口，顾臣曰：“我心稍宁。”遂起由东角门入，至乾清宫门，臣不敢入，上牵臣手曰：“送我。”既得旨乃敢入，随至寝殿，上升榻坐，犹执臣手。盖自御路前至此，皆执手未释，而颜色相顾，眷恋之情蔼然，言之流涕，不忍言也。时张居正、朱希忠皆榻前叩头，上犹执臣手，臣鞠躬膝侧不得下，叩头踘踖不安之甚。上见如此，乃释手，臣始得下叩头，又与二臣同叩头，辞出乾清宫门外候旨。须臾，内侍传宣阁下，二臣复入，候立寝殿丹墀。有旨："上来。"遂上殿至榻前，上已升座，二臣跪承旨。上从容曰："朕一时恍忽。"又曰："自古帝王后事（下此二句听不真，意是豫备后事），卿等详虑而行。"臣等叩头出，仍在乾清宫门外候旨。须臾，内侍传旨："着高阁老在宫门外莫去。"拱即语张居正曰："我留公出，形迹轻重难为公矣。公当同留，吾为奏之。"随语内诗曰："奏知皇上，二臣都不敢去。"薄暮，内侍传旨："阁下着在乾清宫门外宿。"臣拱即内侍奏上曰："祖宗法度甚严，乾清宫系大内，外臣不得入，昼且不可，况夜宿乎？臣等不敢宿此。然不敢去，当出端门，宿于西阙内臣房。有召即至，有传示即以上对，举足便到，非远也。"上允之。于是二臣乃就西阙内臣房宿。臣夜不能寐，披衣坐，候掖门开即入。候起居日数次，明日亦如之。既传圣体稍安，臣即上札子曰："臣闻圣体稍安，不胜庆幸。今府部大臣皆尚朝，宿不散，宜降旨令各回辨事，以安人心。而臣等仍昼夜在内，不敢去。"即拟旨上请，上以为然，即时降旨，百官皆散，人心稍定，而臣等日问安如初。又四日，上觉益平愈，臣问安札子有御批字："心稍安。"上遣内侍慰劳，命还家，于是乃还。上付托之意乃在执手告语之时，此乃顾命也。恸哉！至受顾命时，已不能言，无所告语矣。

隆庆六年五月二十五日，上大渐。未申间，有命召内阁臣拱暨张居正、高仪亟趋入乾清宫，遂入寝殿东偏室，见上已昏沉不省，皇后、皇贵妃拥于榻，皇太子立榻右，拱等跪榻前。于是太监冯保以白纸揭帖授皇太子称遗诏，又以白纸揭帖授拱。内曰："朕嗣祖宗大统，今方六年，偶得此疾，遽不能起，有负先皇付托。东宫幼小，朕今付之卿等三臣同司礼监协心辅佐，遵守祖制，保固皇图。卿等功在社稷，万世不泯。"拱读既恸不能胜，即哭奏曰："臣受皇上厚恩，誓以死报。东宫虽幼，祖宗法度有在，臣务竭尽忠力辅佐东宫，如有不得行者，臣不敢爱其死，望皇上无以后事为忧。"且奏且哭，已大恸长号不能止。两宫亦皆失声哭。于是二内臣扶拱起，遂长号以出。呜呼！痛哉！盖拱见得居正与保内外盘结已固，事势必不可为，故有誓死之奏，不复有其身矣。至二十六日卯初刻，上崩。拱等闻报，哭于阁中，而居正虽哭，乃面有喜色，扬扬得意。仪私谓拱曰："不见张公意态耶？是诚何心？国家之祸，不知所终矣。"是日巳刻传遗旨：

“着冯保掌司礼监印。”盖先帝不省人事已二三日，今又于卯时升遐矣，而巳时传旨，是谁为之？乃保矫诏，而居正为之谋也。旨出，百官骇愕，相顾失色，闾巷小民亦皆惊惶奔走不宁，而独居正喜动颜色不能自禁，阁中官僚吏卒无不见之。至二十七日，冯保打出一报，内开遗诏与皇太子：“朕不豫，皇帝你做，一应礼仪自有该部题请而行，你要依三阁臣并司礼监辅导。进学修德，用贤使能，无事怠荒，保守帝业。”报出，人心大骇，以为宦官安得受顾命？且此诏今上领受之矣，保安得取而打报？盖欲专权乱政，故以此示天下，以为吾乃受顾命之人，先帝有托，乃可以任其所为，而莫敢谁何也？然不知二遗诏者，皆居正所为。前三月十六日，忽报：“上疾重，阁下宜赴宫门候宣。”拱与居正即趋入，至恭默室迤北，有居正心腹吏姚旷手持红纸套，内有揭帖半寸许厚，封缄完固，自后飞走而过。拱问送与何人？旷答云：“与冯公。”公即疾驰而入，盖不知其主人瞒我而遂直言之也。拱即问居正是何所言？居正面赤惶怖，遽答云：“乃遗诏事宜耳。”拱默然，以为我当国，凡事当自我同众而处，独奈何于斯际而有私言于保乎？此中必有播弄之事，故瞒我而私言之也。待看，待看。至是拱奉遗诏，又得皇太子遗诏，皆有同司礼监之说，乃知居正盖为冯保谋也。嗟乎！自古有国以来，曾未有宦官受顾命之事，居正欲凭藉冯保，内外盘据，窥伺朝廷，盗窃国柄，故以顾命与司礼监。而次日即传冯保掌司礼监印，大权悉以归之，而托其为主，于内以蔽主，上威百僚，使人莫敢我何？其欺先皇之既崩，欺今上之在幼，乱祖宗二百年之法度，为国家自古以来未有之大事。嘻，亦忍心哉！亦大胆哉！天地鬼神有灵，祖宗先帝有知，必然鉴察。保粗识三二字，言不能成文，居正凡欲有所为，必揑旨写与保，瞒皇上不知，只说是司礼监所拟，当行者乃即以为圣旨而传行之。欲要宠则要宠，欲害人则害人。惟其所为，无不立遂者，而又佯为不知，以为出自上意，我无可奈何也，此事以为常。指鹿为马，无敢不言马者，朝臣被其威劫，不复敢言矣。

当晚，沙先生很认真地看了这段高拱写的文字后说：“高拱说的也许是真的，至少他记录张居正的事情是真的，皇上和他单独说的话我不能肯定，但至少皇上是没有说出那件引以为耻又不能雪耻的事情。这样的皇上怎么能当好皇上！皇帝驾崩了，我怎么能笑呢？说我笑，那是胡扯！老夫再笨也不会让人看见我的笑容！”

故事中，沙和尚受命去请孙悟空，作者用诗描写道：

身在神飞不守舍，有炉无火怎烧丹。
黄婆别主求金老，木母延师奈病颜。
此去不知何日返，这回难量几时还。
五行生克情无顺，只待心猿复进关。

这首诗描写的应该是张居正在隆庆死后的第二年，一切都控制住了，于是他希望海瑞能够回到朝廷来帮他。张居正派人到海南没有请来海瑞，具体原因谁也无法说清，有人说是因为张居正害怕海瑞的清廉。试想如果张居正真是那样想的，他就不会派人找海瑞了，究竟是什么原因呢？我想沙先生应该知道。

沙先生评论说：把海瑞找回来是很多御史在奏折中提出的，我不能否决，也不能同意，所以只好派人去调查。但是我的内心深处是不希望海瑞回来的，因为他太刚硬了，他会把事情弄得不好收场，他没有明白人生的真谛。什么帝王将相？什么金钱美女？归根结底就是活着和生孩子两件事情最实在。所以像你等这样的小民其实是很幸福的，只不过有时候你们身在福中不知福！

沙僧见他变了脸，不肯相认，只得朝上行礼道："上告师兄。前者实是师父性暴，错怪了师兄，把师兄咒了几遍，逐赶回家。一则弟等未曾劝解，二来又为师父饥渴去寻水化斋。不意师兄好意复来，又怪师父执法不留，遂把师父打倒，昏晕在地，将行李抢去。后救转师父，特来拜兄。若不恨师父，还念昔日解脱之恩，同小弟将行李回见师父，共上西天，了此正果。倘怨恨之深，不肯同去，千万把包袱赐弟，兄在深山，乐桑榆晚景，亦诚两全其美也。"

这应该是张居正派去找海瑞的人转达了张居正的一封信，信中可能说请海瑞回来继续当官，如果海瑞不肯的话，也希望海瑞不要乱讲话，毕竟他是一个有影响力的人。

沙先生说：是有一封信，我亲笔写的，我收到了他的回信，上面只有几句话，意思是自己在海南赋闲挺好，无意再回到朝廷了。还说请我放心，琼州地方偏远，就算说什么也只有给猕猴听。

人有二心生祸灾，天涯海角致疑猜。

欲思宝马三公位，又忆金銮一品台。
南征北讨无休歇，东挡西除未定哉。
禅门须学无心诀，静养婴儿结圣胎。

这首诗中的三公与一品都指的是大官，显然和故事明线无关，但如果用暗线来看，则放在这里很合适。我试着用白话说说：

人啊！一旦曾经做出过任何背叛行为，那么你就算走到天涯海角，也是有人猜疑你的。

大家争来争去，还不都是想着自己能够当上最大的官吗？

就算当了最大的官，生活中不也是要东西南北的跑，停不下来吗？

还是好好学些佛理，认命吧！要是能学学人家那种把自己儿子变成皇上儿子的本领，才是最高明的手段。

沙先生说：他海瑞长得那么难看，连个进士也考不上，当然不可能有我这样的千载难逢的机会。不过他海瑞不也是为了传宗接代，妻妾成群嘛！

第四是六耳猕猴，善聆音，能察理，知前后，万物皆明。此四猴者，不入十类之种，不达两间之名。我观‘假悟空’乃六耳猕猴也。此猴若立一处，能知千里外之事；凡人说话，亦能知之；故此善聆音，能察理，知前后，万物皆明。一一与真悟空同像同音者，六耳猕猴也。”

这一段应该是对冯保的精准评价。这是一个非常了不起的太监，他明白皇宫里和政治上的规矩，能听出大家的画外音，能够见机行事，能派出无数东厂间谍探查世间秘密，就算你在厕所里说了一句话，说不定就被偷听了，冯保用艺术家的水准担任着大明特务头子的工作。这个冯保和海瑞其实在《西游记》中共同化身为一个猴子，他俩都是行者，但他俩的不同之处在于一个是大圣，一个是弼马温。

中道分离乱五行，降妖聚会合元明。
神归心舍禅方定，六识法降丹自成。

这是海瑞最后的表态，意思是自己无意回到官场，自己也会闭嘴不再说什么了！这首诗说完了，海瑞也就将自己从离开京城到张居正派人请自己回京城的全部过程写出来了。在隆庆眼里，海瑞的行为有背叛的意味，在海瑞的眼里，自己是无法实现理想从而选择尽早退缩。

沙先生说：六耳猕猴是海瑞，此时的悟空是冯保。六耳猕猴被打死了，也就意味着海瑞当时想彻底告别政治了。悟空则在后宫里享受他的人生，处理他的政务。那六耳猕猴的本领海瑞不是也有吗？海瑞和冯保关系一直很好，大概是他俩相互之间有很多能够说得上来的事情。我们四个都是隆庆皇帝欣赏的人，但我们四人确实是难以团结，如果没有那件事情，或许我们在隆庆皇帝的周旋下还能合作。不过海瑞那个人是办不成大事的，他太追求自己的名声，不肯为国家牺牲自己的名誉，这样的人也是不成熟的。搞政治如果太在意自己的名誉，那一定不是最成功的政治家，最多也就是一个清官。可清官哪里会有什么伟大的政绩！

我不是很赞同沙先生关于清官与政绩的评论，所以我对沙先生说："创造新中国的那一代伟大的无产阶级革命家都是清官。"沙先生说："大明朝的清官不能做事，因为主流是贪官，清官是末流。而新中国主流是清官，贪官都是末流，所以清官能干成了不起的事业，而且新中国成立之初，也有著名的刘张贪腐案发生，但毕竟还是被发现后枪毙了，这就是主流和末流的区别。像海瑞那样的清官在大明朝只能被排挤，如果是在1936年的陕北延安，海瑞那样的人可能就是了不起的领导者。"我问沙先生究竟因为什么，1573年之后他不起用海瑞？沙先生说他终究还是无法面对故人，尤其是曾经那么亲近的故人。沙先生又说像冯保那样公开的阉人不用在乎面子，就像妓院的妓女不用担心别人说她人尽可夫，即使像司马迁那样的公开被处罚为阉人的人也可以堂堂正正地著书立说，而他这样因为被阉割理由不能说的阉人，活在世上实在不是一件轻松的事情。我对沙先生说他说得真对，又说很多事情都是这样，如果公开透明反而简单，越是隐秘越是复杂，我就喜欢明码标价的商品，最不乐意接受的就是讨价还价，但是生活中最多的还是"讨价还价"，爱情、亲情、友情哪个不是充满了讨价还价的意味。在复杂的生活中，我们耗去了太多的精神，所以总喊活得累，越是从事非体力劳动的，喊累的呼声越高。可工作与生活中，我们不得不因为保密而将事情复杂化，这是难以改变的，我能做的只有适应。通过讨论，我觉得自己离沙先生越来越近，是思想，不是身体，而且在身体上我和沙先生基本都保持着安全距离，80厘米以上。

沙先生告诉我后面将是火焰山的故事，他又说我的研究能力非常好，让我这样继续保持好奇心和勤奋，他还说我要是在大明朝起码也能中举。承蒙沙先生夸奖，我当晚回家之后兴奋异常，于是翻开书继续研究，管他睡眠不睡眠，能坚持就刻不容缓地坚持。

天下最牛之人惨败的故事

开始写火焰山的故事，是第二天清早，我知道自己在梦中一定会有所感悟，昨晚才没有动笔。果然这迷迷糊糊的一宿，想明白了很多事情，当然，所谓的明白，是自己一方情愿，在沙先生看来，我也许还不一定算是明白。一个上午的努力，我终于如释重负地写完了火焰山的故事，并像交高考语文卷子一样虔诚地摆好，随后又收到公文包中，准备晚上交给沙先生阅卷。以下是我写的故事，随后是沙先生的批语，让我激动的是沙先生是用现代的黑墨水笔直接在我的卷子上批阅的，沙先生的字相比现代人来说除了太过潇洒，就是尺寸大了些，显得有些夸张，但更显大气！要知道如果在大明朝的万历年间，这个批注就可比圣旨啊！

火焰山的故事本来说的是甲方孙悟空、猪八戒二人大战乙方牛魔王、铁扇公主夫妻的故事，但期间又加入了甲方帮手灵吉菩萨、众天神和乙方帮手玉面公主及其群妖。结果是牛魔王被带走了，不，应该说是牵走了，因为牛魔王已经不是人而是一头牛了，铁扇公主彻底熄灭了火焰山的火，从此修行变成了有道的仙姑。当然，故事不是我说的这么简单，而是有几个精彩的亮点：

1. 神奇的芭蕉扇：可大可小，关键在于对表面上36缕横纵丝线中第7缕的控制，还有神奇的口诀。这把小扇子是彻底解决火焰山问题的关键所在。

2. 怪异的铁扇仙：丈夫牛魔王两年前弃她而去，但她似乎丝毫也不在意，她要收礼才肯给几千里以外的百姓降些雨，以便百姓当年能种粮食。后被收服，修炼成仙。

3. 美貌的狐狸精：牛魔王的新欢，见识浅薄，不知道孙悟空的厉害，手下还有一些没有能力的成精的野兽，后被猪八戒打死。

4. 了不起的牛魔王：爱读书，讲道理，妻妾利益就是他的利益，所以利益受损是不能接受的。在孙悟空眼里是典型的见利忘义，在猪八戒眼里是个敢于冒充他的大骗子，在众神仙佛祖眼里是阻碍取经的不识时务的魔王。

5. 火焰山：当年被孙悟空大闹天宫时踢倒的八卦炉中掉下来的几块砖失落人间，就成了让百姓苦不堪言的地质灾害。

按照以往的惯例，书中的情节必然映射着当时的政治事件，书中的诗词，必然泄露所有的天机，我按照如此清晰的思路，结合对当时历史的研究，自然就容易看到真相。那么，从哪里说起呢？从结论说起吧！如果说黄风怪和镇元大仙的故事说的是两个版本不同侧面的海瑞斗徐阶的故事，那么这火焰山的故事就是海瑞斗徐阶的第三个版本（后来我自己又发现了第四个版本）。看起来海瑞在拒绝了张居正假意的回京邀请之后，也无法预料政局如何发展，更不能确定他熟悉的几个大人物结局如何？海大人创作热情又不能自已，怎么办呢？索性来个“阴天打孩子，闲着也是闲着”吧！于是，就有了这出精彩的火焰山的戏。

现在我们不妨将火焰山的故事人物用其映射的原型替代一下，重新讲解火焰山的故事，如果能够严丝合缝，那么就算我猜中了谜语，破解了秘密，否则就去请教沙先生。知道问题终将可请教老师，做学生的幸福感油然而生，比工作中面对不知道如何破解的难题时感觉好太多了。

那是在1567年，海瑞（孙大圣）当了隆庆皇帝（唐僧）秘书，真正地开始接触到最高决策层每天要面对的问题，他逐渐发现，大明朝的百姓真是生活在水深火热中啊！自然灾害每年都有，人为兵患随时发生，这个国家真是千疮百孔啊！1569年中，徐阶（牛魔王）辞职被隆庆皇帝批准了，1569年年底，高拱（猪八戒）作为徐阶的老对头居然又被隆庆皇帝请回来了。宫廷里的杀气似乎能听到。1567年以前徐阶那善于扇风的老官员团队（铁扇公主）虽然有些担心，但毕竟不害怕，继续享受他们的既得利益，也就是所谓的花红表礼，而徐阶在1567年以后启用的一批新官员团队（玉面狐狸及其兽妖们）在海瑞面前无疑是羞愧的，因为他们得以被启用的理由是靠钱买来的。海瑞把那些被启用的新官员看作是再嫁的女人，这显然有些封建思想意识在作怪，但海瑞要表达的就是这些新官员明知羞耻但却不顾羞耻，书里说玉面狐狸知道孙悟空的身份后脸都红到脖子根了。看人家海瑞，一旦辞职就不回来了，至少在1577年的时候，海瑞是没想过后来又回到朝廷的，不过即使回来也不能因为是买官啊！

隆庆皇帝看过了海瑞写给嘉靖皇帝的“天下第一大奏折”之后深以为然，这两年来一直想推行海瑞提出的新政，可又因为各种各样的急事和徐阶的阻碍无法实施，徐阶先说要安葬好先帝，又说救灾放粮，还有冤案平反及其任用，整整折腾了两年多，徐阶才急流勇退，提出了退休申请。隆庆皇帝当然顺坡下驴，准许“徐爱卿致仕”！海瑞向隆庆献计献策说解决所有问题的关键是先解决好土地问题，这是国家最根本的政治手段，解决好了，国家兴旺，解决不好，国家灭亡。隆庆皇帝说海先生说得太对了，可这土地问题怎么解决呢？海瑞说经过自己两年多的思考，认为解决问题要从官场的风气抓起，不正之风的现象是百姓要种地必须先给官员们送花红表礼，其本质是土地兼并问题太严重了，这个问题臣海瑞在“天下第一大奏折”里都说了，只是解决的对策至今没有具体落实。隆庆皇帝经过慎重思考，并和高拱、张居正等老先生商议，两位大师一致认为这是将他们的眼中钉海瑞清除出去的好时机。尤其是高拱，支持隆庆皇帝的措施既能够打击老仇人徐阶，又能够排斥政见不一的海瑞，而且海瑞当年也是徐阶一派攻击过自己。怎么办？把海瑞放出去，给个大官，名曰：“十府巡按！”海瑞于是离开京城去解决“火焰山”问题去了。

海瑞到了基层本以为自己带着皇权赋予的神圣使命，应该是所向披靡的，可没想到，既得利益者与海瑞展开了殊死较量，这种较量表现为比“奏折”而不是将谁的胳膊大腿揍折，具体来说就是“风”。不正之风是要侵蚀海瑞的，今天送个土特产，明天就献酥胸。今天请你喝个酒，明天就要雨意情浓。软硬兼施，变化无穷，让人防不胜防。海瑞写道：

女流怎与男儿斗，到底男刚压女流。……双手抱住一块峰石。定性良久，仔细观看，却才认得是小须弥山。

表面上看，是孙大圣禁得住风吹，而实际上隐藏了海瑞先生的自号“刚峰”二字。若没有“刚峰”的时刻提醒，这个大男人怎禁得住诱惑。一个胸无大志的男人根本抵御不了金钱美女的诱惑，所以大明朝的西门庆才用他的财色武器战无不胜。

关于芭蕉扇的秘密我有些不理解，但总觉得作者似乎隐藏了什么秘密，于是我摘录了下来，准备请教沙先生。

怎么自家的宝贝事情，也都忘了？——只将左手大指头捻着那柄儿上第七缕红丝，念一声“嘘呵吸嘻吹呼”，即长一丈二尺长短。这宝贝变化无穷！那怕他八万里火焰，可一扇而消也。

……

（悟空将扇子）拿在手中，仔细看了又看，比前番假的果是不同，只见祥光幌幌，瑞气纷纷，上有三十六缕红丝，穿经度络，表里相联。原来行者只讨了个长的方法，不曾讨他个小的口诀，左右只是那等长短。没奈何，只得搴在肩大，找旧路而回，不题。

当晚沙先生告诉我芭蕉扇是那厮家乡最寻常的物件，可以说是物美价廉，无论是赶苍蝇蚊子还是煽风点火都离不开这把扇子，所以那厮用芭蕉扇来指老百姓。至于那三十六缕红丝指的是百姓不应该去触碰大明律的前三十六条红线，当然，官员也是百姓的一部分，也要受大明律的约束，尤其是第七律文武官犯公罪，更是所有官员要特别注意的问题。我没听懂沙先生的话，就问沙先生，什么叫作公罪，是因公犯罪吗？沙先生说不是因公犯罪，而是执行公务的时候不是为了个人私利而犯下的错误。比如对待海瑞鱼肉乡绅的问题就有可能用这一条，当然那厮在此提出第七律的目的是说很多官员被徐阶的表面蒙蔽，替徐阶说话，为徐阶开脱，在海瑞看来，大家都是犯了第七律。这条罪类似你们今天说的渎职罪。

作者说：

忘恩汉，骗了痴心妇；烈性魔，来近木叉人。

这是什么意思？

沙先生注解：海瑞对付徐阶的时候，被人家说成是忘恩负义，因为大家都认为徐阶曾经是海瑞的救命恩人。

以下对牛魔王反骗走孙悟空的芭蕉扇的描写很奇怪：

齐天孙大圣，混世泼牛王，……粗心大圣将人骗，大胆牛王把扇诓。……这个说：“你敢无知返骗我！”那个说：“我妻许你共相将！”言村语泼，性烈情刚。……

沙先生批注：如果海瑞不查徐阶问题，那么海瑞可以好好做他的官，将来至少当个尚书是没有问题的，这也算是徐阶给海瑞的一种诱惑。

下面这段对孙悟空和牛魔王的战斗描写得也很奇怪：

赌输赢，弄手段，等我施为地煞变。自到西方无对头，牛王本是心猿变。今番正好会源流，断要相持借宝扇。趁清凉，息火焰，打破顽空参佛面。行满超升极乐天，大家同赴龙华宴！”

沙先生批注：徐阶是心学大师，当时是全国公认的。徐阶年轻的时候就是心学的崇拜者，但那时是秘密的，不敢说。后来他成了首辅，隆庆皇帝也不反对心学，他就公开了。后来徐阶致仕后主要研究的还是心学。心学的要领就是要严格要求自己努力争取当一个圣人。海瑞说徐阶本来是一个“心猿”，那意思是他和自己的理想本来是一样的，但后来的做法海瑞并不赞同，甚至非常反感。

当牛魔王和孙悟空猪八戒战斗到最激烈的时候，海瑞写了一首诗，意思很有深意：

道高一尺魔千丈，奇巧心猿用力降。
若得火山无烈焰，必须宝扇有清凉。
黄婆矢志扶元老，木母留情扫荡妖。
和睦五行归正果，炼魔涤垢上西方。

我试着翻译成大白话：

我海瑞的能力和徐阶的势力比较还真是差得很远，但我海瑞还是巧妙地战胜了徐阶。我这样做的目的就是要让天下失去土地的百姓重新有一个生计，这是利国利民的事情。张居正这个人始终都说徐阶的好话，而高拱也看出来隆庆皇帝的本意，所以也尽可能不把事情做绝了。其实这样的结果也不错，徐阶毕竟不是恶人，能够有这样一个结果，就是为国家的改革事业开了一个真正的好头。

这首诗的意思和书里的情节明显对不上，但和当时历史的真实情况却对得上。

沙先生评语：你看得很准，当时就是这样的！

本故事的最后一句话应该出自《周易》，意思是水和火是可以调和的，我理解为涮火锅，水和火之间总要有金才行，而这金当然就是海瑞。

诚所谓：坎离既济真元合，水火均平大道成。

我问沙先生："海瑞到了1577年，在等待着所有他心目中关键人物的结果，隆庆驾崩了，高拱、张居正、冯保、徐阶等都还活着，都无法盖棺定论，所以就重新思考过去，用另外一个角度来编成《西游记》的故事，我可以这样评价吗？"沙先生说："你的评价是对的，那厮确实没事找事，不然他怎么能忍受14年的孤独寂寞！而书写到这里的时候才是他辞官回家的第七年而已。所以这回后面的故事又是按照特定的顺序重新排列了，不过既然是一边回忆一边写，那么这种特定的顺序其实是按照那厮心中事情的重要性来写的，也就是越重要的回忆越放在前面，以此类推，直到有些故人离世的时候那厮再补上一章总结性的故事为这个人下一个结论。当然，这个结论在最后一回也都有整体评价。难得那厮对我总体的评价还是不错的，所以虽然他揭露了我所有的隐私，我还是不能完全否定它。"

从沙先生家出来，我感觉很累，回家后也没有读书，而是看看电视就休息了，之所以有些懈怠，是因为我觉得自己好像已经知道了《西游记》中全部的秘密，最大的秘密也就是那么几件事情，而且既然海瑞已经是等到关键人物的死亡了，这秘密也就没有什么了。不过我又想，既然后面又写了四十回，说明事情还是不少，而且沙先生似乎也还很有兴致和我分享历史，那我总该坚持把秘密看完啊！带着这个想法，转天上午，我继续开始研究《西游记》后面的篇章。

九头虫的故事

如果说前面的故事和历史总有一种碰巧的感觉，让我对沙先生所说偶尔有那么一丝的怀疑，那么经过阅读“第六十二回　涤垢洗心惟扫塔　缚魔归正乃修身”开始的这首不伦不类的词，我再也不怀疑沙先生所说的秘密确实是真实的故事，因为世界上绝不会有这么多的巧合。为了让沙先生表扬我，我将这首证据诗摘录如下：

行者抬头观看，乃是一座城池。真个是：龙蟠形势，虎踞金城。四垂华盖近，百转紫墟平。玉石桥栏排巧兽，黄金台座列贤明。真个是神洲都会，天府瑶京。万里邦畿固，千年帝业隆。蛮夷拱服君恩远，海岳朝元圣会盈。御阶洁净，辇路清宁。酒肆歌声闹，花楼喜气生。未央宫外长春树，应许朝阳彩凤鸣。

这首诗不是藏头诗，而是藏字诗，若非和沙先生学习了这么多天让我几乎对那几位古人的名字非常熟悉，还真是无法发现其中的秘密。“隆”指的是隆庆皇帝，“拱”指的是高拱，“海”当然是海瑞，“岳”指的张太岳也就是张居正，那时候流行叫号，比如海刚峰，阶是徐阶。“蛮夷拱服君恩远”，说的是高拱通过外交手段解决了蒙古兵骚扰边境的问题。“海岳朝元圣会盈”，说的是海瑞和张居正都是心学的信奉者，都想成为千古传诵的圣人。“御阶洁净，辇路清宁”，说的是徐阶急流勇退离开了高位，同时也就为改革扫清了障碍。由此我不得不佩服海瑞的写作才华。当然不知道这些秘密的读者读这首词会觉得莫名其妙可以略过了。如果谁说这首诗映射这几个历史名人还显得证据不足，我想我不会再和他争论，因为不值得。

后来整理文稿到此处时，我真不想往下写了，因为所有的秘密都已经不存在了。我不知道这是不是沙先生突然离开我的原因，沙先生是看完我这次笔记之后离开的，我们先把笔记说完，再说关于沙先生离开我的事情。

经过研究，我认为所谓扫塔的故事是海瑞变相辱骂张居正的故事，我想沙先生一定不大乐意说这个故事。一个退休在家自以为才华横溢的前官员，写文章骂一骂人，其实也可以理解。海瑞写这段故事的时候可能也不敢想这故事会成为中国的四大名著，而且其著名是因为描写妖怪的文字写得好，而不是其映射谁骂谁的文字写得好。

按照惯例，我还是做了一份读书笔记给沙先生看。为了节省文字，我直接写上沙先生看的时候说的话。

唐僧面对和尚们报告的宝塔被污事件说了这一番言论：

三藏闻言，点头叹道："这桩事暗昧难明。一则是朝廷失政，二来是汝等有灾。既然天降血雨，污了宝塔，那时节何不启本奏君，致令受苦？"众僧道："爷爷，我等凡人，怎知天意，况前辈俱未辨得，我等如何处之！"

我认为，"塔"就是"榻"的谐音，这和黄袍怪时那个塔是一样的。污塔事件在当时应该是"污榻"事件，也就是有人传言隆庆皇帝的儿子朱翊钧血脉不纯，这可是大事，如果是真的，那还了得，如果不是真的，传言者也是欺君之罪，总之这是一个大事情。所以如何处理大家只能装傻，等着所谓的天意。作者之后又以审问怪物鱼精的方式道出了审问小太监的结果，当然这有可能是海瑞编的故事，是不是还要看沙先生的解释。

那怪物战战兢兢，口叫"饶命！"遂从实供道："我两个是乱石山碧波潭万圣龙王差来巡塔的。他叫作奔波儿灞，我叫作灞波儿奔。他是鲇鱼怪，我是黑鱼精。因我万圣老龙生了一个女儿，就唤做万圣公主。那公主花容月貌，有二十分人才。招得一个驸马，唤做九头驸马，神通广大。前年与龙王来此：显大法力，下了一阵血雨，污了宝塔，偷了塔中的舍利子佛宝。公主又去大罗天上，灵霄殿前，偷了王母娘娘的九叶灵芝草，养在那潭底下，金光霞彩，昼夜光明。近日闻得有个孙悟空往西天取经，说他神通广大，沿路上专一寻人的不是，所以这些时常差我等来此巡拦。若还有那孙悟空到时，好准备也。"行者闻言，嘻嘻冷笑道："那孽畜等这等无礼！怪道前日请魔王在那里赴会！原来他结交这伙泼魔，专干不良之事！"

宝物名叫舍利子佛宝，和黄袍怪那舍利子内丹差不多，都是涉及孩子问题的宝贝。一个妖精要盗佛宝其实很容易，为何要下血雨，这应该特指污染了血脉。所谓偷王母娘娘的灵芝草，应该指的是孩子的母亲以娘娘的名义养着这个并非皇帝亲生的孩子。而这个罪魁祸首就是九头驸马。而后作者让小妖怪第二次说了案件的过程，更加清楚地说明了问题：

供道："三载之外，七月初一，有个万圣龙王，帅领许多亲戚，住居在本国东南，离此处路有百十。潭号碧波，山名乱石。生女多娇，妖娆美色。招赘一个九头驸马，神通无敌。他知你塔上珍奇，与龙王合盘做贼，先下血雨一场，后把舍利偷讫。见如今照耀龙宫，纵黑夜明白日。公主施能，寂寂密密，又偷了王母灵芝，在潭中温养宝物。我两个不是贼头，乃龙王差来小卒。今夜被擒，所供是实。"

所谓"温养宝物"实际上是温养孩子。当孙悟空要抓妖怪的时候突然冒出一句话：

孙大圣道："酒不吃了，只教锦衣卫把两个小妖拿来，我们带了他去做凿眼。"

稍有历史常识的人都知道，锦衣卫是明朝特有，由此可见，这件事还是海瑞和冯保查出来的。九头驸马是谁呢？看一下外貌：

观看那妖精怎生打扮：戴一顶烂银盔，光欺白雪；贯一副兜鍪甲，亮敌秋霜。上罩着锦征袍，真个是彩云笼玉；腰束着犀纹带，果然像花蟒缠金。手执着月牙铲，霞飞电掣；脚穿着猪皮靴，水利波分。远看时一头一面，近睹处四面皆人。前有眼，后有眼，八方通见；左也口，右也口，九口言论。一声吆喝长空振，似鹤飞鸣贯九宸。

这个妖怪的外形看起来真的是一只怪鸟。可怪鸟叫什么呢？作者借二郎神之口说：

二郎与六圣道：”不赶他，倒也罢了；只是遗这种类在世，必为后人之害。”至今有个九头虫滴血，是遗种也。

九头虫滴血的故事到底有没有呢？经过上网查阅：

宋周密《齐东野语》卷十九：鬼车，俗称九头鸟，……世传此鸟昔有十首，为犬噬其一，至今血滴人家为灾咎。故闻者，必叱犬灭灯，以速其过泽国。……身圆如箕，十脰环簇，其九有头，其一独无而鲜血点滴，如世所传。每脰各生两翅。当飞时十八翼，霍霍竞进，不相为用，至有争拗折伤者。

海瑞先生创作这部《西游记》的时候尽可能将大家熟知的故事人物写到书里面，这样既增加了可信度又降低了“文字狱”的风险。不过另有一种可能是海瑞在当时听说百姓给张居正起了一个九头鸟的外号，理由或许是因为张居正是湖北人，湖北在古代算是楚国，楚国的图腾是九头鸟，因此张居正被人家称为九头鸟。这鸟终究不是人，且有更加污秽骂人的话为“鸟人”，因此海瑞也是借机骂张居正出气。在网上查到一首据说是明朝人编的顺口溜：

明祚递传至世宗，官规不整忠良少。
贪污风俗入人深，朝士无人不中饱，
只有鄂人张居正，忧君忧国心如捣。
隆庆年间初入阁，有心尽把污尘扫。
后相神宗做少师，才施铁腕整群小。
江淮地主不完粮，千家万户被打倒。
排斥权豪修庶政，乱未发生防得早。
为此与官结怨多，时人誉为九头鸟。

这首顺口溜沙先生肯定没看过。

沙先生说他确实没看过这首顺口溜，同时沙先生也表示自己知道有的人给自己起了这么一个名字。以冯保的眼线，谁说了自己什么自己当然知道。沙先生还说他自己并不反感这个绰号。

作者在最后似乎写了一段文字谜语：

行者道："家无全犯。——我便饶你，只便要你长远替我看塔。"龙婆道："好死不如恶活。但留我命，凭你教做甚么。"行者叫取铁索来。当驾官即取铁索一条，把龙婆琵琶骨穿了。教沙僧："请国王来看我们安塔去。"

如果单纯看文字，还真是有些问题，"教"和"叫"两个字用乱了。但若理解为字谜，可以说是作者进一步告诉读者，妖怪其实叫沙僧。

沙先生看完我写的东西对我笑了笑，是那种皮笑肉不笑的样子，有些诡异，但我已经习惯了他那张不男不女的老太太脸。他说了一句"你猜对了"就让我回家了，当然临出门时他没忘告诉我说："明天继续，要坚持，时间不多了。"

永别了沙先生

回家后我有一种不祥的预感，那就是沙先生好像随时都要离开我了。于是我决定不看书了，好好想想关于沙先生的所有事情，明天不谈书，只谈一些关于他的疑问，尤其是关于他的穿越问题。但我没有想到，我没有机会问了，因为沙先生在我第二天晚上去找他的时候，已经消失了。

那个晚上，我照常敲门，但无人回应，再敲门时我发现门是虚掩的，于是我推门进去了。沙先生没在屋里，简易的小桌子上有一封信，封皮上写的是“田戈收”三个字，我顿时有些惊慌，赶紧打开信看写的是什么，以下就是沙先生的信的内容。

田戈小友，老夫告辞了！

蒙你不弃，十载照顾衣食住行，老夫顿首了！

今日一别，后会无期，我将前往2514年的中国。你一直好奇，我是如何穿越过来的，我也答应过要告诉你，现在我告诉你实情。

500年前的那个夜晚，我在书房看奏折，因为数量极多，身体感觉非常累，于是伏案小憩，没想到醒来的时候，我居然是躺在路边的，然后就遇到了你。这叫什么答案？但这就是答案。我花了10年的时间，才慢慢地适应了这个世界，但我每天晚上睡觉的时候都会想自己一觉醒来的时候，会不会已经在500年后的世界了呢？当你看到这封信的时候，我想自己已经在500年后了。

所以你现在应该明白了，自从我们开始一起读书以来，我是每隔一周就写这样一封信，在睡前摆在书桌上，转天醒来的时候就把信收起来，如果没能收起来而被你发现了，说明我已经走了。

田戈小友，你的聪慧与善良是咱中华人的正根，老夫欣赏你，为此再留言如下，望你三思而后行。

望你坚持把咱们所研究的故事完整看完，然后写一本书，无论是否出版，都要流传于后世子孙，使后世知晓老夫的真实行为。虽然我不能陪你了，但我相信你已经有能力破译后面所有的秘密了，后面虽然没有什么更大的秘密了，但还原历史真相是你的责任。

如你所说，当今的社会整体很好，百姓幸福，人民安康，这说明所有的历史都是对的，中性地去看待历史故事吧。如果500年后，我能翻阅到你写的关于我的故事书，我将非常高兴。

望你今后在生活中，放下是是非非，正确看待生活，不要意气用事，不要做那些自己负不起责任的事情，不要做那些会把自己陷入两难境地的事情，那样你才不会像我一样在1572年到1582年那10年受到了极大的精神摧残，那10年我生不如死，不堪回首。还好这10年，蒙你关照，我活得还不错。

若有一天，你睡醒一觉发现自己的环境全变了，你不要害怕，因为你遇到了和老夫一样的“穿越”，我无法知晓其秘密，就像我无法知道自己是怎么被父母制造的一样。我只能告诉你，过程没有痛苦，只有不断地适应。

最后劝你一句，把我所有留给你的手写文字烧掉，不要留下任何痕迹，因为我的直觉是那会给你带来灾难。至于你写的文字，无论写了什么，都没有关系，你可以推说那是你的想象，不是事实。恰如杀人之后，要将尸体处理得干干净净，就无人能定你的罪。

我的尸体没在棺材里，他们给我定了那么多罪，牵连了那么多人，也没能找到我，因为我走得是那样的干净。切记！

祝你：著作早日面世！

张白珪

公元2014年12月31日

附录：并不无聊的秘密

本附录是我独自完成的，但因为一时间无法适应自己独自创作，所以经常仿佛之间，沙先生还坐在我的对面，用他那中性的声音指导我，我知道每当我感觉到他在对面的时候，我就是在想念他！

如题目所说，秘密的内容很有意思，并不无聊。

我觉得自己完成这部书不仅仅是对沙先生负了责任，也是对海大师的一种缅怀，因为我发现自己真正敬佩的是海大师，至于沙先生，那是一种亲人般的感情，而不是敬佩。

荆棘岭的故事

渐渐地，我学会了先查阅历史再独自研究故事，然后相互印证的方法。至少到第六十四回的时候，我都能从历史中找到《西游记》故事的原型。而荆棘岭和木仙庵故事的原型在历史中确实很容易找，因为我已经知道主人公都是谁？剩下的就是核对他们的事迹而已。而且我坚信，事迹对上了，是我和作者统一思想了，对不上，是我和作者信息不对称，没有沙先生可以弥补信息的缺乏，但历史的蛛丝马迹还是可以追寻的。

既然我都很清楚事情的原委了，我为何还要费劲写这些笔记呢？这样问自己的时候，我突然发现自己原来还有一个以前没有明确但现在已经明确的念头，那就是以后要把沙先生写的信当作我对他的承诺。如果靠我这张笨嘴，显然是无法说清楚后找别人代笔的，因此还是自己用文字记录比较好。就这样，我坚持把后面的故事写了下来，但毕竟不如以前那么积极了，总觉得说个大概其就行了，谁有兴趣谁自己看吧，反正我已经将关键所在讲清楚了。

摘自《西游记》第六十四回　荆棘岭悟能努力　木仙庵三藏谈诗（节选）

正是时序易迁，又早冬残春至，不暖不寒，正好逍遥行路。忽见一条长岭，岭顶上是路。三藏勒马观看，那岭上荆棘丫杈，薜萝牵绕。虽是有道路的痕迹，左右却都是荆刺棘针。

这是1567年春天的故事。我能理解海瑞先生在等待大结局时的心情：都写这么多了，还有哪些事值得写呢？闲着也是闲着，再从头开始回忆吧！那时候，隆庆皇帝刚刚登基，由危机四伏的王爷身份豁然转变成新皇帝，好不逍遥啊！皇帝的身份在所有人之上，恰如走在山岭之顶的路上。可是皇帝继位后从第一次上朝开始，就感觉到了这个皇帝不好当啊！皇宫真的是危机四伏，原来这皇宫不是自己说了算？毕竟隆庆皇帝继位的时候已经30岁了，人格已经定型了，多年的学习告诉他，自己要当一个好皇帝，这就是所有烦恼的根源。所谓荆棘就是群臣彼此之间的内部争斗。不能小看这种争斗，因为确实很惨烈，一不小心就死人。根据历史记载，高拱在隆庆继位之后不久，就遭到了御史的弹劾，御史们好像并不把高拱这个皇帝老师放在眼里，结果皇帝的老师最后被迫离职休养。作为学生，最信任的人就是自己的老师，但作为皇帝，最不能不理的就是御史的奏折，因为那是明君的标尺。国家有那么多事情要处理，内部的争斗又是如此的惨烈，这就是所谓的荆棘岭。面对这种情况，懦弱的皇帝怎么办呢？

摘自《西游记》第六十四回　荆棘岭悟能努力　木仙庵三藏谈诗（节选）

三藏大惊道："怎生是好？"沙僧笑道："师父莫愁，我们也学烧荒的，放上一把火，烧绝了荆棘过去。"八戒道："莫乱谈！烧荒的须在十来月，草衰木枯，方好引火。如今正是蕃盛之时，怎么烧得！"行者道："就是烧得，也怕人子。"三藏道："这般怎生得度？"八戒笑道："要得度，还依我。"好呆子，捻个诀，念个咒语，把腰躬一躬，叫"长！"就长了有二十丈高下的身躯；把钉钯幌一幌，教"变！"就变了有三十丈长短的钯柄；拽开步，双手使钯，将荆棘左右搂开："请师父跟我来也！"三藏见了甚喜，即策马紧随。后面沙僧挑着行李，行者也使铁棒拨开。这一日未曾住手；行有百十里，将次天晚，见有一块空阔之处。当路上有一通石碣，上有三个大字，乃"荆棘岭"；下有两行十四个小字，乃"荆棘蓬攀八百里，古来有路少人行。"八戒见了，笑道："等我老猪与他添上两句：'自今八戒能开破，直透西方路尽平！'"三藏欣然下马道："徒弟啊，累了你也！我们就在此住过了今宵，待明日天光再走。"八戒道："师父莫住，趁此天色晴明，我等有兴，连夜搂开路走他娘！"那长老只得相从。

1568年，皇帝准许徐阶辞职了，高拱回来了。史载很多官员因为高拱回来而恐惧，有的甚至吓死了。但高拱没有一味地报仇，他知道自己也要依靠这些人。让敌人投降比杀死敌人要高明，这是高拱再清楚不过的事情了，大家都可以坦然地对自己说，当初我是为了工作才发表了自己的看法和说法，我没有针对任何人，尤其对您这位伟大的帝师高阁老，如果俺们不这样说，让您说，俺们还能算称职吗？

木仙庵的妖怪们映射的无非就是这几个人，而他们的诗也恰巧就是他们的政见。作者用诗来写，显得很巧妙，但对于我这种看惯了简单文字的人来说，实在是不想一句一句地解释那些诗词，如果您有兴趣，您自己看吧！说老实话，写得确实不错。

短软狼牙棒的故事

摘自《西游记》第六十五回　妖邪假设小雷音　四众皆遭大厄难（节选）

这回因果，劝人为善，切休作恶。一念生，神明照鉴，任他为作。拙蠢乖能君怎学，两般还是无心药。趁生前有道正该修，莫浪泊。认根源，脱本壳。访长生，须把捉。要时时明见，醍醐斟酌。贯彻三关填黑海，管教善者乘鸾鹤。那其间愍故更慈悲，登极乐。

只看这首词，和故事表面情节没有关系，因为唯一的恶人是妖精，但妖精不是人，也就不能称为恶人。由此不难看出，海瑞先生一开始就告诉我们这个故事说的妖精其实是个人，是一个做了恶事得到报应的人。那么究竟该如何修道呢？直接地问就是如何面对人生呢？其实就是不要任性，否则就会自食恶果。

摘自《西游记》第六十五回　妖邪假设小雷音　四众皆遭大厄难（节选）

那妖王喜孜孜，使狼牙棒抵住。这一场好杀：

两条棒，不一样，说将起来有形状：一条短软佛家兵，一条坚硬藏海藏。都有随心变化功，今番相遇争强壮。短软狼牙杂锦妆，坚硬金箍蛟龙像。若粗若细实可夸，要短要长甚停当。猴与魔，齐打仗，这场真个无虚诳。驯猴秉教作心猿，泼怪欺天弄假像。嗔嗔恨恨各无情，恶恶凶凶都有样。那一个当头手起不放松，这一个架丢劈面难推让。喷云照日昏，吐雾遮峰嶂。棒来棒去两相迎，忘生忘死因三藏。

很多人看这些打打杀杀的时候，都不会认真。但我知道这里面蕴藏着真相，因此我就密切注意了“短软狼牙杂锦妆”这句话，结果我发现这是个黑色幽默。男人的特有的那个玩意儿，被古今中外所有的书描写的时候起了很多名字，但这个名字确实是独特的，绝无重复。顺着这个思路，妖怪所谓欺天的罪过不是抓了唐僧，而是欺骗了皇帝，犯下了欺君之罪。民间的说法是他给皇帝带上了一顶“绿帽子”。

摘自《西游记》第六十五回　妖邪假设小雷音　四众皆遭大厄难（节选）

好杀：

魔头泼恶欺真性，真性温柔怎奈魔。百计施为难脱苦，千方妙用不能和。诸天来拥护，众圣助干戈。留情亏木母，定志感黄婆。浑战惊天并振地，强争设网与张罗。那壁厢摇旗呐喊，这壁厢擂鼓筛锣。枪刀密密寒光荡，剑戟纷纷杀气多。妖卒凶还勇，神兵怎奈何。愁云遮日月，惨雾罩山河。苦掤苦拽来相战，皆因三藏拜弥陀。

好一个“留情亏木母，定志感黄婆”，木母是猪八戒的别名，但只出现在诗中，黄婆是沙僧的别名，也只出现在诗中。这种写法本来怪异，但若不知道其要隐藏真相的本意，就会不求甚解地跳过去了。如此看来，真相其实不难解释，那就是留情对不起高拱，定志要感动张居正，当然这一回的行者不是海瑞，而是冯保，是冯保要感动张居正。可冯保又怎么去感动张居正呢？冯保一定会说：“老张啊！你可以一死了之，但你这样对得起你的父母吗？就算你可以接受自己是个不肖子孙的现实，你难道真的忍心让你的亲生儿子小张孤苦无依甚至死于非命吗？我冯保是个阉人，否则我肯定会全力保护我的孩子！”老张肯定会觉得冯公公说得对，应该好好想想自己的孩子，也就是小张。这个小张在《西游记》里被称为小张太子，理由一定是小张本人确实在1572年隆庆死的时候，拥有至高无上的继位太子身份，也就是后来的万历皇帝。

摘自《西游记》第六十六回　诸神遭毒手　弥勒缚妖魔（节选）

那里有个大圣国师王菩萨，神通广大。他手下有一个徒弟，唤名小张太子，还有四大神将，昔年曾降伏水母娘娘。你今若去请他。他来施恩相助，准可捉怪救师也。……

太子道：“你要知我武艺，等我道来：

祖居西土流沙国，我父原为沙国王。
自幼一身多疾苦，命干华盖恶星妨。
因师远慕长生诀，有分相逢舍药方。
半粒丹砂祛病退，愿从修行不为王。
学成不老同天寿，容颜永似少年郎。
也曾赶赴龙华会，也曾腾云到佛堂。
捉雾拿风收水怪，擒龙伏虎镇山场。
抚民高立浮屠塔，静海深明舍利光。
楮白枪尖能缚怪，淡缁衣袖把妖降。
如今静乐蠙城内，大地扬名说小张！

如果不深究，这个无聊的情节也就蒙混过去了，因为小张太子实在是没什么本领。但仔细一看才发现，这个小张实在就像是沙僧的儿子。最后海瑞用“大地扬名”四个字告诉读者，这是一个全国人民都熟悉的人物，那个社会除了太子，还能有谁？

摘自《西游记》第六十六回　诸神遭毒手　弥勒缚妖魔（节选）

佛祖道：“他是我面前司磬的一个黄眉童儿。三月三日，我因赴元始会去，留他在宫看守，他把我这几件宝贝拐来，假佛成精。那搭包凡是我的后天袋子，俗名唤做‘人种袋’。那条狼牙棒是个敲磬的槌儿。”行者听说，高叫一声道：“好个笑和尚！你走了这童儿，教他诳称佛祖，陷害老孙，未免有个家法不谨之过！”……弥勒笑道：“我为治世之尊，慧眼高明，岂不认得你！凭你变作甚物，我皆知之。但恐那怪不肯跟来耳。我却教你一个法术。”行者道：“他断然是以搭包儿装我，怎肯跟来！有何法术可来也？”弥勒笑道：“你伸手来。”行者即舒左手，递将过去。弥勒将右手食指，蘸着口中神水，在行者掌上写了一个“禁”字，教他捏着拳头，见妖精当面放手，他就跟来。

……那行者乘此机会，一轱辘钻入咽喉之下，等不得好歹，就弄手脚。抓肠蒯腹，翻根头，竖蜻蜓，任他在里面摆布。那妖精疼得傞牙倈嘴，眼泪汪汪，把一块种瓜之地，滚得似个打麦之场，口中只叫：“罢了！罢了！谁人救我一救！”弥勒却现了本像，嘻嘻笑叫道：“孽畜！认得我么？”那妖抬头看见，慌忙跪倒在地，双手揉着肚子，磕头撞脑，只叫：“主人公！饶我命罢！饶我命罢！再不敢了！”弥勒上前，一把揪住，解了他的后天袋儿，夺了他的敲磬槌儿，叫：“孙悟空，看我面上，饶他命罢。”行者十分恨苦，却又左一拳，右一脚，在里面乱掏乱捣。那怪万分疼痛难忍，倒在地下。弥勒又道：“悟空，他也彀了，你饶他罢。”行者才叫：“你张大口，等老孙出来。”那怪虽是肚腹绞痛，还未伤心。俗语云：“人未伤心不得死，花残叶落是根枯。”他听见叫张口，即便忍着疼，把口大张。……

张居正的阉割手术看起来是冯保亲自操作的。冯保作为御马监的主管，在皇帝的命令下是有权调动禁军的。禁军是保护皇帝的军队，隆庆将这么大的权力交给冯保，他以为这个无袋儿无槌儿的男人是可靠的，实际上这个男人正是害死他的元凶之一。弥勒佛当然是隆庆的化身，不然谁能是治世之尊。隆庆皇帝要阉割张居正，冯保是主刀，但隆庆要求留下张居正的命，毕竟对这个老师还不能下死手。不过隆庆错了，因为对于一个大帅哥来说阉割他就等于杀死了他。当然现代社会不一样了，大帅哥说不定是主动要求医生把自己削成女人，手术费不是问题。最后，海瑞总结说张居正虽然男根被枯萎了，但其心未伤，其心已经以太子为关注焦点，从此为太子而活了！

关于“隆庆和议”的故事

当海瑞又一次编了张居正因为私生子被阉割的故事之后，他还是没有等来故事的结局，于是他开始想，在隆庆皇帝执政的这6年中，还有哪些事情值得怀念或者歌颂呢？经过仔细思考，他觉得北方边境近来的和平是隆庆皇帝做下的善事，可以写一写，也值得写。那这个故事怎么编呢？

摘自《西游记》第六十七回　拯救驼罗禅性稳　脱离秽污道心清（节选）

行者在妖精肚里，支着铁棒道：“八戒莫愁，我叫他搭个桥儿你看！”那怪物躬起腰来，就似一道路东虹。八戒道：“虽是像桥，只是没人敢走。”行者道：“我再叫他变做个船儿你看！”在肚里将铁棒撑着肚皮。那怪物肚皮贴地，翘起头来，就似一只赣保船。八戒道：“虽是像船，只是没有桅篷，不好使风。”行者道：“你让开路，等我叫他使个风你看。”又在里面尽着力把铁棒从脊背上一搠将出去，约有五七丈长，就似一根桅杆。

……

三藏道：“悟能，你果有本事拱开衚衕，领我过山，注你这场头功。”

……

驼罗庄客回家去，八戒开山过衕来。
三藏心诚神力拥，悟空法显怪魔衰。
千年稀柿今朝净，七绝衚衕此日开。
六欲尘情皆剪绝，平安无阻拜莲台。

稀柿：意指中原与蒙古之间互相不通商不互市。当然，在蒙古和大明朝的边境区域，自古来就有一种树，每逢金秋，树上就结满柿子，这是了不起的自然现象。

蛇妖：侵扰百姓的蒙古骑兵。蒙古人和中原人在语言上差异很大，因此这个妖精是《西游记》里面唯一一个没有说人话的妖精。

衚衕：就是胡同。胡衕源于蒙古语原是对北京小巷的通称，后来为书写方便而写成胡同。海瑞在北京当官，自然对北京的胡同印象深刻，同时也就了解了胡同是蒙古人在大元朝的时候留下来的名称。很多语言都是这样

赣：从章从贡，贡亦声。“章”意为“站立在最前面”。“贡”指“向中原皇宫进献贡品”。“章”与“贡”联合起来表示“在朝贡的队伍中站在头里”。从“贝”，表示与财物有关。本义：赐给。

当年是高拱在皇帝的大力支持下，促成了朝廷与蒙古的议和，结束了大明朝与蒙古之间的战争。议和的条件是双方互市，再有就是相互给对方一些物品。蒙古人给大明朝一群马，大明朝给蒙古人一些银子，蒙古人再用银子在边贸集市上购买自己喜欢的东西，比如武器、茶叶、绸缎等。蒙古人和中原人各取所需，大明朝在财政上补贴一些银子，但能够节约军费开支，总体上还是合适的。这就是所谓的猪八戒用嘴拱开了臭柿子胡同的故事。

隆庆合议其实是有契机的，历史记载是因为蒙古大王的孙子叛国投敌，也就是叛逃到大明朝这件事情引起来的。那么为何这回书没有说这个原因呢？因为海瑞写作的时候不能太露骨，所以就把故事分成两块，另一块隆庆合议的导火索放在了后面的故事当中，您可以往后看，自然就看到了。

隆庆皇帝是这样被毒死的

《西游记》第六十八回　朱紫国唐僧论前世　孙行者施为三折肱（节选）

善正万缘收，名誉传扬四部洲。智慧光明登彼岸，飕飕，叆叆云生天际头。诸佛共相酬，永住瑶台万万秋。打破人间蝴蝶梦，休休，涤净尘氛不惹愁。

话表三藏师徒，洗污秽之衚衕，上逍遥之道路，光阴迅速，又值炎天。

正是：

海榴舒锦弹，荷叶绽青盘。

两路绿杨藏乳燕，行人避暑扇摇纨。

这是一首非常诡异的词，因为它实际上揭示了隆庆皇帝的死因：

海留书谨谈，何也绽请盘。

两路录佯藏汝言，刑人毙术膳药丸。

用大白话说：

海瑞留下这本书很谨慎地谈论着皇帝死因这件事情，到底皇帝之死的破绽在哪里请尊敬的读者好好盘算一下。这本书一直用两条主线藏进了真相，说穿了害死隆庆皇帝唯一的方法也就是在其用膳的时候给他吃一个药丸，可以骗他说是金丹。

《西游记》第六十八回　朱紫国唐僧论前世　孙行者施为三折肱（节选）

八戒道："你这两个奶奶知事。"众校尉道："这和尚委不识货！怎么赶着公公叫起奶奶来耶？"八戒笑道："不羞！你这反了阴阳的！他二位老妈妈儿，不叫他做婆婆、奶奶，倒叫他做公公！”众人道：“莫弄嘴！快寻你师兄去。”

那街上人吵吵闹闹，何止三五百，共扛到馆门首。八戒道：“列位住了。我师兄却不比我任你们作戏。他却是个猛烈认真之士。汝等见了，须要行个大礼，叫他声‘孙老爷’，他就招架了。不然啊，他就变了嘴脸，这事却弄不成也。”众太监、校尉俱道：。“你师兄果有手段，医好国王，他也该有一半江山，我等合该下拜。”

那些闲杂人都在门外喧哗。八戒领着一行太监、校尉，径入馆中。只听得行者与沙僧在客房里正说那揭榜之事耍笑哩。八戒上前扯住，乱嚷道：“你可成个人！哄我去买素面、烧饼、馍馍我吃，原来都是空头！又弄旋风，揭了甚么皇榜，暗暗地揣在我怀里，拿我装胖！这可成个弟兄！”行者笑道：“你这呆子，想是错了路，走向别处去。我过鼓楼，买了调和（郑家杂货店），急回来寻你不见，我先来了。在那里揭甚皇榜？”

这段书说明了几个问题：首先是高拱对太监冯保是非常讨厌的，甚至公开场合也不大尊重这些太监。高拱在工作中一定是经常骂冯保，而冯保的眼线无处不在，对高拱的骂声表面上装傻，而实际上怀恨在心。其次，本回书中的孙老爷实际上就是冯保这个太监。第三是冯保和张居正需要经常“调和”，地点是“正家杂货店”，也就是张居正的家。

借机说说这个“朱紫国”名称的含义吧！其实在《西游记》中，几乎所有的人名、地名都是有说法的。朱紫国就是朱家以紫禁城为都城的国家，这当然是大明朝了，说这个地名实在是太不隐晦了。

《西游记》第六十九回　心主夜间修药物　君王筵上论妖邪（节选）

——诊此贵恙：是一个惊恐忧思，号为‘双鸟失群’之证。”那国王在内闻言，满心欢喜。打起精神，高声应道：“指下明白！指下明白！果是此疾！请出外面用药来也。”

……

行者笑道：“有雌雄二鸟，原在一处同飞；忽被暴风骤雨惊散，雌不能见雄，雄不能见雌，雌乃想雄，雄亦想雌：这不是‘双鸟失群’也？”

这段文字告诉我们，隆庆的病就是因为李妃的问题引起的，也就是所谓的惊疑。皇上惊的是李妃居然和张居正有一腿，疑的是孩子究竟是不是自己的呢？

《西游记》第六十九回 心主夜间修药物 君王筵上论妖邪（节选）

天色已晚。行者叫馆使：“收了家火，多办些油蜡，我等到夜静时，方好制药。”馆使果送若干油蜡，各命散讫。至半夜，天街人静，万籁无声。八戒道：“哥哥，制何药？赶早干事。我瞌睡了。”行者道：“你将大黄取一两来，碾为细末。”沙僧乃道：“大黄味苦，性寒，无毒；其性沉而下浮，其用走而下守；夺诸郁而无壅滞，定祸乱而致太平；名之曰‘将军’。此行药耳。但恐久病虚弱，不可用此。”行者笑道：“贤弟不知。此药利痰顺气，荡肚中凝滞之寒热。你莫管我。——你去取一两巴豆，去壳去膜，捶去油毒，碾为细末来。”八戒道：“巴豆味辛，性热，有毒；削坚积，荡肺腑之沉寒；通闭塞，利水谷之道路；乃斩关夺门之将，不可轻用。”行者道：“贤弟，你也不知。此药破结宣肠，能理心膨水胀。快制来。我还有佐使之味辅之也。”他二人即时将二药碾细道：“师兄，还用那几十味？”行者道：“不用了。”八戒道：“八百八味，每味三斤，只用此二两，诚为起夺人了。”行者将一个花磁盏子，道：“贤弟莫讲，你拿这个盏儿，将锅脐灰刮半盏过来。”八戒道：，‘要怎的？”行者道：“药内要用。”沙僧道：“小弟不曾见药内用锅灰。”行者道：“锅灰名为‘百草霜’，能调百病，你不知道。”那呆子真个刮了半盏，又碾细了。行者又将盏子，递与他道：“你再去把我们的马尿等半盏来。”八戒道：“要他怎的？”行者道：“要丸药。”沙僧又笑道：“哥哥，这事不是耍子。马尿腥臊，如何人得药品？我只见醋糊为丸，陈米糊为丸，炼蜜为丸，或只是清水为丸，那曾见马尿为丸？那东西腥腥臊臊，脾虚的人，一闻就吐；再服巴豆、大黄，弄得人上吐下泻，可是耍子？”行者道：“你不知就里。我那马，不是凡马。他本是西海龙身。若得他肯去便溺，凭你何疾，服之即愈。但急不可得耳。”八戒闻言，真个去到马边。那马斜伏地下睡哩。呆子一顿脚踢起，衬在肚下，等了半会，全不见撒尿。他跑将来，对行者说：“哥啊，且莫去医皇帝，且快去医医马来。那亡人干结了，莫想尿得出一点儿！”行者笑道：“我和你去。”沙僧道：“我也去看看。”三人都到马边，那马跳将起来，口吐人言，厉声高叫道：“师兄，你岂不知？我本是西海飞龙，因为犯了天条，观音菩萨救了我，将我锯了角，退了鳞，变作马，驮师父往西天取经，将功折罪。我若过水撒尿，水中游鱼，食了成龙；过山撒尿，山中草头得味，变作灵芝，仙僮采去长寿；我怎肯在此尘俗之处轻抛却也？”行者道：“兄弟谨言。此间乃西方国王，非尘俗也，亦非轻抛弃也。常言道：‘众毛攒裘。’要与本国之王治病哩。医得好起夺——拿人开玩笑、耍人的意思。时，大家光辉。不然，恐惧不得善离此地也。”下马才叫声“等着。”你看他往前扑了一扑，往后蹲了一蹲，咬得那满口牙龇支支的响哓，仅努出几点儿，将身立起。八戒道：“这个亡人！就是金汁子，再撒些儿也罢！”那行者见有少半盏，道：“彀了！彀了！拿去罢。”沙僧方才欢喜。

国王道：“寡人有数载忧疑病，被神僧一贴灵丹打通，所以就好了。”行者笑道：“昨日老孙看了陛下，已知是忧疑之疾，但不知忧惊何事？”国王道：“古人云：‘家丑不可外谈。’奈神僧是朕恩要金圣宫回国？”那国王滴泪道：“朕切切思思，无昼无夜，但只是没一个能获得妖精的。岂有不要他回国之理！”行者道：“我老孙与你去伏妖邪，那时何如？”国王跪下道：“若救得朕后，朕愿领三宫九嫔，出城为民，将一国江山，尽付神僧，让你为帝。”八戒在旁，见出此言，行此礼，忍不住呵呵大笑道：“这皇帝失了体统！怎么为老婆就不要江山，跪着和尚？”

这段话揭示了一个重要的事情，隆庆皇帝吃的毒药是大黄和巴豆，是冯保监造的，张居正也参与了。高拱曾经劝过皇上不要把那些小事放在心上，但隆庆皇帝可能是信仰佛教，心理也就变态了，找不到解脱的方法了。

《西游记》第六十九回　心主夜间修药物　君王筵上论妖邪（节选）

一行文武官引导，那国王并行者相搀，穿过皇宫到了御花园后，更不见楼台殿阁。行者道：“避妖楼何在？”说不了，只见两个太监，拿两根红漆扛子，往那空地上掬起一块四方石板。国王道：“此间便是。这底下有三丈多深，挖成的九间朝殿。内有四个大缸，缸内满注清油，点着灯火，昼夜不息。寡入听得风响，就入里边躲避，外面着人盖上石板。”行者笑道：”那妖精还是不害你；若要害你，这里如何躲得？”正说间，只见那正南上，呼呼的，吹得风响，播土扬尘。唬得那多官齐声报怨道：“这和尚盐酱口，讲起甚么妖精，妖精就来了！”慌得那国王丢了行者，即钻入地穴。唐僧也就跟入。众官亦躲个干净。八戒、沙僧也都要躲，被行者左右手扯住他两个道：“兄弟们，不要怕得。我和你认他一认，看是个甚么妖精。”八戒道：“可是扯淡！认他怎的？众官躲了，师父藏了，国王避了，我们不去了罢，炫的是那家世！”那呆子左挣右挣，挣不得脱手，被行者拿定多时，只见那半空里闪出一个妖精。

避妖楼是哪里？是地穴，是地下宫殿，是地下一处专供帝王使用的场所。如果不是有一位叫作吴晗的大人发掘了万历皇帝的陵墓，我怎么也想不出这座避妖楼就是隆庆皇帝的葬身之所。因为某些特殊的原因，万历皇帝的尸骨被破坏了，找不到了，所以无法验证其DNA是不是与隆庆皇帝有父子关系。万历皇帝陵墓中的万年灯就是那注满清油的青花瓷大缸。万历皇帝陵被称为定陵，隆庆皇帝的陵墓叫作昭陵。有一个叫作国宝档案的电视节目专门介绍了定陵青花龙纹大缸，节目介绍说定陵出土大缸共三口，上面都写着是嘉靖年间烧制，出土时里面还有灯油和蜂蜡，专家说这叫作万年灯。由定陵的情况可以设想，昭陵地宫里应该也有嘉靖年间制造的大缸，数量可能是四口，里面肯定还有灯油。不过因为国家不准再主动开挖帝王陵墓了，所以我们不知道何时才能验证海瑞说得对不对。当然，从历史情况来看，海瑞应该没有参加隆庆皇帝的下葬，他听谁说的里面有四口大缸，不得而知。

《西游记》第六十九回　心主夜间修药物　君王筵上论妖邪（节选）

你看他怎生模样：

九尺长身多恶狞，一双环眼闪金灯。
两轮查耳如撑扇，四个钢牙似插钉。
鬓绕红毛眉竖焰，鼻垂糟准孔开明。
髭髯几缕朱砂线，颧骨峻赠满面青。
两臂红筋蓝靛手，十条尖爪把枪擎。
豹皮裙子腰间系，赤脚蓬头若鬼形。

行者见了道：“沙僧，你可认得他？”沙僧道：“我又不曾与他相识，那里认得！“又问：“八戒，你可认得他？”八戒道：“我又不曾与他会茶会酒，又不是宾朋邻里，我怎么认得他！”行者道：“他却像东岳天齐手下把门的那个醮面金睛鬼。”八戒道：“不是！不是！”行者道：“你怎知他不是？”八戒道：“我岂不知，鬼乃阴灵也，一日至晚，交申酉戌亥时方出。今日还在巳时，那里有鬼敢出来？就是鬼，也不会驾云。纵会弄风，也只是一阵旋风耳，有这等狂风？或者他就是赛太岁也。”

行者笑道：“好呆子！倒也有些论头！既如此说，你两个护持在此，等老孙去问他个名号，好与国王救取金圣宫来朝。”八戒道：“你去自去，切莫供出我们来。”行者昂然不答，急纵祥光，跳将上去。咦！

正是：安邦先却君王病，守道须除爱恶心。

从这段描述可以看出妖精和张居正的多个化身类似但又不完全相同，因此可以判定是张居正的一个化身。最后作者说安邦的重点是君王，君王的健康需要强大的心理素质。

《西游记》第七十回　妖魔宝放烟沙火　悟空计盗紫金铃（节选）

行者闻言，拽开步，敲着锣，径入前门里看处，原来是悬崖削壁石屋虚堂，左右有琪花瑶草，前后多古柏乔松。不觉又至二门之内，忽抬头见一座八窗明亮的亭子，亭子中间有一张戗金的交椅，椅子上端坐着一个魔王，真个生得恶像。

这一段对妖精家居环境和妖精外貌的描写可以仔细地研究研究，我总觉得充满了诡异色彩，为什么这么说呢？我们仔细看：妖精住在悬崖峭壁上，到处都是草木，建有一间石头屋子，里面什么都没有。走过前门进入二门，发现一座亭子，可是这亭子居然有八扇窗户，透过窗户，我们可以看到一张椅子上坐着一个魔王，椅子的靠背上有戗金的图案。作者寥寥数语，给我们描写了一个电视剧无法展现的场景，因为这场景细看全是自相矛盾。比如进前门后看到的应该是院子，而不是悬崖，进二门应该看到的是厅堂而不是亭子，即使是亭子，也不能有窗户，有窗户那叫屋子。就算看到了魔王，也看不到魔王背后的椅子靠背的图案。那么作者为何这么写呢？我认为是他要提醒读者不要被表面现象给蒙蔽了。

真相是什么呢？“屋虚堂”是一个“尸”字，再加古柏的“古”就是一个“居”字。亭子为八窗，则必然不是六角而是四角，也就是所谓的“正”，椅子虽假，但却有一“张”，至此“张居正”三字全部都写进去了，这够费心的。让我猜的也够费劲的。

《西游记》第七十回　妖魔宝放烟沙火　悟空计盗紫金铃（节选）

但见他：

幌幌霞光生顶上，威威杀气迸胸前。

口外獠牙排利刃，鬓边焦发放红烟。
嘴上髭须如插箭，遍体昂毛似迭毡。
眼突铜铃欺太岁，手持铁杵若摩天。

这个妖怪的外貌是什么样子的？红色的头发，大大的眼睛，尖利的牙齿，胡子看上去很假，就像插上去的，您看庙里的四大金刚吗？蓝脸的那位就很像这位叫作赛太岁的妖怪。关于胡子的描述是讽刺被阉割之后的张居正的外貌。

《西游记》第七十回　妖魔宝放烟沙火　悟空计盗紫金铃（节选）

妖王大笑赔礼道："娘娘怪得是！怪得是！宝贝在此，今日就当付你收之。"便即揭衣取宝。行者在旁，眼不转睛，看着那怪揭起两三层衣服，贴身带着三个铃儿。他解下来，将些绵花塞了口儿，把一块豹皮作一个包袱儿包了，递与娘娘道："物虽微贱，却要用心收藏，切不可摇幌着他。"娘娘接过手道："我晓得。安在这妆台之上，无人摇动。"

妖怪的宝贝很奇怪，这不由得让人想起杂锦妆的短软狼牙棒。您看这妖精要展现宝贝，需要撩开三层衣服，那一定是外衣、中衣、内衣，展现出来的是用棉花塞住口的微贱货色。哎！上帝造人时必定设计了人体所有功能的必要性，如今张大人被阉割了，这撒尿的功能肯定受到影响，没办法，只有用吸水的棉花经常塞住，否则到处流淌多不好啊！

《西游记》第七十一回　行者假名降怪犼　观音现像伏妖王（节选）

真人道："小仙三年前曾赴佛会。因打这里经过，见朱紫国王有拆凤之忧，我恐那妖将皇后玷辱，有坏人伦，后日难与国王复合。是我将一件旧棕衣变作一领新霞裳，光生五彩，进与妖王，教皇后穿了妆新。那皇后穿上身，即生一身毒刺。毒刺者，乃棕毛也。今知大圣成功，特来解魇。"行者道："既如此，累你远来，且快解脱。"真人走向前，对娘娘用手一指，即脱下那件棕衣。那娘娘遍体如旧。真人将衣抖一抖，披在身上，对行者道："大圣勿罪，小仙告辞。"

正是：有缘洗尽忧疑病，绝念无思心自宁。

作者为何设计了一件棕毛做的衣服给皇后防止性骚扰呢？这个问题可是不

简单。前面说了，隆庆皇帝吃了巴豆大黄，最终被折磨死了，葬于昭陵，谥号穆宗，意思说这位皇帝非常的和蔼可亲。皇上活着的时候不能叫什么宗，而死了就一定要叫什么宗，这也是中国古代尊敬祖宗人生哲学的典型叫法。直接说穆宗太明显，换成木宗是可以的，木宗就是棕，而海南那个地方盛产棕毛，下雨时穿的蓑衣就是棕榈树的棕毛编的，这个常见的东西类似于前面的芭蕉扇，其实都是百姓家里最普通的东西。作者这样写既能让神仙接地气，又能让读者充满想象力，在日常物品中去遐想其神奇的功能。不过如果隆庆皇帝不叫穆宗而叫作神宗，那娘娘的防性骚扰神器估计要重新设计了。对了，隆庆皇帝名义上的儿子万历皇帝死后叫作神宗。

小结：朱紫国的故事总体来说讲的是隆庆皇帝因为疑心皇妃与张居正有染，疑心心爱的儿子是张居正的野种，从而因疑生病，而后又被因病下了慢性毒药，最终在皇妃、太监、大臣的合谋之下被害死的全过程。综合前面的故事，可见这位隆庆皇帝，在海瑞的眼里不过是一个善恶不分、是非不分、性格懦弱、外强中干、心理脆弱、毫无心机、枉为人君，最多算皇宫里一个人种的不称职的皇帝而已。

蜘蛛与蜈蚣的故事

《西游记》第七十二回　盘丝洞七情迷本　濯垢泉八戒忘形（节选）

那长老挣着要走，那女子拦住门，怎么肯放，俱道："上门的买卖，倒不好做！'放了屁儿，却使手掩。'你往那里去？"他一个个都会些武艺，手脚又活，把长老扯住，顺手牵羊，扑的掼倒在地。众人按住，将绳子捆了，悬梁高吊。这吊有个名色，叫作"仙人指路"。原来是一只手向前，牵丝吊起，一只手拦腰捆住，将绳吊起；两只脚向后一条绳吊起；三条绳把长老吊在梁上，却是脊背朝上，肚皮朝下。那长老忍着疼，噙着泪，心中暗恨道："我和尚这等命苦！只说是好人家化顿斋吃，岂知道落了火坑！徒弟啊！速来救我，还得见面；但迟两个时辰，我命休矣！"

那长老虽然苦恼，却还留心看着那些女子。那些女子把他吊得停当，便去脱剥衣服。长老心惊，暗自忖道："这一脱了衣服，是要打我的情了。或者夹生儿吃我的情也有哩。"原来那女子们只解了上身罗衫，露出肚腹，各显神通：一个个腰眼中冒出丝绳，有鸭蛋粗细，骨都都的，迸玉飞银，时下把庄门瞒了不题。

这群蜘蛛精指的是御史们。对于刚当上隆庆皇帝的朱载垕来说，很难对付御史们的纠缠。他既想要当一个好皇帝，又不能有明辨是非的决断力，面对御史们的纠缠，面对御史们要求的"仙人指路—请圣上裁决"他真的不知道怎么办才好？那么究竟御史们在1567年春天给皇帝出了什么难题呢？其实就是御史们要弹劾高拱，理由是高拱在嘉靖皇帝病重期间从办公室拿走了一些公物，这可是道德问题，对于一个内阁大臣来说实在是不能容忍的问题。可隆庆皇帝放眼望去，满朝大臣他就相信三个人，海瑞、高拱、张居正，太监里面就相信一个冯保。大家要皇帝就高拱问题给个说法，这岂不是为难这个懦弱的皇帝。我在想，如果换成是我，该如何处理这个问题呢？我想我会比隆庆皇帝强！如此看来，隆庆皇帝是一个心智不全的皇帝！读书的乐趣就在于自己可以去设想体验没有体验过的生活，从而获得精神的愉悦，获得有生以来莫名其妙的快乐时光！

《西游记》第七十二回　盘丝洞七情迷本　濯垢泉八戒忘形（节选）

却说那行者、八戒、沙僧，都在大道之旁。他二人都放马看担，惟行者是个顽皮，他且跳树攀枝，摘叶寻果。忽回头，只见一片光亮，慌得跳下树来，吆喝道："不好，不好！师父造化低了！"行者用手指道："你看那庄院如何？"八戒、沙憎共目视之，那一片，如雪又亮如雪，似银又光似银。八戒道："罢了，罢了！师父遇着妖精了！我们快去救他也！"行者道："贤弟莫嚷。你都不见怎的，等老孙去来。"沙僧道："哥哥仔细。"行者道："我自有处。"

好大圣，束一束虎皮裙，掣出金箍棒，拽开脚，两三步跑到前边，看见那丝绳缠了有千百层厚，穿穿道道，却似经纬之势；用手按了一按，有些粘软沾人。行者更不知是甚么东西，他即举棒道："这一棒，莫说是几千层，就是几万层，也打断了！"正欲打，又停住手道："若是硬的便可打断，这个软的，只好打匾罢了。——假如惊了他，缠住老孙，反为不美。等我且问他一问再打。"

……此泉乃濯垢泉……

行者道："我若打他啊，只消把这棍子往池中一搅，就叫作'滚汤泼老鼠，一窝儿都是死。'可怜！可怜！打便打死他，只是低了老孙的名头。常言道：'男不与女斗。'"

海瑞此时可以算是大英雄了！因为他在1566年给嘉靖皇帝上书说皇上的仙丹仙桃都是没有用的，结果皇上年底死了，他不就成了预言家了吗？但是面对御史们，海瑞也不敢轻易地与之为敌，否则御史们整天奏本，你海瑞也是难以招架。再说谁没有做事不合规的地方，被人家揪住，你怎么分辨啊！再说，你海瑞才刚刚被释放，冒犯皇帝的罪名庆幸没有人说什么，此时若不小心，新账老账一起算，那还不是死路一条啊！

再说说这个妖精的大澡盆——濯垢泉，本来是仙女洗澡的地方，后来被妖精霸占了。仙女和妖精外表都是美丽的，但气质肯定不一样。朱元璋设立御史的目的是给官员们濯垢，但后来逐渐演变成了沆瀣一气的机构。海瑞本不是御史，但他敢于给嘉靖皇帝提意见，而那些真正的御史呢？净干些刺绣和踢皮球的事情，这还不可恨吗？而且在海瑞眼里，这些御史是不知羞耻的，在众人面前以耻为荣，整天不干正事。海瑞眼里，濯垢泉实际上已经变成了污浊泉。有骨气的人不屑与这样人为伍，所以就争竞，让位了。海瑞后来的辞职也是不屑于再去争竞。

《西游记》第七十二回　盘丝洞七情迷本　濯垢泉八戒忘形（节选）

八戒道："这伙泼怪当真的不认得我！我是东土大唐取经的唐长老之徒弟，乃天蓬元帅悟能八戒是也。你把我师父吊在洞里，算计要蒸他受用！我的师父，又好蒸吃？快早伸过头来，各筑一钯，教你断根！"那些妖闻此言，魂飞魄散，就在水中跪拜道："望老爷方便方便！我等有眼无珠，误捉了你师父，虽然吊在那里，不曾敢加刑受苦。望慈悲饶了我的性命，情愿贴些盘费，送你师父往西天去也。"八戒摇手道："莫说这话！俗语说得好：'曾着卖糖君子哄，到今不信口甜人。'是便筑一钯，各人走路！"呆子一味粗夯，显手段，那有怜香惜玉之心，举着钯，不分好歹，赶上前乱筑。那怪慌了手脚，那里顾甚么羞耻，只是性命要紧，随用手侮着羞处，跳出水来，都跑在亭子里站立，作出法来：脐孔中骨都都冒出丝绳，瞒天搭了个大丝篷，把八戒罩在当中。那呆子忽抬头，不见天日，即抽身往外便走。那里举得脚步！原来放了绊脚索，满地都是丝绳；动动脚，跌个躘踵：左边去，一个面磕地；右边去，一个倒栽葱；急转身，又跌了个嘴楹地；忙爬起，又跌了个竖蜻蜓。也不知跌了多少跟头，把个呆子跌得身麻脚软，头晕眼花，爬也爬不动，只睡在地下呻吟。那怪物却将他困住，也不打他，也不伤他，一个个跳出门来，将丝篷遮住天光，各回本洞。

历史记载，1567年的上半年，每次皇帝开会，都必然有御史要提出高拱的问题，皇上不胜其烦，高拱也是焦头烂额。据说有人问海瑞对高拱的问题怎么看？海瑞只好说高拱偷拿公物确实不太合适。舆论对高拱不利啊！你高拱是皇帝的老师，难道你也要教你的学生盗窃公物吗？或者说你在皇子学生面前是道貌岸然，而实际上你是一个男盗女娼的家伙？人啊！你做了100件好事，未必有人记得，你若做了1件坏事，那便是被抓住了小辫子，此时唯有不要脸才行？但隆庆皇帝偏偏是个要脸的人物，这样的人其实也是很容易遭到暗算的。

《西游记》第七十三回　情因旧恨生灾毒　心主遭魔幸破光（节选）

道士道："你拿他怎的？"女子道："我等久闻人说，唐僧乃十世修行的真体，有人吃他一块肉，延寿长生，故此拿了他。后被那个长嘴大耳朵的和尚把我们拦在濯垢泉里，先抢了衣服，后弄本事，强要同我等洗浴，也止他不住。他就跳下水，变作一个鲇鱼，在我们腿裆里钻来钻去，欲行奸骗之事。果有十分惫赖！他又跳出水去，现了本相。见我们不肯相从，他就使一柄九齿钉钯，要伤我们性命。若不是我们有些见识，几乎遭他毒手。故此战兢兢逃生，又着你愚外甥与他敌斗，不知存亡如何。我们特来投兄长，望兄长念昔日同窗之雅，与我今日做个报冤之人！"

这道士是谁？是徐阶徐大人，与那镇元大仙、黄风大圣、牛魔王的原型是同一个人物，都是能把孙悟空制住的大人物。这些人以往肯定没少和徐阶套近乎。1567年，高拱被御史们封了一个雅号叫作"权奸"，可以设想，这个雅号的杀伤力有多大？因为高拱被巧妙地设计成了徐阶的敌人，毕竟那时候徐阶是内阁首辅，这相当于说高拱凭借自己帝师的身份根本就不把徐阶放在眼里，这还了得？书里没有提蜘蛛精和蜈蚣精是什么时候同窗的，我们也很难想象蜘蛛和蜈蚣在书房里共同念诵：大学之道……而实际上，大明朝官员彼此之间都是有千丝万缕的联系的，尤其是利用这个所谓的同窗之雅，就可以干出很多俗事，比如吃吃饭、喝喝酒、贪贪污、受受贿等等。

《西游记》第七十三回　情因旧恨生灾毒　心主遭魔幸破光（节选）

开了锁，取出一包儿药来，此药乃是：

山中百鸟粪，扫积上千斤。
是用铜锅煮，煎熬火候匀。
千斤熬一杓，一杓炼三分。
三分还要炒，再煅再重熏。
制成此毒药，贵似宝和珍。
如若尝他味，入口见阎君！

道士对七个女子道："妹妹，我这宝贝，若与凡人吃，只消一厘，入腹就死；若与神仙吃，也只消三厘就绝；这些和尚，只怕也有些道行，须得三厘。快取等子来。"内一女子，急拿了一把等子道："称出一分二厘，分作四分。"却拿了十二个红枣儿，将枣掐破些儿，鍾上一厘，分在四个茶鍾内；又将两个黑枣儿做一个茶锺，着一个托盘安了，对众女说：“等我去问他。不是唐朝的便罢；若是唐朝来的，就教换茶，你却将此茶令童儿拿出。但吃了，个个身亡，就与你报了此仇，解了烦恼也。”

……

却说那八戒，一则饥，二则渴，原来是食肠大大的，见那锺子里有三个红枣儿，拿起来啯的都咽在肚里。师父也吃了。沙僧也吃了。一霎时，只见八戒脸上变色，沙僧满眼流泪，唐僧口中吐沫。他们都坐不住，晕倒在地。

……

正是：唐僧得命感毗蓝，了性消除多目怪。

什么是百鸟粪？鸟儿的特点是叽叽喳喳地叫，好像御史们每天到朝廷上吵吵闹闹无休无止，这是高拱没有办法应付的？隆庆皇帝的智商怎么也无法平息这场闹剧，所以只好以高拱回家休养告终。张居正与高拱同是裕王府出来的老师，怎么能不难过的，所以书里说他是满眼流泪。徐阶之所以被形容成多目怪，应该是影射其眼线很多。毕竟1561年之后的内阁是由徐阶掌管的，6年的首辅可以培养不少嫡系了。

狮驼的故事

写这段故事的时候，沙先生在梦里给了我灵感！

为何起了一个叫作狮驼的名字？不是狮子、大象和大鹏鸟三个妖精的故事吗？怎么还有骆驼呢？若不是沙先生指点，我是无论如何也想不到理由的。沙先生说：“海瑞那厮用一个‘狮’字将我和高拱这两个帝师出身的隆庆王朝的大臣都给骂了。而那个‘驼’字是骂冯保不是个好人。海瑞用他自己的严格标准评价我等三人，结论是我们都不是人，就他是个人。”我问沙先生，他认为海瑞说得对不对？沙先生说海瑞确实能够做到清廉，但他海瑞肯定干不成大事，干大事要能够团结一切可以团结的人，而不是只团结纯粹干净的人。

《西游记》第七十四回　长庚传报魔头狠　行者施为变化能（节选）

行者道：“你既是真的，如何胡说！大王身子能有多大，一口都吞了十万天兵？”小钻风道：“长官原来不知。我大王会变化：要大能撑天堂，要小就如菜子。因那年王母娘娘设蟠桃大会，邀请诸仙，他不曾具柬来请，我大王意欲争天，被玉皇差十万天兵来降我大王：是我大王变化法身，张开大口，似城门一般，用力吞将去，唬得众天兵不敢交锋，关了南天门：故此是一口曾吞十万兵。”行者闻言暗笑道：“若是讲手头之话，老孙也曾干过。”又应声道：“二大王有何本事？”小钻风道：“二大王身高三丈，卧蚕眉，丹凤眼，美人声，匾担牙，鼻似蛟龙。若与人争斗，只消一鼻子卷去，就是铁背铜身，也就魂亡魄丧！”行者道：“鼻子卷人的妖精也好拿。”又应声道：“三大王也有几多手段？”小钻风道：“我三大王不是凡间之怪物，名号云程万里鹏，行动时，抟风运海，振北图南。随身有一件儿宝贝，唤做‘阴阳二气瓶’。假若是把人装在瓶中，一时三刻，化为浆水。”

……

从这段描述来看：大魔狮子精是张居正；冯保是二魔，是个大象精；而高拱是三魔，那只喜欢吃肉的大鹏鸟是也。

《西游记》七十五回　心猿钻透阴阳窍　魔王还归大道真（节选）

却说孙大圣进于洞口，两边观看。只见：骷髅若岭，骸骨如林。人头发成毡片，人皮肉烂作泥尘。人筋缠在树上，干焦晃亮如银。真个是尸山血海，果然腥臭难闻。东边小妖，将活人拿了剐肉；西下泼魔，把人肉鲜煮鲜烹。若非美猴王如此英雄胆，第二个凡夫也进不得他门。

不多时，行入二层门里看时，呀！这里却比外面不同：清奇幽雅，秀丽宽平；左右有瑶草仙花，前后有乔松翠竹。又行七八里远近，才到三层门。闪着身，偷着眼看处，那上面高坐三个老妖，十分狞恶。中间的那个生得：凿牙锯齿，圆头方面。声吼若雷，眼光如电。仰鼻朝天，赤眉飘焰。但行处，百兽心慌；若坐下，群魔胆战。这一个是兽中王，青毛狮子怪。

左手下那个生得：凤目金睛，黄牙粗腿。长鼻银毛，看头似尾。圆额皱眉，身躯磊磊。细声如窈窕佳人，玉面似牛头恶鬼。这一个是藏齿修身多年的黄牙老象。

右手下那一个生得：金翅鲲头，星睛豹眼。振北图南，刚强勇敢。变生翱翔，鷃笑龙惨。抟风翮百鸟藏头，舒利爪诸禽丧胆。这个是云程九万的大鹏雕。

……

行者与八戒在门旁观看，真是好一个怪物：

铁额铜头戴宝盔，盔缨飘舞甚光辉。
辉辉掣电双睛亮，亮亮铺霞两鬓飞。
勾爪如银尖且利，锯牙似凿密还齐。
身披金甲无丝缝，腰束龙绦有见机。
手执钢刀明晃晃，英雄威武世间稀。

一声吆喝如雷震，问道“敲门者是谁？”

大圣转身道：“是你孙老爷齐天大圣也。”老魔笑道：“你是孙行者？大胆泼猴！我不惹你，你却为何在此叫战？”行者道：“‘有风方起浪，无潮水自平。’你不惹我，我好寻你？只因你狐群狗党，结为一伙，算计吃我师父，所以来此施为。”老魔道：“你这等雄赳赳的，嚷上我门，莫不是要打么？”

……

节选这段文字实在是因为我想用一种欣赏的眼光带大家看一看作者的心思是何等的细腻！妖精的洞府第一层是恐怖的人间地狱，第二层是清丽雅致的亭台楼阁，第三层里才能见到邪恶本相的妖精。这种安排很是巧妙，我理解成大明朝的百姓实在是过得不舒服，被地主阶级和封建官僚折磨得痛不欲生。而帝王将相却居住在花园一样的房子里，但其真实面目其实又是非常可憎的。这就是大明朝隆庆年间的真实写照。

《西游记》第七十六回　心神居舍魔归性　木母同降怪体真（节选）

西进有四百里馀程，忽见城池相近。大圣举铁棒，离轿仅有一里之遥，见城池，把他吓了一跌，挣挫不起。你道他只这般大胆，如何见此着唬？原来望见那城中有许多恶气。乃是：

攒攒簇簇妖魔怪，四门都是狼精灵。
斑斓老虎为都管，白面雄彪作总兵。
丫杈角鹿传文引，伶俐狐狸当道行。
千尺大蟒围城走，万丈长蛇占路程。
楼下苍狼呼令使，台前花豹作人声。
摇旗擂鼓皆妖怪，巡更坐铺尽山精。
狡兔开门弄买卖，野猪挑担干营生。
先年原是天朝国，如今翻作虎狼城。

……

众精都欢天喜地邀三藏，控背躬身接主僧。把唐僧一轿子抬上金銮殿，请他坐在当中，一壁厢献茶，献饭，左右旋绕。那长老昏昏沉沉，举眼无亲。

乌巢禅师曾经说过一段谶语，和这段诗词极像。

其实作者已经说得很明白了，大明朝这部国家机器其实是一个充满邪恶的世界。表面上大家都有一番关于正义君子的论调，而实际上干的都是畜生不如的事情。对于那个一心向善的皇帝来说，紫禁城里实际上没有一个亲人，父母双亡，儿子是冒牌的，弟弟也被抓起来了，天子不过是被献茶献饭、昏昏沉沉的俗人一个而已。表面上，臣子们高呼万岁甚至大表忠心，实际上都有自己的利益牵扯，都是自私自利的小人，这就是隆庆王朝末期的现状。

《西游记》第七十七回　群魔欺本性　一体拜真如（节选）

且不言唐长老困苦。却说那三个魔头，齐心竭力，与大圣兄弟三人，在城东半山内，努力争持。这一场，正是那“铁刷帚刷铜锅，家家挺硬。”好杀：

六般体相六般兵，六样形骸六样情。六恶六根缘六欲，六门六道赌输赢。三十六宫春自在，六六形色恨有名。这一个金箍棒，千般解数；那一个方天戟，百样峥嵘。八戒钉钯凶更猛，二怪长枪俊又能。小沙僧宝杖非凡，有心打死；老魔头钢刀快利，举手无情。这三个是护卫真憎无敌将，那三个是乱法欺君泼野精。起初犹可，向后弥凶。六枚都使升空法，云端里面各翻腾。一时间吐雾喷云天地暗，哮哮吼吼只闻声。

……

大圣听得两个言语相同、心如刀搅，泪似水流，急纵身望空跳起，且不救八戒、沙僧，回至城东山上，按落云头，放声大哭。叫道：“师父啊！

恨我欺天困网罗，师来救我脱沉疴。
潜心笃志同参佛，努力修身共炼魔。
岂料今朝遭蜇害，不能保你上婆娑。
西方胜境无缘到，气散魂消怎奈何！”

……

正是：真经必得真人取，意嚷心劳总是虚。

隆庆皇帝驾崩时36岁，也就是六六之数。高拱、张居正、冯保等在隆庆初年的时候，或许也曾经想过好好辅佐新皇帝，弄个名垂青史。但随着岁月的侵蚀，他们或许看出来了，这个隆庆皇帝注定是个昏君。这样的昏君能干什么？还不如早作打算。高拱是图个舒服日子，冯保是图个金银财宝，而张居正其实野心最大，因为他的亲生儿子是皇太子。

显然这段故事写于1572年之后，或许是1577年，那个时候，海瑞在海南老家感受到的朝廷是什么？就是一群妖精在控制着国家，小妖精都是“钻风”，也就是看着领导的爱好见风使舵，大妖精就是那些高官。不是妖精你就做不了这大明朝的官！海瑞虽然这样想，但他71岁的时候还是去做了大明朝的官，或许他想改变些什么，但是他真的改变不了什么！隆庆皇帝和万历皇帝也改变不了什么！

在海大人眼里，隆庆王朝是狮驼国，那么嘉靖王朝在海大人眼里是什么样的呢？从海瑞给嘉靖的最后一道奏折的内容来看，海瑞对嘉靖是充满感情的。在海瑞眼里，嘉靖曾经是个天才，但后来这个天才变成了蠢货，海瑞怎么都想不明白其中的道理，因为海瑞没有机会体验当皇帝的感觉，甚至他连见上皇帝一面都几乎不可能。这段狮驼国的故事算是对隆庆王朝有了一个总结，接下来还写什么呢？想来，海大人写到这里的时候应该还是在平静中过日子，那几位在朝在野的大人几乎没有什么变动。海大人在继续等待中，又编了一段故事。这段故事就是比丘国的故事。

《西游记》第七十八回　比丘怜子遣阴神　金殿识魔谈道德（节选）

三藏道：“据尊言与敝邦无异；但贫僧进城时，见街坊人家，各设一鹅笼，都藏小儿在内。此事不明，故敢动问。”驿丞附耳低言道：“长老莫管他，莫问他，也莫理他、说他。请安置，明早走路。”长老闻言，一把扯住驿丞，定要问个明白。驿丞摇头摇指，只叫：“谨言！”三藏一发不放，执死定要问个详细。驿丞无奈，只得屏去一应在官人等。独在灯光之下，悄悄而言道：”适所问鹅笼之事，乃是当今国主无道之事。你只管问他怎的！”三藏道：“何为无道？必见教明白，我方得放心。”驿丞道：“此国原是比丘国，近有民谣，改作小子城。三年前，有一老人，打扮做道人模样，携一小女子，年方一十六岁，——其女形容娇俊，貌若观音。——进贡与当今；陛下爱其色美，宠幸在宫，号为美后。近来把三宫娘娘，六院妃子，全无正眼相觑，不分昼夜，贪欢不已。如今弄得精神瘦倦，身体尫羸，饮食少进，命在须臾。太医院检尽良方，不能疗治。那进女子的道人，受我主诰封，称为国丈。国丈有海外秘方，甚能延寿。前者去十洲、三岛，采将药来，俱已完备。但只是药引子利害：单用着一千一百一十一个小儿的心肝，煎汤服药。服后有千年不老之功。这些鹅笼里的小儿，俱是选就的，养在里面。人家父母，惧怕王法，俱不敢啼哭，遂传播谣言，叫作小儿城。此非无道而何？长老明早到朝，只去倒换关文，不得言及此事。”言毕，抽身而退。唬得个长老骨软筋麻，止不住腮边泪堕；忽失声叫道：“昏君，昏君！为你贪欢爱美，弄出病来，怎么屈伤这许多小儿性命！苦哉！苦哉！痛杀我也！”有诗为证。诗曰：

邪主无知失正真，贪欢不省暗伤身。

因求永寿戕童命，为解天灾杀小民。
僧发慈悲难割舍，官言利害不堪闻。
灯前洒泪长吁叹，痛倒参禅向佛人。

海大人手里拿着毛笔，想起了当年自己在嘉靖王朝时当官的情景。

那是1566年，海大人还在户部云南司当主簿，算起来也是五品官了。对于一个53岁的人来说，从海南岛走出来的书生混到京城的正处级干部也算是不错了，可是海瑞非常不满意。海大人为何进京当官？那是因为严嵩倒台了，他这个当年敢于挑战严嵩走狗的官当然算是功臣，所以被提拔到了京师重地。然而海大人真的进了紫禁城才发现，这国家的病根不在严嵩，而在皇帝！1566年的时候，皇帝据说已经20多年没上朝了，通过四处流言分析，海瑞归纳出了皇帝的几个错误，这些问题他都写到奏折里了，而在这回书中，他又挑拣了几样最容易说的错误编到了故事中。嘉靖皇帝迷信道士，认为道士可以帮他长寿甚至长生，此为其一。其二是嘉靖皇帝从1561年起爱上了13岁的小宫女，从此再也不理皇宫里别的女人了，1566年，嘉靖封这个小宫女为尚寿妃，别名美妃。第三是嘉靖皇帝听信道士的说法，从1552年起，拒绝再见自己的亲生儿子，公开的说法是二龙不能相见，搞得裕王和景王俩孩子从16岁起再也没见过自己的皇帝父亲。第四是宫里传来信息，皇帝最近身体很不好，看来道士的天桃仙丹都不管用，看来小美妃让皇帝身体虚弱。那么当时的皇子二王呢？显然心情是非常不好的，对他们来说似乎人生的选择太残酷了，要不就是当皇帝，要不就是被杀死，而这一切本该由父亲教导的事情却因为父亲的不近人情而得不到教导。一个父亲不教导儿子生活的本领，这一点海大人非常不理解。

《西游记》第七十九回　寻洞擒妖逢老寿　当朝正主救婴儿（节选）

昏君道：“特求长老的心肝。”“假唐僧”道：“不瞒陛下说。心便有几个儿，不知要的甚么色样。”那国丈在旁指定道：“那和尚，要你的黑心。”“假唐僧”道：”既如此，快取刀来，剖开胸腹，若有黑心，谨当奉命。”那昏君欢喜相谢，即着当驾官取一把牛耳短刀，递与假僧。假僧接刀在手，解开衣服，忝起胸膛，将左手抹腹，右手持刀，唿喇的响一声，把腹皮剖开，那里头就骨都都的滚出一堆心来。唬得文官失色，武将身麻。国丈在殿上见了道：“这是个多心的和尚！”假僧将那些心，血淋淋的，一个个捡开与众观看，却都是些红心、白心、黄心、悭贪心、利名心、嫉妒心、计较心、好胜心、望高心、侮慢心、杀害心、狠毒心、恐怖心、谨慎心、邪妄心、无名隐暗之心、种种不善之心，更无一个黑心。那昏君唬得呆呆挣挣，口不能言，战兢兢的教："收了去！收了去！"那"假唐僧"忍耐不住，收了法，现出本相。对昏君道："陛下全无眼力！我和尚家都是一片好心，惟你这国丈是个黑心，好做药引。你不信，等我替你取他的出来看看。"

海瑞在1566年初写了一封不留情面的奏折呈给了皇上，7000多字的文章大部分是指责和建议，小部分是赞扬皇帝和表自己的忠心。皇帝看完奏折据说很生气，让太监马上抓人，别让海瑞逃跑了。据说后来嘉靖皇帝听说海瑞都买好棺材等死了，才反思自己的问题，重新阅读了奏折。又据说皇帝拿着海大人的奏折哀叹说："他海瑞要做比干，可朕不是商纣！"或许在当年，大家都已经知道一个著名的故事，那就是关于纣王挖比干心的故事。据说纣王宠爱妲己，妲己嫌比干这个正直的王叔碍眼，就谎称自己心痛，只有用王叔比干的七窍玲珑心才能治好妲己的心脏病。纣王最后下令摘了比干的心从此这段故事成了纣王昏庸无道的经典故事。海大人一定是受了这个故事的启发，这才编出一段金殿掏心的故事。当然海大人的奏折也算是冒死将自己的心掏给皇帝，还在嘉靖皇帝真的不是彻底的昏庸，所以并没有杀死海瑞而是反省了自己的问题，但为时已晚，天命如此！

1566年底，嘉靖皇帝驾崩了，18岁的尚寿妃既没有陪葬，也没有遭到任何虐待，而是在后宫整整又生活了44年才寿终正寝。一个小姑娘是怎么做到自保的，这应该是值得研究的故事，宫廷的记录不能提供足够的信息，正如沙先生说的，隆庆年间的记录都是经过他审核才能存成档案的。好人传记中的故事往往都是好故事，坏人传记中的故事往往都是坏故事，这就是历史的真相。比如那位王守仁先生，在日本、台湾地区被称为了不起的心学大师阳明先生，在《西游记》中被写成了菩提祖师，在某些历史书籍中被写成了残杀义军的刽子手，这就是故事，不同的人有不同的说法。不过关于美妃的故事，海大人的说法值得研究，也算是很有意思的故事，下一回说的就是这么回事。

老鼠精的故事

《西游记》第八十回　姹女育阳求配偶　心猿护主识妖邪（节选）

却说三藏坐在林中，明心见性，讽念那《摩诃般若波罗密多心经》，忽听得嘤嘤的叫声“救人”。三藏大惊道：“善哉！善哉！这等深林里，有甚么人叫？想是狼虫虎豹唬倒的，待我看看。”那长老起身挪步，穿过千年柏，隔起万年松，附葛攀藤，近前视之，只见那大树上绑着一个女子，上半截使葛藤绑在树上，下半截埋在土里。长老立定脚，问他一句道：“女菩萨，你有甚事，绑在此间？”咦！分明这厮是个妖怪，长老肉眼凡胎，却不能认得。那怪见他来问，泪如泉涌。你看他桃腮垂泪，有沉鱼落雁之容；星眼含悲，有闭月羞花之貌。长老实不敢近前，又开口问道：“女菩萨，你端的有何罪过？说与贫僧，却好救你。”那妖精巧语花言，虚情假意，忙忙的答应道：“师父，我家住在贫婆国，离此有二百馀里。父母在堂，十分好善，一生的和亲爱友。时遇清明，邀请诸亲及本家老小拜扫先茔，一行轿马，都到了荒郊野外。至茔前，摆开祭礼，刚烧化纸马，只闻得锣鸣鼓响，跑出一伙强人，持刀弄杖，喊杀前来，慌得我们魂飞魄散。父母诸亲，得马得轿的，各自逃了性命；奴奴年幼，跑不动，唬倒在地，被众强人拐来山内，大大王要做夫人，二大王要做妻室，第三第四个都爱我美色，七八十家一齐争吵，大家都不忿气，所以把奴奴绑在林间，众强人散盘而去。今已五日五夜，看看命尽，不久身亡！不知是那世里祖宗积德，今日遇着老师父到此。千万发大慈悲，救我一命，九泉之下，决不忘恩！”说罢，泪下如雨。

嘉靖皇帝驾崩之后，徐阶宣布遗诏，裕王朱载垕继位。新皇上首要的事情就是安葬老皇上，这可不是装棺材里往陵墓里一放就完了，而是要有一整套完整的仪式，这个仪式写成文字那就是一本书。中国是礼仪之邦，葬礼又是最重要的礼仪，皇帝又是最重要的人，因此这世宗葬礼可以想象会有多么的隆重了。1567年的春天，隆庆皇帝首要的任务是安葬世宗皇帝，这个过程，后来被张居正允许写到了大明录中，但细节是不能全写的，比如隆庆皇帝遇到准备陪葬的美妃这件事情就没有记载。

从《西游记》中我们看到，皇帝驾崩之后的某一天，礼仪要求要烧纸马，此时不知道谁下的命令，把那个美妃抓起来给皇帝陪葬，估计是皇后下的令。皇帝临死前5年的时光都是美妃陪伴的，死后陪葬显得如此自然而然。按照大明朝的规矩，陪葬的人要先绝食几天，把肚子里的大便都排干净了，然后再用白绫上吊，死前还要接受新皇帝的勉励说到那边好好伺候先皇吧！本来这个活人殉葬的事情已经被废除了，但是皇后如果恨透了美妃的话，总能找个理由恢复。当隆庆皇帝见到父皇最心爱的美妃的那一刻，他就知道自己不能不救下这个可怜的姑娘了，因为他毕竟是嘉靖皇帝的儿子，父子在关于对女人的审美方面一致也是必然的，老爸为她舍弃了后宫三千佳丽，儿子见到她的第一眼就像被电击一样，也绝对是可能的，尽管这父子14年没有见面！如果看到自己喜欢的美女马上就要被迫上吊死了而能够做到不去救她，那么这个皇帝就不是隆庆皇帝，更不会在36岁时因为被人戴了绿帽子而痛不欲生！由此看来，皇帝这个座位不是谁都能坐好的，胜任的就是一代伟人，不胜任的就是个短命鬼。与嘉靖皇帝比较，隆庆皇帝实在是太不称职了，养不教父之过啊！所以嘉靖皇帝也不称职，无论是皇帝还是父亲，他都不及格。

《西游记》第八十回　姹女育阳求配偶　心猿护主识妖邪（节选）

行者道："师父虽说有事在你，却不知你不是救他，反是害他。"三藏道："我救他出林，得其活命，怎么反是害他？"行者道："他当时绑在林间，或三五日，十日，半月，没饭吃，饿死了，还得个完全身体归阴；如今带他出来，你坐得是个快马，行路如风，我们只得随你，那女子脚小，挪步艰难，怎么跟得上走？一时把他丢下，若遇着狼虫虎豹，一口吞之，却不是反害其生也？"三藏道："正是呀。这件事却亏你格 。如何处置？"行者笑道："抱他上来，和你同骑着马走罢。"三藏沉吟道："我那里好与他马！……"——"他怎生得去？"

如果不救，显然就是饿死陪葬了！我一直不觉得女子小脚是美，觉得那是对女人的摧残，但这种摧残确实延续了千年，一直到我奶奶还是个少女的时候，小脚仍然是基本的审美原则。这就是人类社会，审美总有些畸形。您说现在社会就没有畸形了？有些女人为了所谓的美要减肥、割双眼皮、穿高跟鞋甚至往胸部乳房组织中手术注入硅胶，有些男人则要染发、刺青、往脖子上挂链子乃至穿上一种裤裆底部与膝盖平齐的裤子，这些都美吗？本人预判，500年后，也就是公元2516年的时候，这些都会被说成是过去社会的陋习。

《西游记》第八十一回　镇海寺心猿知怪　黑松林三众寻师（节选）

长老滴泪道：我写着：

臣僧稽首三顿首，万岁山呼拜圣君；
文武两班同入目，公卿四百共知闻：
当年奉旨离东土，指望灵山见世尊。
不料途中遭厄难，何期半路有灾迍。
憎病沉疴难进步，佛门深远接天门。
有经无命空劳碌，启奏当今别遣人。

行者听得此言，忍不住呵呵大笑道：“师父，你忒不济，略有些些病儿，就起这个意念。你若是病重，要死要活，只消问我。我老孙自有个本事。问道‘那个阎王敢起心？那个判官敢出票？那个鬼使来勾取？’若恼了我，我拿出那大闹天宫之性子，又一路棍，打入幽冥，捉住十代阎王，一个个抽了他的筋，还不饶他哩！”三藏道：“徒弟呀，我病重了，切莫说这大话。”

隆庆要救下这个可怜的美妃，因为他的心肠实在太柔软了，因为他处理事情实在太感性了。于是一干人等反对皇帝的意见。皇帝很无奈地说：“朕连一个小姑娘都不能救，这个皇帝当的还有什么意思，群臣们听着，如果这个事情朕办不成，你们还是另请高明吧！朕还是当王爷好了！”海瑞赶紧劝皇上说：“陛下息怒！您是万乘之尊，保重龙体要紧！其实您是有无限权威的，不必总是拿不当皇帝说事，谁不听您的，您可以使用您的权威，让他少废话，闭嘴，不高兴死去吧！”所谓江山易改，本性难移，海瑞虽然把道理说清了，但是隆庆皇帝还是在6年后自暴自弃了！朱厚熜先生，也就是嘉靖皇帝在16岁进宫当皇帝的时候就表现出了帝王绝对的霸气，那叫说一不二，绝不哭哭啼啼！

《西游记》第八十二回　姹女求阳　元神护道（节选）

好大圣，急睁火眼金睛，漫山看处，果然不见动静。只见那陡崖前，有一座玲珑剔透细妆花、堆五采、三檐四簇的牌楼。他与八戒、沙僧近前观看，上有六个大字，乃“陷空山无底洞”。行者道：“兄弟呀，这妖精把个架子支在这里，还不知门向那里开哩。”沙僧说：“不远！不远！好生寻！”都转身看时，牌楼下，山脚下有一块大石，约有十馀里方圆；正中间有缸口大的一个洞儿，爬得光溜溜的。八戒道：“哥啊，这就是妖精出入洞也。”行者看了道：“怪哉！我老孙自保唐僧，瞒不得你两个，妖精也拿了些，却不见这样洞府。八戒，你先下去试试，看有多少浅深，我好进去救师父。”八戒摇头道：“这个难！这个难！我老猪身子夯夯的，若塌了脚吊下去，不知二三年可得到底哩！”行者道：“就有多深么？”八戒道：“你看！”大圣伏在洞边上，仔细往下看处，——咦！深啊！周围足有三百馀里，回头道：“兄弟，果然深得紧！”八戒道：“你便回去罢。师父救不得耶！”那行者道：“你说那里话！‘莫生懒惰意，休起怠荒心。’且将行李歇下，把马拴在牌楼柱上，你使钉钯，沙僧使杖，拦住洞门，让我进去打听打听。若师父果在里面，我将铁棒把妖精从里打出，跑至门口，你两个却在外面挡住：这是里应外合。打死精灵，才救得师父。”二人遵命。

海大人这回书毕竟是写隆庆皇帝和尚寿妃恋爱的故事，所以不得不小心翼翼地梳理文字，这件事情不能让别人轻易看出真相，但是真相在当事人眼中却是非常清晰的。比如妖精住处有那三檐四簇的牌楼立在一块方圆十里的大石头上，这就是个谜语，谜底是妖精乃是住在皇宫里的尚寿妃。如果您不明白为什么？我就啰唆地解释解释。您看这“三檐四簇的牌楼”就是一个大大的“尚”字，您再看方圆十余里的大石说的就是方圆十余里的紫禁城。这可以作为大明朝时期故宫博物院周长的佐证，因为是当时在那里办公的海瑞先生亲口说的，不，是亲自写的！

《西游记》第八十二回　姹女求阳　元神护道（节选）

行者喜道：“好去处啊！想老孙出世，天赐与水帘洞，这里也是个洞天福地！”正看时，又见有一座二滴水的门楼，团团都是松竹，内有许多房舍。又想道：“此必是妖精的住处了。我且到那里边去打听打听。——且住！若是这般去啊，他认得我了，且变化了去。”摇身捻诀，就变做个苍蝇儿，轻轻地飞在门楼上听听。只见那怪高坐在草亭内。他那模样，比在松林里救他，寺里拿他，便是不同，越发打扮得俊了：

发盘云髻似堆鸦，身着绿绒花比甲。
一对金莲刚半折，十指如同春笋发。
团团粉面若银盆，朱唇一似樱桃滑。
端端正正美人姿，月里嫦娥还喜恰。
今朝拿住取经僧，便要欢娱同枕榻。

行者且不言语，听他说甚话。少时，绽破樱桃，喜孜孜地叫道：“小的们，快排素筵席来，我与唐僧哥哥吃了成亲。”

……

三藏认得声音，叫道：“徒弟，救我命啊！”行者道：“师父不济呀！那怪精安排筵宴，与你吃了成亲哩。或生下一男半女，也是你和尚之后代，你愁怎的？”

这显然是在说，尚寿妃和隆庆皇帝之间的感情因为救命之恩而升华。作者就怕别人看不出来，特意写了一个“二滴水的门楼”，这显然又是一个“尚”字，而后还特意说“你和尚之后代”，我们可以读成“你”和“尚”之后代。没办法，文字内容太过隐秘，不这样矫情还真不行。这样矫情也不行，导致这部《西游记》刚出版就被朝廷划为禁书了！

值得说的是作者一旦让大圣变成令人讨厌的苍蝇，实际上行者也就是冯保的化身了。要知道冯保这个太监是可以看着皇妃洗澡的，可海瑞不行，就算看皇妃“洗枣”也不行。

《西游记》第八十二回　姹女求阳　元神护道（节选）

行者见事不谐，料难入他腹，即变做个饿老鹰。真个是：

玉爪金睛铁翮，雄姿猛气抟云。妖狐狡兔见他昏，千里山河时遁。饥处迎风逐雀，饱来高贴天门。老拳钢硬最伤人，得志凌霄嫌近。

飞起来，轮开玉爪，响一声掀翻桌席，把些素果素菜，盘碟家火，尽皆捽碎，撇却唐僧，飞将出去。唬得妖精心胆皆裂，唐僧的骨肉通酥。妖精战战兢兢，搂住唐僧道：“长老哥哥，此物是那里来的？”三藏道：“贫僧不知。”妖精道："我费了许多心，安排这个素宴与你耍耍，却不知这个扁毛畜生，从那里飞来，把我的家火打碎！"众小妖道："夫人，打碎家火犹可，将些素品都泼散在地，秽了怎用？"三藏分明晓得是行者弄法，他那里敢说。那妖精道："小的们，我知道了。想必是我把唐僧困住，天地不容，故降此物。你们将碎家火拾出去，另安排些酒肴，不拘荤素，我指天为媒，指地作订，然后再与唐僧成亲。"

18岁的美女与30岁的大哥在宫里喝酒，这美女是大哥这辈子见过的最可爱的女子，而这大哥则是美女眼里新的靠山。父亲娶儿媳妇这件事情，唐明皇干过，儿子娶父亲媳妇这件事，高宗李治干过，姥爷娶外孙女这种事，俺答干过，但那都是古时候或者蛮夷民族的事情，大明朝皇帝不能干这种事情，于是乎大家就应该和不应该的问题进行了大讨论，这个"应"与那个"鹰"恰好谐音，所以悟空便做了老鹰搅黄了人家的亲事！大明朝嘉靖皇帝刚进北京的时候，因为母亲进京能不能走正大门都吵了很久，更何况如今隆庆皇帝要娶这个据说累死了嘉靖皇帝的美妃呢？爱情这件事情，故事就是多，但是再多也有人歌颂或咒骂！

妖精说自己的行为"天地不容"，大概的意思可能是海瑞估计美妃自己也觉得嫁给前夫的儿子有些离经叛道，尽管前夫的儿子比自己还大一旬。

《西游记》第八十二回　姹女求阳　元神护道（节选）

师徒们商量定了，三藏才欠起身来，双手扶着那格子，叫道："娘子，娘子。"那妖精听见，笑唏唏的跑近跟前道："妙人哥哥，有甚话说？"三藏道："娘子，我出了长安，一路西来，无日不山，无日不水。昨在镇海寺投宿，偶得伤风重疾，今日出了汗，略才好些；又蒙娘子盛情，携入仙府，只得坐了这一日，又觉心神不爽。你带我往那里略散散心，耍耍儿去么？"那妖精十分欢喜道："妙人哥哥倒有些兴趣。我和你去花园里耍耍。"叫："小的们，拿钥匙来开了园门，打扫路径。"众妖都跑去开门收拾。这妖精开了格子，搀出唐僧。你看那许多小妖，都是油头粉面，嬝娜娉婷，簇簇拥拥，与唐僧径上花园而去。好和尚！他在这绮罗队里无他故，锦绣丛中作症聋。若不是这铁打的心肠朝佛去，第二个酒色凡夫也取不得经。一行都到了花园之外。那妖精俏语低声叫道："妙人哥哥，这里耍耍，真可散心释闷。"

妖精给唐僧起了一个名字，叫作妙人哥哥。妙人是哥哥，还是少女？哥哥总是没错了！那一群小妖就是宫女，那花园就是御花园。那娘子就是美妃，那唐僧就是隆庆皇帝，那一刻隆庆皇帝很有兴致地享受了刚刚获得的爱情，不过随即就被大臣们给劝住了。海瑞如果知道“您不就是要喝牛奶吗？您犯不着牵着母牛回家啊！”这句话一定会在隆庆皇帝那里引用。

其实这爱情，最美好的瞬间就是感觉到对方可能爱上了自己，而彼此刚开始表达时的感觉。那是爱情的顶峰，之后就是下坡路。隆庆皇帝没有像人家唐高宗李治那样勇敢地向天下大喊：“我爱你，则天！”否则，尚贵妃可能是中国第二个女皇帝，这天下姓过尚！

《西游记》第八十二回　姹女求阳　元神护道（节选）

原来那些小妖，自进园门来，各人知趣，都不在一处，各自去采花斗草，任意随心耍子，让那妖精与唐僧两个自在叙情儿。忽听得叫，却才都跑将来。又见妖精倒在地上，面容改色，口里哼哼的爬不动，连忙搀起，围在一处道：“夫人，怎的不好？想是急心疼了？”妖精道：“不是！不是！你莫要问，我肚里已有了人也！快把这和尚送出去，留我性命！”那些小妖，真个都来扛抬。行者在肚里叫道：“那个敢抬！要便是你自家献我师父出去，出到外边，我饶你命！”那怪精没计奈何，只是惜命之心，急挣起来，把唐僧背在身上，拽开步，往外就走。小妖跟随道：“老夫人，往那里去？”妖精道：“‘留得五湖明月在，何愁没处下金钩！’把这厮送出去，等我别寻一个头儿罢！”好妖精，一纵云光，直到洞口。又闻得叮叮当当，兵刃乱响。三藏道：“徒弟，外面兵器响哩。”行者道：“是八戒揉钯哩。你叫他一声。”三藏便叫：“八戒！”八戒听见道：“沙和尚！师父出来也！”二人掣开钯杖，妖精把唐僧驮出。咦！正是：心猿里应降邪怪，土木司门接圣僧。

看起来隆庆皇帝和尚寿妃在后宫享受爱情，宫女们是不敢看的，因为这是秘密。谁乐意知道对自己没有好处但却充满危险的秘密呢？而隆庆皇帝显然和尚寿妃是孕育了一个孩子的，这个孩子是谁呢？历史没有记录。一个18岁的少女已经是“老夫人”了，因为她的职位是尚太寿妃，是个当奶奶的人。这孙行者居然说猪八戒在揉钯，其实就是用毛笔写字，这是古代文人的武器。

《西游记》第八十三回　心猿识得丹头　姹女还归本性（节选）

双舞剑飞当面架，金箍棒起照头来。一个是天生猴属心猿体，一个是地产精灵姹女骸。他两个，恨冲怀，喜处生仇大会垓。那个要取元阳成配偶，这个要战纯阴结圣胎。棒举一天寒雾漫，剑迎满地黑尘筛。因长老，拜如来，恨苦相争显大才。水火不投母道损，阴阳难合各分开。两家斗罢多时节，地动山摇树木摧。

姹女的“姹”是“女”和“宅”二字之和，女宅为后宫。骸是死后之白骨，“姹女骸”指的是后宫那些终将老死其中不得释放的女人们，这确实是浪费人力资源。“母道损”说的是为人母之道受到了损害，这说的是“尚寿妃”是隆庆皇帝的“人母”，民间称之为“小妈”。好像也有叫晚娘的，但还不一样。无论如何，尚寿妃是隆庆母一辈总是没有错的。如果尚寿妃去了蒙古，她就可以和王昭君一样嫁给老男人之后，等老男人老死了再嫁给老男人的儿子，直到自己嫁不动了。人力资源短缺的地方人力资源利用就比较充分，否则也只能在闲置。

关于以和为尚的深刻道理

《西游记》第八十四回　难灭伽持圆大觉　法王成正体天然（节选）

行者闻言，又弄手段，拦着门，厉声高叫道："王小二，莫听你婆子胡说。我不是夜耗子成精。明人不做暗事。吾乃齐天大圣临凡，保唐僧往西天取经。你这国王无道，特来借此衣冠，装扮我师父。一时过了城去，就便送还。"那王小二听言，一毂辘起来，黑天摸地，又是着忙的人，捞着裤子当衫子，左穿也穿不上，右套也套不上。

王小二这个名字实在是通俗，但王小儿呢？要是蒙古王俺答的小孙儿呢？那就是个重要人物了！蒙古王俺答是一个性本能异常强烈的男人，所以他才出人意料地爱上了自己的外孙女，这是因为他和自己的女婿毕竟不是一个人，所以基因有差异，生育有价值。蒙古王的外孙女据说叫三娘子，算是蒙古大地上的稀缺资源，所以蒙古王就用这个资源笼络亲信。不过在爱情面前俺答这个男人很自私，他不能履行诺言将三娘子嫁给准备笼络的亲信，于是思前想后，将蒙古第二美女"王小二的小女友"嫁给了亲信。王小二做梦的时候肯定骂过："爷爷！你这个老王八蛋，你怎么能抢我的女朋友呢？你怎么能娶自己的外孙女呢？你是我爷爷，我和你一样好色你不知道吗？你知道怎么还抢我美丽的女朋友？爷爷！你不够意思，我要和你成为敌人，具体的方案就是我先投靠你的敌人，就是南边那个大国家，抢了咱成吉思汗大元朝的朱家大明王朝！我要气死你！"王小二在大同关口投降的时候，守城的卫士没有人会想到从此大明朝居然和蒙古不用打仗了！后来，隆庆合议由此引发。王小二的真名叫把汉那吉，隆庆皇帝最终送给了王小二一套衣服，并嘱咐王小二说，这是大明朝最流行的款式，面料和做工也都非常讲究，你要好好保存！珍重！滚回你爷爷的蒙古包吧！

《西游记》第八十四回　难灭伽持圆大觉　法王成正体天然（节选）

行者道："我们是北方来的，有几匹粗马贩卖。"那妇人道："贩马的客人尚还小。"行者道："这一位是唐大官、这一位是朱三官，这一位是沙四官，我学生是孙二官。"妇人笑道："异姓。"行者道："正是异姓同居。我们共有十个弟兄，我四个先来赁店房打火；还有六个在城外借歇；领着一群马，因天晚不好进城。待我们赁了房子，明早都进来。只等卖了马才回。"

上面这段话如果是我1998年冬天写的作业，语文老师一定因为语意错误给我得零分的，但作为四大名著，500年以来愣是没人敢说这段话有问题！请问什么叫"贩马的客人尚还小"？我就敢挑战权威！

1998年冬天，本人以25岁大学工科本科毕业4年的身份又走入了广播电视大学中文系第二学历的课堂。老师告诉我们，托尔斯泰从来不会写错一个标点符号！老师没有说《西游记》里面有很多话根本不通顺。当时我就想，托尔斯泰也曾经是个顽童啊？那么这个"尚还小"是个什么呢？您猜对了，这是特意重提上回书说的那个"尚美人"的事情，作者好像在告诉我们说："尚美人不过是个18岁的少女，如果她有什么错误，都是应该原谅的，如果她追求幸福或是未来的安全感，那又有什么错呢？"

《西游记》第八十四回　难灭伽持圆大觉　法王成正体天然（节选）

那妇人道："一群有多少马？"行者道："大小有百十匹儿，都像我这个马的身子，却只是毛片不一。"妇人笑道："孙二官人诚然是个客纲客纪。早是来到舍下，第二个人家也不敢留你。我舍下院落宽阔，槽札齐备，草料又有，凭你几百匹马都养得下。却一件：我舍下在此开店多年，也有个贱名。先夫姓赵，不幸去世久矣。我唤做赵寡妇店。我店里三样儿待客。如今先小人，后君子、先把房钱讲定后，好算帐。"行者道："说得是。你府上是那三样待客？常言道：'货有高低三等价，客无远近一般看。'你怎么说三样待客？你可试说说我听。"赵寡妇道："我这里是上、中、下三样。上样者：五果五菜的筵席。狮仙斗糖桌面，二位一张，请小娘儿来陪唱陪歇。每位该银五钱、连房钱在内。"行者笑道："相应啊！我那里五钱银子还不彀请小娘儿哩。"寡妇又道："中样者：合盘桌儿，只是水果、热酒，筛来凭自家猜枚行令，不用小娘儿，每位只该二钱银子。”行者道：“一发相应！下样儿怎么？”妇人道：“不敢在尊客面前说。”行者道：“也说说无妨。我们好拣相应的干。”妇人道：“下样者：没人伏侍，锅里有方便的饭，凭他怎么吃；吃饱了，拿个草儿，打个地铺，方便处睡觉；天光时，凭赐几文饭钱，决不争竟。”八戒听说道：“造化，造化！老朱的买卖到了！等我看着锅吃饱了饭，灶门前睡他娘！”行者道：“兄弟，说那里话！你我在江湖上，那里不赚几两银子！把上样的安排将来。”那妇人满心欢喜，即叫：“看好茶来。厨下快整治东西。”遂下楼去，忙叫：“宰鸡宰鹅，煮腌下饭。”又叫：“杀猪杀羊，今日用不了，明日也可用。看好酒。拿白米做饭，白面捍饼。”

孙悟空等四人穿的是王小二家店里客人的衣服，按照暗线，代表的是蒙古人。赵寡妇代表的是大明朝廷的赵贞吉赵大人，这位大人人缘不好，和高拱、张居正、海瑞都合不来，所以被海瑞写成寡妇。但是，赵贞吉当时是重要人物，是接替徐阶的内阁首辅，所以拟定对付蒙古的方案是他的职责，他的方案就是所谓的“三样待客”。那么站在官府角度来说，这样的待客可以还原成：

首先，大明朝要认头做亏本的买卖，花高高的价格买蒙古人的赖马。

其次，只要是蒙古的使者来了，官府要好好招待，管吃管喝管住。

最后，允许双方在边贸设立集市，官府也不缴税，就当是民间自愿交易吧！政府还要搭上一些维护秩序的成本。

用这三种方案来讨好蒙古人，使得蒙古人无法不接受，但这也就被海瑞嘲笑为寡妇想法了。不过海瑞也要承认，这套方法和连年战乱侵扰比较，还是不错的，不死人就是好事，不威胁咱北京城就是好事！

《西游记》第八十四回　难灭伽持圆大觉　法王成正体天然（节选）

行者道：“早是说哩。快不要去请。一则斋戒日期，二则兄弟们未到。索性明日进来，一家请个表子，在府上耍耍时，待卖了马起身。”寡妇道：“好人！好人！又不失了和气，又养了精神。”教：“抬进轿子来，不要请去。”四众吃了酒饭。收了家火，都散讫。三藏在行者耳根边悄悄的道：“那里睡？”行者道：“就在楼上睡。三藏道：“不稳便。我们都辛辛苦苦的，倘或睡着，这家子一时再有人来收拾，见我们或滚了帽子，露出光头，认得是和尚，嚷将起来，却怎么好？”行者道：“是啊！”又去楼前跌跌脚。寡妇又上来道：“孙官人又有甚吩咐？”行者道：“我们在那里睡？”妇人道：“楼上好睡。又没蚊子，又是南风。大开着窗子忒好睡觉。”行者道：“睡不得。我这朱三官儿有些寒湿气，沙四官儿有些漏肩风。唐大哥只要在黑处睡，我也有些儿羞明。此间不是睡处。”

关于如何处理俺答王小儿的问题，首辅赵大人提出了方案，大家觉得很不错，尤其是得到了高拱的赞同。这件事情怎么办呢？双方要签字确认合约，但大明朝要面子，所以要俺答王递一个顺表，这就是所谓的表子。如果您以为表子是婊子写错了，那您就先对了，后错了。因为按照表面情节，赵寡妇要给客人找小娘，也就是现代说的妓女，恶俗的名称是婊子。作者巧妙地利用了“婊子”的“婊”和“顺表”的表同音的特点，隐藏了事实，所以真的不是错别字，这是故意卖一个破绽。

关于“羞明”的问题实在是好玩儿！怕黑的人有，怕亮的人也有，羞明的却没有，但羞于见大明朝的人却有，那应该是俺答王小儿他爷爷。你一个老头搞了自己的外孙女，逼得孙子叛变投敌，你还好意思见人吗？当然这是大明朝官员们的想法，但是人家俺答王是个实在人，也许根本就不害羞。比如您看某国家男领导人，上身穿着西装领带，下身穿着同款面料的裙子，我们看上去会觉得穿上那套衣服站在全世界人面前是应该害羞的，但是人家觉得那是世界上最神圣的装扮。你觉得穿上比基尼的美女在海滩上很自然，但是人家伊斯兰教认为这就是不知羞耻，这没有对错。不过有一点可以肯定，这个羞明的问题就是要告诉大家，穿着王小二店家客人身上衣服的客人里面的最大的官是一个羞明的家伙。

《西游记》第八十四回　难灭伽持圆大觉　法王成正体天然（节选）

国王见了，眼中流泪道：“想是寡人杀害和尚……”即传旨吩咐：“汝等不得说出落发之事，恐文武群臣，褒贬国家不正。且都上殿设朝。”

……

只听那：静鞭三响朝皇帝，表奏当今剃发因。

“和尚”二字被海大人用了多次，也产生了多个意思。比如和尚美人干什么事的“和尚”，再比如光着脑袋信仰佛教的“和尚”。但是在这回书中，还有一个意思，那就是“以和为尚”。连年战争害苦了国家和百姓，查阅历史可以发现蒙古人侵扰边境是非常严重的，高拱、赵贞吉、张居正等人都是经历过蒙古人侵略战争的人，隆庆皇帝也对此不陌生啊！但是面对敌人，国家永远都会有两派，一是主战派，一是主和派，可以时髦地说是左派和右派。隆庆皇帝表面上一定是主战派，因为这样说才像一个皇帝，才像一个新皇帝。因为这个“左右”的问题可是没少死人。我研究过顾问，这个左字就是动手，这个右字就是动口，文字本身很有意思吧！

《西游记》第八十五回　心猿妒木母　魔主计吞禅（节选）

当阶叩头道：“臣蒙圣旨巡城，夜来获得贼赃一柜，白马一匹。微臣不敢擅专，请旨定夺。”国王大喜道：“连柜取来。”二臣即退至本衙，点起齐整军士，将柜抬出。三藏在内，魂”不附体道：“徒弟们，这一到国王前，如何理说？”行者笑道：“莫嚷！我已打点停当了。开柜时，他就拜我们为师哩。只教八戒不要争竞长短。”八戒道：“但只免杀，就是无量之福，还敢争竞哩！”说不了，抬至朝外，人五凤楼，放在丹墀之下。

……

三藏道：“贫僧知陛下有愿心杀和尚，不敢明投上国，扮俗人，夜至宝方饭店里借宿。因怕人识破原身，故此在柜中安歇。不幸被贼偷出，被总兵捉获抬来。今得见陛下龙颜，所谓拨云见日。望陛下赦放贫僧，海深恩便也！”

……

所谓柜者，就是归也，归顺的归！高拱对把汉那吉归顺这件事情是非常重视的，也恰恰是在他的坚持下，大家才避免了杀戮，利用这个契机和蒙古人进行了和谈，据说从此后70年没有杀戮。当然也要感谢大同的总兵没有独断专行，否则这个和谈的机会也没有了。70年之后是大清朝了，统一了，更没有杀戮了。

坦白地说，这回书写得很精彩！

嘉靖皇帝在昏睡中死去

《西游记》第八十五回　心猿妒木母　魔主计吞禅（节选）

好大圣，把腰一躬，就到半空。用手搭在眉上，圆睁火眼，向下观之，果见那悬岩边坐着一个妖精。你看他怎生模样：

炳炳文斑多采艳，昂昂雄势甚抖擞。

坚牙出口如钢钻，利爪藏蹄似玉钩。

金眼圆睛禽兽怕，银须倒竖鬼神愁。

张狂哮吼施威猛，嗳雾喷风运智谋。

又见逼左右手下有三四十个小妖摆列，他在那里逼法的喷风嗳雾。

……

和蒙古人的这次和谈，虽然损失了银子，但换来了和平，算是了不起的政绩，从历史角度来说是值得肯定的！隆庆王朝短短6年，值得回忆的事情也就这些，张居正没死，徐阶也没死，高拱也不可能回到朝廷，这一切一切，都需要时间去解答海瑞心中的问题。海瑞闲来无事，总要继续写作，索性就再写一写嘉靖皇帝吧！尤其是自己深受隆庆皇帝的恩情，怎么能不说说呢？这回故事说的是1566年海瑞被关进监狱之后到被解救出来的故事，而这个妖精当然就是嘉靖皇帝朱厚熜。按照皇帝的标准来评价，朱厚熜是一个了不起的皇帝，他的文采、智谋、手段、威慑力都是非常了不起的，这和他儿子朱载垕相差很大。或许朱载垕的性格更像他的母亲，而不像他的父亲。

《西游记》第八十五回　心猿妒木母　魔主计吞禅（节选）

小妖道："我当初在狮驼岭狮驼洞与那大王居住，那大王不知好歹，要吃唐僧，被孙行者使一条金箍棒，打进门来，可怜就打得犯了骨牌名，都'断幺绝六'；还亏我有些见识，从后门走了，来到此处，蒙大王收留。故此知他手段。"老妖听言，大惊失色。这正是"大将军怕谶语"。他闻得自家人这等说，安得不惊。

……

可怜！这正是"禅性遭魔难正果，江流又遇苦灾星！"

……

正自两泪交流，只见对面树上有人叫道："长老，你也进来了！"长老正了性道："你是何人？"那人道："我是本山中的樵子；被那山主前日拿来，绑在此间，今已三日，算计要吃我哩。"长老滴泪道："樵夫啊，你死只是一身，无甚挂碍，我却死得不甚干净！"樵子道："长老，你是个出家人，上无父母，下无妻子，死便死了，有甚么不干净？"长老道："我本是东土往西天取经去的，奉唐朝太宗皇帝御旨拜活佛，取真经，要超度那幽冥无主的孤魂。今若丧了性命，可不盼杀那君王，孤负那臣子？那枉死城中，无限的冤魂，却不大失所望，永世不得超生；一场功果，尽化作风尘，这却怎么得干净也？"樵子闻言，眼中堕泪道："长老，你死也只如此，我死又更伤情。我自幼失父，与母鳏居，更无家业，止靠着打柴为生。老母今年八十三岁，只我一人奉养。倘若身丧，谁与他埋尸送老？苦哉，苦哉！痛杀我也！"长老闻言，放声大哭道："可怜，可怜！山人尚有思亲意，空教贫僧会念经！事君事亲，皆同一理。你为亲恩，我为君恩。"正是那："流泪眼观流泪眼，断肠人送断肠人！"

……

正是那：有难的江流专遇难，降魔的大圣亦遭魔。

1566年，朱厚熜在西苑求仙的时候，海瑞在监狱中，朱载垕在王府中，二人对自己的前景都充满了恐惧，他们都不知道自己能否闯过鬼门关，因为决定他们命运的人是朱厚熜，而朱厚熜本人的心思是几十年也没人能猜透的。海瑞在监狱中反省自己的言行，他一定后悔自己实在太冲动，为这么一个妖精一样的皇帝领导，自己值得去死吗？另外，海瑞在自己的奏折中提到了"二王"，这无疑是触碰了嘉靖皇帝心中的高压线。皇帝惧怕自己成年的儿子篡位，这是他不自信的表现，毕竟14年没见过面了，自己当父亲的责任已经被严重的心理变态给扭曲了，

"二王"此时已经陷入了严重的危机。如果嘉靖皇帝的身体很好，"二王"是有可能被废的。以中国历史来看，被废的王爷命运实在是不好，能活多久都是未知数。熟读历史的海瑞和嘉靖皇帝朱厚熜以及王爷朱载垕都看不清未来，就好像在满山大雾时走山路，看不清悬崖，感觉到处都有危险。

《西游记》第八十六回　木母助威征怪物　金公施法灭妖邪（节选）

深穴依山，住多年吃人的老怪。果然不亚神仙境，真是藏风聚气巢。

行者见了，两三步，跳到门前看处，那石门紧闭，门上横安着一块石版，石版上有八个大字，乃"隐雾山折岳连环洞"。

……

那群妖扎下营盘，将一面锦绣花旗闪一闪，老怪持铁杵，应声高呼道："那泼和尚，你认不得我？我乃南山大王，数百年放荡于此。你唐僧已是我拿吃了，你敢如何？"行者骂道："这个大胆的毛团！你能有多少的年纪，敢称'南山'二字？李老君乃开天辟地之祖，尚坐于太清之右；佛如来是治世之尊，还坐于大鹏之下；孔圣人是儒教之尊，亦仅呼为'夫子'。你这个孽畜，敢称甚么南山大王，数百年之放荡！不要走！吃你外公老爷一棒！"

……

师父听见老妖方醒声唤，便叫："徒弟，妖精醒了。"八戒上前一钯，把老怪筑死，现出本相，原来是个艾叶花皮豹子精。行者道："花皮会吃老虎，如今又会变人。这顿打死，才绝了后患也！"长老谢之下尽，攀鞍上马。那樵子道："老爷，向西南去不远，就是舍下。请老爷到舍，见见家母，叩谢老爷活命之恩，送老爷上路。"

……

"隐雾山折岳连环洞"这个名字确实很有内涵，我想作者大概的意思应该是说在大家都云里雾里的时候，五岳之尊泰山一样的嘉靖皇帝突然倒下了，从此就有了一系列连环的事件发生。嘉靖皇帝据说在36岁时被宫女们差点勒死之后就再也没有上过朝，见过皇帝龙颜的人应该不太多，对大家来说住在"西苑"的皇帝就好像在雾中，能感觉到但又看不清。海瑞很清楚，1566年的中国，如果嘉靖皇帝不死，一切都只能延续，因为所有的"老虎"都怕嘉靖皇帝，谁也不知道老皇帝还有多少招对付大家。著名青词大师严嵩大老虎，当了20年的首辅，但突然就被办了，落下一个讨饭还乡的下场！在中国，无论是以前还是以后，南山大王这类人物终究会在昏睡中去世的，因为连死刑据说都注射了。

《西游记》第八十六回　木母助威征怪物　金公施法灭妖邪（节选）

这樵子看见是他母亲，丢了长老，急忙忙先跑到柴扉前，跪下叫道："母亲！儿来也！"老妪一把抱住道："儿啊！你这几日不来家，我只说是山主拿你去，害了性命，是我心疼难忍。你既不曾被害，何以今日才来？你绳担，柯斧俱在何处？"樵子叩头道："母亲，儿已被山主拿去，绑在树上，实是难得性命。幸亏这几位老爷！这老爷是东土唐朝往西天取经的罗汉。那老爷倒也被山主拿去绑在树上。他那三位徒弟老爷，神通广大，把山主一顿打死，却是艾叶花皮豹子精；概众小妖，俱尽烧死，却将那老老爷解下救出，连孩儿都解救出来。此诚天高地厚之恩！不是他们，孩儿也死无疑了。如今山上太平，孩儿彻夜行走，也无事矣。"

……

正是：降怪解冤离苦厄，受恩上路用心行。

海瑞在狱中怀念他的母亲，估计也没少悔恨自己的言行。正如他借樵夫的嘴说出自己一想到母亲没有人奉养就心中十分难受。书中的各章节中的樵夫都是海瑞自己的影子，这好像有的电影导演喜欢在电影中客串一个小角色，有的作家喜欢将自己手写的书名印在新书的封皮上。

"降怪解冤离苦厄，受恩上路用心行"与主线情节显然无关，但确实是海瑞在1567年初被释放之后心情的最佳解读。海瑞认为自己写的奏折说的都是实话，尽管他预料可能被砍头，但是他觉得自己有功无罪，所以只要被降罪，他就会觉得冤屈！而自己被释放那实在是新皇的恩典，尽管就应该释放，但人家做了应该做的事情，你也应该感恩！因为很多时候，应该做的事情可不一定会成为现实。比如当官要为民做主这件事情被说了几千年，但封建的贪官、赃官、糊涂官、邪恶官确实是犹如苍蝇蚊子一样无法彻底消灭。引申一下来说，任何人只要是做了自己应该做的事情都是值得尊重的，哪怕他的工作很平凡，例如解读沙先生秘密这件事情，呵呵。

《西游记》第八十七回　凤仙郡冒天止雨　孙大圣劝善施霖（节选）

大道幽深，如何消息，说破鬼神惊骇。挟藏宇宙，剖判玄光、真乐世间无赛。灵鹫峰前，宝珠拈出，明映五般光彩。照彻乾坤，上下群生，知者寿同山海。

我喜欢海大人的这首词，因为写得很奇巧，怎么理解都可以的词就是好词，比如：“但愿人长久，千里共婵娟。”我理解这首词是这样的：

我这本书里面深深地隐藏了国家最大的机密事件，如果说破了，举国震惊啊！天下的大事都被我写进去了，同时我也做了评判，归根结底我是希望全世界都充满幸福快乐啊！这部书里面的五个主人公想来也都是人中豪杰，其事迹也都是很有光彩的，一个皇帝、两个首辅、一个太监头子、一个举世著名的大清官，这多有光彩啊！书是写了，如果谁能看出来其中的秘密，那么他就算是我海瑞的知音了。

求雨不如善举

《西游记》第八十七回　凤仙郡冒天止雨　孙大圣劝善施霖（节选）

正是那古诗云：

“人心生一念，天地悉皆知。善恶若无报，乾坤必有私。”

……

见那殿阁巍峨，山门壮丽，俱称赞不已。行者请师父留一寺名。三藏道：“有，留名当唤做‘甘霖普济寺’。”郡侯称道：“甚好！甚好！”用金贴广招僧众，侍奉香火。殿左边立起四众生祠，每年四时祭祀；又起盖雷神、龙神等庙，以答神功。看毕，即命趱行。那一郡人民，知久留不住，各备赆仪，分文不受。因此，合郡官员人等，盛张鼓乐，大展旌幢，送有三十里远近，犹不忍别，遂掩泪目送，直至望不见方回。这正是：硕德神僧留普济，齐天大圣广施恩。

我和沙先生都觉得这段故事是海瑞真正的回忆录，虽然和国家大事无直接关系而显得有些离题，但这也是海瑞对人生的一大总结。这件事情真正的含义沙先生最清楚。我们中国的老百姓啊！自古以来受到的迫害实在太多，所以只要有一个肯真心为官的，百姓就感激和歌颂，但统治者却未必。海瑞在苏州当巡抚的时候就是一个百姓公认的好官，一个被御史冠以鱼肉乡绅的糊涂官、暴虐官。海瑞是一个百姓心中的清官，是一个御史心中的暴虐的官，本质上也是一个识得大体真正懂得政治的好官员，可惜的是他没有活在20世纪前50年，不然他肯定是个革命家，海瑞的思想太有革命色彩了。海瑞活着的时候就已经得到了百姓极高的称赞，具体的方式有盖庙纪念的，那可是海瑞活着的时候百姓自发的，没用一分公款。海瑞不过就是自认为尽了官员的责任，就得到如此高的待遇，这就说明中国百姓足够善良。不过海瑞还是要进一步劝善，甚至不惜用他自己都不一定信的老天来劝那些糊涂官员要善。海瑞自己知道，玉皇大帝和如来佛到底有没有。当然劝善是不可能解决所有问题的，因为总有些人不听劝。理智的人不多，感情用事的很多，古往今来大多如此。

师授狮兽的故事

这书都写到八十七回了，但还是不能结尾，因为中国人喜欢盖棺定论，海瑞等这几个人要盖棺才能下个定论。墓志铭就是起这个作用的，但墓志铭也是片面的结论，随着历史的推演，一切结论都会发生变化，连理性的科学尚且如此，何况是感性的历史更加扑朔迷离了。好在张居正的命并不长，1582年，57岁的张居正被宣布死亡了，消息传到海南琼州海瑞那里时，海瑞一定非常激动，他可以为张居正的一生做一个判断了。即使判断得不准，至少张居正身上不会有新故事了。海瑞给张居正写总结，只能从1566年开始写，以前的事情海瑞不了解细节，不能瞎说啊！张居正偷情生下万历皇帝的故事已经说过了，害死隆庆的故事也说过了，不忠不孝的话也骂完了，还有什么可以评价的呢？那就说说张居正的两面派随风倒的问题吧！这好像是以前没有说过的故事。

玉华州的故事说的是1566年到1570年期间，高拱、徐阶、张居正、隆庆、海瑞等人之间发生的一段举世著名的故事，简称徐阶弄权。当然这个故事已经在黄风大圣、镇元大仙、牛魔王三个妖怪身上说了很多，不过在那三个妖怪的故事中，沙僧一直都没有什么具体作用，就像一个高级的群众演员一样，台词都没有几句。那么海瑞认为，张居正在“徐阶弄权”这个故事中到底是一个什么角色呢？通过玉华州的故事，我们可以判定海瑞认为，张居正的作用就是沟通传话泄露机密，也就是说隆庆皇帝的所有决策，徐阶都非常清楚，张居正是徐阶潜伏在隆庆皇帝身边的一个高级谍报人员。

历史记载，1566年年底，嘉靖皇帝驾崩了，徐阶找到了41岁的张居正说：“张老弟，满朝文武我就看你最有才华，这皇帝遗诏的事情咱俩办吧！”要知道当时高拱的官位和资历比张居正要高得多，但徐阶偏偏要拉上张居正干这件大事，这不得不说是一步很险恶的棋。徐阶知道，高拱不能把张居正怎么样，因为他俩都是隆庆皇帝的老师。徐阶把隆庆皇帝扶上皇位，安顿好了张居正这条后路，决定退隐山林，这是了不起的举动，毕竟才60多岁而已。徐阶以为有张居正在朝廷，自己怎么说也算是通天了。但高拱这个人公报私仇，要利用海瑞整徐阶，这可是个大问题，弄不好徐阶就是第二个严嵩，儿子斩首、自己讨饭了此余生。张居正就在这时起到关键作用，把海瑞向皇帝密报的徐阶的经济问题都告诉了徐阶，使得徐阶能够有机会反击，最后在多方争斗的情况下，以徐阶儿子被法办和海瑞辞官来收场，可谓两败俱伤。

海瑞在玉华州的故事中给张居正一个角色叫作青脸妖怪，为此也没少费笔墨详细地写了这个妖怪的外貌，红须、蓝脸、黄袍、亮眼、利牙。书里写的是青脸，但古语说青出于蓝而胜于蓝，这句话海瑞觉得大家应该很熟，所以没写蓝脸而写的是青脸，也就是很蓝很蓝的脸。

再说说这个“九灵元圣”的名字有什么含义吧！显然这个灵就是陵墓的陵，因为在1582年的时候，评价徐阶就不能不说先帝，提起先帝就不能不说皇陵，如果说皇陵那就要做一道加法题了。根据有关材料记载，明十三陵是明朝迁都北京后13位皇帝陵墓的皇家陵寝的总称，按照次序，1582年的时候那里依次建有长陵（成祖）、献陵（仁宗）、景陵（宣宗）、裕陵（英宗）、茂陵（宪宗）、泰陵（孝宗）、康陵（武宗）、永陵（世宗）、昭陵（穆宗），不多不少正好九座陵墓。徐阶在嘉靖王朝的最后5年，那算是个圣人，在隆庆王朝的前2年，也算是个圣人。最关键的是徐阶那时候是“心学”领袖，也就是王守仁先生创立的阳明学说的代表人物。阳明学说是什么？三两句话说不清楚，但大致可以概括成是关于如何成为圣人的学问。这样看来，徐阶被化身为九灵元圣还算是恰当。竹节山就是“诛阶”山，九曲盘桓说的是徐阶的关系网盘根错节，很厉害。

这样讲故事，很多人未必看得懂，看懂的未必相信，相信的未必有时间研究原著，所以我就摘录一点点儿原著，让大家欣赏。不过要是完全欣赏，最好去看原著，看我这本书欣赏作品就好像看介绍旅游景点的书一样不过瘾。

对了，还有一个问题要说说，那就是关于玉华州里的唐僧接待处，官称“暴纱亭”。这是一处让唐僧师徒一直使用的亭子，使用范围包括了吃饭、睡觉、聊天、喝茶等等，你不奇怪一个亭子怎么能这么有用吗？其实暴纱亭就是“暴杀廷”，强调隆庆皇帝是在朝廷上被人残暴的杀害了！

《西游记》第八十八回　一步禅到玉华施法会　一步心猿木母授门人（节选）

王子奈着惊恐，教典膳官请众僧官去暴纱亭吃斋。……

这才是：

真禅景象不凡同，大道缘由满太空。
金木施威盈法界，刀圭展转合圆通。
神兵精锐随时显，丹器花生到处崇。
天竺虽高还戒性，玉华王子总归中。

注意：刀圭是捣鬼的谐音，指的是沙僧在捣鬼，张居正想缓和矛盾。

《西游记》第八十九回一步黄狮精虚设钉钯宴一步金木土计闹豹头山（节选）

不多时，进了山坳里，又遇见一个小妖。他生得嘴脸也恁地凶恶！看那：

圆滴溜两只眼，如灯幌亮；红刺绩一头毛，似火飘光。糟鼻子，歪来口，獠牙尖利；查耳朵，砍额头，青脸泡浮。身穿一件浅黄衣，足踏一双莎蒲履，雄雄纠纠若凶神，急急忙忙如恶鬼。

注意：这是不是沙僧的典型相貌？当然是！

明辰敬治肴酌庆“钉钯嘉会”，屈尊过山一叙。幸勿外，至感！右启祖翁九灵元圣老大人尊前。门下孙黄狮顿首百拜。

注意：猪八戒的耙子居然是最美的兵器？因为高拱是徐阶最大的对头！

……

沙僧仗着胆，同八戒、行者进于洞内。到二层厂厅之上，只见正中间桌上，高高的供养着一柄九齿钉把，真个是光彩映目；东山头靠着一条金箍棒，西山头靠着一条降妖杖。那怪王随后跟着道：“客人，那中间放光亮的就是钉钯。你看便看，只是出去，千万莫与人说。”沙僧点头称谢了。

……

却说那妖精果然向东南方奔到竹节山。那山中有一座洞天之处，唤名九曲盘桓洞。洞中的九灵元圣是他的祖翁……

老妖道："那长嘴大耳者，乃猪八戒；晦气色脸者，乃沙和尚；这两个犹可。那毛脸雷公嘴者，叫作孙行者。这个人其实神通广大：五百年前曾大闹天宫，十万天兵也不曾拿得住。他专意寻人的。他便就是个搜山揭海，破洞攻城，闯祸的个都头！你怎么惹他？——也罢，等我和你去，把那厮连玉华王子都擒来替你出气！"那妖精听说，即叩头而谢。

当徐阶退休的时候，官员们还没有醒悟，但当高拱回来的时候，大家感觉到这个客客气气的高拱用他的方式告诉大家，高拱时代真的来了。可想而知当时高拱一定是如日中天，尽管还没有被任命为首辅，却已经是被众星捧月了。就连隆庆皇帝也丝毫不避讳地称"高老师您要教我"！明星是高拱，陪衬的还有海瑞和张居正，那可真是人才济济啊！

《西游记》第九十回　师狮授受同归一　盗道缠禅静九灵（节选）

注意回目文字，可以解释成：徐阶这位大师就是一头大狮子精！这群强盗逻辑和纠缠不休的家伙们让先皇在陵墓里都得不到清净！

却说孙大圣同八戒、沙僧出城头，觌面相迎，见那伙妖精都是些杂毛狮子：黄狮精在前引领，狻猊狮、抟象狮在左，白泽狮、伏狸狮在右，猱狮、雪狮在后，中间却是一个九头狮子。那青脸儿怪执一面锦绣团花宝幢，紧挨着九头狮子；刁钻古怪儿、古怪刁钻儿打两面红旗，齐齐的都布在坎宫地。

……

门椁上横嵌着一块石版，楷镌了十个大字，乃是"万灵竹节山，九曲盘桓洞。"

……

那刁钻古怪、古怪刁钻与青脸儿是昨夜逃生而回者，即拿两条绳，把他二人着实捆了。

……

行者就使个遁法，将身一小，脱出绳来，抖一抖毫毛，整束了衣服，耳朵内取出棒来，幌一幌，有吊桶粗细，二丈长短，朝着三个小妖道："你这孽畜，把你老爷就打了许多棍子！老爷还只照旧，老爷也把这棍子略挜你挜挜，看道如何！"把三个小妖轻轻一挜，就挜做三个肉饼。

注意：青脸怪终于死了！这是张居正化身的妖精第一次死去！1582年张居正确实被宣布死亡了，所以作者就在书里让这个典型的妖精死了！

……

大圣进了东天门，不多时，到妙岩宫前。但见：彩云重迭，紫气茏葱。瓦漾金波焰，门排玉兽崇。花盈双阙红霞绕，日映骞林翠雾笼。果然是万真环拱，千圣兴隆。殿阁层层锦，窗轩处处通。苍龙盘护神光蔼，黄道光辉瑞气浓。这的是青华长乐界，东极妙岩宫。

注意：“万真环拱，千圣兴隆”说的是毕竟更多的人还是会站在当权者的身边，高拱是群臣的首领，隆庆是高拱的主子！大家都想国家昌盛，自己安宁！国家形势一片大好，可敏感的人会觉得这孕育着更大的危机。

……

天尊道：“我那元圣儿也是一个久修得道的真灵：他喊一声，上通三圣，下彻九泉，等闲也便不伤生。孙大圣，你去他门首索战，引他出来，我好收之。”

……

较之初时自家弄的武艺，真天渊也！有诗为证。诗曰：

缘因善庆遇神师，习武何期动怪狮。
扫荡群邪安社稷，皈依一体定边夷。
九灵数合元阳理，四面精通道果之。
授受心明遗万古，玉华永乐太平时。

我理解这首诗的真意：

善良的隆庆皇帝遇到了很有神威的老师们，大家如此强的能力其实本来是应该治理国家而非对付徐阶这个官员的。不过奸邪的官员不除，世风不正，社稷就不会安稳。隆庆王朝内部安好了，边境以外的家伙们也就安定了。

大太监之死

张居正死后，冯保就是知道那些最大的国家机密的唯一一个人了。皇太后怎么能放心让冯保逍遥呢？所以皇太后必须确认冯保没有把秘密说出去之后把冯保秘密解决掉。这估计是最妥善的方法。张居正死后半年，20岁的皇帝下令抄了张居正的家，紧接着就是立即法办冯保。冯保的罪行无非就是利用手里的权力和秘密，弄了很多很多的金银财宝，这些钱算是给万历皇帝解决了不少经济问题。历史记载，1582年阴历十二月壬辰（初八日），江西道御史李植上疏弹劾冯保十二大罪状。当月神宗批示："冯保欺君蠹国，罪恶深重，本当显戮。念系竽考付托，效劳日久，故从宽着降奉御，发南京新房闲住。" 冯保的弟弟冯佑、侄子冯邦宁都是都督，削职后又遭逮捕，坐了很长时间的牢，死于狱中。

冯保自从1572年秋天之后，在太监头子这一岗位上，工作了10年，其权力究竟有多大呢？不算要挟张居正的权力，其直接的权限概括起来就是管理着二十四衙门，有兴趣的读者不妨阅读如下材料：

所谓二十四衙门包括：十二监+四司+八局。基本上涵盖了皇帝所需要的各种非人力资源的资源，搁到现在也相当于若干个总后勤部副部长了。

十二监包括：

司礼监：是整个宦官系统中最高的权力机构。司礼监设掌印太监一人，秉笔太监数人，负责皇帝的公文处理，相当于秘书。

司礼监的主要职权为：

1.在皇帝的许可之下替皇帝抄写奏折上内阁的批文，传宣谕旨。

2.总管所有宦官事务。司礼监不仅在各宦官机构中处于"第一署"的地位，而且实际上也居于总管、统领其他宦官机构的地位。司礼监总管大太监为所有宦官的首领。

3.兼顾其他重要官职。如南京守备，或专由司礼兼领，或为司礼外差。司礼监总管大太监有时会兼任东厂提督一职。

御马监：宦官系统中仅次于司礼监的第二大宦官衙门。因掌握了军队(实为保安队伍)，对朝政有一定的影响力。职权：

1.负责龙骧卫与虎镶卫的军队调度，随时保护皇帝安全。

2.配合锦衣卫负责必要的仪仗。

3.负责御厩兵符以及草场的管理。

4.替皇帝打理皇庄皇店。

孙悟空嫌御马监主管官职弼马温太小，那实际上是说冯保有很大的野心，要当一把手，而不是二把手。

内官监：主要掌管采办皇帝所用的家具器物等。

司设监：掌管卤簿、仪仗、围幙、帐幔、雨具等。

御用监：掌办御前所用之物，照顾皇帝衣食起居。

神宫监：掌管太庙及各庙的洒扫及香灯等。

尚膳监：掌管御膳、宫内食用和筵宴等。

尚宝监：掌管宝玺、敕符、将军印信。

印绶监：掌管古今通集库以及铁券、诰敕、贴黄、印信、图书、勘合、符验、信符等。

直殿监：掌管各殿及廊庑洒扫之事。

尚衣监：掌管皇帝的冠冕、袍服、靴袜等。

都知监：起初负责各监行移、关知、勘合等事，后来专门跟随皇帝，负责导引清道。

四司包括：

惜薪司：掌管宫中所用柴炭和二十四衙门、山陵等处内臣柴炭等。

钟鼓司：掌管皇帝上朝时鸣钟击鼓以及演出内乐、传奇、过锦、打稻等杂戏。

宝钞司：掌管造办粗细草纸。

混堂司：掌管沐浴之事。

八局包括：

兵仗局：掌造军器，包括刀枪、剑戟、鞭斧、盔甲、弓矢等各类兵器。

银作局：负责打造金银器饰。

浣衣局：专为宫内皇亲国戚提供洗衣服务，该局是唯一不在皇宫中的宦官机构，局址在德胜门以西，由年老及有罪退废的宫人充任。

巾帽局：掌管宫中内使帽靴、驸马冠靴及藩王之国诸旗尉帽靴。

针工局：负责制作宫中衣服。

内织染局：职掌染造御用及宫内应用缎匹绢帛之事。

酒醋面局：掌管宫内食用酒、醋、糖、浆、面、豆等物。

司苑局：掌管宫中各处蔬菜瓜果及种艺之事。

金平府的故事中的三只妖怪，影射的是冯保和他的弟弟及侄子。妖精要灯油钱，讽刺的是冯保的贪腐问题。犀牛精都被杀死了，指的是冯保最终还是因为张居正而死了，没人能保住他们的命。如果您在阅读原著的时候发现猪八戒和沙僧与以往风格不一样了，您不要以为作者胡写，那是因为这个时候，高拱和张居正都已经死了，所以海瑞不得不改变猪八戒和沙僧的性格特征，以此来表示自己确实伪造了猪八戒和沙僧这俩人，不过仅限于本故事，前面的可不是伪造，而是很有根据的影射事实。

《西游记》第九十一回　金平府元夜观灯　玄英洞唐僧供状（节选）

众僧道："老师不知。我这府后有一县，名唤旻天县。具有二百四十里。每年审造差徭，共有二百四十家灯油大户。府县的各项差徭犹可，惟有此大户甚是吃累：每家当一年，要使二百多两银子。此油不是寻常之油，乃是酥合香油。这油每一两值价银二两，每一斤值三十二两银子。三盏灯，每缸有五百斤，三缸共一千五百斤，共该银四万八千两。还有杂项缴缠使用，将有五万馀两，只点得三夜。"

旻，读作mín。基本字义为天，天空。钦若旻天。——《书•尧典》

正是那：懒散无拘禅性乱，灾危有分道心蒙。

冯保啊！你就是因为没有了权力的约束，这才让你本来挺好的一个人变坏了，理想也不追求了，改追晃眼傻白的银子了！

《西游记》第九十二回　三僧大战青龙山　四星挟捉犀牛怪（节选）

金星呵呵冷笑道："大圣既与妖怪相持，岂看不出他的出处？"行者道："认便认得，是一伙牛精。只是他大有神通，急不能降也。"金星道："那是三个犀牛之精。他因有天文之像，累年修悟成真，亦能飞云步雾。其怪极爱干净，常嫌自己影身，每欲下水洗浴。他的名色也多：有兕犀，有雄犀，有牯犀，有斑犀，又有胡冒犀、堕罗犀、通天花文犀。都是一孔三毛二角，行于江海之中，能开水道。似那辟寒、辟暑、辟尘都是角有贵气，故以此为名而称大王也。若要拿他，只是四木禽星见面就伏。"

……

老龙王敖顺听言，即唤太子摩昂："快点水兵。想是犀牛精辟寒、辟暑、辟尘儿三个惹了孙行者。今既至海，快快拔刀相助。"

注意：妖精的名字与真人的对应关系为：辟寒—冯保、辟暑—冯保之弟冯佑、辟尘儿—冯邦宁，这一个"儿"字用的实在是有趣，因为冯邦宁是冯保之侄儿，但也可以看出冯保的弟弟不是太监。

《西游记》第九十三回　给孤园问古谈因　天竺国朝王遇偶（节选）

起念断然有爱，留情必定生灾。
灵明何事辨三台？行满自归元海。
不论成仙成佛，须从个里安排。
清清净净绝尘埃，果正飞升上界。

这首诗算是给冯保做了一个总结，这个本来爱干净的太监最后却是被一身的"灰尘"所累，留下贪腐的千古骂名。不过这首《西江月》的最后一句读起来有些不顺口，这种情况在《西游记》的别的诗词里也有类似现象，这是作者不会押韵吗？非也！这是因为作者的母语是粤语，而粤语中"界"字读音是"该"，因此这原计划在海南琼州于1585年出版的书，用标准普通话读起来当然不押韵。而用粤语读出来，还是很押韵的。

唐僧道："徒弟，虽然佛地不远。但前日那寺僧说，到天竺国都下有二千里，还不知是有多少路哩。"行者道："师父，你好是又把乌巢禅师《心经》忘记了也？”三藏道：“《般若心经》是我随身衣钵。自那乌巢禅师教后，那一日不念，那一时得忘？“颠倒也念得来，怎会忘得！”行者道：“师父只是念得，不曾求那师父解得。”三藏说：“猴头！怎又说我不曾解得！你解得么？”行者道：“我解得，我解得。”自此，三藏、行者再不作声。旁边笑倒一个八戒，喜坏一个沙憎，说道：“嘴巴！替我一般的做妖精出身，又不是那里禅和子，听过讲经，那里应佛僧，也曾见过说法？弄虚头，找架子，说甚么‘晓得，解得’！怎么就不作声？听讲！请解！”沙僧说：“二哥，你也信他。大哥扯长话，哄师父走路。他晓得弄棒罢了，他那里晓得讲经！”三藏道：“悟能、悟净，休要乱说。悟空解得是无言语文字，乃是真解。”

这段话看似无意，实在是作者有心而叹！如今即使真有人解得海瑞大师的作品，但又不知道要费多少工夫才能将真相写出来，而更不知道那些不解此书的文化管理部门要给多少刁难。《西游记》出版后就是禁书，但毕竟还是出版了。我写这书是第三遍，前两遍都被禁出了。谁让扼杀文化的创意是不违法的，最多也就算是个工作特别的严谨呢！

真假皇帝主公的故事

《西游记》第九十三回　给孤园问古谈因　天竺国朝王遇偶（节选）

驿丞道："神僧！神僧！"三藏问道："上国天年几何？"驿丞道："我敝处乃大天竺国，自太祖太宗传到今，已五百馀年。现在位的爷爷，爱山水花卉，号做怡宗皇帝，改元靖宴，今已二十八年了。"

这段论述的重点信息是："怡宗皇帝"这个名词是错误的，皇上还活着的时候是不可以叫作什么宗的。所谓怡宗，谐音是"疑踪"，也就是皇帝的血脉是被怀疑的。改元靖宴，指的是改变了嘉靖皇帝延续下来的血脉。第二点是关于一个数学问题，说起来有些复杂。如果这个上国影射的是大明朝 ，那么这个开国五百年是一个错误数据，二十八年又是一个错误数据，不过这两个错误的数据之间是有联系的，换个说法来说那就是海瑞先生给我们出了一道数学题。这道题写起来可以是这样的：假如1368年一个王朝建立， 1572年某新皇上继位，但历史证明这个皇上实际上血脉是被篡改的，不是上一任皇帝的亲生骨肉。之后的某一年，也就是相当于王朝建立后的500个单位时间时，假皇帝已经在皇宫继位了28个单位时间，请问这个某一年究竟是何年？

解：

假设1572年之后的x年符合本题条件，那么：

[(1572+x)-1368]/500=x/28

X=12

因此，上题的答案应该是1584年。

不知道是我的数学好还是海瑞大师的数学好，不管谁好都不重要，重要的是1584年发生了什么事？经过检索历史信息，1584年冬天，万历皇帝下了一道圣旨，请海瑞回朝廷当大官。这个消息估计是万历皇帝自己决定的，等他向皇太后回报之后皇太后肯定生气了！

你这个小冤家，把海瑞找来干什么？

孩儿是要用海瑞这样的清官整治冯保这样的贪官！

那你也不能把他放到咱娘俩身边来！

为什么？

没有为什么！照我说的办吧？凡是和张居正曾经共事过的官员一律给哀家滚得远远的！

于是海瑞在1585年正月接到通知：去南京赴任吧！本来想要面圣的海瑞只好去南京赴任了。我猜大师当时肯定想，那孩子究竟现在有多像他那帅哥的亲爹？可惜没机会验证了！

……

有诗为证：

大丹不漏要三全，苦行难成恨恶缘。
道在圣传修在己，善由人积福由天。
休逞六根多贪欲，顿开一性本来原。
无爱无思自清净，管教解脱得超然。

……

评语：这么大的秘密如果说出去可要先考虑后果，对过去、现在和将来的影响是什么，要想明白啊！可恨的是李皇妃和张居正当年的那一场恶缘！我海瑞一心要做圣人，天命如此，我又能怎样呢？只要我自己没有贪念，再从善的角度考虑，我想自己一定可以处理好这件事情的！

沙僧上前，把他脸上一抹道："不羞！不羞！好个嘴巴骨子！'三钱银子买个老驴，自夸骑得！'要是一绣球打着你，就连夜烧'退送纸'也还道迟了，敢惹你这晦气进门！"八戒道："你这黑子不知趣！丑自丑，还有些风味。自古道：'皮肉粗糙，骨格坚强，各有一得可取。'"

……

评语：作者借沙僧之口说“烧退送纸”，用的是驱鬼的故事来隐喻，这是强调高拱已死。作者借八戒之口说了当时世人对张居正的评价，黑了人家的孩子，干出了通奸的丑事，风言风语屡禁不止。

那官看行者施礼。礼毕，不敢仰视，只管暗念诵道：“是鬼，是怪？……是雷公，夜叉？……”行者道：“那官儿，有话不说，为何沉吟？”那官儿慌得战战兢兢的，双手举着圣旨，口里乱道：“我公主有请会亲——我主公会亲有请！”八戒道：“我这里没刑具，不打你，你慢慢说，不要怕。”行者道：“莫成道怕你打？怕你那脸哩！快收拾挑担牵马进朝，见师父议事去也！”

这正是：路逢狭道难回避，定教恩爱反为仇。

评语：作者借官儿的口，将公主和主公弄混，是要告诉读者，其实公主就是主公，主公就是万历皇帝。作者猜测万历皇帝最怕的是自己那张酷似亲生父亲张居正的脸。这男人成年之后如果有父亲的影子，那是不奇怪的，奇怪的是没有父亲的影子而有老师的影子。当孩子不像丈夫而像孩子老师的时候，孩子他妈最害怕的是见到与自己的丈夫和孩子老师都熟悉的故人。冯保是故人，所以冯保必须死，海瑞就是故人，但海瑞不能死，只能别见面。当然还有一种方式就是达成保密协议。

《明神宗显皇帝实录》卷之一百三十三（节选）

万历十一年二月

总督东厂太监张鲸等，题会同锦衣卫都督同知刘守有等，抄没犯人冯保并伊弟侄冯佑等，及张大受徐爵等，家财金银、睛碌珠石、帽顶玉带、书画等件、并新旧钱、各色蟒衣、纻丝䌷绢、无筭、日逐具奏，运进御前所有各犯衣服、米盐、床柜、卓椅、铜铁锡磁器皿等件，奉有钦定各该衙门交收报闻。

官方记录很简单，根据经验，这种事情说得越少越好，千万不能不考虑上面人的感受。你若说得太过分了，那上面的领导脸面往哪里放呢？

《西游记》第九十四回　四僧宴乐御花园　一怪空怀情欲喜（节选）

国王见说，多惊多喜。喜的是女儿招了活佛，惊的是三个实乃妖神。正在惊喜之间，忽有正台阴阳官奏道：“婚期已定本年本月十二日。壬子辰良，周堂通利，宜配婚姻。”国王道：“今日是何日辰？”阴阳官奏：“今日初八，乃戊申之日，猿猴献果，正直进贤纳事。”

……

评语：“壬子”与“戊申”都是中国古代记录日期的方法，这种方法非常麻烦，但非常准确，每隔60天一个循环，大概古人喜欢精确地记录日期，而且从文字角度不好涂改。如果您查阅1584年阴历十二月的“壬子”与“戊申”日到底是初几？那么答案是唯一的，分别是初十和初六，往后再查最近的“戊辰”和“壬午”日分别是阴历十二月二十六日和1585年正月初十。咱们倒腾这些“日柱”干啥呀？别着急，秘密就要被揭开了！

您记住几个词：“戊中”、“壬了”、“戊辰”、“工午”，往下看。

我花了几个小时的时间上网查阅《明实录》，终于找到了关键信息，特此摘录：

《明神宗显皇帝实录》卷之一百五十六（节选）

万历十二年十二月

壬子（初十）：广东巡按邓炼荐地方人材何维柏、海瑞、林大春、黄可大陈堂，得旨海瑞即起用。

戊辰（二十六）：通政司缺左通政廷议举海瑞、吴时来，上以吴时来为左通政海瑞原任都御史令查相应职起之。

由上述事实，田戈合理猜想：

戊申（初六）：邓炼递交了一道进贤纳事的奏本，推荐起用海瑞，开始等待旨意。那奏本的文章非常华美，是写给皇上的，这皇上也确实够敬业的，才到初十就下旨批复了。大师写得这么细致，可能是因为他从心里感谢那些推举人，没有人家，自己一生就不够圆满。

《明神宗显皇帝实录》卷之一百五十七（节选）

万历十三年正月

壬午（初十）：起佥都御史海瑞为南京都察院佥都御史

评语：

由上述信息可知，在海瑞心中，这个壬子日（万历十二年十二月初十）对他来说就是最重要的日子，在这个日子，圣旨上说要起用他，这无疑是对他一生最后的肯定，71岁的老人，又被朝廷圣旨钦点任用了，这对一个封建官僚来说一定是感觉死也值了！

长老道："你见公主便怎的？"行者道："老孙的火眼金睛，但见面，就认得真假善恶，富贵贫穷，却好施为，辨明邪正。"

评语：老孙突然成相面术士了，还一见面就知道富贵贫穷，再说人家妖精哪里会在乎穷富问题。其实这是海瑞在想关于见面识别万历皇帝血脉真假的问题。假若万历皇帝的长相和隆庆皇帝相似，那么自然就是富贵了，但若长得和张居正酷似，那么虽然更帅，而命却是穷命。

……

五更三点，国王即登殿设朝。但见：

宫殿开轩紫气高，风吹御乐透青霄。

云移豹尾旌旗动，日射螭头玉佩摇。

香雾细添宫柳绿，露珠微润苑花娇。

山呼舞蹈千官列，海晏河清一统朝。

评语："云移豹尾"与"艾叶花皮豹子精"是一脉相承的特殊关系。那意思是说，关于万历皇帝是不是嘉靖皇帝真实血脉问题众说纷纭，猜疑不定。

《春景诗》曰：

"周天一气转洪钧，大地熙熙万象新。

桃李争妍花烂熳，燕来画栋迭香尘。"

评语：张居正死了，冯保死了，朱翊钧终于可以彻底地拥有了皇权。

《夏景诗》曰：

“熏风拂拂思迟迟，宫院榴葵映日辉。
玉笛音调惊午梦，芰荷香散到庭帏。”

《秋景诗》曰：

“金井梧桐一叶黄，珠帘不卷夜来霜。
燕知社日辞巢去，雁折芦花过别乡。”

《冬景诗》曰：

“天雨飞云暗淡寒，朔风吹雪积千山。
深宫自有红炉暖，报道梅开玉满栏。”

评语：海瑞回忆起自己自1567年到1569年那段陪伴在皇帝身边当秘书时的职业生涯，一定是感慨万千的！

和《春景诗》曰：

“日暖冰消大地钧，御园花卉又更新。
和风膏雨民沾泽，海晏河清绝俗尘。”

评语：虽然是朱翊钧当政了，我海瑞那种绝对清廉还是那样的脱俗！

和《夏景诗》曰：

“斗指南方白昼迟，槐云榴火斗光辉。
黄鹂紫燕啼宫柳，巧转双声入绛帏。”

和《秋景诗》曰：

“香飘橘绿与橙黄，松柏青青喜降霜。
篱菊半开攒锦绣，笙歌韵彻水云乡。”

和《冬景诗》曰：

“瑞雪初晴气味寒，奇峰巧石玉团山。
炉烧兽炭煨酥酪，袖手高歌倚翠栏。”

……

评语：海瑞，自号刚峰，身居高位，不贪不占，洁身自好，名垂青史！

有《喜会佳姻》新词四首为证。《喜词》云：

喜！喜！喜！欣然乐矣！结婚姻，恩爱美。巧样宫妆，嫦娥怎比。龙钗与凤鎞，艳艳飞金缕。樱唇皓齿朱颜，嬝娜如花轻体。锦重重，五彩丛中；香拂拂，千金队里。

《会词》云：

会！会！会！妖娆娇媚。赛毛嫱，欺楚妹。倾国倾城，比花比玉。妆饰更鲜妍，钗环多艳丽。兰心蕙性清高，粉脸冰肌荣贵。黛眉一线远山微，窈窕嫣娴攒锦队。

《佳词》云：

佳！佳！佳！玉女仙娃。深可爱，实堪夸。异香馥郁，脂粉交加。天台福地远，怎似国王家。笑语纷然娇态，笙歌缭绕喧哗。花堆锦砌千般美，看遍人间怎若他。

《姻词》云：

姻！姻！姻！兰麝香喷。仙子阵，美人群。嫔妃换彩，公主妆新。云鬟堆鸦髻，霓裳压凤裙。一派仙音嘹喨，两行朱紫缤纷。当年曾结乘鸾信，今朝幸喜会佳姻。

……

原来那唐僧捏指头儿算日子，熬至十二日，天未明，就与他三人计较道："今日却是十二了，这事如何区处？"行者道："那国王我已识得他有些晦气，还未沾身，不为大害；但只不得公主见面，若得出来，老孙一觑，就知真假，方才动作。你只管放心。他如今一定来请，打发我等出城。你自应承莫怕。我闪闪身儿就来，紧紧随护你也。"师徒们正讲，果见当驾官同仪制司来请。行者笑道："去来！去来！必定是与我们送行，好留师父会合。"

……

《西游记》第九十五回　假合真形擒玉兔　真阴归正会灵元（节选）

三藏一发慌了手脚，战兢兢抱住国王，只叫："陛下，莫怕！莫怕！此是我顽徒使法力，辨真假也。"却说那妖精见事不谐，挣脱了手，解剥了衣裳，捽捽头，摇落了钗环首饰，即跑到御花园土地庙里，取出一条碓嘴样的短棍，急转身来乱打行者。行者随即跟来，使铁棒劈面相迎。他两个吆吆喝喝，就在花园斗起。后却大显神通，各驾云雾，杀在空中。这一场：

金箍铁棒有名声，碓嘴短棍无人识。一个因取真经到此方，一个为爱奇花来住迹。那怪久知唐圣僧，要求配合元精液。旧年摄去真公主，变作人身钦爱惜。今逢大圣认妖氛，救援活命分虚实。短棍行凶着顶丢，铁棒施威迎面击。喧喧嚷嚷两相持，云雾满天遮白日。

……

评语：公主本来是主公，玉女瞬间变男人，不求功名与利禄，只愿我乃朱家孙！要命！万历皇帝朱翊钧，原本乃是张家孙，只因婚配无凭证，陷入朱家宫廷门！要命！封建王朝传血亲，命中高贵超凡人，怎奈百姓命太好，推翻皇位掘你坟！真要命！

那妖邪咬着牙道："你也不知我这兵器！听我道：

仙根是段羊脂玉，磨琢成形不计年。
混沌开时吾已得，洪蒙判处我当先。
源流非比凡间物，本性生来在上天。
一体金光和四相，五行瑞气合三元。
随吾久住蟾宫内，伴我常居桂殿边。
因为爱花垂世境，故来天竺假婵娟。
与君共乐无他意，欲配唐僧了宿缘。
你怎欺心破佳偶，死寻赶战逞凶顽！
这般器械名头大，在你金箍棒子前。
广寒宫里捣药杵，打人一下命归泉！"

评语：这明显说的是血脉问题。但血脉问题的起源是1561年，海瑞写奏折骂皇上是1566年，所以这件事情，海瑞确实可以坦然面对，恰似官员处理前任的烂摊子时没有了纠结，可以公事公办了！定性为历史遗留问题时，就可以搁置不提了。

……

果然是：

缤纷瑞霭满天香，一座荒山倏被祥。
虹流千载清河海，电绕长春赛禹汤。
草木沾恩添秀色，野花得润有馀芳。
古来长者留遗迹，今喜明君降宝堂。

……

这正是：沐净恩波归了性，出离金海悟真空。

评语：海大人经过仔细地思考，决定彻底保守这个秘密，理由是万历皇帝无论从学问、长相、人品、潜力等方面都比隆庆皇帝要强得多。这个结论其实不难得出，因为人家皇帝亲自下旨，请你一个离职14年的官员出山，你都是71岁古稀之年了，请你就充分说明认可你的为人处事，进一步说明皇帝是明君，就冲这一点，别管他是张家儿孙还是朱家子弟，都不用再研究了。再说了，姓刘的、姓王的、姓曹的、姓司马的、姓李的、姓赵的，不都当过皇上吗？海大人肯三叩九拜屁股朝天山呼万岁万岁万万岁的时候，全国人民也就更加热爱皇帝了。当海大人想明白这件事情的时候，一瞬间天空亮了……他心中的荒山就在那一瞬变成了绿洲！

故事讲到这里，其实也该结束了，还有什么好写的呢？此时，徐阶徐大人已经寿终正寝了！在《西游记》中，第一大妖精是张居正，第二大妖精是徐阶，第三大妖精是冯保。老大老三都盖棺定论了，就差老二了，现在好了，徐阶也死了，这书不是又完整了一些？关于徐阶的“墓志铭”性质的故事算是最后一个故事了，作者用九十六到九十八回的文字讲了徐阶的故事。

大善人寇员外的故事

《西游记》第九十六回　寇员外喜待高僧　唐长老不贪富贵（节选）

长老近前合掌，叫声“老施主，贫僧问讯了。”那二老正在那里闲讲闲论，——说甚么兴衰得失，谁圣谁贤，当时的英雄事业，而今安在，诚可谓大叹息。——忽听得道声问讯，随答礼道：“长老有何话说？”

评语：如果那二老讲的是徐阶徐大人这一辈子，如何圣贤，如何英雄，如何也要归于寂寞……还是很自然的。

员外道：“且住！请到经堂中相见。”又见那：方台竖柜，玉匣金函。方台竖柜，堆积着无数经文；玉匣金函，收贮着许多简札。彩漆桌上，有纸墨笔砚，都是些精精致致的文房；椒粉屏前，有书画琴棋，尽是些妙妙玄玄的真趣。放一口轻玉浮金之仙磬，挂一柄披风披月之龙髯。清气令人神气爽，斋心自觉道心闲。

评语：海瑞应该是去过徐府的，凭借印象，徐府徐大人的书房就是这个样子的！真是一个富贵的文人啊！

员外面生喜色，笑吟吟地道：“弟子贱名寇洪，字大宽，虚度六十四岁。自四十岁上，许斋万僧，才做圆满。今已斋了二十四年，有一簿斋僧的帐目。连日无事，把斋过的僧名算一算，已斋过九千九百九十六员。止少四众，不得圆满。今日可可的天降老师四位，完足万僧之数，请留尊讳。好歹宽住月馀，待做了圆满，弟子着轿马送老师上山。此间到灵山只有八百里路，苦不远也。”

评语：徐阶64岁时权力达到了顶峰，那是1567年，他将隆庆皇帝推上皇位的时候，可以说是一手遮天。徐阶晚年自号：存斋。

《西游记》第九十七回　金酬外护遭魔蛰　圣显幽魂救本原（节选）

将四更时，那妈妈想恨唐僧等不受他的斋供，因为花扑扑的送他，惹出这场灾祸，便生妒害之心，欲陷他四众。扶着寇梁道："儿啊，不须哭了。你老子今日也斋僧，明日也斋僧，岂知今日做圆满，斋着那一伙送命的僧也！"他兄弟道："母亲，怎么是送命的僧？"妈妈道："贼势凶勇，杀进房来，我就躲在床下，战兢兢地留心向灯火处看得明白。你说是谁？点火的是唐僧，持刀的是猪八戒，搬金银的是沙和尚，打死你老子的是孙行者。"二子听言，认了真实道："母亲既然看得明白，必定是了。他四人在我家住了半月，将我家门户墙垣，窗棂巷道，俱看熟了，财动人心，所以乘此夜雨，复到我家。既劫去财物，又害了父亲，此情何毒！待天明到府里递失状坐名告他。"寇栋道："失状如何写？"寇梁道："就依母亲之言。"写道：

"唐僧点着火，八戒叫杀人。沙和尚劫出金银去，孙行者打死我父亲。"

点评：徐阶的政见和隆庆是不一样的，毕竟他当了一辈子的官，官场的关系错综复杂，很多人都是有感情的，按照海瑞那一套还不牵连很多自己人，所以徐阶不能赞同隆庆皇帝的变革方案。最后没辙，只好自己提出退休，皇帝也就准了，可是没过几天安生日子，返回朝廷的高拱就开始对徐阶发动攻击，这个时候徐阶和家人自然感到威胁，他们得出的结论是：隆庆皇帝点了火，高拱喊着要严查徐阶的问题，张居正拿了不少银子但好像阻挡不住这股压力，而直接的刽子手就是海瑞。

只见那：

唐三藏，战战兢兢，滴泪难言。猪八戒，絮絮叨叨，心中抱怨。沙和尚，囊突突，意下踌躇。孙行者，笑唏稀，要施手段。

点评：徐阶的问题确实存在，但誓死保卫徐阶利益的团体开始发动进攻，弄得隆庆皇帝非常的烦躁，高拱也害怕1567年的事情重演。张居正呢，拿了人家的银子，据说是3万两，不知道怎么进退，只有海瑞心里想借着这股力量好好整顿这群贪官污吏。

那老儿忽的叫声："妈妈，寇大官且是有子有财，只是没寿。我和他小时，同学读书，我还大他五岁。他老子叫作寇铭，当时也不上千亩田地，放些租帐，也讨不起。他到二十岁对，那铭老儿死了，他掌着家当，其实也是他一步好运。娶的妻是那张旺之女，小名叫作穿针儿，却倒旺夫。自进他门，种田又收，放帐又起；买着的有利，做着的赚钱，被他如今挣了有十万家私。他到四十岁上，就回心向善，斋了万僧。不期昨夜被强盗踢死。可怜！今年才六十四岁，正好享用，何期这等向善，不得好报，乃死于非命？可叹！可叹！"

点评：海瑞经过调查，徐阶拥有土地达到20万亩，财富确实很多。但是经过海瑞进一步调查发现，徐阶的妻子确实是一个了不起的管家，人家巧妙地利用市场经济、金融理论、生产管理、品牌营销等手段成为大地主大资本家，还真个是全靠卖官鬻爵得来的收入。严格意义上讲，人家干了很多没有违法商业行为赚了钱，你们最多也就是羡慕嫉妒恨！不过，海瑞也很明确地告诉我们，这个表面上存斋的徐阶大人其实也是一个寇，干了不少强行强盗的事情，当然这是栋梁之材儿子们干的，好一个寇栋寇梁！

只见那遍地彩霞笼住宅，一天瑞气护元神。众等方才认得是个腾云驾雾之仙，起死回生之圣。这里——焚香礼拜不题。

……

寇洪见了行者，声声叫道："老师！老师！救我一救！"行者道："你被强盗踢死。此乃阴司地藏王菩萨之处。我老孙特来取你到阳世间，对明此事。既蒙菩萨放回，又延你阳寿一纪，待十二年之后，你再来也。"那员外顶礼不尽。

点评：徐阶的生辰是1503年10月2日-1583年6月7日，1567年64岁时达到人生巅峰。1569年，66岁的徐阶退出官场。1570年，海瑞开始查办徐阶的问题，1571年时徐阶的问题算是得到了圆满地解决。大清官海瑞下的结论，别人再也无法推翻，这时徐阶和他的家人才明白真正帮助他们的是海瑞，否则以高拱的手段，徐阶是在劫难逃了。12年后，也就是1583年，徐阶寿终正寝。

到目前为止，所有的妖怪都写完了，这回是真可以总结了！

简短的墓志铭

《西游记》第九十八回　猿熟马驯方脱壳　功成行满见真如（节选）

诗曰：

脱却胎胞骨肉身，相亲相爱是元神。
今朝行满方成佛，洗净当年六六尘。

点评：这是评价隆庆皇帝的墓志铭，对隆庆皇帝36年的人生下了一个结论，海瑞评价，隆庆皇帝朱载垕是一个真正善良的人！

《西游记》第一百回　径回东土　五圣成真（节选）

如来道："圣僧，汝前世原是我之二徒，名唤金蝉子。因为汝不听说法，轻慢我之大教，故贬汝之真灵，转生东土。今喜皈依，秉我迦持，又乘吾教，取去真经，甚有功果，加升大职正果，汝为旃檀功德佛。"

点评：隆庆皇帝之所以能当上皇帝，那是因为他是嘉靖皇帝驾崩之时的王子，如果没有这个身份，他其实什么都不是，但这个人毕竟不坏！作为皇帝确实宣扬了劝善的理念，还是有功的。

孙悟空，汝因大闹天宫，吾以甚深法力，压在五行山下，幸天灾满足，归于释教；且喜汝隐恶扬善，在途中炼魔降怪有功，全终全始，加升大职正果，汝为斗战胜佛。

点评：海瑞这个人，能够把自己知道的恶事综合分析之后适当地保密，以大局为重，这是了不起的素养，而且一生都在弘扬善念，坚决和不良现象做斗争，一辈子都说到做到了，不愧为斗战胜佛！这是海瑞给自己写的墓志铭。

猪悟能，汝本天河水神，天蓬元帅。为汝蟠桃会上酗酒戏了仙娥，贬汝下界投胎，身如畜类。幸汝记爱人身，在福陵山云栈洞造孽，喜归大教，入吾沙门，保圣僧在路，却又有顽心，色情未泯。因汝挑担有功，加升汝职正果，做净坛使者。”八戒口中嚷道：“他们都成佛，如何把我做个净坛使者？”如来道：“因汝口壮身慵，食肠宽大。盖天下四大部洲，瞻仰吾教者甚多，凡诸佛事，教汝净坛，乃是个有受用的品级。如何不好！”

点评：高拱这个人一辈子做了不少好事，但是自己也有不少问题，希望后世能够以他为戒，千万不要祸从口出啊！这是海瑞给高拱的墓志铭。

沙悟净，汝本是卷帘大将，先因蟠桃会上打碎玻璃盏，贬汝下界，汝落于流沙河，伤生吃人造孽，幸皈吾教，诚敬迦持，保护圣僧，登山牵马有功，加升大职正果，为金身罗汉。”

点评：张居正虽然有严重问题，篡改了皇家血脉，但能够在活着的时候，把国家治理得不错，抛开万历皇帝的血脉问题，这个人算是一个很好的人。海瑞给张居正公开的评价是“攻于谋国，拙于谋身”，此刻又说人家是金身，这如何理解呢？智慧的读者们自己思考吧！

又叫那白马：“汝本是西洋大海广晋龙王之子。因汝违逆父命，犯了不孝之罪，幸得皈身皈法，皈我沙门，每日家亏你驮负圣僧来西，又亏你驮负圣经去东，亦有功者，加升汝职正果，为八部天龙马。长老四众，俱各叩头谢恩。马亦谢恩讫。仍命揭谛引了马下灵山后崖，化龙池边，将马推入池中。须臾间，那马打个展身，即退了毛皮，换了头角，浑身上下起金鳞，腮颔下生出银须，一身瑞气，四爪祥云，飞出化龙池，盘绕在山门里擎天华表柱上。诸佛赞扬如来的大法。”

点评：冯保这个人啊！当了太监，就是不孝，因为“不孝有三，无后为大”，这是孔圣人说的，但是冯保这一辈子伺候人也算是很不容易，虽然贪了些银子，但没有做什么大恶事，算是一个好人。马的腮颌下生出银须，也就是个“冯”字，这个冯保啊！海瑞评价他总体算是一个成功的人！

后 记

猴年的大年初一早上9：06，我终于写完了这本书。一个小时之后，计划要去拜年。43岁了，一直是去拜年，基本没有被拜年的经历，这算是自己渺小的写照吧！正因为渺小，我才在3年的时间里写了三遍关于“悟空”的故事，而且每次写的时候我都不看上一次写的东西，就是纯粹地重新写。我执着坚持写了一百多万字，就是不想让这个故事被埋没，这算是渺小的我干了一件并不渺小的事情。做这些事的理由是纪念心中伟大的海瑞。

读书和写书都是超级孤独的事情，但这恰恰是我这个孤独的人打发时光的最好方式，不如此，我又要如何去生活呢？不过我要强调的是，刚才说的孤独是表面的孤独，其实在我的内心是热闹非凡的，宫廷、大臣、国家、社稷、神仙、佛祖、美女、妖精……无论是什么样的情景，核心都是人，无论是什么样的故事，我都身临其境，我还会孤独吗？这就是我喜欢读书和写书的根本原因。

在现实生活中，总会有很多的无奈，你自己的理想主义一旦想加给别人的时候可不是加个微信那样简单，别怪人家不配合，是因为你不能成就人家！这算是写这本书的一点点感悟。

到今天为止，我写了三本研究古典文学的书，分别研究的是《周易》《道德经》《西游记》，算是古典文学评价三部曲，这辈子关于古典文学也就写到这儿了。温故而知新，今后再写就写现在和未来的事情，因为觉得这是一种使命，也是我个人的宿命。

想想未来，再过30年，老得走不动了，还能看看自己写的书，给年轻人讲讲过去的事情，那场景算是一种心灵的期待吧！

感谢您的阅读！

2016年2月8日　作者写于家中